中华好诗词

陈斐 主编

明诗三百首

金性尧 选注

浙江教育出版社·杭州

图书在版编目（CIP）数据

明诗三百首 / 金性尧选注. -- 杭州：浙江教育出版社，2025.1. -- （中华好诗词 / 陈斐主编）.
ISBN 978-7-5722-8832-6

Ⅰ．I222.748

中国国家版本馆CIP数据核字第2024DV9526号

中华好诗词 明诗三百首
ZHONGHUA HAO SHICI MING SHI SANBAI SHOU
金性尧 选注

责任编辑	赵清刚
美术编辑	韩 波
责任校对	马立改
责任印务	时小娟
产品监制	王秀荣
特约编辑	刘 莎
装帧设计	郝欣欣
出版发行	浙江教育出版社
	地址：杭州市环城北路177号
	邮编：310005
	电话：0571-88900883
	邮箱：dywh@xdf.cn
印　　刷	天津盛辉印刷有限公司
开　　本	880mm×1230mm 1/32
成品尺寸	145mm×210mm
印　　张	14.75
字　　数	514 000
版　　次	2025年1月第1版
印　　次	2025年1月第1次印刷
标准书号	ISBN 978-7-5722-8832-6
定　　价	55.00元

版权所有，侵权必究。如有缺页、倒页、脱页等印装质量问题，请拨打服务热线：010-62605166。

总序

今天，我们和诗词打交道的方式，大致可概括为"说诗"和"用诗"两种。对于这两种方式，王国维在《人间词话》中做过区分、说明。他用晏殊、欧阳修等人写爱情、相思的词句，比拟"古今之成大事业、大学问者，必经过"之"三种境界"，可视为"用诗"。他所下的转语"然遽以此意解释诸词，恐为晏、欧诸公所不许也"，则承认了"说诗"的存在。

春秋时期，我国即有了频繁、成熟地引用《诗经》来含蓄、典雅地抒情达意的"用诗"实践。"用诗"可以"断章取义"，将诗句从原先的语境剥离出来，另赋新意。"说诗"则应以探求作者原意为鹄的，尽管作者原意可能并不是唯一的、封闭的，尽管探求的过程也需要读者"以意逆志"、揣摩想象，但不能放弃这种探求。正如仇兆鳌在《杜诗详注》自序中所云："注杜者必反覆沉潜，求其归宿所在，又从而句栉字比之，庶几得作者苦心于千百年之上，恍然如身历其世，面接其人，而慨乎有余悲，悄乎有余思也。"

通常，我们对诗词的阅读和研究，属于"说诗"，应尽量探求作者原意；在作文或说话时引用诗词，则是"用诗"，最好能符合原意，但也不妨"断章"。接触诗词，首要的是"说诗"，弄清原意；

然后举一反三、触类旁通地"用诗",让诗点化生活、滋养生命。

我们"说诗",应怎样探求作者原意呢?愚以为,必须遵从诗词表意的"语法",通过对文本"互文性"的充分发掘寻绎。《文心雕龙·知音》云:"夫缀文者情动而辞发,观文者披文以入情。""作诗"是抒志摛文、将情志外化为文字的"编码"过程;"说诗"则是沿波讨源、通过文字探求情志的"解码"过程。作者"编码"达意,有一定的"语法";读者"解码"寻意,也必须遵从这些"语法"。同时,作品是一个"意脉"贯通的有机整体,承载的是作者自洽的情意,反映在文本上,即是字、句、篇、题乃至诗词书写传统之间彼此勾连的"互文性"。这些不同层次的"互文性",构成了人们通常所说的"语境"。"说诗"应充分考虑文本的"互文性",理顺"意脉",重视作者言说的"语境"。凡此种种,既限定了阐释的边界,也保证了阐释的效力,将专家、老师合理的"正解"和相声、小品、脱口秀演员搞笑的"戏说"区别开来。

散文语言"编码"达意,比较显豁、连贯,诗词语言则讲究含蓄、跳跃,故"言在此而意在彼""言有尽而意无穷""无理有情""笔断意连"之类的话语常见诸诗话、评点。用书法之字体比拟的话,散文似楷书,诗词则是行书或草书。由于"五四"新文化运动的猛烈抨击,传统文体的书写和说解传统,在当下已命若悬丝。从小学到大学,哪怕是专业的中文系,也没有系统教授传统文体写作的课程。即使是职业的研究者,也普遍缺乏传统文体的书写体验。这种"研究"与"创作"的断裂,直接导致了今日的新生代研究者对诗词的感悟力和解读力普遍不高。因为诗词表意往往含蓄、跳跃，如果没有深切的创作体验，就很难把握住全篇的"意脉"，解说难免支离破碎、顾此失彼。就像一个人如果没有拿过毛笔，面对楷书还大致可以辨识，但如果面对的是一幅行书或草书，他连怎么写出来的（笔顺、笔势）都很难弄明白，更不要说鉴赏妙处、品评高下了。

说到这里，也许有朋友会说，现在社会上喜欢写诗词的人可是越来越多了呀！的确，这对于中华优秀传统文化的传承来说，是好现象。不过，很多朋友是因为爱好而写作，就他们自学的诗词素养，写出一首符合"语法"且"意脉"贯通的诗词来说，还有不小的距离。记得数年前，当能够"写"诗词的计算机软件被开发出来时，有朋友问我怎么看待？如何区别计算机和人创作的诗词？我说：我能区别计算机和古人创作的诗词，但没法区别计算机和今人创作的诗词，甚至计算机创作的比我看到的绝大多数今人创作的还要好，起码平仄、押韵没有问题。因为古人所处的时代，古典文脉传承不成问题，诗文书写是读书人必备的技能，生活、交际常常要用，他们所受的教育中有系统、大量的创作训练，既物化为教材，也可能是师友父子间口耳相传的"法门"、技巧。因此，古人写诗词，就像今人说、写白话文一样，不论雅俗妙拙，起码是符合"语法"且"意脉"贯通的。而在传统文体被白话文体大规模取代的今天，我们已成了诗词传统的"局中门外汉"（张祖翼《伦敦竹枝词》初版自署），不论是写作还是说解，如果不经过刻意、系统的训练，要做到符合"语法"和"意脉"贯通，都非常困难。想必大家都有过学习外语的体验，之所以感觉困难、进展缓慢，是因为缺乏"习得"这种语言的文化氛围。计算机"写"诗词，不过是根据事先设定的平仄、押韵程序，提取相关主题的关键词排列、拼凑，绝大多数今人也差不多，都很难做到符合"语法"且"意脉"贯通。以上是我数年前的回答。ChatGPT（人工智能的语言模型）的诞生，使我的看法略有改变，但它要写出合格的诗词作品，尚待时日。

今人对诗词的感悟力和解读力普遍不高，除了缺乏创作体验，还由于时势变迁，所受专业化的教育训练，使他们的国学素养一般比较浅狭。而诗词又是作者整个生命和生活世界的映射，可能涉及作者生活时代的社会风俗、礼乐制度、思想观念、地理区划乃至自然科学方面的知识。如果对诗词生成的文化背景缺乏了解，自然难以充分发掘文本的意蕴及其"互文性"，无法还原作者言说的"语境"，解说难免隔靴搔痒、纰漏百出。

今天，我们对传统文体的看法已经和"五四"先贤有了很大不同。很多人意识到，传统文体未必没有价值，未必不能书写、表达当代人的生活、情感。尤其是诗词，与母语特性、民族审美、文化基因的关系更为密切。最近几年，《中国诗词大会》《经典咏流传》等与传统文化相关的娱乐节目的热播，更是彰显了中华优秀传统文化根于人心、超越时空的永恒魅力。

那么，我们应该如何提升诗词创作和说解的水平呢？窃以为，就学术、教育体制而言，应该恢复诗词创作教学，适当修复"研究"和"创作"之间良好互动的关系。在古代，文学创作教学的传统源远流长,不仅指授诗文作法、技巧的入门书层出不穷,而且那些以传世为期许的诗话、文评,比如《文心雕龙》《沧浪诗话》等,也以提升创作能力为鹄的,带有浓厚的教科书特征;文学活动的主体,通常兼具创作者、评论者和研究者"三位一体"的身份。"五四"新文化运动打倒了传统文体,并从西方引进了一套崭新的现代文学研究和教育机制。这套机制将"研究"和"创作"断为二事,从此,中文系不以培养作家为使命,而以传授用西方现代文论生产出来的"文学知识"为主要职责。一定程度上说,这些知识不仅忽视了中国古代文学的"中国性"及其生成的古典语境,未能很好地阐发中国古代文学的文化基因、民族审美和母语特性,而且完全不涉及传统文体的创作。诚然,伟大的作家不是仅靠学校培养就能造就的,但文学创作的能力却是可以培养、提升的,中文系的研究和教学不应该放弃对文学创作能力的培养。职是之故,我们有必要修复"研究"和"创作"之间良好互动的关系,特别是亟待从创作视角阐释我们的文学遗产,并以研究所得去丰富、深化传统文体的创作教学。这既可以填补研究空白,推动学科、学术、话语这"三大体系"的建设,也可以反哺当代传统文体创作,是赓续中华文脉的当务之急!

就个人而言,细读、揣摩国学功底广博深厚、"研究"和"创作"兼擅的前辈名家的"说诗"论著,必不可少,特别是钱仲联、羊春秋等现代诗词研究泰斗。他们前半生接受教育的时候,诗词还以"活态"传承着,在与晚清民国古典诗人的交往中,他们"习得"

了诗词创作与说解的能力。同时，他们后半生主要在高校执教，颇了解当代读者的学习障碍和阅读需求。因此，由他们操刀撰写的诗词读物，往往深入浅出，言简意赅，既能传达古典诗词的神韵，又契合当下读者的阅读需要。

作为中华学人，我们对诗词的研究，毕竟不能像有些汉学家那样，偏重理论"演练"。我们有着赓续文脉的重任，必须将研究奠基于对作品的准确解读之上。这势必要求我们尽快提升对诗词的感悟力和解读力。另外，作为"80后"父亲，自从儿子出生以后，我的"人梯"之感倍为强烈，想从专业领域为儿子乃至普天下孩子的成长奉献涓滴。基于这两个方面的考虑，在编纂"民国诗学论著丛刊""名家谈诗词"等丛书之后，我计划再编纂一套"中华好诗词"丛书，把自己读过而又脱销的现代学术泰斗撰写的诗词经典选本，以成体系的方式精校再版，和天下喜欢或欲了解诗词的朋友分享。这个设想，得到了诗友、洪泰基金王小岩先生的热情绍介，以及新东方集团俞敏洪、周成刚和窦中川三位先生的垂青、支持！编校过程中，大愚文化的王秀荣、郭城等老师，付出了很大辛劳。我们规范体例、核校引文、更新注释中的行政区划，纠正了不少讹误，并在每本书的书末附录了一篇书评、访谈录或学案。对于以上诸位师友的热情襄赞，作为主编，我心怀感恩，在此谨致谢忱！

这套丛书，是我们抱着"发潜德之幽光，启来哲以通途"的传承目的编的，乃2024年度教育部哲学社会科学研究重大专项项目"古典诗教文道传统的当代阐释及教育实践"（2024JZDZ049）的阶段性成果。每个选本，都是在对同类著作做全面、详尽调查的基础上精挑细选出来的。选注者不仅在相关研究领域有精深造诣，而且许多人本身就是著名诗人。他们选诗，更具行家只眼；注诗，更能融会贯通；解诗，更能切中肯綮。每册包括大约三百首名篇佳作及其注释、解析，直观呈现了某一朝代某一诗体的精彩样貌。诸册串联起来，则又基本展现了从先秦到近代中华诗词的辉煌成就。读者朋友们通过这套丛书，不仅可以在行家泰斗的陪伴、讲解下，欣赏到中华数千年来最为优美的古典诗词作品，而且能够揣摩到诗词创作和欣赏的基本"法门"。而诗歌又是文学王冠上最耀眼的明珠，是所有文体中最难懂、表现手法最丰富的。诗歌读懂了，其他文体理解起来不在话下。诗歌表情达意的技法，也能迁移、应用到其他文体的写作中。缘此，身边的朋友不论是向我咨询如何提升孩子的阅读水平，还是请教怎样提高学生的作文分数，我开出的药方都是"好好儿读诗，特别是诗词"。

孔子说，"不学诗，无以言"，往极端说，甚至"无以生"。诗人不仅能说出"人人心中有，口中无"的话，还是人类感觉和语言的探险家。读诗是让一个人的谈吐、情操变得高雅、优美、丰富起来的最为廉价、便捷的方式。你，读诗了吗？

陈斐
甲辰荷月定稿于艺研院

前言

明太祖以匹夫而得天下于马上，开大明三百年大一统的基业，历史又授命于诗人，要他们为大地山河而歌唱。据朱彝尊《明诗综》所收，就有三千四百余家。

一代文学作品固有一代之特色，却非块然独处。明初的诗歌，固然矫正了元诗纤弱之弊，却又是相克相生，在元诗基础上发展起来。好多诗人都是跨代的，如刘基、贝琼、刘崧、袁凯、高启等。有的人在元末已经著名，有的人曾受知于杨维桢、王冕。这两人并没有在明代做过官，出过力，但对明代的文苑却很有影响，故而《明史·文苑传》即把杨、王收了进去。刘基的功名事业在明代，而他的好几篇佳作则成于元末。袁凯以《白燕》诗享名（此诗实很凡庸），还流传着与时太初争胜的故事，其事也在元代。高启的《明皇秉烛夜游图》《听教坊旧妓郭芳卿弟子陈氏歌》，皆为名篇，都是有感于元主的享乐误国，隐含着没落感。又如他的《宫女图》，后人附会为高启得祸之由，实则也作于元末。

刘基与高启，都是明初最有成就的大家。但刘基后期，已成为太祖的"吾子房也"，又卷入政治斗争中，高启才是纯粹的诗人。他的乐府诗，就非刘基所及。明代不少诗人，在文学理论上都有自己完整的流派性的观点，高启只是用诗篇来反映他的思想认识。

明初诗坛，还有一个人文地理上的特征，即名家大都出于南方，而尤蔚著于吴中。刘基曾被称为越派领袖，高启则为吴中四杰之冠。这当然由于当时南方较为富裕开通，苏州更加繁荣，在师友的交游援引上，便得风气之先。高启的诗也含有市民意识，只是不很明显，到了唐寅、祝允明时，就表现得很鲜明了。

吴中四杰指高启、杨基、张羽和徐贲，后三人的成就远逊于高启，而四杰的结局都很悲惨。

高启诗工于模拟，学什么像什么，但缺点也在这里：常服他人衣冠，难免限制了他的更上层楼的气魄。同时，也因他在中年时即惨遭腰斩，艺术生命过早地随肉体而消灭；如果享以天年，渐涉苍劲，胜业或不止此。埋葬了一批有才情的诗人，也就埋葬了一片艺术的生机。

沈德潜在《明诗别裁集序》中说："洪武之初，刘伯温之高格，并以高季迪、袁景文诸人，各逞才情，连镳并轸，然犹存元纪之余风，未极隆时之正轨。"这正说明后一代诗歌的发展，在不同程度上，不能摆脱前一代惯性的制约。

明成祖的帝位，是在骨肉相残、喋血宫城的惨剧中夺取的。在文坛上，则有台阁体的出现，代表人物为杨士奇、杨荣、杨溥，世称三杨。位居宰臣，身经四朝。

政敌既已覆灭，于是便认为是太平盛世，而太平盛世只能歌颂鼓吹。"粉饰太平"一语本含贬义，台阁派却以为文章就应当"恢张皇度，粉饰太平"（倪谦《艮斋文集序》）。逢盛世而作美词，亦情理之常，但不能够强调到绝对的唯一的高度，因为这会抹杀生活的复杂性、性格的多重性。只允许诗人描笑容，不允许溅泪痕，这样，社会矛盾根本就不存在了。在诗歌风格上，三杨则提倡醇厚、平正和典雅，为了和歌功颂德相适应、相贯通，因而流于庸陋僵锢，笔下无我。无论诗文，最忌四平八稳，不痛不痒。

前人曾说明诗多应酬之作，台阁体就是出于庙堂的高级应酬作品。虽然流行一时，却为有识者所鄙薄，沈德潜就说"骫骳（萎颓）不振"，钱谦益、朱彝尊评语中也含轻视之意。

当然在三杨的诗歌中，也还有一些萦绕情趣之作，如杨士奇《发淮安》的"双鬟短袖惭人见，背立船头自采菱"，倒真说得上天趣之真。江村女郎一刹那间的羞涩动作，不知道怎么也会引起他的兴趣？看来既然称作诗人，总少不了那么一种审美敏感。

明初尚有闽派诗，林鸿、高棅等被称为闽中十子，而张以宁、蓝仁、蓝智则为闽派诗的先驱。高棅承南宋严羽的格调说，编选《唐诗品汇》一书，影响很大，李东阳与前、后七子的论说，都与此书有关。但高棅自己的诗作，却无甚特色，可选之诗不多，如同严羽在宋诗中一样，亦见论说究不能代替创作实践。

太祖威猛而猜忌，文士多不得其死，连刘基也死得不明不白。成祖夺位后，大戮建文诸臣如方孝孺等。孝孺等死难的事迹颇为人称道，而于诗非专长。然而"太平盛世"神话的破灭，却引导着明诗人回到社会的真实存在中来。

从永乐至天顺，政局常在动荡之中，诗坛却显得很沉闷。

李东阳也是一位台阁重臣，以宰辅而领袖文坛，但在成化、弘治时期，却是力挽颓势、转变诗风的重要人物。富贵福泽是否与诗情绝缘，主要决定于诗人本身。

李东阳一再强调文与诗不同，文只要顺理成章，诗则可以歌吟讽咏，故必须讲究音调的和谐，他写的一些得意之作，就教善歌的张泰歌之。他在《麓堂诗话》中说："诗必有具眼，亦必有具耳。眼主格，耳主声。"就是说，诗歌还必须给人以听觉上的快感，也即应有音乐价值。王昌龄的七绝之所以令人倾倒，音调上的悦耳是原因之一。

东阳的《麓堂诗话》，颇多诗家甘苦之言。在他自己的创作中，那些乐府诗还是写得很出色，如《灵寿杖歌》，规模杜甫，纵横跌宕，心事浩茫，在三杨的台阁体中就绝对找不到。此外，南行北上之作，写沿途所见所闻，结合自己的感慨，也隐具风人之旨。王世贞《艺苑卮言》卷五云："李西涯如陂塘秋潦，汪洋澹沲，而易见底里。"可谓谈言微中。卷六又云："长沙（指李东阳）之于何（景明）、李（梦阳）也，其陈涉之启汉高乎？"这话也有见地，说明李东阳在这一阶段积极的过渡作用。

李梦阳和何景明，本皆出于李东阳门下，后来却力攻东阳，讥其萎弱不足法，于是而倡言"文必秦汉，诗必盛唐"，即是复古；复古的目的求真，为了洗涤流行的平庸滑俗之风。但到后来，梦阳与景明之间也发生了争论。

他们认为只有在古人的作品中才能见到真率自然。从某种意义上说，并非没有道理。但既要复古，就不能不模拟，模拟的结果，难免出现画虎不成的东西，因而被人讥为"假古董"。其次，他们的矜才使气的声势，也容易引起别人的反感，有的人一提到七子，仿佛咬牙切齿似的。好话说得过头，坏话说得过头，都不能令人信服。

李、何诗学观点上的是非得失，实在太复杂，而且他们理论上说的往往和创作实践不相符合（这也是不足为怪的正常现象），但就他们作品的鉴赏价值来说，明代中期的诗坛，有了李、何等七子，才显得有光芒，有波澜，尽管他们有一些不值一顾的陋作。陈田《明诗纪事》丁签甚至说："明代中叶有李、何，犹唐有李、杜，宋有苏、黄。"虽推崇过高，却非出于门户之见。试看李梦阳的七绝《塞上》和《汴京元夕》，何减晚唐！他诗中的音节之美，也值得我们注意。清以来的一些明诗选集，对李、何作品都是作为重点选录，包括钱谦益的《列朝诗集》。沈德潜是很有眼力的评赏家，他的《明诗别裁集》，选何诗四十九首，李诗四十七首，分居全书的第一、第二位。本书因篇幅限制，对李诗即觉遗珠过多，未免歉然。

明之武臣，英宗时期的郭登、于谦（后来世宗时期则有戚继光）皆以名将而饶才情，亦少馆阁习气，但在宫廷政变中，于谦蒙冤被斩，郭登几乎丧生，为朱家效力实在大不容易。其次，理学家如陈献章、庄昶以为风花雪月、鱼跃鸟飞皆可入诗，故亦时有流连光景之作。

此外，尚有唐寅、祝允明、文徵明、徐祯卿吴中四才子。唐、祝诗反映了市民意识，也可以看到语言上的变化。但唐寅诗也夹杂浅露滑俗之气，他于诗本不在意。四人之中以徐祯卿的成就最高，他同时又是前七子之一，并有专著《谈艺录》，惜享年过短。

吴多才人，吴宽、沈周也是其中俊彦。吴宽属李东阳的茶陵派。沈周以画著名，诗则不加雕饰，取材多为江南的风云烟月。

明代的政局，至弘治、正德时，逐渐走向下坡，武宗之不君，有甚于纨绔，而诗则推向高潮。三杨及李东阳皆台阁中人，李梦阳、何景明之崛起，则如陈田所说，"坛坫下移郎署"，故诗亦疾恶敢言。

由于前七子复古运动的声势影响，遂有以李（攀龙）、王（世贞）为首的后七子接踵而起。后七子中，起先本以谢榛为长，故沈德潜云："四溟（指谢榛）五言近体，句烹字炼，气逸调高，七子中故推独步。"谢榛论诗亦多警语，其《四溟诗话》卷二，论诗忌太切，忌蹈袭，卷三云："凡作诗不宜逼真，如朝行远望，青山佳色，隐然可爱，其烟霞变幻，难于名状。及登临奇观，惟片石数树而已。远近所见不同，妙在含糊，方见作手。"可见他是不爱执意模拟的，加上他与李攀龙性格都很狂傲，遂被排挤削名。

李攀龙诗的毛病即在模拟，由于模拟非出真情，故诗境词意亦常有重复处，他在自己所作《古诗后十九首》的小引中曾说："制辔筴于垤中，恣意于马，使不得旁出，而居然有一息千里之势，斯王良、造父所难为耳。"意思是，拟古要像驭马于小土堆中，既要任马驰骋，又不可逸出范围之外。这样的境界，实际是很难做到的。他自己在写乐府诗时，也许真的是这样努力做去，却往往削足适履。

后七子中的成就，自得推王世贞。他才高望显，各方面的条件都很优越，所以，他不仅是诗人，又是学者，在整个明代诗坛上，他不失为一颗明星。钱谦益《列朝诗集小传》中对李、王的评价即很有区别，持论也很公允。世贞后来对早年的是古非今的调论，颇为悔省，钱谦益称其"虚心克己，不自掩护"。他在遭家难时写的一些诗，涕泪之中，尤见至情，父子之外，又拳拳于手足。

由于王世贞的交游广而声气甚，后七子复古运动中还有后五子（张佳胤等）、广五子（卢柟等）、续五子（黎民表等）、末五子（屠隆等），但已是强弩之末，碌碌余子了。而模拟追踪的风习、华而不实的祈向，亦终使诗歌的"复古"走上了末路。

当时独立于七子之外，自张一帜的为杨慎，陈田所谓"灭灶再炊，异军特起"。他的才情不在李、王之下，其伪撰《杂事秘辛》即在炫才。他的诗喜用僻事，多著浮彩，半是才气，半是出于遭遇，因他终身流放，心多顾忌，故亦不能尽情吐露衷曲。

晚明开始于万历，而万历前后达四十八年，政局极为腐败黑暗，江河日下。说来奇怪，这仿佛成为一种力量，既助长了酒色财气，也激发了各种异端思潮的涌起；要求个性自由、情欲满足的浪头，冲击着传统的精神堤防，但也只是冲击。李贽、徐渭、汤显祖、袁宏道、钟惺等，就是活跃于那个时代，《金瓶梅》也是在这时期流行，袁宏道即曾向董其昌借阅。

李贽其实是理学家中的偏师，他的内心充满苦闷与矛盾，晚年陷入变态心理。有人痛恨他、迫害他，也有人非常尊敬他。诗并非

7

他的本工，好多诗都带有理学气，但他学说的影响却很大。例如童心说，即要求"绝假纯真"，也正是晚明大部分诗人努力的目标，因而对前、后七子复古拟古的流弊，自然不会满意。

《列朝诗集小传·袁宏道传》云："万历中年，王、李之学盛行，黄茅白苇，弥望皆是。文长、义仍，崭然有异，沉痼滋蔓，未克芟薙。中郎以通明之资，学禅于李龙湖，读书论诗，横说竖说，心眼明而胆力放，于是乃昌言排击，大放厥辞。"可见袁宏道之前，徐渭、汤显祖已起先驱作用，而李贽对宏道"横说竖说"的影响尤为重大。

在诗的成就上，徐比汤要大一些，但明眼人都看得出这是晚明人写的诗。这里面确实有他们自己的性格面目。谈不上深厚，不过读了能够得到感情上的满足。

公安袁宏道的诗，可贵处也在率真，包括他使用的语言。但任情即兴，多玩世之笔，中年以后，更是以禅废诗。这个时代使人苦闷逃避，也应当面对现实而直抒爱憎。无病呻吟固然要不得，但确实是病就得呻吟。吴景旭《历代诗话》卷七十九："刘玉受云：初读袁集，酷爱之。徐觉其玩世语多，老婆心少。此是大根权机，政不必作婆子气。旨哉。"这段话说得很警辟，诗人还得具备"老婆心"，例如，杜甫。

竟陵钟惺的诗，好处是不媚俗，在烹炼的功夫上实在袁宏道之上。作诗不能不讲究烹炼，这与卖弄辞藻又不同。但钟诗有一个显著的缺点，就是读来哑闷，如同放不响的潮湿炮竹，一半由于重烹炼而不重音节，一半则因追求"荒寒独处，稀闻渺见"的"寂寞之滨，宽闲之野"那种境界，这也是对七子与公安的反拨。但这种诗风，却是可一而不可再，就像李贺的诗一样。陈衍《石遗室诗话》卷六中有几则论钟、谭的诗，说得很有见地也很公平。

天启一朝，熹宗童昏，政操巨阉魏忠贤之手，义子满天下，正直的士大夫起而与阉党斗争。这些士大夫大都非纯粹的诗人，而其事迹和志节，皆可泣可歌，发之于诗，亦不乏慷慨悲凉之作。

陈子龙是明末一个大家，结束了明诗的残局。他强调文学的怨刺作用，在《申长公诗稿序》中，他曾说："所谓长歌惨于痛哭，岂徒翰墨之事乎？"也是他自己参与政治生活与文学生活的表白。

明诗多于唐诗、宋诗，前人亦已有数种选本。本书以鸟瞰式的介绍为主，自不能一味着眼于名篇而蹈于陈陈相因。然而这一选本选录的已过三百首之数，故入选的诗人，只能以卒于崇祯十七年甲申（1644）前者为限。甲申以后，仍义不帝清的淮王鸡犬，或奔走抗争，或遁迹山林的只好割爱，例外的就是陈子龙与夏完淳。

明人是看不起宋诗的，但明诗之不及宋诗，也是众所公认的，如欧阳修、梅尧臣、王安石、苏轼、黄庭坚、陈师道、陈与义、陆游那样的诗人，在明人中就找不到。不管怎么样，三百年天下中，毕竟还有大批诗人在努力着，当国家多故之际，又以士人的天职抒其忧患之情，而明代诗学论争之纷纭，也是前代所未有的。由明至清，中国的诗歌传统还是能随历史的节奏而流传下来。这一传统，今后如果还能继续流传着，也就大非易事了。

本稿由上海古籍出版社编辑部有关同志审阅后，多所匡正。于此谢之。

金性尧

1993年5月

目录

张以宁	送重峰阮子敬南还	001
	题李白问月图	003
	丝 瓜	005
汪广洋	画 虎	006
	过高邮有感	007
	兰溪棹歌	008
乌斯道	古 诗	009
蓝 仁	惜猫怨	010
	题荷池白鹭	011
	题古木苍藤图	012
蓝 智	溪桥晚立	013
	破 屋	013
张 绅	日出行	014
	捕雀词	015
胡 翰	夜过梁山泺	016
袁 凯	客中除夕	019
	京师得家书	019
	江上早秋	020
	白 燕	021
刘 基	旅 夜	024
	长门怨	024
	畦桑词	025
	病妇行	026
	美人烧香词	027
	灵峰寺松风阁	028
	过苏州	029

贝琼	孤松	030
	穆陵行	031
	寒夜	034
宗泐	秋莺歌	035
	祖龙歌行	036
	怀以仁讲师入观图	038
	题兰	038
刘崧	猎犬篇	039
	忆鼎儿	040
	过新吴寺哭严焕旅柩	041
杨基	寄内婉素	043
	白头母吟	045
	岳阳楼	047
	春草	048
	叹道傍废宅	049
徐贲	七夕有雨	051
	农父谣送顾明府由吴邑升常熟	051
	雨后慰池上芙蓉	053
张羽	寺中书所见（二首选一）	054
	踏水车谣	055
	蚕妇	055
孙蕡	别内	057
	平原田家行	059
高启	见花忆亡女书	062
	梦姊	064
	野田行	065

	牧牛词	066
	卖花词	067
	听教坊旧妓郭芳卿弟子陈氏歌	067
	明皇秉烛夜游图	071
	张中丞庙	074
	忆远曲	076
	登金陵雨花台望大江	077
	岳王墓	079
	晚寻吕山人	080
	秋 柳	081
	宫女图	082
	苏李泣别图	083
	田舍夜春	084
林 鸿	夕 阳	086
	咏 草	087
	枇杷山鸟	087
瞿 佑	乌镇酒舍歌	089
	清 明	090
高 棅	峤屿春潮	092
	夏谷云泉	092
王 恭	经友人故宅	094
	春 雁	094
	题张良归山图	095
方孝孺	题 画	097
	竹	098
程本立	滇阳病起	099

魏　泽	过侯城里有感	101
杨士奇	发淮安	104
刘　绩	送王内敬重戍辽海	105
李昌祺	归自南阳	106
	乡人至夜话	107
龚　诩	咏汤婆长句寄谈勿庵勉之共发一笑	109
	饥鼠行	110
	鹭	110
于　谦	初　度	112
	孤　云	113
	村舍桃花	114
	上太行	115
郭　登	题蒋廷晖小景	116
	自公安至云南辰沅道中谒山王祠	117
	西屯女	118
	春日游山偶成	119
张　弼	假髻曲	120
	渡　江	120
	偶　题	121
沈　周	咏　帘	123
	写怀寄僧	124
	题　画	124
陈献章	厓山大忠祠	126
	晓　起	128
	阅马氏均田文	128

4

吴 宽	新 月	130
	宿丹阳闻笛	131
庄 昶	忆舍弟	133
	舟 中	133
程敏政	马嵬八景次韵为阎方伯赋	135
	家畜一犬甚驯每出入必随至山斗宗侄希达家戏作	137
李东阳	白杨行	139
	风雨叹	140
	新丰行	142
	竞渡谣	143
	题清明上河图	144
	与钱太守诸公游岳麓寺四首席上作	148
	九日渡江	149
	舟中杂韵（十首选一）	150
	虢国夫人早朝图	151
马中锡	织	152
	元世祖庙	153
杨一清	山丹题壁	155
	渡 江	155
杨循吉	钞 书	157
祝允明	秋晚由震泽松陵入嘉禾道中作	159
	秋香便面	160
唐 寅	过闽宁德宿旅邸馆人悬画菊愀然有感因题	162

	题钓鱼翁画	163
	题东坡小像	164
文徵明	阊门夜泊	166
	魏家湾有感	167
	吴隐之画像	168
王守仁	兴龙卫书壁	169
	龙潭夜坐	170
	文殊台夜观佛灯	171
李梦阳	相和歌	173
	述愤（选一）	174
	土兵行	175
	玄明宫行	178
	林良画两角鹰歌	181
	郑生至自泰山	184
	艮岳篇	185
	晓莺	186
	经行塞上（二首选一）	186
	汴京元夕（其三）	188
王廷相	芳树	189
	巴人竹枝	190
边贡	上王氏妹墓	191
	送都玄敬	192
	谒文山祠	192
	十六夜	194
顾璘	快哉行	195
	庚辰元日	197

	采樵歌效竹枝体之三	198
徐祯卿	江南乐八首代内作	200
	送士选侍御	201
	寄华玉	202
	月	202
	在武昌作	203
	济上作	204
	王昭君	205
	偶　见	205
严　嵩	出仰山	207
	晚次宝应湖阻雨忆舍弟	207
	赠相命颜生	208
何景明	观　涨	211
	岁晏行	212
	莫罗燕	214
	五丈原谒武侯墓	214
	苏子游赤壁图	215
	鲥　鱼	216
	小景四首（其二）	217
孙一元	收菊花贮枕	219
	至日携榼登道场山	220
	南窗下芭蕉盛开五月潇然有秋意	221
郑善夫	古　意	222
	双　雁	223
	秋　夜	223

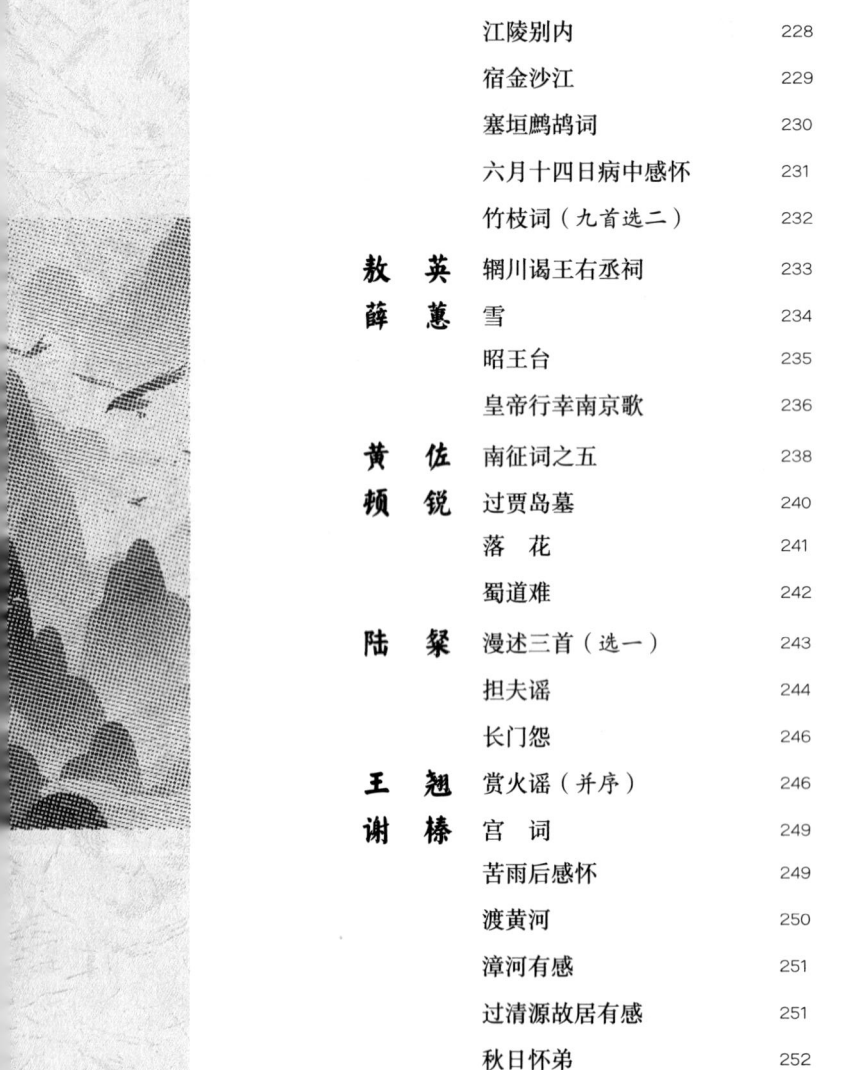

杨　慎	峡东曲	226
	衍古谚	226
	江陵别内	228
	宿金沙江	229
	塞垣鹧鸪词	230
	六月十四日病中感怀	231
	竹枝词（九首选二）	232
敖　英	辋川谒王右丞祠	233
薛　蕙	雪	234
	昭王台	235
	皇帝行幸南京歌	236
黄　佐	南征词之五	238
顿　锐	过贾岛墓	240
	落　花	241
	蜀道难	242
陆　粲	漫述三首（选一）	243
	担夫谣	244
	长门怨	246
王　翘	赏火谣（并序）	246
谢　榛	宫　词	249
	苦雨后感怀	249
	渡黄河	250
	漳河有感	251
	过清源故居有感	251
	秋日怀弟	252
	送刘将军赴南都	253

	捣衣曲	254
王　问	赠之山	255
	顾影自叹	256
皇甫汸	闰七夕	257
	寄忆	258
高叔嗣	移树道上	259
	中秋无月	260
	权店晚行	261
李开先	寓言	263
	夜宴观戏	264
张时彻	采葛篇	265
	子夜四时歌·春歌	266
	广陵晓发	266
金銮	漂母祠	267
	除夕	269
	银河	269
吴承恩	对月感秋	271
	二郎搜山图歌	272
沈炼	哭杨椒山	277
唐顺之	岳将军墓	279
	岊亭遇盗次韵	280
欧大任	九江官舍除夕	281
	萤苑	281
黎民表	燕京书事	282
	闻捷报	283
张佳胤	峨嵋山营作	285

	宿太华山寺	285
沈明臣	别　母	287
	凯　歌	288
李攀龙	懊侬歌	290
	录　别	291
	岁杪放歌	292
	寄别元美	293
	登黄榆马陵诸山是太行绝顶处	294
	登华不注山送公瑕	295
	挽王中丞	296
	和聂仪部明妃曲	297
徐中行	山陵道中风雨	298
	感　旧	299
梁有誉	秋夜雨中过黎氏山房	300
	汉宫词	301
徐　渭	阴风吹火篇呈钱刑部君附书八山	304
	严先生祠	306
	岳公祠	307
	桃叶渡	308
	王元章倒枝梅花	309
	内子亡十年其家以甥在稍还母所服潞州红衫颈汗尚沆余为泣数行下时夜大雨雪	309
吴国伦	次奢香驿因咏其事	311
	鄱阳湖	312
宗　臣	哭梁公实十首之三	314

	真州谒文丞相祠	315
	过采石怀李白十首之四	315
王世贞	折杨柳歌	318
	过长平作长平行	318
	钦䴖行	320
	寒食志感示儿辈	322
	登太白楼	322
	上谷杂咏	323
	忆　昔	324
	登　岱	325
	哭敬美弟	326
	题弈棋图	327
	送妻弟魏生还里	327
	西城宫词	327
	题复甫墨牡丹	328
戚继光	过文登营	331
	盘山绝顶	331
王稚登	平望夜泊	333
	杂　言	334
	重经孟河	334
陈　第	官路傍	336
屠　隆	出　塞	337
	江南谣	338
沈一贯	观选淑女	339
	若耶溪独往	340
赵南星	子夜歌	342

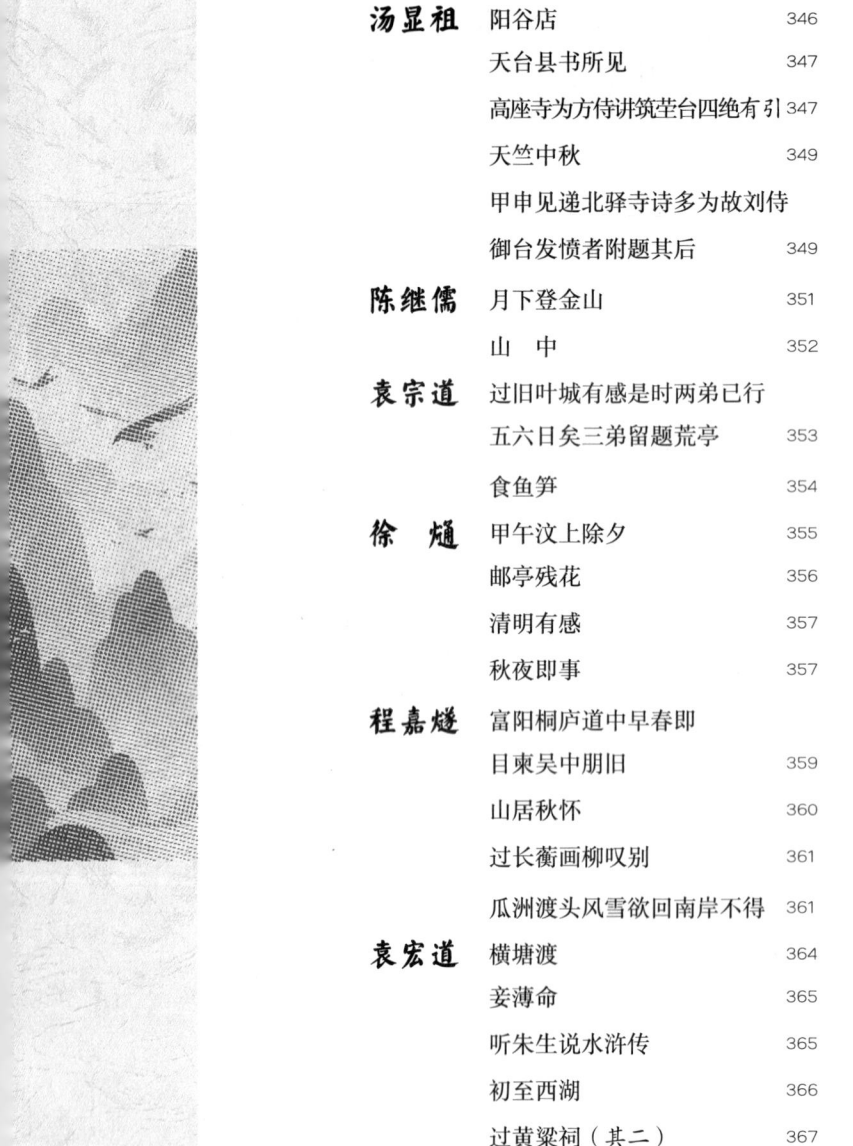

	长蛇歌饮邹南皋作	343
汤显祖	阳谷店	346
	天台县书所见	347
	高座寺为方侍讲筑茔台四绝有引	347
	天竺中秋	349
	甲申见递北驿寺诗多为故刘侍御台发愤者附题其后	349
陈继儒	月下登金山	351
	山　中	352
袁宗道	过旧叶城有感是时两弟已行五六日矣三弟留题荒亭	353
	食鱼笋	354
徐　熥	甲午汶上除夕	355
	邮亭残花	356
	清明有感	357
	秋夜即事	357
程嘉燧	富阳桐庐道中早春即目柬吴中朋旧	359
	山居秋怀	360
	过长蘅画柳叹别	361
	瓜洲渡头风雪欲回南岸不得	361
袁宏道	横塘渡	364
	妾薄命	365
	听朱生说水浒传	365
	初至西湖	366
	过黄粱祠（其二）	367

	经下邳	368
袁中道	邺城道中	370
	入都迎伯修槚得诗十首效白	371
	读子瞻集书呈中郎	372
	晚　溪	372
李　贽	哭怀林	374
	老病始苏	374
谢肇淛	送练中丞遗裔归家有引	376
	秋　怨	379
	鼓山采茶曲	380
钟　惺	秋海棠	382
	三月三日雨中登雨花台	383
	九日携侄昭夏登雨花台	384
	秣陵桃叶歌	384
李流芳	清渊逢乡人南还	386
	西湖有长年小许每以小舠载予往来湖中临行乞画戏题	386
	无　题	387
王象春	书项王庙壁	388
顾大章	被逮道经故人里门	390
谭元春	登清凉台	392
	姊妹词	392
	舟　闻	393
	秋尽逢刘同人	393
李应升	书驿亭壁方寿州诗后	395
	邹县道中口占	396

薄少君	哭夫诗（选一首）	397
王彦泓	空　屋	398
无名氏	吴下人诗	400
陈子龙	小车行	402
	明妃篇	403
	除夕有怀亡女	405
	秋夕沈雨偕燕又让木集杨姬馆中是夜姬自言愁病殊甚而余三人者皆有微病不能饮也（二首选一）	406
	钱塘东望有感	407
	秋日杂感	409
	会葬夏瑗公（二首选一）	410
	途　中（二首选一）	411
	夜　意	411
	督　亢	412
夏完淳	细林野哭	414
	宝带桥	417
	春兴八首同钱大作（选一首）	417
	寄荆隐女兄	418
	绝　句	419

附录　金性尧先生的文史研究 / 杨焄　421

张以宁
（1301—1370）

字志道，号翠屏山人，古田（今属福建）人。元泰定进士，曾在黄岩、六合任官。顺帝时，官至翰林侍读学士。元亡，至南京，奏对称旨，授侍讲学士。洪武二年秋，奉使安南，次年卒于安南归途中。他在明代，只活了三年。有《翠屏集》。

他为官清廉，奉使往还，行李外无他物。临终之日作一自挽诗云："一世穷愁老翰林，南归旅榇越山岑。覆身粗有黔娄被，重橐都无陆贾金。稚子啼饥忧未艾，慈亲藁葬痛尤深。经过相识如相问，莫忘徐君挂剑心。"易箦之词，尤见至情。

他是闽派诗的先驱，古风骨力雄健，才气充沛。他集中吟咏李白的诗有好几篇，也看得出李白诗对他的影响。其《峨眉亭》下半首云："秋色淮上来，苍然满云汀。安得十五弦，弹与蛟龙听？"沈德潜《明诗别裁集》评云："'秋色淮上来'二十字，何减太白！"

送重峰阮子敬南还

君家重峰下，我家大溪头。[1]君家门前水，我家门前流。
我行久别家，思忆故乡水。何况故乡人，相见六千里。
十年在扬州，五年在京城。[2]不见故乡人，见君难为情[3]。
见君情尚尔[4]，别君奈何许[5]？送君遽不堪[6]，忆君良独苦。
君归过溪上，为问水中鱼。别时鱼尾赤，别后今何如？[7]

◉ 注释

[1] 大溪头：在今福建古田城南。作者《别胡长之》云："我家玉溪溪上头。"大溪又名玉溪。

[2] "十年"二句：作者于元泰定（1324—1328）间由黄岩判官进六合尹，坐事免官，滞留江淮者十年。元顺帝时徵为国子助教，后官翰林学士，知制诰。在京城，指在元都大都（今北京）时。

[3] 难为情：难以将感伤的情绪排遣。

[4] 尔：如此。

[5] 奈何许：古乐府："奈何许，石阙生口中，衔碑（悲）不得语。"许，语助词。

[6] 遽：遂，即。

[7] 鱼尾赤：用《诗经·国风·汝坟》"鲂鱼赪尾，王室如毁"意。赪，赤色。两句意谓，别时天下汹汹，不知现今更成了怎样的局面。

◉ 评析

　　从诗题"南还"和诗的末两句看，此诗当作于元末政局混乱时，地点当在大都，故云"相见六千里"。

　　作者离乡已久，乡情自更深厚，其《别胡长之》也有"闽中故人稀会面"及"满意看君听乡语"句，《腊月梦还家侍亲》云"五更霜月到家梦，十载风尘为客心"，亦清隽而恳挚。如今逢到乡亲又要回去，更觉难以为情，还担心着兵荒马乱中的故乡近况。

　　沈德潜《明诗别裁集》评此诗云："情致缠绵，神似《饮马长城窟》诗。"

　　朱彝尊《静志居诗话》卷二：此诗"仿太白可称合作"。又引李桢"君家吟溪北，我家郡北西。君家梁间燕，我家梁间栖"，周忱"我家白沙渚，君家桐江。我家门前水，亦向桐江流"诸句，谓"当皆从此出，可知是作脍炙当时"。按，清黄仲则《题洪稚存机声灯影图》亦云："君家云溪南，我家云溪北。"

002

题李白问月图

谁提明月天上悬？九州荡荡清无烟[1]。

天东天西走不驻，姮娥鬓霜垂两肩[2]。

中有桂树万里长，吴刚玉斧声阗阗。[3]

顾兔杵药宵不眠[4]，天翁下视为尔怜。

颇闻昔时锦袍客[5]，乃是月中之谪仙[6]。

帝命和予《羽衣曲》[7]，虹桥一断心茫然[8]。

竹王祠前雾如雨[9]，踯躅花开啼杜鹃[10]。

月在天上缺复圆，人间尘土多英贤。

举杯问月月不言，风吹海水秋无边。

沧波尽卷金尊里[11]，清影长随舞袖前[12]。

相期迢迢在云汉[13]，呜呼此意谁能传？

骑鲸寥廓忽千年[14]，金薤青荧垂万篇[15]。

浮云起灭焉足异[16]？终古明月悬青天。

◉ 注释

[1] 九州：泛指全国。

[2] 姮娥：即嫦娥。传说她本为后羿之妻，窃不死之药以奔月。姮，本作"恒"，俗作"姮"，因避汉文帝刘恒讳改称常娥、嫦娥。鬓霜：意谓姮娥已老。李白《把酒问月》："嫦娥孤栖与谁邻。"

[3] "中有"二句：传说汉西河人吴刚，学仙有过，罚斫月中桂树，但桂树高五百尺，随斫随合，吴刚只得不停斫去。阗（tián）阗，象声词。

[4] "顾兔"句：传说月中有白兔，为嫦娥捣药。屈原《天问》："夜光何德？……而顾菟（兔）在腹。"傅玄《拟天问》："月中何有，白兔捣药。"李白《把酒问月》："白兔捣药秋复春。"

[5] 锦袍客：李白于出京后，自采石达金陵，穿宫锦袍（李白原为宫官），于舟中顾瞻笑傲，旁若无人。

[6] 谪仙：谪居世间的仙人。李白在《对酒忆贺监诗序》中，说贺知章曾称他为谪仙人。李白自己则在《玉壶吟》中称东方朔为谪仙。

[7] "帝命"句：《旧唐书·李白传》："玄宗度曲，欲造乐府新词，亟召白，白已醉卧于酒肆矣。召入，以水洒面，即令秉笔，顷之成十余章，帝颇嘉之。"此句当咏此事。《羽衣曲》，《霓裳羽衣曲》的省称，本传自西凉，名《婆罗门》，后经唐玄宗润色，成为新曲。

[8] 虹桥：泛喻帝城景物。卢思道《后园宴诗》："竹殿遥闻凤管声，虹桥别有羊车路。"虞世南《和銮舆顿戏下》："乘星开鹤禁，带月下虹桥。"这句意谓，李白因遭谗而离帝城皇宫，心里自很茫然。

[9] "竹王"句：指李白后来流放夜郎事。竹王，传说汉时夜郎王生于大竹中。

[10] 踯躅花：即杜鹃花，又名映山红。杜鹃，此为鸟名，即子规、催归，其声悲凄。唐无名氏诗："等是有家归不得，杜鹃休向耳边啼。"

[11] 金尊：酒器的美称。

[12] "清影"句：李白《月下独酌》："我歌月徘徊，我舞影零乱。"

[13] "相期"句：李白《月下独酌》："永结无情游，相期邈云汉。"云汉，天河。

[14] 骑鲸：指李白的去世。

[15] 金薤（xiè）：指李白作品。韩愈《调张籍》："平生千万篇，金薤垂琳琅。"

[16] "浮云"句：李白《登金陵凤凰台》有"总为浮云能蔽日，长安不见使人愁"句，比喻奸邪之遮阻贤良。焉，何，怎。

◎ 评析

　　酒与月是李白诗中的常见题材，酒使诗人由蒙眬而得到快感，暂时与现实游离，月则皎然于暗夜，而且终古长存，因而引起人的种种幻想。李白曾经写过一首《把酒问月》七古，其中说："今人不见古时月，今月曾经照古人。古人今人若流水，共看明月皆如此。"今人古人代谢不息，唯有高高明月，始终能俯瞰人间百态。趁着明月当头，不如一杯在手，正是李白胸中郁积的倾泻。

　　后来有人画了一幅《李白问月图》，张以宁便写了一首七古，将李白的《把酒问月》与《月下独酌》两诗诗意融化于诗中。诗先以月中风物写起，渐引出李白的平生遭遇。天上的月亮亏缺后尚能复圆，人间的英才何以被看作尘土？举杯问月，月不能答。但李白本是谪仙，志在云汉,只是世俗未必理解。这时他虽已骑鲸而去,遗作却光焰万丈,何况浮云倏起倏灭,终究不能永远遮蔽明月之长悬青天。悠然一结中,也隐寓对逝者的慰情。

丝 瓜[1]

黄花翠蔓子累累,写出西风雨一篱。
愁绝客怀浑怕见[2],老来万缕足秋思。

◎ 注释

[1]此诗原为题钱选(字舜举,元吴兴画家)画。
[2]浑:简直,几乎。

◎ 评析

　　老年人的心情本来较为恬淡,但身处异乡,却连风雨中萦绕着的丝瓜的翠蔓长藤也怕看见,唯恐给他牵来万缕秋思。这是画家所不能表现的意境,却给诗人巧妙地说了出来。

汪广洋
(？—1379)

字朝宗,原籍高邮(今属江苏),流寓太平(今安徽当涂)。明太祖渡江,召为元帅府令史。洪武元年(1368),山东平,以广洋廉明持重,命理行省,抚纳新附。三年,召为左丞,因遭右丞杨宪嫉忌,被放还乡。后召还,封忠勤伯,诰词比之子房、孔明。及李善长因病去位,遂以广洋为右丞相、胡惟庸为左丞相。十二年十二月,中丞涂节言刘基为惟庸毒死,广洋宜知其情。太祖问之,答曰"无有"。太祖怒，责其朋欺，贬广南，后又赐敕诛之。此据《明史》。明初讳"诛"为"废"，故太祖御制文集作"废丞相汪广洋敕"。明初为丞相者，有李善长、汪广洋、胡惟庸三人。惟庸败后，丞相之官遂废不设。著有《凤池吟稿》。

朱彝尊《静志居诗话》卷二，摘录广洋五言如"平沙谁戏马，落日自登台""怀人当永夜，看月上疏桐""倒藤悬宿鸟，绝壁挂晴霓""浊浪横冲海，斜阳半在船""沙明宜见雪，月上可行舟""凉风吹雨过，好鸟背人还"等，以为可入唐人《主客图》，"静居（张羽）、北郭（徐贲），犹当逊之，毋论孟载（杨基）也"。未免言过其实。但在明初，尚不失为开国之音。他的某些小诗，尤有民歌风味，如《滩行五首》之四云："滩上水平沙，梭舟荡落花。吴侬不相识，对面浣春纱。"颇具巧思。

画　虎

虎为百兽尊，罔敢触其怒[1]。
惟有父子情，一步一回顾。

◎ 注释

[1] 罔敢：莫敢。

◎ 评析

他书也有以为成祖时翰林学士解缙所作。因成祖素不喜其子仁宗，故缙作此诗以启喻之。实不确。汪广洋《凤池吟稿》后已有王百顺为之辨证。但此诗构思良佳,曲达人情,当亦有所讽喻。

过高邮有感[1]

去乡已隔十六载,访旧惟存四五人。
万事惊心浑是梦[2],一时触目总伤神。
行过毁宅寻遗址,泣向东风吊故亲[3]。
惆怅甓湖烟水上[4],野花汀草为谁新?

◎ 注释

[1]高邮:作者故乡,今属江苏,明属扬州府。
[2]浑:全。
[3]故亲:当指其已故的母亲。
[4]甓(pì)湖:即甓社湖,在高邮西北。元末张士诚逞兵时,淮南行省李齐曾出守此湖,所以第五句有"毁宅"语。

◎ 评析

据《明史·汪广洋传》:洪武三年(1370),御史劾广洋奉母无状,为太祖切责,放还乡。此诗或作于此时,情绪也颇凄伤。又据其《自寿》诗中"腐儒今年四十二"及"堂中白发慈亲健"语,则此诗为四十二岁后所作。

作者另有《晓过高邮喜乡人迎饯》云:"贺监南归酒正香,一斑才露鬓毛苍。最怜倾盖逢知己,曾敢扬眉过故乡?风约冻云开野色,月兼晴雪动湖光。旧时亲友多零落,长是教人忆断肠。"亦可参阅。

兰溪棹歌[1]

凉月如眉挂柳湾,越中山色镜中看[2]。
兰溪三日桃花雨[3],夜半鲤鱼来上滩。

◎ 注释

[1] 兰溪:即兰江,以岸多兰草,故名;亦县名,今属浙江。棹(zhào)歌:船工行船时所唱之歌。
[2] 越中:兰溪在古代为越国之地。镜中看:喻溪水的明净。
[3] 桃花雨:桃花盛开时之雨。

◎ 评析

诗共三首,这是第一首,也是汪诗中的代表作。

春雨连朝,溪水猛涨,到了凉月如眉的夜半,鲤鱼跃波跳上溪滩,恰被诗人瞥见,于是捉进了诗境中。陈张正见《赋得鱼跃水花生诗》:"漾色桃花水,相望濯锦流。跃浦疑珠出,依池似镜浮。"是特写,本诗则为白描。

作者另有《东吴棹歌》之二云:"艇子抢风过太湖,水云行尽是东吴。阿谁坐理青丝网,遮得松江巨口鲈。"亦佳。

乌斯道
(生卒年不详)

字继善,慈溪(今属浙江)人。洪武初荐授石龙(今广东)知县,后调永新(今属江西),坐事谪役定远(今属安徽)。后放还,郑真(千之)寄诗云:"误传海外苏公死,终许羌村杜老还。"有《春草斋集》。

朱彝尊《静志居诗话》卷四,曾摘其佳句,如"四顾阗无人，一鸟空中鸣""江山岂吾限，可以相往还""寂焉千载事，伤此百年身""鹤鸣子不和，徒然有哀音"。以为"具饶清气"，信然。在明初诗人中，他是有成就者之一。

古　诗

女萝依松柏[1]，松柏不可依。巨干遭剪伐，修蔓殄无遗[2]。女萝当奈何，无依乃其宜。盘旋大化中[3]，春荣秋自萎。升高岂不好，夭折亦足悲。

◎ 注释

[1] 女萝：即松萝，地衣类植物，常寄生于松树上，蔓延下垂。
[2] 修：长。殄（tiǎn）：灭绝。
[3] 大化：变化着的大自然。

◎ 评析

　　李白《忆秋浦桃花旧游时窜夜郎》云："摇荡女萝枝，半挂青天月。"女萝高挂时竟可与天月相攀。世间小人，亦颇有以依附权贵上干青云为幸者。此诗却极言"松柏不可依"，因巨干一旦遭砍伐后，托体的女萝也难生存了。

蓝　仁
（1315—1388）

字静之，自号蓝山拙者，崇安（今属福建）人。元时，曾与其弟蓝智，受学于隐居武夷山的杜本，遂无意于科举。后曾任武夷书院山长。入明，内附（归附）后，例徙濠梁，数月放归。可见他当曾在张士诚处作吏。他的七律诗题中有"甲寅仲冬予摄官星渚本邑"语,甲寅为洪武七年(1374),则他在明初也曾出仕。他的《梦归》云:"百年已半犹为客,三径将芜苦忆归。"知他在五十余岁时还在外漂泊。他的《立春偶书》云:"八八衰年只缊袍,闭门春日自歌骚。"可见其至老犹不废歌诗。他的《丙寅(洪武十九年)正月三日作》之二云:"老年难再拜,佳客莫相过。"写老人心态极为真切,与他《病中》的"夜深方著枕,户远更留灯",《春日》的"陋巷断人行,柴门不用扃"并观,皆见其暮境的孤凄。风格略有唐人气味。他有个儿子,因事戍成都,后来死在那里,他为作《哭儿骨殖还故山》诗。有《蓝山集》。

蓝氏兄弟是闽诗派的先驱。蓝仁的诗,大部分写山林幽居生活,间有反映元末混乱局面之作。蒋易在《蓝山集》序中,虽多溢美之词,但"语不雕镂,气无脂粉"二语,还是中肯的。

惜猫怨

山人养猫俊而小[1],畏渴怜饥惜于宝。
一鸣四壁鼠穴空,卧向花阴攫飞鸟[2]。
邻家畜犬老更狂,狭路相逢力不当。
吁嗟猫死难再得,恶物居然年命长[3]。

◎ 注释

[1]山人：隐居者，作者自指。
[2]攫（jué）：用爪抓取。
[3]"恶物"句：指老而狂之犬。

◎ 评析

猫儿捉罢老鼠，又向飞鸟示威，憨态可掬，可惜却撞上了厄运。

鼠鸟之所以为猫所毙，皆因力不敌猫之故。犬则老而又狂，且相逢于狭路，自非猫能抵挡。全诗警策处即在"狭路相逢力不当"一句，末句则借犬以讽世。

题荷池白鹭

西风雨过藕花稀，湛湛池波见雪衣[1]。
老眼不知原是画，移筇欲近畏惊飞[2]。

◎ 注释

[1]湛（zhàn）湛：水深貌。雪衣：指白鹭的躯状。
[2]筇（qióng）：竹名，可为杖，故亦以筇为杖的代词。

◎ 评析

这是一幅题画诗。古人常以逼真、乱真、使观者引起错觉为绘事的优点。方干《水墨松石》："兰堂坐久心弥惑，不道山川是画图。"黄庭坚六言《题郑防画夹》："惠崇烟雨归雁，坐我潇湘洞庭。欲唤扁舟归去，故人言是丹青。"作意皆与蓝诗类似。

题古木苍藤图

风云气质雪霜踪,独立空山惨淡中[1]。
惭愧藤萝争附托,年年春色换青红。

◎ 注释

[1]惨淡:景象凄清貌。杜甫《四松》:"勿矜千载后,惨澹蟠穹苍。"

◎ 评析

　　古木经历了风霜雨雪,遗世独立;藤萝为了要向古木附托,每年春天,便换上青红悦目的姿色。藤萝原不自知,诗人却替它感到惭愧。

　　此诗陈田《明诗纪事》作蓝仁作,四库本《蓝涧集》作蓝智作。

蓝　智
（1317—?）

其字诸书皆作"明之",《永乐大典》独作"性之"。崇安(今属福建)人。早年与兄蓝仁隐居山林。洪武十年(1377),以荐授广西按察佥事,颇著廉声。蓝仁《题春雨蓝涧图》云:"朝廷偶说通贤路,州县临门逼人去。秋天岭海下鹰鹘,落日川原肃狐兔。清才直气不入时,坐守古道冲危机。无人更扫蓝涧屋,有墓已题春雨碑。"似蓝智比蓝仁早死。又因蓝智仕而蓝仁隐,故仁有《戏题绝句》云:"朝野文章自不同,壤歌何敢敌黄钟。山林别有钧天奏,长在松风涧水中。"但刘炳集有挽蓝氏昆季诗云:"桂林持节还,高风振林谷。"则蓝智晚年又谢事归里。

（引自《四库全书总目提要》）

明代兄弟以诗称者,当以二蓝为先导,他们诗的成就,亦可谓伯仲之间。但二蓝集中的诗篇互有参错,如蓝仁《蓝山集》中描写广西景物之诗,恐为蓝智所作;蓝智的《蓝涧集》中也误收蓝仁诗多首。

溪桥晚立

天阔浮云尽,山昏落日微。鸟栖当野树,人语共柴扉。
岁月且云暮[1],乡关何处归?邻家响机杼[2],远客叹无衣。

◎ 注释

[1]且:将。云:语助词,无义。《左传》僖公十五年:"岁云秋矣。"
[2]机杼:织布机。机以转轴,杼(梭子)以持纬。

◎ 评析

作于客乡中。首两句写自然界的因果关系:浮云尽所以天阔,落日微所以山昏。鸟栖当野之树,人共柴扉而语,侧写乡村的暮景。阅物及己,触景生情,引出了"远客"的处境和心绪;末句的"叹无衣",实是"岁月""乡关"两句的总结。诗中两联均有意对字不对的情形,却因情景交融的自然,几乎使人浑然不觉。

破　屋

破屋三间不自聊[1],西风篱落草萧萧。
图书满座嗟撩乱,车马何人问寂寥?
四壁秋声连蟋蟀,一枝寒雨共鹡鸰[2]。
欲知环堵家家乐[3],愿见干戈处处销。

◎ 注释

[1] 不自聊：无所适从。聊，聊赖，寄托。
[2] "一枝"句：《庄子·逍遥游》："鹪鹩巢于深林，不过一枝。"鹪鹩，俗称黄脰鸟，常取茅苇毛氄为巢，大如鸡卵。这句意谓，在寒雨中，就像鹪鹩之求一枝栖身一样。也即杜甫《宿府》"已忍伶俜十年事，强移栖息一枝安"之意。
[3] 环堵：四围皆土墙，常形容家居的贫寒。

◎ 评析

作于元末动荡之时。时值秋风秋雨，四壁虫声，邻近人家，亦多破落萧条，因而愈显得满目凄凉。末两句点出了战乱的背景，又从诗人的愿望中，见出了破屋主人的襟怀。

第三句点明主人是文士，虽经苦难而犹不忘情于图书，此亦历来如此，不能看作信手的闲笔。

张　绅（生卒年不详）

字士行、仲绅，号云门山樵、云门遗老。登州（今山东蓬莱）人。他书作济南人，非。洪武十五年（1382）为礼部主事荐举，授鄠县教谕，终浙江左布政使。诗文不经意而自成一家，又擅书法，有《书法通释》。

日出行[1]

东方瞳瞳日初出[2]，田家少妇当窗织。
屋头树稀窗有光，小姑催起不暇妆。
长梭轧轧秋丝密，一日上丝催一匹[3]。
丁宁小郎慎勿啼[4]，织成令汝穿完衣[5]。

◎ 注释

[1]行：乐府诗的一种体裁。或名歌，或兼名歌行。以后不再重注。
[2]曈曈（tóng）：日初出渐明貌。
[3]催：赶。
[4]丁宁：叮嘱。慎：表示禁戒。
[5]完衣：这里是新衣的意思。

◎ 评析

　　从小姑催起中，点出了姑嫂二人的和睦相处；少妇对小郎叮嘱的口吻，在今天城乡家庭中，还是常常可以看到。文字极为平淡，却仍有生活的新鲜感。

捕雀词[1]

原头霜深秋草薄，荒村小儿捕黄雀。
高张弓矢低网罗，日暮竞比谁得多。
野田吹火拾枯树，一半煨烧杂山芋。
北风吹草毛血腥，各自骑牛唱歌去。
我身不惜充尔饥，空城黄口待我归[2]。

◎ 注释

[1]词：乐府的一种变体。
[2]黄口：幼鸟。《淮南子·天文训》："蚊虻不食驹犊，鸷鸟不搏黄口。"庄南杰《黄雀行》："小雏黄口未有知，青天不解高高飞。"

◎ 评析

　　小鸟在空城上等待着，还以为母鸟于日暮时必会返巢，谁知母鸟毛血已腥，母子永别。"劝君莫打三春鸟，子在巢中望母归"，善良的诗人总是为幼小者呼喊、祈求,只是小儿贪馋,未必能动其心。

胡 翰
（1307—1381）

字仲申,一字仲子,金华(今属浙江)人。曾先后受业于吴师道等。元末游大都,见天下大乱,遂隐居不出。

朱元璋下金华,曾授翰衢州教授。洪武初召修《元史》,书成,赐金帛遣归,隐居长山,学者称长山先生。其诗数量不多,七言仅一首。有《胡仲子文集》。

夜过梁山泺[1]

日落梁山西,遥望寿张邑[2]。洸河带泺水[3],百里无原隰[4]。
葭菼参差交[5],舟楫窅窕入[6]。划若厚土裂,中含元气湿。
浩荡无端倪[7],飘风向帆集。野阔天正昏,过客如鸟急。
往时冠带地[8],孰踵崔苻习[9]？肆噬剧跳梁[10],潜谋固坏蛰[11]。
古云萃渊薮[12],岂不增怏悒[13]？蛙鸣夜未休,农事春告及。
渺焉江上怀,起向月中立。

◎ 注释

[1] 梁山泺（luò）：在今山东东平西南,古大野（巨野）泽之下流,汉代为打猎之处。宋时决河汇入其中,岁久填淤,遂成平陆。梁山本名良山,因汉梁孝王刘武死后葬于山麓,乃改梁山。泺,通"泊",湖泊。

[2] 寿张：故城在原东平县西南。

[3] 洸河：即洸水,古之洙水；汶水的支流。

[4]原隰：广平低湿之地，这里指陆地。

[5]葭菼（tǎn）：泛指芦苇水草。菼，初生之荻。

[6]舟楫：船只。楫，船桨。窅（yǎo）窕，深远貌。

[7]端倪：边际。谢灵运《游赤石进帆海》："溟涨无端倪，虚舟有超越。"

[8]冠带地：意为文化隆盛之地。东平本属鲁国，鲁为礼仪之邦。

[9]萑苻（huán fú）：原为泽名，《左传·昭二十年》："郑国多盗，取人于萑苻之泽。"葭苇丛密，易于藏身，后常比喻盗贼或抗官者出没之所。苻，一作"蒲"。

[10]肆噬：恣行凶暴。跳梁：同"跳踉"，猖獗之意。

[11]坏（péi）蛰：蛰伏深久。《礼记·月令》："蛰虫坏户。"以泥土封堵漏隙叫坏。

[12]萃：聚集。渊薮：原指鱼兽聚居之处。《尚书·武成》谓纣王"为天下逋逃主，萃渊薮"。这句意谓，历来就有歹人会集盘踞的说法。

[13]怏悒：心情抑郁。

◎ 评析

北宋的宋庠，曾作《坐旧州驿亭上作》（自注：亭下是梁山泊水数百里）诗，苏辙也作《梁山泊见荷花忆吴兴五绝》及七律《梁山泊》，皆咏其地风景物产之美。但神宗时蒲宗孟知郓州，郓州介于梁山泺间，其地已多盗（一说盗名黄麻胡），宗孟痛治之。（见《宋史》）《宣和遗事》亨集，即写宋江带领朱仝、雷横、李逵等"直奔梁山泺上，寻那哥哥晁盖"。）元、明间人咏梁山泺诗今存者七家，一十六首，多言及"昔为大盗区"（元朱思本《梁山泺》句）的历史，或透露出地方治安不靖的信息。

元贡奎《梁山泺次袁伯长韵》，有"日暮津头哭声惨，谁家区脱冷无衣"语，则元初已有屯守者的营帐。清初丘石常有《过梁山泊》诗云："施罗一传堪千古，卓老标题更可悲。今日梁山但尔尔，天荒地老渐无奇。"当时《水浒传》已盛行，梁山泺却荒凉无奇了。

孙楷第《沧州后集》有《元明人之梁山泺诗》一文，并云："以是言之，则元明人咏梁山泺诗，即梁山泺资料也。岂可以为无用而忽之。"

本书选录胡翰此诗，用意亦在此。

袁　凯
(1310—1387)

字景文，自号海叟，华亭（今上海）人。元末曾为府吏。洪武三年（1370），荐授御史。徐祯卿《翦胜野闻》记云："狱有疑囚，太祖欲杀之，太子争不可。御史袁凯侍，上顾谓凯曰：'朕与太子之论何如？'凯顿首进曰：'陛下欲杀之，法之正也；太子欲宥之，心之慈也。'帝以凯持两端，下狱。三日不食，出之，遂佯狂病颠，拾啖污秽。帝曰：'吾闻颠者不肤挠。'乃命以木锥锥凯。凯对上大笑，帝放归，自缧木榻于床下。"实则其处于太祖与太子间，这样回答要算得体的，而太祖对臣下的忌刻，亦于此可见。

凯父介，字可潜，陶宗仪《辍耕录》卷二十三录有介所作《踏灾行》（即《检田吏》），词旨激昂，可见凯诗法亦有自来。《翦胜野闻》云："太祖晏驾，凯始出，优游以终。"太祖卒于洪武三十一年。始终对他不放心，《静志居诗话》卷六："相传孝陵有言：'东海走却大鳗鱼，何处寻得？'"故崇祯末，其乡人单恂于其故址筑白燕庵，李待问书联于柱云："春风燕子依然入，大海鳗鱼不可寻。"

他的诗，深沉苍劲，有杜诗风格，但少变化，何景明推为明初之冠，未免过誉。内容多为感慨丧乱，抒发旅情，如《兵后大醉陶与权宅丙申九日也》中的"何处江湖为乐土，谁家门户有闲人"，《闻笛》

的"风尘远道归何日，灯火高楼合断魂"等，大抵佳作多成于元末。其集今所传者曰《海叟集》。

客中除夕

今夕为何夕[1]？他乡说故乡。看人儿女大，为客岁年长。
戎马无休歇[2]，关山正渺茫。一杯柏叶酒[3]，不敌泪千行。

◎ 注释

[1] 今夕：一作"今日"。

[2] 戎马：喻战争。

[3] 柏叶酒：柏叶后凋而耐久，古人因取其叶浸酒，元旦饮之。这里只是作为典故用。杜甫《元日示宗武》："飘零还柏酒，衰病只藜床。"宗武是杜甫儿子，时年十五岁。杜诗中又有"汝啼吾手战，吾笑汝身长"语，则凯诗"看人儿女大"句，亦非泛作。

◎ 评析

　　诗作于元末战乱之际。佳节思亲，何况是一岁将尽的除夕。人家的儿女长大了，自己的儿女却不在身边；由"看人儿女大"而骤觉"为客岁年长"，又见出了自己已麻木于漫长的他乡漂泊。全诗紧扣诗题，而语皆真挚自然，从性情中流出。

京师得家书

江水一千里[1]，家书十五行[2]。
行行无别语，只道早还乡。

◎ 注释

[1] 一千里：一作"三千里"。

[2]十五行：钱锺书《管锥编》：旧时信笺每纸八行，作书时以不留空行为敬，语意已尽，则摭扯浮词，俾能满幅。袁诗的"十五行"，"殆示别于虚文客套之两纸八行耳"。

◉ 评析

　　这是袁诗中的传诵名篇。作者在元代只做过府吏，至明初曾任监察御史。《海叟集》卷四，紧接此诗后有《寄家书》一首："白发时时脱，青山处处同。人行千里外，书到五湖东。"两诗当为先后作，"白发"云云，显为晚年之征，故题目中的京师应是南京。

　　沈德潜《明诗别裁集》评云："天籁。"

江上早秋

靡靡菰蒲已满陂[1]，菱花菱叶共参差[2]。
即从景物看身世，却怪飘零枉岁时。
得食野凫争去远，避风江鹳独归迟。[3]
干戈此日连秋色，头白犹多宋玉悲[4]。

◉ 注释

[1]靡靡：草伏相依貌。菰：亦名蒋，俗称茭白，生于水边。
[2]参差（cī）：交错貌。
[3]"得食"二句：有讽世意。凫，野鸭。鹳，水禽。
[4]宋玉悲：宋玉，战国时楚国诗人，曾作《九辩》，借悲秋以抒发贫士的哀怨。杜甫《咏怀古迹》之二："摇落深知宋玉悲。"又《垂白》："垂白冯唐老，清秋宋玉悲。"

◉ 评析

　　此诗题下有原注："丙申岁作。"丙申为元至正十六年（1356），其时作者约四十岁。笔意苍劲圆熟，略具杜诗气脉，也是作者七律中较优之作。

白　燕

故国飘零事已非，旧时王谢见应稀。[1]
月明汉水初无影，雪满梁园尚未归。[2]
柳絮池塘香入梦，梨花庭院冷侵衣。[3]
赵家姊妹多相忌，莫向昭阳殿里飞。[4]

◎ 注释

[1]"故国"二句：用刘禹锡《乌衣巷》"旧时王谢堂前燕，飞入寻常百姓家"句意。王谢，指东晋望族王导和谢安家，曾居金陵乌衣巷。按《四库全书总目提要》谓明天顺间朱应祥、张璞校选袁凯《在野集》，多以己意更窜，将"故国"句改为"去去悲秋不自知"，以为凯已仕明，欲讳其前朝之感。但此诗实作于元至正末，用金陵王谢燕事，"故国"正与"旧时"互应。又，宋长白《柳亭诗话》卷二十四，引刘仕义《新知录》云："凯以元人而入仕籍，感慨风刺，意味深长。"可见这种误解，不止一家。

[2]"月明"二句：叶矫然《龙性堂诗话续集》："唐寇豹与谢观以文藻齐名，观谓寇曰：'君《白赋》有何佳句？'豹曰：'晓入梁园之苑，雪满群山。夜登庾亮之楼，月明千里。'袁句本之，第'无影''未归'，于'燕'字尤见巧思耳。"按：晋名将庾亮为江荆豫州刺史时，治武昌，曾与僚吏登南楼赏月，故袁诗有"汉水"语。雪满梁园，梁园即兔园，汉梁孝王刘武所建，故址在今河南商丘东。南朝宋谢惠连曾作《雪赋》，叙梁王命司马相如赋雪景事。后来诗文中常以梁园雪作为典故用。

[3]"柳絮"二句：当是用晏殊《寓意》的"梨花院落溶溶月，柳絮池塘淡淡风"句意。晏诗的梨花与柳絮，是描摹女子的素妆白肤。

[4]"赵家"二句：汉成帝宫人赵飞燕，能歌舞，以体态轻盈号曰飞燕，与其妹昭仪俱为成帝宠幸，居于昭阳殿。性骄妒，曾谮告许皇后及班婕妤，许、班因而受到废弃。

◎ 评析

明杨仪《骊珠杂录》："时大本赋《白燕》诗呈杨铁厓（维桢），铁厓极称'珠帘玉剪'之句。袁景文在座曰：'诗虽佳，未尽体物之妙。'廉夫（维桢）不以为然。景文归作诗，翌日呈之，铁厓击节叹赏，连书数纸，尽散坐客，一时呼为袁白燕。"（引自钱谦益《列朝诗集》）此诗遂成袁凯享名之作，但后人评价不高。李梦阳在《海叟集序》中说成"最下最传",固如钱谦益说的"非通论也",但也说明盛传之作不等于精品。朱庭珍《筱园诗话》卷四,评袁诗"其实不过字句修饰妍华,风调好听而已。神骨不峻,格意不高,皆非集中出色之作,不可奉以为式"。不为无见。又如三、四两句用的典故及结末"赵家姊妹"云云,和白燕本身并无关系,只是从字面求之,却无自己的性灵情趣在里面;而以霜雪描摹禽鸟羽毛之白,前人诗赋中亦屡屡用之,已落窠臼。

附:

时大本《白燕》诗。大本名太初,常熟人。

春社年年带雪归,海棠庭院月争辉。珠帘十二中间卷,玉剪一双高下飞。天下公侯夸紫颔(此指燕颔,《后汉书·班超传》:"虎头燕颔,飞而食肉。"),国中俦侣尚乌衣。江湖多少闲鸥鹭,宜与同盟伴钓矶。

刘 基
(1311—1375)

字伯温,青田(今属浙江)人。少年时入郡庠学《春秋》。至顺进士。曾任江西高安县丞等职。至正八年(1348),曾入台州方国珍之幕,因与上司主见不合,被罢职,优游于绍兴山水间,后又出仕元朝。朱元璋攻占浙东,刘基与宋濂等应召至南京,申陈时务,参与机要,自此成为开国功臣,拜御史中丞兼太史令,封诚意伯。他比朱元璋年长十七岁,朱元璋登位时,独尊称他为伯温老先生,其时刘基五十七岁。他曾作《老病叹》诗云:"我身衰朽百病加,年未六十眼已花。"那么确实显得老态龙钟了。

洪武四年(1371),明廷以汪广洋为右丞相,胡惟庸为左丞相。汪、胡对刘基本衔恨,乃向明太祖借故中伤。"帝虽不罪基,然颇为所动,遂夺基禄。"(见《明史》本传)不久令基归老,诏书中有"朕闻古人有云,君子绝交,恶言不出"云云,已露谴责之意。太祖好猜忌,事亦不足奇,沈德符《万历野获编》卷五,即有"君臣之际难矣哉"之叹。

洪武八年(1375)又居京。正月患病时,胡惟庸曾挟医视疾,饮其药二服,有物积腹中如拳石。至四月间,遂卒于故乡。

洪武二十三年(1390),太祖曾对刘基次子刘璟(字仲璟)说:"刘伯温,他在这里时,满朝都是党,只是他一个不从,他吃(给)他毒蛊了。"又说:"刘伯温他父子两人,都吃那歹臣每害了(刘基子刘琏,为胡惟庸党所胁,堕井死)。我只道他老病,原来给蛊了。"(《刘仲璟遇恩录》)则刘基之被毒毙,当是事实。

刘基有《诚意伯文集》。他是明初越派诗的先驱。其作品以乐府、古体为最胜,写法亦错综变化。有的高古,有的明媚。《感时》诗如"十羊烦九牧,自古贻笑嗤。任贤苟不贰,多人亦奚为",亦深于治道之言。《二鬼》诗长达一千二百言,瑰异奇诡,有如刘叉。二鬼指他自己和宋濂,当是隐抒朋党倾轧下内心的苦闷。他与高启,都开了明诗的风气,但刘的才情不如高。潘德舆《养一斋诗话》卷三说,明开基诗,唯有刘基,明遗民诗,唯有顾炎武,"首尾两家,谁与抗手?"。他比高启年长二十五岁,就年龄而言，以刘基为开基，原无不可。潘氏又说："明诗不可以轻心抑之也。"这话更有道理。

总之，就政治生活和创作实践两方面都有这样突出的成就来说刘基是屈指可数的一位。

旅　夜[1]

客愁常突兀[2]，今夜灯花生[3]。虽知无喜报，愁亦暂时平。解襟成独寝，留灯待天明。喜固不可求，客心恒畏愁。

◎ 注释

[1]共四首，此为第三首。
[2]突兀：猝然，这里是变化无定的意思。
[3]灯花：古人以见灯花为吉兆喜讯。杜甫《独酌成诗》："灯花何太喜，酒绿正相亲。"

◎ 评析

此诗当作于元末战乱频繁之际，诗人又在旅途中，心绪起伏不定。他明知不会有什么喜事到来，但旅愁亦得暂时宽释，因而故意不将灯火熄灭。这种无愁即喜的曲折心理，于丧乱中更觉得真切。

长门怨[1]

白露下玉除[2]，风清月如练[3]。
坐看池上萤[4]，飞入昭阳殿[5]。

◎ 注释

[1]长门怨：乐府楚调名。汉武帝初以表妹陈阿娇为皇后，筑金屋居之，后失宠，废居长门

宫。后人遂以长门借喻失宠后妃幽居的处所。
[2]玉除：玉阶。
[3]练：白色之绢。
[4]池上萤：各家所写的长门怨时间，多是在夏秋之间的晚上，以衬托凄清气氛。
[5]昭阳殿：汉成帝所宠之赵飞燕曾居之，后亦借喻得宠的后妃所居之处，并与长门宫作对比。

◎ 评析

古代诗歌中所谓"长门怨"，并不专指陈皇后事，多是泛喻宫怨。沈德潜《明诗别裁集》引宗臣语云："不作怨语，怨已自深。"刘诗末两句是说：池萤尚得飞入昭阳殿，自己只能坐在玉阶上眼望而已。此与王昌龄《长信怨》的"玉颜不及寒鸦色，犹带昭阳日影来"同是婉而讽的作法。

刘基尚有《宫怨》之二云："何处春风拂苑墙，飞花片片入昭阳。多情尚有池边柳，留得啼莺伴日长。"亦佳。

畦桑词[1]

编竹为篱更栽刺，高门大写畦桑字。
县官要备六事忙[2]，村村巷巷催畦桑。
畦桑有增不可减，准备上司来计点。
新官下马旧官行，牌上却改新官名。
君不见古人树桑在墙下，五十衣帛无冻者[3]。
今日路傍桑满畦，茅屋苦寒中夜啼。

◎ 注释

[1]畦桑：治地成区，分区种桑。

[2]六事:《尚书·大禹谟》:"水火金木土谷惟修。"孔颖达疏:"政之所为,在于养民,使水火金木土谷此六事,惟当修治之。"刘诗的六事,指国家的财源。

[3]"五十"句:《孟子·梁惠王》上:"五亩之宅,树之以桑,五十者可以衣帛矣。"

◎ 评析

  据《元史·食货志·农桑》:元代起先曾用立社栽桑之法。至武宗至大二年(1309),淮西廉访金事苗好谦献栽桑之法,分农民为三等,皆筑垣墙围之,到时候收采桑葚。仁宗延祐三年(1316),命地方推广这一办法。后以社桑分给不便,令民各畦种之。但法虽屡变,有司不能悉遵上意,大率视为具文而已。

  延祐五年(1318),大司农司臣言:"廉访司所具栽植之数,书于册者,类多不实。"《元史》云:"观此,则惰于劝课者,又不独有司为然也。"

  元之廉访使兼劝农事,本职略如明之巡按御史,但他们申报栽植的数目,却是虚夸不实,其他可以推想。说来说去,还是整个官场的积弊,诗中的"新官"二句,写官场浮沉情状,实亦慨乎言之。

  延祐年间,作者还是一个儿童。在他写此诗时,桑虽满畦,而农民的苦难却更加严重,故而有末句之咏,全诗的现实意义也在此。

病妇行

夫妻结发期百年[1],何言中路相弃捐。
小儿未识死别苦,哑哑向人犹索乳[2]。
箱中探出黄金珥[3],付与孤儿买饔饵[4]。
不辞瞑目归黄泥,泉下常闻儿夜啼。
低声语郎情不了,愿郎早娶怜儿小。

◎ 注释

[1] 结发：古人于成婚之夕，男左女右共髻束发。
[2] 哑哑：象声词，也作"牙牙"，指小儿学语声。
[3] 珥（ěr）：耳环。
[4] 饘（zhān）：厚粥。这里的饘饵是零食的意思。

◎ 评析

　　病妇自己知道活不长久，所以说"不辞瞑目归黄泥"。但她心中尚有未了之情，生怕儿子年幼无人护持，因此劝丈夫早日再娶一个妻子，使无母之儿重新有娘。诗人用夕阳返照的手法，更深挚地刻画了病危中的慈母对遗留下的幼儿之真情之爱。

美人烧香词

翡翠钗梁云作叶[1]，腻红深晕桃花颊。
玉奴纤手卷虾须[2]，绣罗袜小不胜扶。
低头背人整裙带，神前独自深深拜。
翠袖轻回香雾分[3]，细语悠悠听不闻。
门外游人空驻马，冥冥白日西山下。

◎ 注释

[1] 叶：指首饰的瓣片。
[2] 玉奴：指侍婢。虾须：帘子。陆畅《帘》："将劳素手卷虾须，琼室流光更缀珠。"
[3] 香雾分：古人常以雾鬟风鬟形容女子鬓发之美盛。

◎ 评析

　　诗中的女子显然是一位大家闺秀，物质生活上并没有什么缺陷，又是一位美人，对自己的丽质想必也很得意，那么，她还有什么未偿的愿望？她不可能在为虚渺的来生求福，而是为近在眼前的今天。《西厢》《拜月》中，都出现过类似本篇的画面，"细语悠悠"虽然"听不闻"，却不难猜见其内容。

诗写到"翠袖"两句，应该可以结束了，却忽然添上"门外"两句，既以宾衬主，又含有对"烧香"结果的某种象征意味。

灵峰寺松风阁[1]

灵峰寺阁倚松风，风细松高阁更空。
何处流泉生石上？有人鸣玉下云中[2]。
花飘雾露春香满，影动龙蛇晓日融[3]。
安得身如列御寇[4]，翩翩高举出冥鸿[5]。

◎ 注释

[1]松风阁：在绍兴金鸡峰中，活水源上。
[2]鸣玉：古人腰带间的玉饰，行走时相击发声。这里比喻水击石上之声，是上句的答词。
[3]龙蛇：比喻苍劲屈曲的松树。陆游《眉州驿舍睡起》："斜阳生木影，龙蛇满窗纸。"
[4]列御寇：战国时人，传说他能乘风而行。《庄子·逍遥游》："夫列子御风而行，泠然善也。"
[5]冥鸿：扬雄《法言·问明》："鸿飞冥冥，弋人何篡焉。"这里比喻渺茫的高空。

◎ 评析

元至正十三年（1353），作者任儒学副提举，因忤执政，安置于绍兴路，乃漫游山水间，多有留题，此诗则作于至正十五年（1355）。

作者另有《灵峰寺栖云楼》一律，起云："灵峰之中楼倚山，山云日夕栖其间。"末云："天台向上无多路，鹫岭烟霞此可攀。"可助于了解灵峰寺整体的环境气象。

宋长白《柳亭诗话》卷二评云:"空明境界,摹写入神。"

以松风为阁名的有很多,黄庭坚有一首《武昌松风阁》,也是名作。

过苏州

姑苏台下垂杨柳[1],曾为张王护禁城[2]。
今日淡烟芳草里,暮蝉犹作管弦声。

◎ 注释

[1] 姑苏:山名,在今苏州西南,山上有姑苏台,相传为吴王夫差所筑,周旋诘曲,横亘五里,别立春宵宫,为长夜之饮。见《述异记》。
[2] 张王,张士诚,元末群雄之一。至正二十三年(1363),建都苏州,自立为吴王。后为明将徐达、常遇春擒送金陵,自缢死,吴民寻其首归葬于苏州的茶山。

◎ 评析

张士诚据苏州时,颇纵情声色。此诗作于明初。繁华事散,垂杨不语,暮蝉凄咽,令人想起当年张王宫中歌舞时的管弦之声。

贝 琼
(1312—1379)

字廷琚,崇德(今浙江桐乡)人。年四十八,始领乡荐,故其五十岁时所作《甲辰元旦》,有"宫花遍朝士,那上小乌巾"语。张士诚据吴中,屡征不就。洪武初,聘修《元史》,既成,受赐归。后为国子监助教。洪武九年(1376),改中都(即凤阳府,建有皇城)国子监助教,勋臣子弟交惮之。十一年(1378)致仕,次年卒。朱彝尊《曝书亭集》卷六十二,有贝琼的小传。

他的经历较为简单，《春晖堂记》云："余早不天（失父），独与母居，贫无以为业。二十余，汲汲东西南北以营衣食，不及朝夕在其左右。"略可见其早年的处境。朱氏又记云："琼与余姚宋禧，皆从学杨维桢之门。琼之论曰：'立言不在斩绝刻削，而平衍为可观；不在荒唐险怪，而丰腴为可乐。'盖学于维桢而不污所好者也。"有《清江诗集》。

贝琼诗，五言胜于七言，时有清温之作，但如《雨中书怀》的"南国鹧鸪怨北客，东家胡蝶过西邻"，就失之做作；《水芙蓉》的"未许王家夸少妇，还从卓氏谢文君"，亦近滑俗；《苦雨淮水泛滥往来……》的"榴花支子开无数，鹨鶒鸤鹈下作双"，两句中用四种花鸟之名，则嫌繁缛板滞。

孤　松

青松类贫士，落落惟霜皮[1]。已羞三春艳[2]，幸存千岁姿。蝼蚁穴其根，乌鹊巢其枝。时蒙过客赏，但感愚夫嗤[3]。回飙振空至[4]，百卉落无遗。苍然上参天，乃见青松奇。苟非厄冰雪，贞脆安可知[5]？

◎ 注释

[1] 落落：孤独貌。霜皮：指松柏的树皮。杜甫《古柏行》："霜皮溜雨四十围。"

[2] 三春艳：比喻竞时逐势者。

[3] 嗤：轻视，讥笑。

[4]回飙（biāo）：暴风。
[5]贞脆：坚贞与脆弱。

◎ 评析

古人诗文中常以松柏遭霜雪而不凋比喻人的坚贞，谢朓《高松赋》："岂凋贞于寒暮，不受令于霜威。"本诗则操觚之时，时时有一"贫士"的形象在。

陶渊明《饮酒二十首》："青松在东园，众草没其姿。凝霜殄异类，卓然见高枝。连林人不觉，独树众乃奇。"实是贝诗之所本。刘希夷《孤松篇》："蚕月桑叶青，莺时柳花白。澹艳烟雨姿，敷芬阳春陌。如何秋风起，零落从此始。独有南涧松，不叹东流水。玄阴天地冥，皓雪朝夜零。岂不罹寒暑，为君留青青。青青好颜色，落落任孤直。群树遥相望，众草不敢逼。"卢纶《孤松吟酬浑赞善》："阴郊一夜雪，榆柳皆枯折。回首望君家，翠盖满琼花。"都是以寒威而逼出劲节。刘诗的"岂不罹寒暑，为君留青青"二语，尤可玩味。

穆陵行[1]

至元中[2]，西僧杨琏真伽[3]，利宋诸陵宝玉，因倡妖言惑主，尽发攒宫之在会稽者[4]，断理宗顶骨为饮器。琏败，归内府[5]，九十年矣。洪武二年正月，诏宣国公求之[6]，得于僧汝讷所。乃命葬金陵聚宝山[7]，石以表之。予感而赋诗。

六陵草没迷东西[8]，冬青花落陵上泥[9]。
黑龙断首作饮器[10]，风雨空山魂夜啼。
当时直恐金棺腐，凿石通泉下深锢[11]。

一声白雁度江来[12]，宝气竟逐妖僧去。
金屋犹思宫女侍[13]，玉衣无复祠官护[14]。
可怜持比月氏王[15]，宁饲乌鸢及狐兔[16]？
真人欻见起江东[17]，铁马九月逾崆峒[18]。
百年枯骨却南返，雨花台下开幽宫。
流萤夜飞石虎殿[19]，江头白塔今可见[20]。
人间万事安可知，杜宇声中泪如霰[21]。

◎ 注释

[1] 穆陵：宋理宗的陵墓。

[2] 至元：元世祖年号（1264—1294）。

[3] 杨琏真伽：元代僧人，西藏人，元世祖时任江南释教总统，无恶不作。后犯罪被籍没，计金银钞锭珠宝无数。

[4] 攒宫：本指帝王暂殡之所，这里指帝王冢墓。会稽：今浙江绍兴。

[5] 内府：皇室的仓库。

[6] 宣国公：左丞相李善长。据宋濂《书穆陵遗骼》：李善长"遣工部主事谷秉毅移北平大都督府及守臣吴勉，索饮器于西僧汝讷、监藏深惠"。

[7] 聚宝山：在南京雨花台侧。

[8] 六陵：指宋高宗思陵、孝宗阜陵、光宗崇陵、宁宗茂陵、理宗穆陵、度宗绍陵。

[9] "冬青"句：宋陵被盗掘后，南宋遗民林景熙、谢翱、唐珏等人，将高宗、孝宗的骸骨埋在兰亭，并移宋宫的冬青树植其上以为标志，取其常绿不凋之意。林景熙曾作《冬青花》诗，谢翱也作过《冬青树引别玉潜（即唐珏）》。

[10] 黑龙：比喻凶残的人，指杨琏真伽。

[11] 锢：铸铜铁以塞隙。

[12] 白雁："伯颜"的谐音。伯颜于元世祖时任左丞相，是率兵南下灭宋的主帅。

[13] 金屋：这里比喻宫闱。

[14] 玉衣：陵寝便殿中所藏御衣。杜甫《行次昭陵》："玉衣晨自举。"

[15] "可怜"句：《史记·大宛列传》："匈奴破月氏王，以其头为饮器。"月氏（zhī），古西域城国名，其族类风俗与匈奴同。按：《战国策·赵策》亦记赵襄子以智伯之头为饮器事。

[16]宁:岂。

[17]真人:指帝王,即明太祖。高启《穆陵行》:"幸逢中国真龙飞。"欻(xū):忽然。

[18]崆峒(kōng tóng):古人以北极星居天之中,斗极之下为空洞(即崆峒),因以崆峒指洛阳。这里是由江东而驰越中原的意思。

[19]"流萤"句:石虎,羯族,字季龙,后赵君主。后徙都于邺(今河北临漳西),荒游奢侈,多所营建。(见《邺中记》)死后,遗嗣为冉闵(原为石虎将领)先后覆灭。李白《对酒》:"棘生石虎殿,鹿走姑苏台。自古帝王宅,城阙闭黄埃。"

[20]"江头"句:杨琏真伽盗掘后,曾将诸帝遗骨埋于杭州故宫,筑白塔于其上以压之,名塔为"镇南"。

[21]杜宇:古蜀帝名,自立为王,号曰望帝。相传化为杜鹃(子规),后人亦称杜鹃为杜宇。霰:雪珠。

◎ 评析

杨琏真伽的盗掘宋陵(其中还有皇后之墓),也是元初一件大事,所以不少诗人以此为题材而抒发感慨。但盗掘后掩埋骸骨的情节,因当时是在匆促间秘密进行,各家记载不甚一致。据王在晋《历代山陵考》:山阴义士唐珏,事先已易以伪骨,而将真骨埋于山阴天章寺前,六陵各一函。独理宗颅巨,恐易之事泄,不敢易。故林景熙《梦中作》云:"昭陵玉匣走天涯,金粟堆前几暮鸦。水到兰亭转呜咽,不知真帖落谁家。"因此诗作于元初,只好题作"梦中作"。又据载此诗的《宋诗钞》编者说明:景熙"闻理宗颅骨为北军投湖水中,因以钱购渔者求之,幸一网而得,乃盛二函,托言佛经,葬于越山,且种冬青树识之"。那又是一种说法。陶宗仪《辍耕录》卷四,曾有详细记载。

高启也写过同题《穆陵行》,其中"千秋谁解锢南山,世运兴亡覆掌间"与贝诗结尾相类。六陵虽属于亡宋,但毁墓暴骨,却是易代共愤。枯骨南还,诗人借此以歌颂新朝的仁厚。

又据《明史·危素传》:"素在翰林时,宴见,备言始末(指盗掘宋陵事)。帝叹息良久,命北平守将购归,谕有司厝于高坐寺西北。次年，绍兴以永穆陵图来献，遂敕葬故陵。则最初向明太祖陈诉其事的还是危素。素本为元遗臣，入明后，授翰林侍讲学士。御史王著等以素为亡国之臣，不宜列侍从，乃谪居和州而卒。"

寒 夜

月落江天黑，长风正怒号。灵鸡寒失次[1]，别雁瞑呼曹[2]。击柝征人起[3]，鸣机织妇劳。所思千里隔，十二碧峰高[4]。

◎ 注释

[1] 灵鸡：鸡能按时报晓，故名。
[2] "别雁"句：指雁因天黑而失群呼伴。曹，伴侣。杜甫《孤雁》："孤雁不饮啄，飞鸣声念群。"崔涂《孤雁》诗亦云："暮雨相呼失，寒塘欲下迟。"
[3] 击柝（tuò）：敲更。
[4] 十二碧峰：四川有著名的巫山十二峰，这里恐非实指，只是泛指关山远隔，相思之切。李端《巫山高》："巫山十二峰，皆在碧虚中。"

◎ 评析

　　这是在江村水乡的旅程中所作。月落天黑风号，寒意已经逼人。三句极写寒夜之寒，使本来能按时报晓的鸡，也冷得误时。四句和首句相应，也隐含"失"的意思，鸡失序而雁失群。接下来暗示时间已在转移。天快亮了，但征人因怯寒而恋衾，闻柝声才始起床，织妇却已在鸣机，故曰"劳"。颔颈两联皆写闻，鸡声、雁声、柝声、机声，先后进入耳中，由此而领出诗人自己的心事。什么心事？却又不明白说出。

宗 泐

（1318—1391）　俗姓周氏，字季潭，临安（今浙江杭州）人。洪武初，明太祖诏举高行沙门，他居其首。十一年

（1378），太祖命领徒三十余人，往西域求佚经，还朝，授右街善世（明初曾设善世院，掌全国佛教事务）。后因受左丞相胡惟庸谋反案株连，僧智聪说宗泐往西域时，胡惟庸令他游说土番举兵外应，审讯时，宗泐只得诬服。法司奏请处极刑，太祖宥之，命为散僧。当时僧人坐胡党案被杀者三十余人，唯宗泐一人独存。二十四年（1391），又领右街善世。不久，奉旨归老凤阳槎峰寺院（原为宗泐所建），至江浦（今属江苏）石佛寺，得微疾，留三日而卒。徐祯卿《翦胜野闻》说太祖曾令宗泐蓄发还俗以及奉使西域，未至其地，途遇神僧幻化而归云云，皆属谬妄。有《全室外集》。因佛门以佛经为内学，故以诗文为外。

其诗不但在明僧人中为上品，即在明诗人中也是佼佼者。

秋莺歌

千林入秋露气清，林中尚有黄莺声。
似与群蝉争意气，东林飞过西林鸣。
向来春风花满城[1]，柳条拂地如长缨。
绵绵蛮蛮断复续[2]，千人万人侧耳听。
高楼半醉客，阁盏停吹笙[3]。
白马贵公子，挟弹不敢惊。
此时胡为不喜听[4]？奈何节序移人情。

只合深藏缄尔口,亦有妒尔金衣明[5]。
反舌无声良已久[6],伯劳布谷俱潜形[7]。
秋莺秋莺尔能翩然入幽谷,老翁歌诗送尔便觉心和平。

◎ 注释

[1] 向来:从前。
[2] 绵绵蛮蛮:指鸟声。《诗经·小雅·绵蛮》:"绵蛮黄鸟,止于丘阿。"
[3] 阁:通"搁"。
[4] 此时:指秋天。胡:怎,何。
[5] 金衣:黄莺别名金衣公子。王仁裕《开元天宝遗事》上:"明皇每于禁苑中见黄莺,常呼之为金衣公子。"
[6] 反舌:百舌鸟。《礼记·月令》:"反舌无声。"疏:"反舌鸟,春始鸣,至五月稍止。其声数转,故名反舌。"
[7] 伯劳:又名鵙或鵊。布谷:又名鸤鸠、勃姑,以鸣声似"布谷",鸣又在播种时,故名。

◎ 评析

　　春天是黄莺争鸣时节,既入秋令,便露肃杀萧条之气,却还在林中啼叫,似欲与群蝉争意气。老人为此而惋惜,劝它入幽谷而深藏缄口,亦诗人温柔敦厚之意。

祖龙歌行

祖龙迺好长生者,沉璧徒来华山下[1]。
目断楼船海气昏[2],鲍车乱臭沙丘野[3]。
骊山下锢三泉开[4],泉头宫殿仍崔嵬[5]。
当时输作方亹亹[6],函谷无关小龙死[7]。
百尺降旗轵道旁[8],十二金人泪如水[9]。

◎ 注释

[1] "祖龙"二句：《史记·秦始皇本纪》：始皇三十六年（公元前211）秋，"使者从关东，夜过华阴平舒道，有人持璧遮使者曰：'为吾遗滈池君。'因言曰：'今年祖龙死。'使者问其故，因忽不见，置其璧去。使者奉璧具以闻，始皇默然，良久曰：'山鬼固不过知一岁事也。'退言曰：'祖龙者，人之先也。'使御府视璧，乃二十八年行渡江所沈（沉）璧也"。按，《搜神记》谓使者为郑容，持璧者为华山使，"今年"作"明年"。李白《古风五十九首》之三十一："璧遗滈池君，明年祖龙死。"祖龙，《集解》引苏林曰："祖，始也，龙，人君象。谓始皇也。"泷川资言《史记会注考证》引顾炎武曰："'退言曰：祖龙者人之先也。'谓祖龙乃亡者之辞，无与我也。皆恶言死之意。"迺，通"乃"。华山，世称西岳，在今陕西华阴南。

[2] "目断"句：始皇三十七年（公元前210），曾渡江涉海，至平原津（在今山东）而得病。

[3] "鲍车"句：始皇死于沙丘平台（在今河北广宗），丞相李斯秘不发丧，棺载辒凉车中，因在暑天，丧车发臭，乃载一石鲍鱼（盐渍鱼）以乱其臭。

[4] "骊山"句：《史记·秦始皇本纪》：始皇葬于骊山（在今陕西临潼东南），其墓"穿三泉（三重泉水），下铜而致椁"。铜，一作"锢"。

[5] 崔嵬：高峻貌。

[6] "当时"句：始皇生前营造陵墓时，曾发各地囚徒七十余万人前往骊山。输作，罚作苦役。亹（wěi）亹，劳苦貌。

[7] "函谷"句：二世即位，赵高专权，天下大乱，函谷关以东皆起而叛秦，赵高遣其婿咸阳令阎乐逼宫，二世自杀。函谷关，在河南灵宝南，为秦之东关，因深险如函故名。这时就同无关一样。小龙，指二世。

[8] "百尺"句：指子婴（二世之侄）以白马素车，向沛公刘邦降伏于轵道（今陕西西安东北）旁事。

[9] 十二金人：秦始皇曾收天下兵器，聚之咸阳，镕铸为十二金人，置宫廷中。

◎ 评析

　　始皇好长生，而享年不过五十。此诗则从璧遗滈池君写起。其事自极怪诞，或当时民间愤秦暴政者诅咒之词，太史公素好奇，乃采之入史。至次年，果有旅途沙丘之驾崩。鲍车乱臭，已启宫廷政变之兆。二世袭位，即骨肉相残，群臣震惧。赵高专权，指鹿为马。不久，小龙继祖龙而死，一弹指顷，强大的秦朝随即覆灭。十二金人，流泪痛哭，这泪水也成为历史的泡沫了。

怀以仁讲师入观图[1]

旭日千万峰,白云三四朵。一笑山容开,独自松下坐。
暴流天上来[2],飞花面前堕。此时中观成[3],无物亦无我。

◎ 注释

[1]讲师:对讲经僧人的尊称。观:经思维观察而获得的智慧。《大乘义章》二:"粗思曰觉,细思名观。"

[2]暴流:指瀑布。李白《望庐山瀑布》之二:"飞流直下三千尺,疑是银河落九天。"

[3]中观:佛教大乘学派,认为一切有为法只是因缘和合所生现象,无不变而独存的主体,故以"空"为一切法的真况。

◎ 评析

作者是诗人,又是僧人,故能将诗情和禅意融合在一起。山水云烟,似真似幻,在物我两忘中获取心灵的宁静。

题　兰

溪寺曾栽数十丛,紫茎绿叶领春风。
年来萧艾过三尺[1],白首看图似梦中。

◎ 注释

[1]萧艾:野蒿,臭草。屈原《离骚》:"何昔日之芳草兮,今直为此萧艾也。"张衡《思玄赋》:"珍萧艾于重笥兮,谓蕙芷之不香。"

◎ 评析

屈原赋中,常以兰艾分喻君子小人,本诗亦此意。时已白首,故看图如入梦中。

刘崧
（1321—1381）

字子高，泰和（今属江西）人。旧名楚。家贫力学，元末举于乡。洪武三年（1370），举经明行修（一种选举科目），授兵部侍郎，迁北平按察司副使，招集流亡。后为宰相胡惟庸所恶，坐事谪输作（服劳役）。十三年（1380），胡惟庸被诛，征拜礼部侍郎，又擢吏部尚书。

崧性廉慎，十年一布被，因被鼠啮才始更换。在北平时，至夜晚独居一室，孤灯读书。《明史》本传说："善为诗，豫章人宗之为西江派云。"但西江实不成派，只能说对江西很有影响。朱彝尊《静志居诗话》卷二说刘崧"句锼字琢，颇具苦心"，也不尽然，大体上还是平正稳练。有《槎翁诗集》。

其诗数量很多，绝句常有清隽之作，如《步月》云："乘凉步月过西邻，草露霏微湿葛巾。一径竹阴无犬吠，飞萤来往暗随人。"犬不吠而萤随人，此境大可流连。

猎犬篇

晨起同出猎，跳梁[1]相叫噪。岁久识主情，指顾能周遭[2]。山石穿我[3]蹄，荆棘冒[4]我毛。为主逐肥鲜，不辞奔走劳。穷深抉[5]幽险，狂狡[6]焉得逃？哑[7]血不顾余，一饱随所遭[8]。
主人获隽[9]归，意气方盛豪。累然[10]妥其尾，偃卧墙东蒿。

◎ 注释

[1]跳梁：同"跳踉"，跳跃貌。
[2]"指顾"句：意谓能在主人周围听从指使。
[3]我：这里是猎犬自称。
[4]罥（juàn）：缠挂。
[5]抉：探觅。
[6]狂狡：指追猎的一些动物。焉：怎。
[7]咂（zā）：吮，吸。
[8]遭：此字和第四句的"遭"字犯复。或许因为两字含义不同。
[9]隽：肥美的肉。
[10]累然：堆叠貌。妥其尾：垂尾于地。这句形容猎犬自得之貌。

◎ 评析

首四句写猎犬开始时尚有野性，日久才始驯服。既经驯服，遂不惜穿石缠棘，为主人争逐肥鲜，自己亦得吮血沾膏，饱尝口福。末写主人有此猎犬，不觉气概盛豪，猎犬亦颇自得，常常拖着尾巴安卧于墙角。此之谓猎犬。

苏拯《猎犬行》末云："可嗟猎犬壮复壮，不堪兔绝良弓丧。"这是在替猎犬担心了。

忆鼎儿[1]

鼎子别来忽复春，可缘多病少精神？
最怜得饱坐终日，更解牵衣啼向人。
长大他年从涉世，艰难此日莫辞贫。
重闱[2]怜汝应长健，白发时来引笑频。

◎ 注释

[1] 鼎儿：作者之孙。
[2] 重闱：这里指祖父。

◎ 评析

离乱之际，想起别后的年幼孙儿，唯有希望他强健结实。这首诗看起来似无甚特色，但语语体现了老人的恋孙之情，第六句尤为凄惋。缺点是一诗中连用两"怜"字，两"日"字。

过新吴[1]寺哭严焕旅柩

新吴寺里题诗处，此日长廊独自登。
手擘纸钱君不见，老僧来点柩前灯。

◎ 注释

[1] 新吴：在今江西北部。

◎ 评析

作者另有《再过新吴寺闻严焕已择卜尚未葬感赋一首》，末云"总是乡园一抔土，满山春草几时归"，似严焕即为新吴人。又有五古《悼严焕》，中有云："谁为莩螽蜂？永痛触网麋。老母抱弱孙，投迹向山溪。新愁不可道，往事焉得追？""莩螽"典出《周颂·小毖》"莫予莩蜂，自求辛螫"，有受累招尤意，则严焕当是因触婴世网而死于非命。

刘崧也是江西人。从一、二两句看，严焕生前曾与作者同在新吴寺中题诗。这时故人已亡，其老母抱弱孙（严焕之子）避迹山间，灵柩还寄存在僧寺中。当作者焚烧纸钱时，老僧也来点亮柩前之灯（也可解为老僧从灯上引火俾燃纸钱）。

逝者如斯，身后又很凄凉，诗人也只能擎纸钱以伤逝，借诗篇以抒存殁之痛。

杨 基
(1330—1378后)

字孟载，号眉庵，先世本嘉州（今四川乐山）人，其《长江万里图》有"我家岷山更西住，正见岷江发源处"语。生长于吴中。因战乱一度隐居吴之赤山，后入张士诚之幕，不久辞去，又作客于饶介处，介于张士诚据吴时任淮南参知政事。明师下吴中，例谪临濠（今安徽凤阳东），与徐贲同谪一地，成为同病的好友。再徙河南开封。洪武二年（1369）放归，后任荥阳知县，又谪钟离（今凤阳）。洪武五年（1372），被荐为行省幕官，因省臣得罪而连累落职，寓居句容，中间闻高启惨死，曾作《哭高季迪旧知》诗，中有"每怜四海无知己，顿觉中年少故人"语。最后，在任山西按察使时，因被谗，谪输作（罚作苦役），死于工所。有《眉庵集》。所谓"吴中四杰"的结局都很悲惨：高启腰斩，张羽投水，徐贲瘐毙，杨基殒命于工所。

杨基年轻时，在铁笛道人杨维桢席上曾赋铁笛诗，因而受知于维桢，名扬吴中。他的诗，成就不及高启，有些作品未能摆脱元诗纤巧之习。后人对他褒贬不一，但从总体看，仍不失为明初一个高手，才气时见笔端。朱彝尊《静志居诗话》卷三推重其五古，"足与季迪方驾"，而对近体有微词。实则他的绝句，亦颇多佳构，如《天平山中》云："细雨茸茸湿楝花，南风树树熟枇杷。徐行不记山深浅，一路莺啼送到家。"这是大家传诵的。《故山春日》之一云："千花万萼委尘埃，只有荼蘼独自开。应是邻家更零落，过墙胡蝶又飞来。"《看蜘蛛补网》云："风雨蛛丝断不收，密经细纬更绸缪。自怜辛苦才盈尺，多少飞虫网外游。"亦明秀爽朗。后一首尤可玩味。

寄内[1] 婉素

天寒思故衣，家贫思良妻。所以孟德耀，举案与眉齐。[2] 忆汝事[3]我初，高楼映深闺。珠钿照罗绮，簪珮摇玉犀[4]。梳掠不待晓，妆成听鸣鸡。[5]中吴[6]昔丧乱，廿口[7]各东西。有母不得将[8]，独汝与提携。我复窜远方[9]，送我当路啼。纷纷道上人，无不为惨凄。今年我还家[10]，赤手[11]无所赍。汝亦遇多难，典卖罄珥笄[12]。朝炊粥一盂，暮食盐与虀[13]。堂有九十姑，时复羞[14]豚蹄。膏沐[15]弗暇泽，发落瘦且黧[16]。别来复秋深，露下百草凄。破碎要补缀，甘旨[17]需酱醯。安贫兼养老，此事汝素稽[18]。作诗远相寄，新月当窗低。

◎ **注释**

[1] 内：指妻。

[2] "所以"二句：后汉梁鸿贫，为人赁舂，其妻孟光（字德耀）仍对他敬重有礼，进食时不敢仰视，举案齐眉。案，盘。

[3] 事：侍奉，这里是嫁配的意思。

[4] "珠钿"二句：指婉素最初嫁与杨基时，杨家的家境还富裕，所以首饰和衣服也很多。簪珮，头上的发簪与饰物。

[5]"梳掠"二句：写婉素颇爱修饰。掠，梳理。

[6]中吴：指作者故乡苏州。

[7]廿口：形容家属之多。作者《九日袁赞府宅赏菊》亦云："前年九日吴城破，廿口仓皇惊窜走。"

[8]将：带领。

[9]"我复"句：当指杨基谪贬河南时。

[10]"今年"句：作者谪贬后，于洪武二年（1369）放归。

[11]赤手：空手。赍：赠予。

[12]珥笄：泛指首饰。珥，耳环。笄，簪。

[13]齑（jī）：腌菜。

[14]羞：进奉。

[15]膏沐：妇女润发的油脂。

[16]黧：黄黑。

[17]甘旨：养亲的食品。酱醯（xī）：泛指调味用品。醯，醋。

[18]素稽：向来理会的。

◎ 评析

作者于洪武二年（1369）放归后，不久又为荥阳知县，这时年已四十余岁。从"今年我还家"一句推测，此诗当作于其时。

诗以故衣兴起良妻，接写婉素新婚中的闺中情致。后遭丧乱，尚在一起，再经窜奔，泣别道上。放归回家，家境已经破落，遂成贫贱夫妻百事哀。团聚不久，又去游宦，安贫养老，都由婉素一身二任。

以后诗人谪官钟离，仍与妻子分居两地。其《至钟离发书寄婉素》云："老亲思馈肉，痴女忆衣绵。"亦与此诗"破碎要补缀，甘旨需酱醯"同意。婉素对妇道，可谓始终如一。

诗中的聚散虽经过新婚、泣别、重聚、出宦等几个阶段，诗情却一气呵成，于质朴中见真率，仿佛于灯下絮絮而溯往事，也是他们生命中难忘的里程。诗写完后，一钩新月正向诗人低照。

作者又有五律《赠婉素》云:"同祀碧鸡神,丝萝又结姻。文如谢道蕴,书逼卫夫人。冀缺(即郤缺,春秋时晋人)终相敬,梁鸿不厌贫。还能事荆布,归钓五湖滨。"碧鸡为神名,蜀中常祭祀,杨基本为蜀人。由此又可知道,杨基和婉素原是亲戚兼同乡,未婚时即已往还。婉素能文善书,是一名才女。

另一首五绝《灯花》云:"远人无喜报,何事有灯花?莫是闺中说,姑傍伴缉麻?"也反映了婆媳两人感情的亲密。

白头母吟[1]

白头母,乌头妇,妇姑啼寒抱双股。
妇哭征夫母哭儿,悲风吹折庭前树。
家家有屋屯军伍,家家有儿遭杀虏。
越女能嘲楚女词,吴人半作淮人语。[2]
东营放火夜斫门,白日横尸向官路。[3]
母言我侬年少时[4],夫妻种花花绕蹊[5]。
夫亡子去寸心折,花窦花寨成瓦堁[6]。
十年不吃江州茶[7],八年不归姊妹家[8]。
兰芽菊本已冻死[9],惟有春风荠菜花。
只怜新妇生苦晚[10],不见当时富及奢。
珠帘台榭桃花坞,笙歌院落王家府。
如今芳草野乌啼,鬼火磷磷日未西。
侬如叶上霜,死即在奄忽[11]。
新妇固如花,春来瘦成骨。

妇听姑言泪如雨，妾身已抱桥边柱[12]。
总使征夫戍不归[13]，芳心誓不随波去。

◉ 注释

[1] 吟：诗体名。后亦泛称诗歌。
[2]"越女"二句：意谓当时各地在战乱中，妇女、壮丁多被掳掠至异乡，故越女能谙楚女的方言而相互调笑，吴人多半会说淮地的话。
[3]"东营"二句：指驻地的士兵公然抢劫杀人。斫（zhuó），劈。
[4] 我侬：我的复称。侬即我。
[5] 蹊：小路。
[6] 花窠：花心。瓦埒（liè），本指矮墙，这里指残败的花径。
[7] 吃江州茶：俗语以女子受聘嫁人为"吃茶"。郎瑛《七修类稿》："种茶下子，不可移植，移植则不复生也。故女子受聘谓之吃茶。"江州，今江西九江。这句当是婆婆婉言自己自夫亡后留居于江州，十年间一直拒绝再醮。
[8]"八年"句：言婆婆久与其姊妹疏离，这是继"十年"后的情形。
[9] 菊本：菊根。
[10] 新妇：媳妇。
[11] 奄忽：犹言顷刻。
[12] 妾身：古代妇女自称。桥边柱：出自《庄子·盗跖》，尾生与女子相约于桥下，至期，女子不来，水至不去，遂抱桥柱而死。后世遂用为坚守信约的典故。
[13] 总使：纵使。戍：出征在外。

◉ 评析

元至正十二年（1352），徐寿辉曾攻占江州。至十九年（1359），陈友谅尽杀寿辉部下，以江州为都城，自称汉王。次年，又将寿辉杀死。此诗当是写江州乱后，婆媳二人艰难困苦的生活状况。

诗中的婆婆年轻时尝受过夫妇种花相娱的恩爱生活，可惜昙花一现，接着便是丧夫和战乱。十八年的守贞持家，抚子成人，儿子又被迫出征，黑头的媳妇亦新婚未久。"新妇固如花"两句，暗示婆婆在向媳妇试探，媳妇的回答十分坚决，始终忠实于丈夫。

杨基《眉庵集》卷四录此诗后，附有杜彦正（杜寅）同题次韵，中有云："只今丧乱殊未已，武夫竞尔夸豪奢。大明扬辉照村坞，愿见清平好官府。"表达了乱世人民的愿望。诗中的"大明"指日月，故曰扬辉，不是指明朝。

岳阳楼[1]

春色醉巴陵[2]，阑干落洞庭[3]。水吞三楚白[4]，山接九疑青[5]。

空阔鱼龙舞[6]，娉婷帝子灵[7]。何人夜吹笛，风急雨冥冥。[8]

◎ 注释

[1]岳阳楼：湖南岳阳城西门城楼，高三层，下临洞庭湖。唐张说谪岳州时筑，宋时重修。
[2]"春色"句：意谓巴陵春色烂漫如醉。巴陵，即岳州，这里指岳阳。
[3]"阑干"句：指岳阳楼的阑干影子落入洞庭湖中。洞庭湖在湖南北部，长江南部。
[4]三楚：战国时楚地，秦汉时分为东、西、南三楚，后亦泛指湘鄂一带。
[5]山：指君山，又名洞庭山，实为一小岛。相传舜妃湘君游此，故名。作者七律《登岳阳楼望君山》云："君山一点望中青，湘女梳头对明镜。"九疑，山名，在湖南宁远境，即苍梧山，相传舜死后葬于此。九疑亦作九嶷。
[6]"空阔"句：极言湖水空阔，能使鱼龙起舞。罗隐《西塞山》诗："波阔鱼龙应混杂。"
[7]娉婷：美好貌。沈德潜《明诗别裁集》改为"婵娟"。帝子：这里指尧女娥皇、女英。屈原《九歌·湘夫人》："帝子降兮北渚，目眇眇兮愁予。"
[8]"何人"二句：《太平广记》引《博异志》：贾客吕乡筠善吹笛，月夜泊君山侧吹之，忽有老父乘舟而来，出三管笛而吹，湖上风动波漾，鱼鳖跳喷，月色昏暗。舟人大恐，老父遂止，隐没入波间。高启《青丘子歌》亦云："欲呼君山父老，携诸仙所弄之长笛，和我此歌吹月明。"杨诗这两句是想象之词，意思是恍惚之间，如有仙人下降，笛声悠扬，一时风急雨冥，应上句"娉婷帝子灵"之"灵"。

◉ 评析

历代写岳阳楼的诗很多，这一首也是明诗中的名篇，当是洪武六年（1373）奉使湖广时作。

首句总冒，次句雄健，以阑干象征楼景，又使楼景直落湖中，遂觉水天一色，虚实相参。三、四两句写气势，"水吞三楚白"之"吞"，即孟浩然"气吞云梦泽"之"吞"。五句的"空阔"接"水吞"，六句的"娉婷"应"九疑"。末两句似实而幻，隐约中又辟一灵境。

沈德潜评云："应推五言射雕手，起结尤人神境。"射雕手喻出众的能手。但他改第六句的"娉婷"为"婵娟"，实为自扰。

胡应麟《诗薮》续编卷一评此诗云："壮丽欲亚孟浩然，其末句'何人夜吹笛，风急雨冥冥'，尤为脍炙，然元调未除，正坐此音节迫促故也。"

春　草

嫩碧柔香远更浓[1]，春来无处不茸茸[2]。
六朝旧恨斜阳里，南浦新愁细雨中[3]。
近水欲迷歌扇绿[4]，隔花偏衬舞裙红[5]。
平川十里人归晚[6]，无数牛羊一笛风[7]。

◉ 注释

[1]"嫩碧"句：与韩愈《早春呈水部张十八员外》的"草色遥看近却无"恰成两种光景。
[2]茸茸：茂盛貌。
[3]"六朝"二句：都穆《南濠诗话》爱此二句"含蓄"。六朝，吴、东晋、宋、齐、梁、陈皆建都于南京，因称六朝。韦庄《台城》："江雨霏霏春草齐，六朝如梦鸟空啼。"南浦，泛指水滨。江淹《别赋》："春草碧色，春水渌波。送君南浦，伤如之何。"

[4]歌扇：歌舞时用的扇子。梁何逊《拟轻薄篇》："倡女歌扇绿，小妇开帘织。"
[5]舞裙红：与刘长卿《春草宫怀古》的"犹带罗裙色，青青向楚人"，又是一种写法。
[6]人归晚：与第三句"斜阳里"相应。
[7]笛：牧笛。

◎ 评析

这是作者名篇，在南京时作。

开头两句，以写实领起。至颔联而翻空，有吊古意，颈联其实仍咏六朝烟花歌舞事。结句则清逸淡远，而余情不尽。八句中，句句都有春草的风情在摇曳。

李东阳《麓堂诗话》：杨孟载《春草》诗最传，"六朝"及结末两句诚佳，"然绿迷歌扇，红衬舞裙，已不能脱元诗气习"。

叹道傍废宅[1]

桑柘阴阴绕岸栽[2]，石阑销折卧苍苔[3]。
欲求姓氏无人识，时有逃军剥枣来[4]。

◎ 注释

[1]傍：通"旁"。
[2]桑柘(zhè)：泛指桑树。
[3]销折：残断。
[4]剥枣：从树上打下枣子。剥，通"扑"。

◎ 评析

此亦写劫中凄凉景象。由于兵乱，屋主一家出外逃难，战败的逃军却入宅扑枣。作者另有一首《废宅行》，屋主原先是一个权势显赫的将军，后来人去宅废，末云："楼台易成还易废，前年犹是桑麻地。"亦杜甫《秋兴》"王侯第宅皆新主，文武衣冠异昔时"之意。

张籍也有一首《废居行》，末云："乱定几人还本土，唯有官家重作主。"意谓战乱平定后，能回到原宅的主人不多，屋子就成为官家的了。

徐　贲
（1335—1393）

字幼文，平江（今江苏苏州）人。《明史》本传云："张士诚辟为属，已谢去。吴平，谪徙临濠（今安徽凤阳东）。"朱彝尊《静志居诗话》卷三附录，亦记杨基、余尧臣与徐贲同受张士诚之聘为幕僚，吴亡例谪临濠。盖三人同入张幕是事实，不过徐贲不久便谢去，移居吴兴的蜀山，有《复寓蜀山》云："虽非吾所居，暂寓亦云主。"就这样，入明还是免不了"例谪"。其《冬至》云："尽知阳复斗迎新，我独无家叹此身。儿女一从埋没后，眼中骨肉是何人？"《听笛》云："雨映凉天晚更新，笛声隐约在东邻。眼中多少飘零者，谁是梁园曲里人。"大概都是谪居时所作。放归后，高启有《徐记室谪钟离归后同登东丘亭》诗："同上高亭一赋诗，喜逢君是谪归时。不然此日登临处，应望天涯有远思。"

洪武七年（1374），被荐至京。九年（1376）春，奉使晋冀按察。及还京，检其稿，唯纪行诗数首，太祖悦，授给事中，后迁广西参议，以政绩卓异，擢河南左布政使。后明军征洮、泯，兵过其境，坐犒劳不及时，下狱死。有《北郭集》。

成化中同郡张习撰《北郭集后录》，说徐贲之死在洪武二十六年（1393）癸酉，实误。经考证，应是十二年（1379）己未或次年庚申间。（见《静志居诗话》）

他与高启、张羽、杨基同是北郭四子，其才气不及三人，但法度谨严，字句熨贴，于三家别为一格。除诗外，他的书画也很著名。

七夕有雨

锦机织初罢，鹊桥驾始成。每是经年别，宁辞冒雨行？
云帔从教湿[1]，月殿不须明。但尽相逢意，无语别来情。

◎ 注释

[1] 帔：披肩。从教：任从，随他。

◎ 评析

织女和牛郎相会，每年只有七夕那一次。这天偏巧有雨，也随他去了，让云帔沾些雨点，不正表示情意更加缠绵？错过这一天，一年就虚度了。而诗境也由此侧出。

相逢是唯一的愿望，因而也不谈别来相思之苦。天上人间，同此一理。

农父[1]谣送顾明府由吴邑升常熟

我家茅屋临官道，前种桑麻后梨枣[2]。
年年力作不违时，人有余粮牛有草。

官长下车今五年,老身不到州县前。
乡无里胥门户静[3],家家尽称官长贤。
大男入郭买田具[4],始知官长移官去。
来时忆向官道迎,今日去时须送行。
攀辕欲留留不住[5],我民仓皇彼民喜。
殷勤再拜官道旁,愿饮三江一杯水[6]。

◎ 注释

[1] 农父(fǔ):对农夫的尊称。谣:歌曲。明府:对知州的尊称,但也适用于县令。元代曾升常熟为州。
[2] "前种"句:桑麻与梨枣,泛称百姓衣食之资。
[3] 里胥:乡吏。
[4] 郭:泛指城。
[5] 攀辕:《白孔六帖》:"(东汉)侯霸字君房,临淮太守。被征,百姓攀辕卧辙不许去。"辕,借指车辆。
[6] 三江:古代亦以松江、娄江、东江为三江,这里泛指吴地之水。

◎ 评析

这是假农父的口吻表达对去任官长的敬爱。其中"乡无里胥门户静"尤可玩味,反衬百姓对里胥的畏惧,上门来不会有好事情。"我民仓皇"则担心下一任的官长到底是好是坏,说明好官不可多得。

"一杯水"是清官廉政的掌故。《隋书·赵轨传》记赵轨离齐州任入朝,父老相送,挥涕云:"公清若水,请酌一杯水奉饯。"官得民心,人怀去思,三江水清,野老情亲。小民所期望于亲民之官者,只是不扰民。

雨后慰池上芙蓉[1]

池上新晴偶独过，芙蓉寂寞照寒波。
相看莫厌秋情薄，若在春风怨更多。

◉ 注释

[1] 芙蓉：这里指荷花。

◉ 评析

荷花盛开于夏日，至秋天凋谢，自显得冷落寂寞。但若开在阳春，那么，百花竞放，群相逞媚弄姿，见了芙蓉的红艳，必将含妒衔恨，芙蓉的怨意就更多了，故诗人以此相慰。唐高蟾《下第后上永崇高侍郎》中"芙蓉生在秋江上，不向东风怨未开"也是在荷花的错过时令上做文章。

张 羽
(1333—1385)

字来仪，本浔阳（今江西九江）人，因兵乱移居吴兴，曾任元代安定书院山长，后又迁居吴县（今江苏苏州），与高启等称北郭四子。洪武四年（1371）征至京师，因应对不称旨而放还，再征授太常丞，明太祖颇重其文。后以事流放岭南，未至半途，忽又召还。他自知不免于祸，遂投龙江死。他得罪的原因不详，但弘治时吴人张习作《静居集后志》云："寻召还，以对内政之不协，恐祸及己，遽投龙江以没。"又云："仅全要领而非首丘。"吕勉（高启弟子）挽诗也有"幸获全身优等类，龙江渺渺胜沅江"语。言下之意，张羽如抵京师，或有被杀可能。

他名所居之室为静者居,其集即名《静居集》。高启为他作《静者居记》,从文中看,两人对当时的政治都不是很感兴趣。

张羽的诗,以歌行为胜,音节亦畅朗,有冶炼之功而无雕琢之习。他为陶渊明像题诗云:"篱下黄花门外柳,秋光不似义熙前。"《湖上晚步》云:"一叟相逢双鬓雪,向人犹自话前朝。"皆含沧桑之感。《听老者理琵琶》云:"老来弦索久相违,心事虽存指力微。莫更重弹《白翎雀》,如今座上北人稀。"元世祖曾命伶人制《白翎雀》曲,结尾急激繁促。羽作此诗,仍未忘情于故国。他的获罪,或非由于文字,但此类诗亦必遭新朝之忌。

寺中书所见(二首选一)

修廊[1]遍行却,风吹合欢带[2]。
小立避游人,佯对香炉拜。

◎ 注释

[1]修廊:长廊。
[2]合欢带:系成双结的绣带。梁武帝《秋歌》:"绣带合欢结,锦衣连理文。"

◎ 评析

一阵风来,吹起了衣上的合欢带,她有些羞涩,生怕被游人窥见,便假装朝香炉而拜,好将合欢带遮掩。诗人却已看出了她的心事。

踏水车谣

田舍生涯在田里,家家种苗始云已[1]。
俄惊五月雨沉淫[2],一夜前溪半篙水。
苗头出水青幽幽,只恐飘零随水流。
不辞踏车朝复暮,但愿皇天雨即休。
前年秋夏重[3]漂没,禾黍纷纭满阡陌[4]。
倾家负债偿王租,卒岁[5]无衣更无食。
共君努力莫下车,雨声若止车声息。
君不见东家妻,前年换米向湖西。
至今破屋风兼雨,夜夜孤儿床下啼。

◎ 注释

[1]始云已:刚结束。
[2]俄:不久。
[3]重:重复,曾经。
[4]"禾黍"句:因雨水之故使禾黍狼藉田间。阡陌,田间小路。
[5]卒岁:过年。《诗经·豳风·七月》:"无衣无褐,何以卒岁?"

◎ 评析

前年已经遭受水患之苦,弄得过年也过不成。东邻的农妇只好被迫改嫁,所以儿子也成为孤儿,每夜哭着要娘回来。全诗的关键在"倾家负债偿王租",虽然只有那么轻轻一句,却是满纸辛酸。

蚕 妇

行行[1]及暮春,浴子[2]约比邻。选地安蚕室,烧钱[3]祷社神。

守筐临镜懒[4]，摘叶度溪频。辛苦输官罢，私衣仅蔽身。

◎ 注释

[1] 行行：本指走着不停，这里指光阴荏苒。
[2] 浴子：浴蚕选种的方法，将蚕种浸于盐水或以野菜花、韭花制成的水中，去弱留强，选取良种。《唐诗纪事》录陈润《东都所居寒食下作》云："浴蚕当社日，改火待清明。"社日大多在春分前后，将近暮春时。
[3] 烧钱：烧纸钱。
[4] "守筐"句：形容忙碌，来不及梳妆。

◎ 评析

采桑养蚕，吐丝成衣，一春辛劳的结果，仅能应付官府的租税，自己穿的仍然是只够蔽身的陋服。全诗无议论，末句私衣与"官"字相对照，寓感慨意，不失为风人之诗，与杜甫《自京赴奉先县咏怀五百字》的"彤庭所分帛，本自寒女出"用意相类。

唐人咏蚕妇诗之佳者，有来鹄的"晓夕采桑多苦辛，好花时节不闲身。若教解爱繁华事，冻杀黄金屋里人"；又有杜荀鹤的"粉色全无饥色加，岂知人世有繁华。年年道我蚕辛苦，底事浑身着苎麻？"。

孙蕡
（1334—1393）

字仲衍，顺德（今属广东）人。洪武三年（1370）举乡贡进士（他书作"中进士"，非），授工部织染局使。后为平原主簿，以牵累被逮，命他筑京师望都门城墙。吟诵为粤声，主事者奏闻，乃召见，命诵所吟诗，"语皆忠爱"，因而获释。其《西庵集》中的《输役萧墙》，当为此诗，中有"仰瞻东华门，祥风拂左蠹。卿云护彤轩，翚凤丽羽翰"等语，或即所谓"语皆忠爱"。

洪武十五年（1382），起为苏州经历（掌管文书），又坐累戍辽东。二十六年（1393），明太祖大治蓝玉党，因曾为蓝玉题画，遂被杀。这时他的门生黎贞亦戍辽东，尸才得收殓。《明史》于此表而出之，亦以彰弟子之风义。

他在元末，本隐居以避乱。明将廖永忠征两广，他为据岭南的元将何真草降表。入明后，做的都是小官，而三次获谴，都因坐累之故，末了一次，竟至丧命，其实蓝玉也只是骄横而无谋反意。

有的书上记临刑时曾口占一绝，中有"黄泉无客舍，今夜落谁家"语（后亦有人附会为金圣叹临刑诗），但此诗实五代时江为所作，《全唐诗》卷七四一曾有收录。《明史·孙传》则说"临刑，作诗长讴而逝"，语亦模棱，似明知诗为江为诗，偏又含混地说他临刑曾作诗。四库本《西庵集》亦作诗而收之。

他是粤诗派的先驱，与黄哲、王佐等结南园诗社，时称"南园五先生"。其诗古风较优，但有的嫌繁缛，七绝无甚可观。《四库全书总目提要》说"当元季绮靡之余，其诗独卓然有古格"，但如《杨妃出浴》《杨太真对镜图》等，仍不脱绮靡之习。

别　内[1]

秋霜凋女萝，多露沾兔丝。[2] 依依两夫妇，贫贱生别离。思昔结缡[3]日，适际乱离时。布衣才掩胫[4]，糟糠[5]不充饥。

性拙命复穷，偃蹇世所嗤[6]。赖子[7]同甘苦，孤贞常自持。幸逢世道平，天路振羽仪[8]。欢爱未云竟，殷勤[9]方自兹。执袂[10]讵忍分，清涕流裳衣[11]。淹留日月促，去去[12]无归期。晨鸡咿喔[13]鸣，行李[14]戒路歧。仆从已严驾[15]，宁能更迟迟？所嗟长辛苦，不为儿女悲[16]。遗[17]语望邻曲，含酸望亲知。恻恻重恻恻[18]，此怀当告谁？

◉ 注释

[1] 内：指妻。

[2] "秋霜"二句：女萝，即松萝，地衣类植物，但诗词中常与茑萝混用。茑萝为草名，常卷络于他物上。兔丝，即菟丝，蔓生，亦缠络于他物。后人多以二者比喻夫妻或姻亲关系。《玉台新咏》一《古诗》之三："与君为新婚，菟丝附女萝。"

[3] 结缡：古代女子出嫁前，母为之系结胸前佩巾（一说为覆头绛巾），后因此称结婚为结缡。

[4] 胫：小腿。

[5] 糟糠：酒滓与谷皮，比喻粗劣食物，后亦以糟糠妻喻共处贫贱之妻。

[6] 偃蹇：困顿貌。嗤：讥笑。

[7] 子：犹言您。古代对妇女亦称子。

[8] 天路：宽远之路。羽仪：羽翼。这两句指由元末而至明初。

[9] 殷勤：这里指送别时的恋惜慰喻之情。

[10] 执袂（mèi）：攀着衣袖。

[11] 涕：泪。

[12] 去去：越离越远，有长别意。

[13] 咿喔：象声词。

[14] 行李：这里指旅人。戒：指互相叮咛。

[15] 严驾：整备车马。曹植《杂诗》之五："仆夫早严驾。"

[16] 儿女悲：指青年男女的哭泣之态。当是用王勃《送杜少府之任蜀州》的"无为在歧路，儿女共沾巾"意。

[17] 遗（wèi）：交付。邻曲：邻人。

[18] 恻恻：感伤。重：再，又。

◎ 评析

作者于洪武十五年（1382）为苏州经历，后又坐累流放辽东，其时约五十岁。此诗当为谪戍时作。

全诗以经霜沾露的凋零的草木兴起，下追溯贫贱夫妻的共患难过程。中述由元末的乱离到新朝的建国，本可共享欢爱，不想忽又远谪，远谪的原因却是由于牵连。诗中自不敢直说内心的委屈，只能以"此怀当告谁"作结。

出发那天，兄弟、邻居、朋友都来送行，所以同时还写了《别弟》《别邻》《别友》诸诗，在《别邻》中有云："去去归未期，留家犹食贫。有无通假借，此道古所敦。无为忘寄托，别语多苦辛。"质朴恳切，正是患难人语。

平原田家行[1]

零星矮屋茅数把，散住榆林柳林下。
磊墙[2]遮雪防骤风，妇女頮垣[3]拾砖瓦。
黄牛买得新垦田，土戟[4]犁浅牛欲眠。
古河无水挂龙骨[5]，自縈[6]蒲绳探苦泉。
山蚕食叶黄茧老，野火烧桑桑树倒。
四畔灵鸡[7]喔喔啼，九月霜风落红枣。
春丝夏绢输税钱，木绵[8]纺布寒暑穿。
夜舂黄米为新酒，学唱《清商》作管弦[9]。
平田旱多黍[10]少熟，杏尽梨苦惟食粟[11]。
衣粗食恶莫用悲，犹胜北军离乱时[12]。

◎ 注释

[1] 平原：县名，在今山东。

[2] 磊墙：以石块堆成墙。

[3] 垣：墙。

[4] 土戟：土如剑戟一样坚锐，形容难耕。故牛只得躺下。

[5] 龙骨：水车。

[6] "自萦"句：形容引水的艰苦。

[7] 灵鸡：鸡能按时报晓，故名。

[8] "木绵"句：意谓无论冬夏，只能穿一种衣裳。

[9]《清商》：《清商曲》，为民间歌曲，多哀怨之音。

[10] 黍：黏性的谷物。

[11] 粟：小米，此指杂粮。

[12] 北军：指元军。

◎ 评析

作者在元朝生活了三十余年，身经动荡之苦。此诗作于任平原主簿时，这时明政权虽已稳固，但劫后的乡村依然荒凉苦难。这也是历来如此，战争的结果，创伤最惨烈的还是农村。末句固有颂扬新朝意，却也令人共鸣。高翥七绝《行淮》末云："劝客莫嗔无凳坐，去年今日是流移。"皆是深尝离乱之苦者的过来人语。

高 启
（1336—1374）

字季迪，吴县（今江苏苏州）人。家住吴县北郭，与杨基、张羽、徐贲称北郭四子。他出生几年间，元政已极腐败，群雄并起，天下大乱，张士诚割据于苏州。

少年时期，他没有投从过名师，全靠自己力学。十八岁时，和吴淞江畔的青丘巨室周仲达之女结婚，后遂移居岳家，自号青丘子。他的《青丘子歌》，是一篇微型的自传，反映了青年时期的志趣和抱负。

明洪武二年（1369），高启被征赴京师修《元史》，先任翰林院国史编修官，后擢户部右侍郎。他对功名本来很淡薄，赴征也很勉强，在《将赴金陵始出阊门夜泊》中有云："乌啼霜月夜寥寥，回首离城尚未遥。正是思家起头夜，远钟孤棹宿枫桥。"入京后向明太祖自陈年少不敢当重任，后即放归乡里，复居江上，过着"旧宅一架书，荒园数丛菊"及"杯深午醉重，被暖朝眠熟"（《效乐天》）的优游生活。

洪武五年（1372）十月，魏观任苏州知府。他是一位贤太守，在京时即与高启相识，相互钦重。魏观修复府治旧基，高启撰写了《上梁文》，因旧基本为吴王张士诚宫址，便被巡按御史张度奏告，说魏观开泾复宫，心有异图。于是魏观被杀，高启遭腰斩。年仅三十九岁，他在明朝只活了七年。有《高青丘集》。

他没有儿子，只有女儿，所以张羽吊词中有"中郎幼女今痴小，遗稿千篇付与谁"语；他有个很忠诚的弟子吕勉，只因老师遭祸，弟子只得躲了起来，绝口不谈诗书，至永乐时才始露面。

高启的惨死，自然不是仅仅由于上梁文的缘故，也非如笔记所言的作宫闱诗构祸（详后选《宫女图》），主因还在不愿和明太祖积极合作，效忠到底。

他的诗，对各代名家高手，无不学习，也有模拟之作，但其中有他跌宕风华的自己的艺术魅力。他在《独庵集序》中说："故必兼师众长，随事摹拟，待其时至心融，浑然自成，始可以名大方而免夫偏执之弊矣。"这在理论上说原是对的，实践上却不容易，高启大体上做到了。他的乐府诗及拟古、寓感等作，只叙题面，不多发议论，这点和李白相似。还要指出的是，他诗作的音节浏亮爽朗，明人中也少有能比拟的。所以，前人推许他的诗为明代第一，似非溢誉。但他《梅花九首》其一的"雪满山中高士卧，月明林下美人来"，颇享盛名，其实却是俗格；其五的"翠袖佳人依竹下，白衣宰相住山中"，也嫌鄙陋。

可惜他生当战乱年代，交通梗阻，游踪只限于明秀的东南，不能遍及深山大泽，雄关要塞，写出更涵浑苍凉、波澜万丈的力作；也可惜战乱才始结束，却又遇上了明太祖那样善于猜忌的国君。

见花忆亡女书

中女我所怜，六岁自抱持。怀中看哺果，膝上教诵诗。
晨起学姊妆，镜台强临窥。稍知爱罗绮，家贫未能为。
嗟我久失意，雨雪走路歧[1]。暮归见欢迎，忧怀每成怡[2]。
如何属疾[3]朝，复值事变时。闻惊遽沉殒，药饵[4]不得施。
仓皇具薄棺，哭送向远陂[5]。茫茫已难寻，恻恻[6]犹苦悲。
却思去年春，花开旧园池。牵我树下行，令我折好枝[7]。
今年花复开，客居远江湄[8]。家全尔独殁，看花泪空垂。
一觞[9]不自慰，夕幔风凄其[10]。

◉ 注释

[1]"雨雪"句：形容雨雪中不辨方向。

[2]怡：愉快。

[3]属疾：指病危，犹言属纩。

[4]药饵：药物。

[5]陂：山坡。

[6]恻恻：悲痛貌。苦悲，为悲所苦。

[7]"牵我"二句：写小儿女的娇憨之态。

[8]湄：岸边。

[9]觞（shāng）：酒盏。

[10]幔：帘幕。凄其：凄凉。其，词尾无义。

◉ 评析

高启有三女，中女叫高书。

元至正二十七年（1367），朱元璋部队攻克平江，擒获吴王张士诚，士诚自缢死，平江路改为苏州府。高书即殁于这一年。次年为明洪武元年，高启移居娄江，见到花开，想起前一年亡女牵衣树下，要他折枝的情景，虽相隔只有一年，而幽明却已两途，乃作此诗。又因是在战乱之中，对医药的调治自难周到，更增加他事后的悔痛。

作者另有五律《悼女》："保养常多阙，艰难愧我贫。凄凄临殁语，的的在生亲。遗佩寒江月，残灯夜室尘。中郎他日稿，留付与何人？"末二句用蔡琰整理其亡父蔡邕遗书典。这时高启的儿子祖授还未出生，所以这样说，也见得他对高书之死特别痛惜。（祖授后殇，故高启身后无子）

白居易《初丧崔儿报微之晦叔》有云："世间此恨偏敦我，天下何人不哭儿。"道尽了人间丧儿之痛。

梦　姊

我家白头姊,远在娄水[1]曲。昨夜梦见之,千里地谁缩[2]。不知别已久,尚作别时哭。觉来[3]旅斋空,风雪洒窗竹。田家有弟妹,终岁喜相逐[4]。我非王事縻[5],胡忍离骨肉[6]?城东先人庐[7],尚有书可读。何当[8]乞身还,亲为姊煮粥[9]。

◎ 注释

[1]娄水:即娄江,也称浏江,在江苏吴县东,元时漕运由此入海。

[2]"千里"句:传说东汉费长房有缩地之术,使千里如在目前。

[3]觉来:醒来。

[4]逐:过从。

[5]縻:束缚。

[6]胡:怎。这两句意谓,在朝为官不及在乡务农,能与骨肉亲近。

[7]"城东"句:高启父亲一元,在吴县东郊吴淞江岸大树村中有祖传田地。作者《出郊抵东屯》有云:"故乡一区田,自我先人遗。"

[8]何当:何时。乞身:官吏请求退职。

[9]"亲为"句:唐代李勣(本姓徐)性友爱,姊病,曾烧粥而燎其须。姊戒止,勣答曰:"姊多疾而且老,虽欲数进粥,尚几何?"高诗用此典,意在能经常护持他的白头姊姊。

◎ 评析

　　作者二十七岁以后,曾寓居娄江,当时或与其姊共处一地。后往南京为史官,姊弟遂不相见,自必常在怀念,因而积思成梦。梦境只有"不知别已久,尚作别时哭"两句,却写出了梦里相逢的恍惚迷茫的情味。他的《喜家人至京》中有"但忧兄姊尚远隔,言笑未了仍歔欷"语,还是殷殷以姊与兄为念。另有一首《送钱氏两甥度岭》,中有"一家十口散,万里两身行"语,这两位姓钱的外甥,想必就是其姊之子。

野田行[1]

白杨树下谁家坟[2],火烧野草碑无文。
路旁尚卧双石马[3],行人指是故将军[4]。
当时发卒开阴宅[5],千车送葬城南陌[6]。
子孙今去野人来,高处牧羊低种麦。
平生意气[7]安在哉?棘丛暮雨棠梨开。
百年富贵何足恃,雍门之琴良可哀[8]。

◎ 注释

[1] 野田行:《乐府诗集》列为"新乐府辞",创始于唐人。此用乐府旧题。
[2] "白杨"句:《古诗十九首》:"白杨多悲风,萧萧愁杀人。"《白虎通》谓"庶人无坟,树以杨柳",故墓地多植白杨。古诗中常以白杨衬托悲思。
[3] 石马:多列于陵墓前。杜甫《玉华宫诗》:"当时侍金舆,故物独石马。"
[4] 故将军:汉大将军李广,夜与人在田间饮酒,还至霸陵亭(停留食宿的处所),霸陵尉醉,喝令李广止步。广之骑兵曰:"故李将军。"尉曰:"今将军尚不得夜行,何乃故也?"这里的"故"是旧时的意思,高启诗中的故是"已故"之"故"。
[5] 阴宅:指坟墓。
[6] 陌:街道。
[7] 意气:气概。
[8] "雍门"句:战国齐人名周,居雍门,曾以琴见孟尝君文。孟尝君曰:"先生鼓琴能令文悲乎?"周乃引琴而歌,于是孟尝君涕泣增哀,下而就之曰:"先生之鼓琴,令文立若破国亡邑之人也。"见刘向《说苑·善说》。高诗用此典,意在强调改朝换代的悲思。

◎ 评析

　　新乐府辞的《野田行》,都是写田野间的古冢或暴骨,使行人望而兴起悲感的情节,如唐李益《野田行》:"日没出古城,野田何茫茫。寒狐上孤冢,鬼火烧白杨。昔人未为泉下客,行到此中曾断肠。"高诗也是这样,故以"雍门之琴良可哀"作结。

此诗当是元亡后所作。他另有一首《废宅行》，内容写旧时一座将军府第，起先是列戟森严，后来被官府抄没封闭，亲信散尽，饥鼠潜入。墓是没者所眠，宅为存者所居，可以对照赏览。

牧牛词

尔牛角弯环[1]，我牛尾秃速[2]。
共拈短笛与长鞭[3]，南陇[4]东冈去相逐。
日斜草远牛行迟，牛劳牛饥唯我知。
牛上唱歌牛下坐，夜归还向牛边卧。
长年牧牛百不忧，但恐输租卖我牛。

◎ 注释

[1] 弯环：半圆，弓月影。
[2] 秃速：即秃，凋疏貌。尔，我，拟设两个牧童的对话。
[3] 拈：以手指取物。短笛：诗中常与牧牛相连，称为牧笛，刘兼《莲塘霁望》："远岸牧童吹短笛，蓼花深处信牛行。"雷震《村晚》："牧童归去横牛背，短笛无腔信口吹。"
[4] 陇：田埂。

◎ 评析

牛之去留，关系到农家的哀乐，故对牛有特别的恋惜之情。全诗一路写来，十分悠闲自在，至结末才托出农家的心事，也是全诗的归宿。

张籍乐府《牧童词》云："牛牛食草莫相触，官家截尔头上角。"比高诗的构思更深而奇。

卖花词

绿盆小树枝枝好,花比人家别[1]开早。
陌头[2]担得春风行,美人出帘闻叫声。
移去莫愁花不活,卖与还传种花诀。
余香满路日暮归,犹有蜂蝶相随飞。
买花朱门几回改,不如担上花长在。

◎ 注释

[1]别:特别。
[2]陌头:指街头。

◎ 评析

"担上花长在"非谓花的寿命长,而是从卖花人日日的担卖活动中,衬见了"朱门几回改"。前八句皆用浓墨,结末转入暗淡,结出富贵无常,人事变迁的世态。

听教坊旧妓郭芳卿弟子陈氏歌[1]

原注:时至正己亥岁作[2]

文皇在御升平日[3],上苑宸游驾频出[4]。
仗中乐部五千人[5],能唱新声谁第一?
燕国佳人号顺时[6],姿容歌舞总能奇。
中官奉旨时宣唤[7],立马门前催画眉。
建章宫里长生殿[8],芍药初开敕张宴[9]。

龙笙罢奏凤弦停,共听娇喉一莺啭。
遏云妙响发朱唇[10],不让开元许永新[11]。
绣陛花惊飘艳雪[12],文梁风动委芳尘[13]。
翰林才子山东李,每进新词蒙上喜。[14]
当筵按罢谢天恩[15],捧赐缠头蜀都绮[16]。
晚出银台酒未消[17],侯家主第强相邀[18]。
宝钗珠袖尊前赏,占断春风夜复朝。
回头乐事浮云改,瘗玉埋秀今几载?[19]
世间遗谱今谁传,弟子犹怜一人在。
曾记《霓裳》学得成[20],朝元队里艺初呈[21]。
九天声落千人听,丹凤楼前月正明[22]。
狭斜贵客回车马[23],不信芳名在师下[24]。
风尘一旦禁城荒[25],谁是花前听歌者?
从此飘零出教坊,远辞京国客殊方[26]。
闭门春尽无人问,白发青裙不理妆。
相逢为把双蛾蹙[27],《水调》《凉州》歌续续[28]。
江南年少未曾闻[29],元是当时供奉曲[30]。
朝使今年海上归[31],繁华休说乱来非[32]。
梨园散尽宫槐落[33],天子愁多内宴稀。
始知欢乐生忧患,恨杀韩休老无谏[34]。
伤心不见昔人歌,汾水秋风有飞雁[35]。
此日西园把一卮[36],感时怀旧尽成悲。
含情欲为秋娘赋,愧我才非杜牧之。[37]

068

◉ 注释

[1] 教坊：始设于唐代，以中官任教坊使，为设于宫廷中的歌舞官署。明洪武中建十四楼以处官伎，有俳长、色长、衣巾教师等称。成祖永乐时，尽发建文帝旧臣之妻女亲戚入教坊，极为惨酷。郭芳卿，详见注［6］。

[2] 至正己亥：元顺帝至正十九年（1359）。

[3] 文皇：指元文宗图帖睦尔，在位五年，年二十九卒。在御，在位。

[4] 上苑：皇帝的园林。宸：对帝王的代称。

[5] 仗：仪卫队。

[6] "燕国"句：燕国，指北方。顺时，谓郭芳卿（《青楼集》作郭顺卿），排行第二，人称郭二姐，擅演杂剧《闺怨》，艺名顺时秀。元代女演员多以"秀"字作艺名，如梁园秀、珠帘秀、小娥秀等。

[7] 中官：宦官。

[8] 建章宫：汉武帝时所建。长生殿，唐玄宗时所建，在华清宫。这里借喻元代的宫苑。

[9] 敕：皇帝命令。

[10] 遏云：形容歌声响亮美妙。《列子·汤问》：薛谭学歌于秦青，"抚节悲歌，声振林木，响遏行云"。

[11] 开元：唐玄宗年号。许永新：唐代歌妓，颇受玄宗宠爱，曾对左右说："此女值千金。"

[12] 艳雪：明亮之雪，此喻舞姿的美妙。韦应物《答徐秀才》："清诗舞艳雪。"

[13] "文梁"句：谓歌声嘹亮动听。《艺文类聚》卷四三引刘向《别录》：汉代善歌者鲁人虞公，"发声清哀，盖动梁尘"。文梁，雕绘图案的屋梁。

[14] "翰林"二句：元李洞，字溉之，滕州（属今山东）人，颇擅文词，受知于元文宗，授翰林学士，洞亦每以李白自拟。《元诗纪事》录李洞《舞姬脱鞋吟应制》一首，洞之"新词"，大抵也是这样格调。

[15] 按：配乐演奏或歌唱。

[16] 缠头：古代歌女表演时以锦裹头，演毕，观客以罗锦为赠，称缠头。蜀都绮：指蜀锦，古代以为名贵的丝织品。

[17] 银台：官名。唐代翰林院、学士院皆在银台门内。李白《相逢行》："朝骑五花马，谒帝出银台。"此指郭芳卿因唱李洞的新词，也得出入银台门。

[18] 主第：公主的府第。卢照邻《长安古意》："玉辇纵横过主第，金鞭络绎向侯家。"

[19] "回头"二句：谓郭芳卿已下世多年。郭芳卿歌舞受宠事，至此结束，转入她弟子献艺享名事。瘗，埋。

[20] 《霓裳》：《霓裳羽衣曲》的省称。传自天竺，名《婆罗门》，后经玄宗润色，改此名。后常借指美妙的歌舞。

[21] 朝元：唐代骊山的朝元阁，这里也是泛指。

[22]丹凤楼：也是唐朝宫观名。

[23]狭斜贵客：犹言浪子狎客。狭斜，娼妓居处。

[24]"不信"句：意谓享名不应在郭芳卿之下。

[25]"风尘"句：指京城处于动乱之中，甚为荒凉。

[26]殊方：异域，此当指江南。

[27]双蛾蹙：双眉蹙额，抑郁之状。

[28]《水调》：曲调名，声调很怨切。《凉州》：亦曲调名，以边塞地名为调名。续续：连续不断。白居易《琵琶行》："低眉信手续续弹，说尽心中无限事。"

[29]江南年少：指作者自己，当时二十四岁。

[30]"元是"句：用刘禹锡《听旧宫中乐人穆氏唱歌》的"休唱贞元供奉曲，当时朝士已无多"句意。元，通"原"。供奉曲：为皇家演唱的歌。

[31]"朝使"句：顺帝至正十九年（1359）九月，朱元璋部队攻取衢州路，元主诏遣大臣以御酒、龙衣赐割据东南的张士诚，征海运粮，乃运米十一万石至京师。

[32]"繁华"句：谓丧乱以来繁华已因而消失。

[33]梨园：唐玄宗选乐工及宫女数百人，教授乐曲于梨园，称为"皇帝梨园子弟"。这里的梨园意义，与教坊类似。

[34]韩休：唐玄宗时人，性耿直，时政得失，言之未尝不尽。玄宗小有过差，必问左右曰："韩休知否？"不久谏疏即至。宋璟叹为仁者之勇。

[35]"汾水"句：安禄山作乱时，玄宗登楼，四顾凄怆，有一少年领会玄宗之意，登楼歌《水调》曰："山川满目泪沾衣，富贵荣华能几时？不见只今汾水上，惟有年年秋雁飞。"玄宗闻而流泪。后知为已故宰相李峤所作。

[36]卮：酒器。

[37]"含情"二句：唐金陵女子杜秋娘，本为藩镇李锜妾，后李锜因反叛而被杀，秋娘亦籍之入宫，为皇子漳王的保姆。漳王被废，秋娘亦归故乡，杜牧过金陵时，见其穷且老，为之赋《杜秋娘诗》。牧之，杜牧的字。

◎ 评析

  作于至正十九年（1359），作者游吴越时。此诗显为仿效杜甫的《观公孙大娘弟子舞剑器行》。公孙大娘和郭芳卿生前均曾受帝王荣遇，但她们的弟子，结局却很凄凉，一个是"梨园子弟散如烟"，一个是"从此飘零出教坊"。沈德潜《明诗别裁集》评云："与少陵《观公孙大娘弟子舞剑器歌》同一用意，盖惓惓故国之思，意不在教坊弟子也。而诗格则在元和、长庆之间。"这评语固很中肯,只是这时元朝尚未灭亡。但顺帝登位以来,统治阶级内部一直在倾轧纷争,天灾频仍,各地反元部队的势力日益壮大,就在作者作此诗的前一年,陈友谅、刘福通、张士诚、朱元璋皆攻占要镇于东南,元朝政局十分危急。诗中的"朝使今年海上归",即指京师粮食恐慌事。作者身在江南,看到这样混乱局面,更有感时怀旧的盛衰荣枯之悲,所以末段即用议论抒发感慨。作此诗十年后,元朝便亡国了。

作者有五绝《优人李州侨乞米二首》之二云:"戏场鼓笛静,人无太平乐。尔莫怨饥寒,梨园亦零落。"可见这时梨园勾栏中艺人的落魄之惨。又有七绝《闻旧教坊人歌》:"《渭城》歌罢独凄然,不及新声世共怜。今日岐王宾客尽,江南谁识李龟年?"也是效杜甫的《江南逢李龟年》。又有《吴别驾宅闻老妓陈氏歌》:"白发相邀出后厅,莫辞为唱《雨霖铃》。如今人尽怜年少,谁肯同来特地听。"此老妓陈氏,当即郭氏弟子,这时已经老大飘零了。

杨基也有《赠京妓宜时秀》绝句:"欲唱清歌却掩襟,晚风亭子落花深。座中年少休轻听,此曲先皇有赐金。"

明皇秉烛夜游图

花萼楼头日初堕[1],紫衣催上宫门锁[2]。
大家今夕燕西园[3],高爇银盘百枝火[4]。
海棠欲睡不得成[5],红妆照见殊分明。
满庭紫焰作春雾,不知有月空中行。
新谱《霓裳》试初按[6],内使频呼烧烛换[7]。
知更宫女报铜签[8],歌舞休催方夜半。

共言醉饮终此宵，明日且免群臣朝[9]。
只愁风露渐欲冷，妃子衣薄愁成娇。[10]
琵琶羯鼓相追逐[11]，白日君心欢不足。
此时何暇化光明，去照逃亡小家屋？[12]
姑苏台上长夜歌[13]，江都宫里飞萤多[14]。
一般行乐未知极[15]，烽火忽至将如何[16]？
可怜蜀道归来客，南内凄凉头尽白。[17]
孤灯不照返魂人[18]，梧桐夜雨秋萧瑟[19]。

◎ 注释

[1] 花萼楼：唐玄宗（谥至道大圣大明孝皇帝，故又称明皇）曾以旧邸为兴庆宫，于宫之西南建楼，其西题为"花萼相辉之楼"，南为"勤政务本之楼"。登楼，可以望见宪、薛、申、岐诸王弟邸第。花萼之义，则取《诗经·小雅·常棣》兄弟亲爱之意。

[2] "紫衣"句：唐代官服，以朱紫二色为贵。明皇时的宦官，服朱紫者千余人。这里的紫衣指宦官之显贵者。宫门晨开暮锁。张籍《宫词》："薄暮千门临欲锁，红妆飞骑向前归。"

[3] 大家：本为亲近侍从官对皇帝之称，后亦泛指皇帝。燕，通"宴"。

[4] 爇：点燃。火：指蜡烛。

[5] "海棠"句：惠洪《冷斋夜话》卷一引《太真外传》："上皇登沉香亭，召太真妃子。妃子于时卯酒（晨酒）未醒，命（高）力士从侍儿扶掖而至。妃子残颜醉韵，鬓乱钗横，不能再拜。上皇笑曰：'岂是妃子醉，真海棠睡未足耳。'"（今本《杨太真外传》未见此段记载）苏轼《海棠》诗："只恐夜深花睡去，故烧高烛照红妆。"或用此典。

[6] 《霓裳》：指《霓裳羽衣曲》，见《听教坊旧妓郭芳卿弟子陈氏歌》。

[7] 内使：宦官或宫女。

[8] 知更：看守更漏的宫人。古代用铜壶滴漏，夜间凭漏刻以计时传更。铜签：即更签，得签后即掷于石阶上，使然有声，作为报时。

[9] "明日"句：即《长恨歌》"从此君王不早朝"之意。

[10] "只愁"二句：前一句写玄宗之似宠而昏，后一句写妃子之似娇而媚。

[11] "琵琶"句：据《太真外传》：明皇在小殿作乐时，自己击羯鼓，贵妃弹琵琶。羯鼓，古时龟兹、高昌等地的乐器，形如漆桶，以牙床为架，以两杖敲击。羯，古代北方部族。

[12] "此时"二句：用唐聂夷中《咏田家》诗意："我愿君王心，化作光明烛。不照绮罗筵，

072

只照逃亡屋。"与诗题中"秉烛"相应。
[13]姑苏台：参见刘基《过苏州》。吴王夫差曾于台上的春宵宫为长夜之饮。
[14]"江都"句：隋炀帝好游乐，曾于洛阳景华宫征得萤火数斛，夜出游山放之，光遍岩谷。后在江都被叛将所杀。唐宋诗人常因洛阳而联系炀帝游幸之江都。一说江都也有放萤苑。李商隐《隋宫》："于今腐草无萤火。"杜牧《扬州》："秋风放萤苑。"皆其例。江都，今江苏扬州。
[15]一般：一样，指玄宗与夫差、炀帝同样是行乐无度。
[16]"烽火"句：夫差、炀帝都死于战乱，玄宗因安禄山之反而出奔蜀中。
[17]"可怜"二句：肃宗至德二载（757），收复西京长安，玄宗乃自蜀中回到京城。回京后，初居南内，即兴庆宫，因地近街市，易与外间接触，而为肃宗所忌，怕他复辟，宦官李辅国便将玄宗强迫迁至西内，即太极宫。南内，犹言南宫，皇宫之内叫"大内"。《长恨歌》："西宫南内多秋草，落叶满阶红不扫。"黄庭坚《书磨崖碑后》："南内凄凉几苟活。"
[18]"孤灯"句：指方士为玄宗往天府地界觅杨贵妃精魂事，但魂未招来，故云"孤灯不照返魂人"。返魂人，指杨贵妃。白居易《李夫人》也有"反魂香降夫人魂，夫人之魂在何许"语。
[19]"梧桐"句：用《长恨歌》"春风桃李花开日，秋雨梧桐叶落时"句意。

◎ 评析

此诗实效元稹之《连昌宫词》与白居易之《长恨歌》。《四库全书总目提要》说高诗"拟唐似唐，拟宋似宋，凡古人之所长，无不兼之"。所以也可看作长庆体的余影。

既为帝王，与宠妃秉烛夜游，从情理上说，原算不得大过错，但因女宠而引起政治上的腐败衰落，终致使两京沦亡，万姓堕泪，自己也出奔蜀中，这就不单单是个人好玩上的失检了。

此诗表面上是题画，似无显著的责备之词，而讽喻之意却呵成始终，只要看看头两句，就足够令人玩味：太阳刚刚西逝，穿紫衣的宦官就来催上宫门之锁，上锁的目的是让皇帝关起门来寻欢作乐。

作者又有七绝《秉烛夜游图》云："内家持烛尽红妆，仗入华清看海棠。羯鼓声中春夜短，君心何暇照逃亡。"则为七古的缩影。疑先为七绝，意犹未足，又衍为古风。

张中丞庙[1]

延秋门上乌啼霜[2],羯儿晓登天子床[3]。
江头老臣泪暗滴[4],万乘西去关山长[5]。
公卿相率作降虏,草间拜泣如群羊[6]。
当时不识颜平原[7],岂复知有张睢阳?
孤城落日百战后,瘦马食尽人裹疮[8]。
男儿竟为忠义死[9],碧血满地嗟谁藏[10]?
贺兰不斩尚方剑[11],英雄有恨何时忘。
千年海上见祠庙,古苔丛木秋风荒。
摩挲画壁尘网里,勇气烨烨虬髯张[12]。
巫歌《大招》客酹酒[13],忠魂或能来故乡。

◉ 注释

[1] 张中丞:张巡,邓州南阳(今属河南)人。初为真源(今河南鹿邑)令,后拜御史中丞。以坚守睢阳(今河南商丘)殉国垂名青史,世称张睢阳。

[2] 延秋门:唐长安禁苑西面之门。安禄山反叛时,玄宗带领杨贵妃等即从延秋门出奔。杜甫《哀王孙》:"长安城头头白乌,夜飞延秋门上呼。"

[3] 羯儿:指安禄山。羯,古代北方部族。

[4] 江头:指长安曲江畔。

[5] 万乘:指皇帝。西去:指出奔蜀地。

[6] 草间:草间求活的省称,即苟安偷生之意。

[7] "当时"句:颜真卿为平原(今属山东)太守时,已测知安禄山逆谋,乃修城储粮。后禄山反,河朔尽陷,独平原城守具备,乃使司兵参军李平驰奏之。玄宗初闻禄山之反,叹曰:"河北二十四郡,岂无一忠臣乎?"李平至,大喜曰:"朕不识颜真卿形状何如,所为得如此!"(见《旧唐书·颜真卿传》)

[8] 瘦马食尽:当睢阳被围时,城中食尽,张巡与士卒同食茶纸,既尽,遂食马,马尽,乃罗雀掘鼠。人裹疮:张巡《守睢阳诗》:"裹疮犹出阵。"

[9] "男儿"句:睢阳沦陷后,安禄山胁南霁云投降,张巡呼曰:"南八,男儿死耳,不可为

不义屈。"后来《旧唐书》入张巡等于《忠义传》。
[10]碧血:《庄子·外物》:"苌弘死于蜀,藏其血,三年而化为碧。"《国语·周语》谓苌弘是周敬王大夫。后人常作为烈士死难,精魂不灭的比喻。
[11]"贺兰"句:当时河南节度使贺兰进明以重兵守临淮,张巡遣部下南霁云夜中缒出危城,求援于进明,进明日与诸将张乐高会,无出师意。霁云涕泣以告,啮指示信,进明亦不动心。尚方剑,皇帝用的剑。尚方,掌管供应帝王用物的官署。《汉书·朱云传》,记朱云有"愿赐尚方斩马剑,断佞臣一人,以厉其余"语。
[12]"勇气"句:指张巡之像。烨(yè)烨:光辉貌。
[13]《大招》:楚辞篇名,作者不能确定,内容写招迎魂魄归来,安息家乡。酹(lèi):用酒洒地以表祭奠。

◎ 评析

至德二载(757),许远为睢阳太守,与城父令姚訚同拒安庆绪(禄山子)叛军。张巡初守雍丘,后以雍丘小邑储备不足,难以固守,乃开门驱百姓诈降,自己以锐卒数百列其后,且行且战,夜投睢阳城,见许远、姚訚等共谋捍守。终因孤城无援而沦于敌手,巡与姚訚、南霁云都被叛兵所拘,最后皆被害,一时同遭杀戮者达三十六人,其事极悲壮慷慨。许远则被押送至洛阳,及安庆绪失败,许远亦被害。后诏赠巡扬州大都督,远荆州大都督,訚潞州大都督。睢阳人又为巡、远立庙。

韩愈《张中丞传后叙》,记他读李翰所作《张巡传》,因其不为许远立传而感到遗憾。赵翼《二十二史札记》卷二十,则以后人但传张巡、许远而不及姚訚为缺陷,如双庙就只祀张、许二人,并以为"巡、远并传本始于韩愈"。称巡、远为双忠而不及姚訚,自唐已然。故赵氏主张张巡、许远庙内应将姚訚增祀在正位,其他人则在从祀班。

袁枚也有一首《题张睢阳庙壁》云:"刀上蛾眉唤奈何(指张巡杀妾犒军事),将军邻境尚笙歌。残兵独障全淮水,壮士同挥落日戈。六射须眉浑不动,一城人肉已无多。而今雀鼠空啼窜,暮雨灵旗冷薜萝。"

忆远曲[1]

扬子津头风色起[2],郎帆一开三百里。
江桥水栅多酒垆[3],女儿解歌《山鹧鸪》[4]。
武昌西上巴陵道[5],闻郎处处经过好。
樱桃熟时郎不归,客中谁为缝春衣?
陌头空问琵琶卜[6],欲归不归在郎足。
郎心重利轻风波[7],在家日少行路多。
妾今能使乌头白[8],不能使郎休作客。

◎ 注释

[1]忆远曲:《乐府诗集》属"新乐府辞",内容皆写闺妇思念远处的丈夫。

[2]扬子津:在江苏江都南,有扬子桥,自古为江滨津要处。

[3]水栅:于水上设置木栅,以为一区。张籍《江南行》:"娼楼两岸临水栅。"酒垆:安放酒瓮的土台子,也借指酒店。

[4]女儿:特指酒家女。解歌:善唱。《山鹧鸪》:乐府曲名,这里指情歌艳曲。

[5]巴陵:今湖南岳阳一带。

[6]陌头:街坊。琵琶卜:《妖巫传》:"张鹜曾于江南洪州停数日,闻土人何婆善琵琶卜,与同行人郭司法质焉。其家士女填门,饷遗满道。"(见金檀《高青丘集》注)又,《太平御览》卷五八三引《异苑》,也记南平国士兵在姑熟以琵琶占卜吉凶事。

[7]轻风波:不重视风波的险恶。

[8]乌头白:比喻不可能的事情。语出王充《论衡·感虚》,秦王扣留燕太子丹,并发誓说,除非使乌(鸦)白头,马生角,才能回去。

◎ 评析

高启生长于太湖区域商业繁荣的苏州,他的好多作品,具有市民文学的色彩,此诗即是其一。

诗题所谓"忆远",实是疑忌怨恨,但写得很婉转,如说"客中谁为缝春衣",就是以虚掩实,借宾定主,并不是女主人公真正关心的要旨。

为了使家庭生活过得美满些,做丈夫的冒风波之险而出外经商,求取利润,做妻子的本应体惜支持,这时却成为对她的威胁。对于当时的妇女来说,这种敏感也是有现实上的根据,并非多余。"妾今能使乌头白",表现了这位女子的坚毅果敢,同时又是无可奈何。"欲归不归在郎足""不能使郎休作客",这两句便写尽女主人委屈忍受的辛酸心境。

诗人没有将女主人公写得更坚强些,然而使人也读出了历史的真实。

登金陵雨花台望大江[1]

大江来从万山中,山势尽与江流东[2]。
钟山如龙独西上[3],欲破巨浪乘长风[4]。
江山相雄不相让,形胜争夸天下壮。
秦皇空此瘗黄金[5],佳气葱葱至今王[6]。
我怀郁塞何由开,酒酣走上城南台。
坐觉苍茫万古意[7],远自荒烟落日之中来。
石头城下涛声怒[8],武骑千群谁敢渡[9]。
黄旗入洛竟何祥[10],铁锁横江未为固[11]。
前三国,后六朝[12],草生宫阙何萧萧。
英雄乘时务割据,几度战血流寒潮。
我生幸逢圣人起南国[13],祸乱初平事休息。
从今四海永为家[14],不用长江限南北[15]。

◎ 注释

[1] 金陵:今江苏南京。传说秦始皇埋金玉杂宝以压天子气,故名金陵。一说战国时楚威王已置金陵,秦为秣陵。明初为都城,改名南京。雨花台:在南京市南,最高处可俯瞰城关。相传梁武帝时云光法师讲经于此,天花坠落如雨,故名。大江:古代专指长江。

[2]"山势"句：谓沿江连绵多山。山势本为抽象，江流则为具象，二者融为一体，遂别有雄奇的壮美之感。

[3]钟山：在南京东北部，即紫金山，三峰中中峰最高。

[4]"欲破"句：用《宋书·宗悫传》"乘长风破万里浪"句意。

[5]瘗：埋。

[6]葱葱：气象旺盛貌。《后汉书·光武帝纪论》：望气者遥见舂陵，郭唶曰："气佳哉，郁郁葱葱然。"王通"旺"。

[7]坐：遂，因而。

[8]石头城：三国吴时为土坞，晋时加砖积石，因山为城，地形险固。故址在南京石头山后。

[9]"武骑"句：黄初五年（224），魏文帝伐吴，至广陵，望江水盛涨，叹曰："魏虽有武骑千群，无所用之，未可图也。"（见《资治通鉴》卷七十）

[10]"黄旗"句：《三国志·吴书·吴主传》注：陈化使魏，魏文帝因酒酣嘲问曰："吴魏峙立，谁将平一海内者乎？"化对曰："旧说紫盖黄旗，运在东南。"后来吴主孙皓迷信此种旧说，发兵攻晋，并云："青盖入洛阳，以顺天命。"因途遇大雪而还。

[11]"铁锁"句：晋大将王濬攻吴，吴人于江中要害处，以铁锁横截之，逆拒晋之舟舰。王濬便用十余丈长的大炬，灌以麻油，燃炬烧断之，吴国因而出降。孙皓举家西迁入洛，所以上一句说"竟何祥"。刘禹锡《西塞山怀古》："千寻铁锁沉江底，一片降幡出石头。"

[12]前三国：指魏、蜀、吴。后六朝：指建都于金陵的吴（先建都于武昌）、东晋、宋、齐、梁、陈。诗中与三国对举，三国专指吴，六朝专指南北朝的南朝。

[13]圣人：指明太祖朱元璋，他的原籍为钟离（今安徽凤阳东），帝业的发祥地也在南方。

[14]"从今"句：用刘禹锡《西塞山怀古》"从今四海为家日"句意。

[15]"不用"句：古人以长江为天堑，使南北隔绝。《南史·孔范传》："长江天堑，古来限隔，虏军岂能飞度？"

◉ 评析

　　洪武二年（1369），作者三十四岁。明廷诏修《元史》，以左丞相李善长监修，并征求山林遗逸之士十余人一同编修，高启即其中之一，《元史》的《历志》和《列女传》皆出于他之手。这首诗便是在京城时所作。他的"白下有山皆绕郭，清明无客不思家"（《清明呈馆中诸公》）的名句，也作于此时。

　　高启既受命修史，而朱明又正当开国之初，自不免对新朝有所颂扬,除了末四句外,开头八句也有这样的寓意:元末群雄相争,成败未卜,最后是江山为明朝所得,建都城于形胜争夺的金陵。秦王空埋金宝,葱葱佳气只有至今才始旺盛。但颂扬中尚无谀媚的习气。

诗用长短句体裁写成,《高青丘集》中专列"长短句"一卷。全诗每四句一转韵,诗境以雄浑涵茫振起,中间插入感慨,这样才于抑扬之中显得深厚。

岳王墓[1]

大树无枝向北风[2],千年遗恨泣英雄[3]。
班师诏已来三殿[4],射房书犹说两宫[5]。
每忆上方谁请剑[6]?空嗟高庙自藏弓[7]。
栖霞岭上今回首[8],不见诸陵白露中[9]。

◎ 注释

[1] 岳王墓:岳飞于绍兴十一年十二月二十九日(1141年1月7日)以莫须有罪名被赐死,年三十九岁,其子岳云及部将张宪皆被杀。田汝成《西湖游览志》卷九:"狱卒隗顺,负飞尸逾城,至九曲丛祠,潜瘗之,以玉环殉,树双橘识焉。"孝宗时,诏复飞官,谥武穆,改葬栖霞岭,岳云衬其旁。宁宗时,封鄂王,废智果院为祠。"墓上之木皆南向,盖英灵之感也"。李心传《建炎以来系年要录》乙集卷十一,载此狱经过甚为详细。

[2] "大树"句:参见上注,亦含始终不与北方的敌人妥协之意。

[3] "千年"句:沈德潜《明诗别裁集》注云:"诸本作'千年遗恨',应以'十年'为典。"因而竟于正文中改写"十年",改得令人吃惊。沈氏又将贺知章《回乡偶书》的"乡音无改鬓毛衰"之"衰"改为"摧",同样是多事。其实只要指出"衰"字是出韵就够了。

[4] "班师"句:秦桧欲将淮水以北弃与金人,因而令岳飞班师,一日间连颁十二金字牌。飞愤惋泣下,东向再拜曰:"十年之力,废于一旦。"三殿,唐麟德殿一殿而有三面,故称。杜甫《送翰林张司马南海勒碑》:"诏从三殿去。"这里指宋之朝廷。

[5] 射房书:古代两国交战时,有所传达,每将文书系于箭上射向对方。这里借喻与敌方的交涉。两宫,指被虏北去的徽、钦二帝。当时力主抗金的大臣,都坚持要金人归还两

宫。《宋史·韩世忠传》：金帅兀朮穷蹙，求会语，祈请甚哀。世忠曰："还我两宫，复我疆土，则可以相全。"

[6]上方：即尚方剑。见《张中丞庙》。

[7]高庙：指高宗。高宗就是庙号。藏弓：用"飞鸟尽，良弓藏"的典故。

[8]栖霞岭：在今浙江杭州市区内。

[9]诸陵：指南宋诸帝的陵墓，大多在杭州郊外，元初曾被西僧杨琏真伽盗掘。

◉ 评析

郎瑛《七修类稿》卷三十六："宋岳武穆王祠，天下有五。在鄂者乃王开国之地，在杭者王墓之地，在汤阴者父母之乡，赣者立功之地，而朱仙镇者功之极而愤所不能忘。皆著祀典，报王亦宜。"

此诗全首悲壮苍凉，对仗极为工整，音节亦颇浏亮，在吊岳王诗中不失为白眉之作。沈德潜云："通体责备高宗，居然史笔。"固是，但前人咏岳飞而谴讽高宗者亦颇不少，如《西湖游览志》载陶九成（宗仪）的"逆桧阴图倾大业，昭陵无意问神州。偷安甫遂邦家志，饮痛甘忘父母仇"，即其一例。最显著的，则推文徵明《满江红》词，如下阕云："岂不念，疆圻蹙，岂不念，徽钦辱。念徽钦既返，此身何属？千载休谈南渡错，当时自怕中原复。笑区区一桧亦何能，逢其欲。"对高宗直是诛心之论。

晚寻吕山人[1]

小艇载琴行，松花落晚晴。
君家最可认，隔树有书声。

◉ 注释

[1]山人：隐居者。

◎ 评析

时间在雨后的傍晚，地点在松花疏落的溪河边。首尾两句的琴书，点明了吕山人的志趣，诗人于晚间还要乘艇而往，又反衬了诗人自身的情操。

全诗平淡无华，只是按照诗人的印象写了下来，却挑起了读者无穷的联想。

秋　柳

欲挽长条已不堪，都门无复旧毵毵[1]。
此时愁杀桓司马[2]，暮雨秋风满汉南[3]。

◎ 注释

[1]毵毵（sān sān）：形容细长的枝叶。
[2]桓司马：晋代的桓温，曾任大司马。南北朝时以大司马、大将军为"二大"。
[3]汉南：汉水之南。作者《题黄大痴天池石壁图》亦云："汉南既老司马树。"

◎ 评析

《世说新语·言语》："桓公北征，经金城，见前为琅邪时（领琅邪郡时）种柳，皆已十围，慨然曰：'木犹如此，人何以堪！'攀枝执条，泫然流泪。"桓温所治之琅邪在江乘，今江苏句容北，金城即金陵。《晋书·桓温传》抄录此段文字时，首二句却作"温自江陵北伐，行经金城"。但若从江陵北伐，何必取道江南？推其致误之故，当因庾信《枯树赋》有"昔年种柳，依依汉南"语，遂疑金城为汉南地。钱大昕《晋书考异》已有考证，但后人因《桓温传》此语而致误的很多。

桓温这两句话本身已含诗意，故《世说新语》入《言语》篇。六朝人物，毕竟吐属不同，何况他这时又要离江南而北征。

秋柳原是熟题，但作者却会想到桓温的话，下即接以"暮雨秋风"，万千感慨，皆悄然自此而出，故亦成为名篇。

王士禛也写过四首七律《秋柳》，其中之一云："秋来何处最销魂，残照西风白下门。他日差池春燕影，只今憔悴晚烟痕。愁生陌上《黄骢曲》，梦远江南乌夜村。莫听临风三弄笛，玉关哀怨最难论。"士禛固以神韵标榜，而风神竟不及本诗。

宫女图

女奴扶醉踏苍苔，明月西园侍宴回。
小犬隔花空吠影，夜深宫禁有谁来[1]？

◎ 注释

[1]"夜深"句：故作疑问，实是说有人来。

◎ 评析

旧时笔记多谓高启以此诗犯上而被祸。吴乔《答万季埜诗问》："'小犬隔花空吠影'，意何所指？答曰：'太祖破陈友谅，贮其姬妾于别室，李善长子弟有窥觇者，故诗云然。李、高之得祸，皆以此也。'"（徐《续本事诗》卷二也有类似记载）这倒像宋太宗之逼幸南唐小周后。但李善长及其家属之被杀在洪武二十三年（1390），高启死在洪武七年（1374），时间上即不符合。

高启另有一首《画犬》诗："猧（一作'独'）儿初长尾茸茸，行响金铃细草中。莫向瑶阶吠人影，羊车半夜出深宫。"羊车是宫闱中所用之车，晋武帝既因宠妃众多，遂"常乘羊车恣其所之"。朱彝尊《静志居诗话》卷三，释高启此诗云："此则不类明初掖庭事，二诗或是刺庚申君而作，好事者因之傅会也。"朱说可取。庚申君指投降明朝的元顺帝，因他生于庚申年。

唐王涯《宫词》："白雪猧儿拂地行，惯眠红毯不曾惊。深宫更有何人到，只晓金阶吠晚萤。"与高诗境味有相似处，而三诗所以借犬吠作衬头，当是从《诗经·召南·野有死麕》的"无使尨也吠"（原写男女幽会）化出。

苏李泣别图[1]

丁零海上节毛稀[2]，几望南鸿近塞飞[3]。
泣尽白头相别泪[4]，少卿留虏子卿归[5]。

◎ 注释

[1] 苏李：指苏武与李陵。苏武字子卿，汉武帝时出使匈奴，被扣留。匈奴君长迫其投降，武不屈，被徙至北海（今俄罗斯贝加尔湖），啮雪食草籽，持汉节牧羊十九年。昭帝即位，与匈奴和亲，苏武始回朝，拜为典属国。李陵字少卿，名将李广之孙，武帝时任骑都尉，率步兵五千人击匈奴，战败投降。后来苏武回国，李陵置酒相贺曰："异域之人，壹别长绝。"又起舞而歌曰："径万里兮度沙幕，为君将兮奋匈奴。路穷绝兮矢刃摧，士众灭兮名已隤，老母已死，虽（欲？）报恩将安归？"歌罢，陵泣下数行，因与武长别。

[2] 丁零：一作"丁令""丁灵"，古代部族名，为匈奴属国。苏武居北海时，丁零部曾盗武之牛羊。此代指匈奴地区。

[3]"几望"句：匈奴与汉和亲后，汉要求苏武等回朝，匈奴诡言武已死。武属吏常惠密教汉使，诡言汉帝射猎时得北来雁，雁足有系帛书，言武等在某泽中。汉使依常惠语以责匈奴，武乃得归。塞，音赛（sài）。

[4] 白头：苏武回汉时约六十岁。

[5] 虏：古代汉人对其他民族的贬称。

◉ 评析

此诗原为题画而实系咏史,却不着议论。苏武和李陵至匈奴时间,前后相隔仅一年。十九年后,苏武终于白首回汉,李陵则仍留塞上。全诗着力处在末句,却又似不费力,七字中两人名字占了四字,要害即在"留"与"归"二字,虽是生离,却成永诀了。

《文选》有李陵与苏武的临别赠答诗,实为后人假托。李诗有句云:"携手上河梁,游子暮何之?徘徊蹊路侧,悢悢不得辞。"苏李之别在沙幕不在河梁。再就此四句与上引李陵起舞时歌辞合看,风格截然有别,绝不像出一人之手。但李白《苏武》末云:"东还沙塞远,北怆河梁别。泣把李陵衣,相看泪成血。"则仍用这篇假托之作为典故。

与高启同时的袁凯也有一首《题李陵泣别图》:"上林木落雁南飞,万里萧条使节归。犹有交情两行泪,西风吹上汉臣衣。"沈德潜《明诗别裁集》评云:"词婉意严,李陵之罪自见。'汉臣'二字,《春秋》之笔。"

田舍夜春

新妇春粮独睡迟[1],夜寒茅屋雨来时。
灯前每嘱儿休哭,明日行人要早炊。

◉ 注释

[1]新妇:农家的媳妇。

◉ 评析

原是极为平淡的日常生活,一经诗人写来,便觉有酽酽的人情味和乡土气,成为诗化了的生活。首句的"迟"与末句的"早"是很有意思的对照,"新妇"与"行人"的关系也颇可玩味(行人极可能即是她的丈夫)。这里也反映了当时农家的贫困:如果家有余粮,何必连夜赶舂。

作者另有《田家行》一诗:"中田有禾穗不长,狼藉只供凫雁粮。雨中摘归半生湿,新妇舂炊儿夜泣。"诗境有相似处。

林　鸿 (1341—1412)

字子羽,福清(今属福建)人。洪武初,以人才荐,授将乐县儒学训导。居七年,授礼部精膳司员外郎。性洒脱,不善为官,年未四十,自弃职归。他的《谪居寄冶城同志》诗,首二句云:"远别悠悠泣路歧,丹心虽在鬓毛衰。"他在中年后也曾获谴遭谪。他的《留别蔡秀才原》的"别离无远近,暂去亦伤神。正是千山雪,谁悲独往人",当亦为谪居时作。有《鸣盛集》。

他是闽诗派之冠,但后人对他诗的评议却很分歧。李东阳《麓堂诗话》,说林鸿专意学唐,"开卷骤视,宛若旧本。然细味之,求其流出肺腑,卓尔有立者,指不能一再屈也"。这与沈德潜《明诗别裁集》中的"宗法唐人,绳趋尺步,众论以唐临晋帖少之,然终是正派"之说相类似。王士禛《带经堂诗话》卷二,斥为"鸿之为盛唐,赝鼎耳"。屠隆在《白榆集·与马用昭书》中则为林鸿鸣不平:"寥寥天壤,乃有此人有此作,而流播未远,何居?"他以为原因在于不像李攀龙、宗臣那样自为标诩之故。朱彝尊《静志居诗话》卷三,说林诗"循行矩步,无鹰扬虎视之姿。此犹翡翠兰苕,方塘曲渚,非不美观,未足与量江海之大"。说较平稳。

综合诸家论点,林诗的缺点在于"循行矩步"的模拟上,而为人所称者则大都为律诗。胡应麟《诗薮》续编卷一,举了"珠林积雪明山殿,玉涧飞流带苑墙""衲经雁宕千峰雪,定入峨嵋半夜钟"等句后说:"皆气色高华,风骨遒爽。而诸选诸家,例取其'堤柳欲眠莺唤起,宫花乍落鸟衔来'等句,乃其下者耳。"颇有识力。

鸿诗五绝很少,有一首《流沙江夜泛》云:"登舻日向夕,出浦云已平。月黑渡江处,北风芦苇鸣。"末两句颇见神韵。

夕 阳

抹野衔山影欲收,光浮鸦背去悠悠[1]。
高城半落催鸣角[2],远浦初沉促系舟[3]。
几处闺中关绣户,何人江上倚朱楼?
凄凉独有咸阳陌,芳草相连万古愁。[4]

◉ 注释

[1]鸦背:温庭筠《春日野行》:"鸦背夕阳多。"

[2]角:吹乐器,多用作军号。

[3]浦:水边。

[4]"凄凉"二句:咸阳陌,即咸阳原上之道路。白居易《赋得古原草送别》,题中的古原即指咸阳原,诗中的"离离原上草"的"离离",汪立名本作"咸阳"。咸阳,秦的都城,故云古原。李白《忆秦娥》所谓"咸阳古道音尘绝"。何景明《咸阳原》亦云:"奈有咸阳草,风吹岁岁生。"

◎ 评析

前四句都是紧扣诗题。五、六两句则有人在,而且渐渐转出离愁。这是夕阳时分最易感受的况味,万古以来就使人愁闷。

明殷奎《春草》云:"东风到咸阳,吹起原上草。偶然出门去,迷却平陵道。此处断人肠,得似江南好?"谓咸阳原上之草令人断肠,与本诗尾联的感想相同。

咏　草

闭门春雨后,芳草上阶生。
讵知严霜月[1],聊复一时荣。

◎ 注释

[1]讵(jù):岂。

◎ 评析

历代诗词中,以春草为题材的很多,而取譬各异。这一篇字面上是咏物,却显示了诗人在春天的怅失心情。

枇杷山鸟

沉香烟暖碧窗纱[1],绿柳阴分夏日斜。
梦觉只闻铃索响[2],不知山鸟啄枇杷。

◎ 注释

[1]沉香:香木,树脂可作薰香之料,脂膏凝结为块,入水能沉,故名。这里泛指房中所

薰之香。

[2]觉：醒。铃索：古人以金铃缀挂于长绳上，置于花树间，用以惊走啄食花果的雀鸟。高启《惜花词》："树树长悬铃索护。"

◎ 评析

这是题画诗，却远写到画面之外的闺情，魅力则在一"觉"字：女主人午梦醒来，远闻窗外铃响，蒙眬之间不及辨察，却不知道只是山鸟在啄枇杷。

瞿　佑
（1347—1433）

字宗吉，号存斋，钱塘（今浙江杭州）人。十四岁时，杨维桢至杭州，佑即席奉和维桢之《香奁八题》，其《花尘春迹》云"燕尾点波微有韵，凤头踏月悄无声"，颇受维桢赏识。

洪武时，由贡士荐授仁和训导，后升任周王府长史。永乐年间，因作诗获罪，谪戍保安十年，其《归田诗话》即作于戍所。洪熙元年（1425）由英国公张辅奏请赦还，令主家塾，后放归，卒。有《存斋诗集》。

他的诗，多风情绮丽之作，这或许受杨维桢影响，但吊古诗也有感慨苍凉的。朱彝尊《静志居诗话》卷六颇薄其诗，但如"射虎何年随李广，闻鸡中夜舞刘琨""蹈海莫追天下士，折腰难事里中儿"，以为"稍有风骨者"。恐亦非瞿诗本色语，瞿固不以壮语见长。

他还著有传奇小说集《剪灯新话》，其中也夹杂不少诗词。

乌镇酒舍歌[1]

东风吹雨如吹尘,野烟漠漠遮游人。
须臾云破日光吐,绿波蹙作黄金鳞。
落花流水人家近,鸿雁凫鹥飞阵阵[2]。
一双石塔立东西,舟子传言是乌镇。
小桥侧畔有青旗,暂泊兰桡趁午炊[3]。
入馔白鱼初上网[4],供庖紫笋乍穿篱[5]。
茜裙缟袂搴帘出[6],巧语殷勤留过客。
玉钗堕鬓不成妆,罗帕薰香半遮额。
自言家本钱塘住[7],望仙桥东旧城路[8]。
至正末年兵扰攘[9],凭媒嫁作他家妇。
良人万里去为商,嗜利全无离别肠。[10]
十载不归茅屋底,一身独侍酒垆傍[11]。
相逢既是同乡里[12],何必嫌疑分彼此。
小槽自酌真珠红[13],长床共坐氍毹紫[14]。
捧杯纤手露森森[15],酒味虽浅情自深。
飞梭不折幼舆齿[16],鸣琴已悟相如心[17]。
晚来独自登舟去,相送出门泪如注。
他时过此莫相忘,好认墙头杨柳树。

◎ 注释

[1]乌镇:在浙江吴兴东南。

[2]凫:野鸭。鹥:鸥鸟。皆水禽。

[3]兰桡:船的美称。

[4]馔:菜肴。

[5]庖：厨房。乍：初。
[6]茜裙：红裙。缟袂：白色袖子。搴：揭。
[7]钱塘：今浙江杭州。
[8]望仙桥：在杭州府城内府河上，连通新开门与朝天门，见《武林坊巷志》。
[9]至正：元顺帝年号（1341—1368）。
[10]"良人"二句：即白居易《琵琶行》"商人重利轻别离"之意。良人，丈夫。
[11]酒垆：卖酒人安置酒瓮的土台。亦泛喻酒家。
[12]"相逢"句：作者的原籍也是钱塘。
[13]小槽：榨酒具的出口。李贺《将进酒》："小槽酒滴真珠红。"
[14]长床：一种坐具。氍毹：坐垫。古乐府《陇西行》："请客北堂上，坐客毡氍毹。"
[15]森森：形容寒白色。
[16]幼舆：晋谢鲲字。《世说新语·赏誉》注云："邻家有女，尝往挑之，女方织，以梭投折其两齿。既归，傲然长啸，曰：'犹不废我啸歌。'其不事形骸如此。"
[17]"鸣琴"句：西汉司马相如在卓王孙府宴中奏琴曲《凤求凰》，卓女文君知其意，终随相如私奔。

◉ 评析

　　乌镇酒舍与浔阳江头，事有类似处，但《琵琶行》以"同是天涯沦落人"作旨，此篇却插入幼舆折齿、相如琴挑典故，终嫌蛇足，格调即不如白诗之高。

清　明

兼旬蹭蹬在京华[1]，又见东风御柳斜[2]。
客里不甘佳节过，借人亭馆看梨花[3]。

◉ 注释

[1]兼旬：二十日，这里泛喻多时。蹭蹬：穷困失意貌。
[2]"又见"句：用韩翃《寒食》"寒食东风御柳斜"句意。寒食在清明前一天或两天。
[3]"借人"句：苏轼《东栏梨花》云："惆怅东栏一株雪，人生看得几清明。"

◉ 评析

韦居安《梅涧诗话》卷中引叶靖逸（绍翁）《九日呈真直院》云："肠断故乡归未得，借人篱落赏黄花。"赵愚斋（汝）《清明》云："惆怅清明归未得，借人门户插垂杨。"钱锺书《谈艺录》云："均以看字、赏字、插字畅借字之致。"

高棅 (1350—1423)

字彦恢，更名廷礼，号漫士，长乐（今属福建）人。永乐初以布衣召入翰林，为待诏，后迁典籍。他是闽中十子之一，但其诗在十子中却属下乘。其诗集山居时曰《啸台集》，出仕后曰《木天集》。钱谦益《列朝诗集》评前者音节可观，时出俊语，后者应酬冗长，遂无片什可传。王夫之在《薑斋诗话》中也称之为"诗佣"。但山居之作，亦因模唐太甚，流于清空。他的七绝《早雁》："凉霜八月塞天寒，飞度衡阳楚水宽。少妇楼头初掩瑟，一行先向夕阳看。"就是一例。

他的主要成就还在所选《唐诗品汇》，影响亦大。十子之一的陈亮《奉寄高廷礼时求贤甚急高且讲学编诗不暇》中有"见说新编又超绝，近来衡鉴复如何"语，即指高棅选诗事。《明史》本传称《唐诗品汇》《唐诗正声》二书，"终明之世，馆阁宗之"。

除诗外，尤工书画，林鸿、王恭集中颇多题高漫士绘画之诗。

峤屿春潮[1]

瀛洲见海色[2],潮来如风雨。
初日照寒涛,春声在孤屿。
飞帆落镜中[3],望入桃花去。

◎ 注释

[1]峤屿:有山的小岛。峤,尖峭之山。
[2]瀛洲:传说海中有蓬莱、方丈、瀛洲三神山,仙人居之。后人乃以瀛洲喻仙境。
[3]镜中:指初日下的海面。

◎ 评析

高棅诗以五言为长,此诗又以清拔见胜。末两句颇具神味。

夏谷云泉

云影荡山翠,泉声乱溪湍[1]。
长林无六月,萝薜生秋寒[2]。

◎ 注释

[1]湍(tuān):急流的水。
[2]萝薜:女萝与薜荔,皆植物名。屈原《九歌·山鬼》:"被薜荔兮带女萝。"

◎ 评析

全诗的要领在"长林无六月",却极为自然流畅,侧身唐人门墙。

王 恭
(1354—?)

字安中，闽县（今福建福州）人。壮年落魄不羁，樵隐于长乐，遍登诸峰，故自号皆山樵者。永乐四年（1406），以荐至京师，入翰林，为待诏。年六十余，与修《永乐大典》，书成，授典籍。后投牒归里，其《咏白头翁》云"竹下棠梨花渐稀，白头相对语依依。五陵年少多金弹，莫恋残春忘却飞"，当是自喻之作，与本书中所收的《春雁》可以并观，皆见其性情本爱山野。有《白云樵唱集》《草泽狂歌》。

《白云樵唱集》中《癸未元日简龙门高漫士（高棅）》诗，有"年惭伯玉知非晚，身笑相如见遇迟"句。癸未为永乐元年（1403），"知非"用春秋时蘧伯玉"年五十而知四十九年之非"典故，后人常用作五十岁的代称，由此推知他的生年当在元至正十四年（1354）间。

他是闽中十子之一，成就在高棅之上，林鸿之下。朱彝尊《静志居诗话》卷三附有林衡者（林佳玑）评语，说恭诗善得中唐之韵，有大历十子遗音，并摘录其"渭水寒流秦塞晚，灞陵残雨汉原秋""棕榈叶上惊新雨，砧杵声中忆故园""几处移家惊落叶，十年归梦在孤舟"诸句。《四库全书总目提要》以为"皆诗家常语"，甚是。又云："至'云归独树天边小，雪罢孤峰鸟外青'句，则'小'字形容颇拙，'罢'字节次未明。"亦说得对，且"罢"字嫌生硬。

经友人故宅

策马孤城下[1]，经过泪盈襟。开门绊蟏蛸[2]，井灶莓苔深。
念彼泉下人，凄然杳难寻。萧条故篱菊，识我平生心。
揽辔向前路[3]，徘徊出寒林。谁知山阳笛[4]，恻怆犹至今。

◎ 注释

[1]策马：鞭马。
[2]绊（guà）：悬绊。蟏蛸：长脚蛛，这里泛指蛛网。
[3]辔（pèi）：马缰。
[4]山阳笛：魏晋时向秀与嵇康、吕安友善，居止接近。后二人被司马昭所杀，向秀经过其山阳旧居，闻邻人吹笛，发声嘹亮，于是感怀亡友，作《思旧赋》。后世因将山阳闻笛为怀念亡友之典。山阳，今江苏淮安。

◎ 评析

　　城是孤城，宅为亡友故宅。诗人重临其地，却已景物荒凉，所识者唯故篱之菊。出门上马，徘徊间想起山阳闻笛之悲，谁知千载之下，犹是此恨绵绵。

春　雁

春风一夜到衡阳[1]，楚水燕山万里长[2]。
莫怪春来便归去，江南虽好是他乡[3]。

◎ 注释

[1]"春风"句：湖南衡阳有七十二峰，中有回雁峰。相传秋末大雁南飞，至此不过，遇春而回。晋孙楚《雁赋》："迎素秋而南游，背青春而北息。"
[2]"楚水"句：意谓雁经历了南北山水的长途旅程。
[3]"江南"句：王粲《登楼赋》："虽信美而非吾土兮，曾何足以少留。"

◎ 评析

雁是候鸟，每年春分后飞往北方，秋分后飞回南方，但古代诗篇中常以北方为雁的故乡。这首诗用拟人化的手法，使人兴起恋土怀乡之情。

王恭曾参与编修《永乐大典》，书成即投牒归里，此诗或有为而作。

题张良归山图

抽却朝簪别汉家[1]，赤松相候在烟霞[2]。
如今悟得全身计，不似从前博浪沙[3]。

◎ 注释

[1] 朝簪：指上朝时的冠饰。古代男子也蓄发插簪。
[2] 赤松：指赤松子，传说中的仙人。张良佐汉成功之后，即愿弃人间事，从赤松子游。实际是一种托词。
[3] 博浪沙：地名。河南原阳东南有秦之阳武故城，博浪沙在其南。张良曾使力士操铁锤狙击秦始皇于此。浪，亦作"狼"。这两句意谓，秦亡之后，张良素志已经完成，故急求全身之计，和博浪沙时那种拼死冒险的用心自不相同了。

◎ 评析

张良，字子房，祖先是韩国人。秦灭韩后，他曾使力士狙击秦始皇，但只中副车，从此亡匿下邳。后助刘邦成帝业，封留侯，与韩信、萧何并称三杰。功成之后，却欲从赤松子游，学辟谷（不食五谷）之术，最后得以善终。而韩信则被杀，萧何曾下狱，皆不如张良之明哲保身。

李昌祺《舞阳留侯庙》云："信族豨夷越醢躬，太平无复用英雄。高皇却堕先生计，世上何曾有赤松？"

方孝孺
(1357—1420)

字希直，一字希古，宁海（今属浙江）人。宋濂弟子。洪武十五年（1382）曾召至京师，未用，遣还。后授蜀王（朱椿）府教授，蜀王名其读书之庐曰正学。

惠帝即位，为侍讲学士，国家大事每咨询之。燕王（朱棣）起兵，廷议讨之，诏檄皆出其手。建文四年（1402）六月，燕兵入京，被拘。燕王命草登位诏，他掷笔于地，且哭且骂曰："死即死耳，诏不可草。"燕王怒，命裂尸于市，并戮孝孺宗戚八百七十三人，远戍者不可胜计。其弟孝友就戮时，孝孺曾目之，泪下，孝友口占一诗曰："阿兄何必泪潸潸，取义成仁在此间。华表柱头千载后，旅魂依旧到家山。"他死后，文字之禁甚严，藏孝孺文者罪至死，其门人王稌收孝孺遗文藏之，宣德后稍传于世。有《逊志斋集》。万历十三年（1585），宽释坐方孝孺案谪戍者后裔，浙江、江西等地多至一千四百余人。

他没有中过举，受重用时，已是他生命的最后几个年头。政治上是一个复古派，早年即以伊尹、周公辅明王自期，以《周礼》为模式，一心想回到井田时代去。他刚强正直，却又是一个不切实际的书生。他咏《二乔观书》云："深闺睡起读兵书，窈窕丰姿若个谁？千古周南风化本，晚凉何不诵《关雎》。"倒像《牡丹亭》中陈最良之与春香。

《四库全书总目提要》有云："《周礼》一书，已不全用唐虞之法。明去周几三千年，势移事变，不知凡几，而乃与惠帝讲求六官，改制定礼，即使燕兵不起,其所设施,亦未必能致太平。正不必执讲学家门户之见,曲为之讳。"责备得很公允。但对孝孺的不肯稍稍迁就、取义成仁的气节,则极为推崇:"可谓贯金石动天地矣。"《儒林外史》第二十九回,杜慎卿说:"方先生迂而无当。天下多少大事,讲那皋门、雉门怎么?这人朝服斩于市,不为冤枉的。"吴敬梓最痛恨封建道学,但说到方孝孺身上,最后两句,显然过分了。

又据查继佐《罪惟录·惠宗纪》:孝孺被杀后,成祖以草诏属御史(《明史》作侍读)楼琏,"琏勉承草讫,归见其妻。妻曰:'得无愧潜溪先生地下乎?'盖琏为宋濂门下士。辄内愧自经"。

题　画

落日斜明挂树瓢[1],下方城郭去人遥[2]。
青山过雨僧初定[3],门外云封独木桥。

◎ 注释

[1]瓢:葫芦剖成的舀水器。皇甫谧《逸士传》载,许由掬水而饮,人遗其一瓢,饮讫挂木上,许由嫌声烦而弃之。这里的"挂树瓢"即暗寓隐士之意。
[2]下方:人间,尘世。
[3]定:入定的省称,指僧人静坐敛心。李中《宿钟山知觉院》:"磬罢僧初定,山空月又生。"

◎ 评析

　　隐处青山,远离城郭,唯一独木桥与外界交通,犹为"云封"。雨过日斜,群动无声,况是僧人入定之时。诗人则于禅外求诗,画中悟人。

竹

不禁俗物败人意[1]，忽见幽篁眼为明[2]。
记得旧游天上梦，连昌宫外听秋声[3]。

◎ 注释

[1]"不禁"句：《世说新语·排调》："嵇（康）阮（籍）山（涛）刘（伶）在竹林酣饮，王戎后往，步兵（指阮籍）曰：'俗物已复来，败人意。'"苏轼《於潜僧绿筠轩》："可使食无肉，不可使居无竹。无肉令人瘦，无竹令人俗。人瘦尚可肥，俗士不可医。"
[2]幽篁：竹林。屈原《九歌·山鬼》："余处幽篁兮终不见天。"
[3]连昌宫：唐代行宫，故址在今河南宜阳西。元稹《连昌宫词》："连昌宫中满宫竹，岁久无人森似束。"

◎ 评析

初见竹而生雅兴，后则借梦游以寄慨于盛衰之不常。

程本立
（？—1402）

字原道，号巽隐，桐乡（今属浙江）人。洪武中，举明经秀才。任周王（朱）府礼官，从周王至开封。王府即宋故宫基地，其《龙德宫故基怀古》有"中国一朝非宋土，北风万里尽边沙"语。后坐累谪云南为长官司吏目，时年近五十。往来凡九年，一关一驿，皆入诗境，如他的《晚至昆阳州饮通守家土官留此州俟予至同宿马氏有邻妇李氏抱子携酒而至赋此》所咏："但喜人情合，宁论土俗殊。"

建文帝即位，征入翰林，参与编修《太祖实录》。《实录》成，出为江西按察副使。未行，燕王兵入京师，自缢死。有《巽隐集》。

朱彝尊《静志居诗话》卷五云："建文诸臣，文莫过方希直，诗莫过程原道。"可见对程诗的推崇。其七律对仗浑整，时有隽语，如《到京口驿》云："南去北来须（等待）白发，东渐西被尽苍生。"《早发禄丰驿》云："六诏山川皆郡县，百年身世任乾坤。"《广通驿》云："万里逢人相劝酒，一身去国每登台。"《送安处善司税之官青州》云："鸦背夕阳江雨外，马头秋色岱云边。"《题韩伯时寿藏卷》云："四海交游几人在，百年宇宙一身全。"又，"冰霜旧柏乌群集，风雨小松龙一吟。"皆有苍茫之致。

滇阳病起[1]

其一

书签药裹客窗间，一月吟成病里闲。
日日相看好颜色，人情谁得似青山[2]。

其二

天涯病后命如丝，岂复形容似旧时[3]。
有客相辞汴州去[4]，传闻政恐到吾儿[5]。

◎ 注释

[1] 滇阳：指今云南昆明。作者《滇阳二月罂粟花盛开皆千叶红者紫者白者微红》诗云："二月昆明花满川。"
[2] "人情"句：段成式《醉中吟》："人间荣辱不常定，唯有南山依旧青。"程胜于段。

[3]"岂复"句：作者《病后戏柬章广文》云："巉然瘦骨鬓鬖鬖，扶杖前廊力不堪。"

[4]汴州：今河南开封。

[5]政：通"正"。

◎ 评析

作者曾官于开封周王府。洪武二十二年（1389），周王弃其藩国至凤阳，太祖怒，将徙之云南，后又中止，使居京师。作者却坐累而谪云南，将家留在开封。他儿子送至洛阳，曾作《洛阳七里桥命儿还大梁是日风霾大作晚色忽开一诗自遣》诗："我老西行几日还，归心随儿过崤关。晚晴扫得离愁去，稳坐车中饱看山。"《滇阳病起》第二首末二句，是写有客回到开封后，恐怕会将他的病情告诉儿子，因而使儿子牵挂，于是以儿子的担心转化为自己的担心了。正如作者在《思永堂诗序》中所说："凡为人亲者一念不忘其子，则为人子者当一念不忘其亲。"

世态人情，骨肉天性，皆曲达于二诗中。

魏　泽
（生卒年不详）

字彦恩，溧水（今属江苏）人。曾任刑部尚书。成祖夺位后，谪宁海（方孝孺故乡）典史。收捕方孝孺家族时，藏其幼子，方氏才有后裔，故谢铎诗有"孙枝一叶是君恩"句。顾起元《拜方正学先生祠堂》"匿孤闻县幕，收骨有将军"，上句即指魏泽（典史为知县属吏），下句指曾宿卫殿廷的廖镛，后因收方孝孺尸而论死。但《明史·方孝孺传》云："而孝孺绝无后，惟克勤弟克家有子曰孝复"，孝复有子琬。克勤为孝孺之父，也就是说，孝孺一系已绝灭，方家的后代只有孝孺堂兄弟孝复一系才传下来。大概因《明史》为官修之史，故不收这类隐秘性的事件。

《明史》无魏泽传，各家总集所收魏泽之诗，只本书所收一首。魏泽已获咎于新即位的成祖，却还冒万死而匿罪人的遗孤，丧乱之际，能作义举，自为后人钦重。

过侯城里有感[1]

笋舆冲雨过侯城[2]，抚景依然感慨生。
黄鸟向人空百啭[3]，青猿堕泪只三声[4]。
山中自可全高节[5]，天下难居是盛名[6]。
却忆令威千载后，重归华表不胜情。[7]

◎ 注释

[1]侯城里：方孝孺宁海故居的街坊。孝孺曾著有《侯城杂诫》。

[2]笋舆：竹轿。

[3]黄鸟：黄雀。《诗经·秦风·黄鸟》："交交黄鸟。"交交一说为鸟鸣声。《黄鸟》为哀悼秦国三良而作，此句或用其典。

[4]"青猿"句：用杜甫《秋兴八首》之二"听猿实下三声泪"句意。

[5]"山中"句：《庄子·让王》：伯夷、叔齐，饿死于首阳之山，"高节戾行，独乐其志，不事于世，此二士之节也"。

[6]"天下"句：《新唐书·房琯传赞》："然盛名之下，为难居矣。"

[7]"却忆"二句：旧题陶潜《搜神后记》卷一：汉辽东人丁令威，学道成仙后，化鹤归来，落城门华表柱上。有少年欲射之，鹤乃飞鸣作人言："有鸟有鸟丁令威，去家千年今始归。城郭如故人民非，何不学仙冢累累。"这里借喻方孝孺的英灵，日后能重返故乡。林景熙《次曹近山见寄》："鹤归华表认辽阳。"华表，指路的木柱。

◎ 评析

宋长白《柳亭诗话》卷十五："正学欲行三代之法于建文，遂致靖难之祸。山中自全，岂读《周礼》、讲衍义者所肯出乎？然谓其盛名难居,则良药也。"

吴乔《围炉诗话》卷六云:"侯城里,乃方正学之故里。成祖之待建文忠臣,从古所未有,为之臣者,既不可明言,而正学之谋国,不无可议,事既至此,又不忍深咎,此其立言之难也。诗曰:'笋舆冲雨过侯城,俯仰令人感慨生。黄鸟向人空百啭,清猿堕泪只三声。'能融景入情矣。又曰:'山中自可全高节,天下难居是盛名。'当时岂无雪庵辈,而方不容然者,名为之也。'盛名',虚名也。方固正人,而非文种、范蠡谋国之才,太祖拔之以付建文,遂柄国政,又为道衍所荐,成祖必欲屈而用之,以致言语过激,而成十族大祸,是'难居'也。诛窜之滥,乃于朋友门人,郡邑为之萧索。然帝王与匹夫言语争胜,淫刑至此,大丧君德,故托之正学神魂所不忍见,则贻祸于亲戚朋友之过,自在其中,而成祖之过举亦自见。故结云:'却忆令威千载后,重归华表不胜情。'泽于当时,未有诗名,而情深词婉有如此。选者以其无高声大气,重绿浓红,目如不见也。"吴氏这段评析,亦可为今天写鉴赏文者取法,故全录之。

吴乔《诗话》中提到的雪庵,为叶希贤,曾任御史。成祖夺位后,一说被杀,一说从亡在外,削发为僧,号雪庵和尚。道衍,即姚广孝。燕王自北平发兵时,他曾以孝孺为托,曰:"城下之日,彼必不降,幸勿杀之。杀孝孺,天下读书种子绝矣。"燕王之必欲孝孺草诏,亦与广孝之企重有关。

对方孝孺死难的惨烈,后人无不同情,如曾朝节《方正学祠》诗云:"祠堂开木末,宛在阙庭前。缞绖旧君服,《离骚》绝命篇(按,孝孺绝命辞用《骚》体)。已知心匪石,肯污笔如椽?瓜蔓抄虽毒,遗文百世传。"但也有惋惜其过激者,嘉靖时人王廷相云:"方逊学忠之过者欤?要亦自激之甚致之。忘身殉国一也,从容就死,不其善耶?

激而至于覆宗，义固得矣，如仁孝何哉？轻重失宜，圣人岂为之。文山国亡被执，数年而后就死，人孰非之哉？"（引自谈迁《国榷》卷十二）论亦精当。

杨士奇（1365—1444）

初名寓，以字行，泰和（今属江西）人。建文初，以才荐入翰林院，充《太祖实录》编修官。《实录》曾经三修，士奇前后依违改削，曲笔阿旨。其与黄淮、金幼孜等所修《太宗实录》，亦多失实处。

洪熙时擢礼部侍郎兼华盖殿大学士。宣德、正统时，与杨荣、杨溥，同掌枢政，称为三杨。士奇卒后，赠太师，谥文贞。有《东里文集》。

三杨都是台阁重臣，故称他们诗文为台阁体，并沿为流派。洪武后期至正统初，政局较为稳定，三杨历仕四朝，备受宠遇，位极人臣，保泰持盈，诗文亦温文平正，多富贵福泽之气。然而平稳至极，就缺乏锋棱，流于庸浅，多饰语而少心声。

士奇为人，谨慎小心，明哲保身。曾作《寄长儿韵语》三十首，内容写服官京师四十年，归家亦只四十日，亲朋都来访问，因作诗给他长子，"七十五岁老人爱子之心，悉具此楮"。这中间，该有多少悲欢离合的至情实感出自肺腑，可是他在之二中云："禹拜善言登圣域，仲由有过喜闻之。七字嘉言常佩服，道吾恶者即吾师。"之十云："森森孙子比明珠，总是先公积庆余。佳妇佳儿勤善行，免教贻累及诸雏。"词意竟同《太上感应篇》。又如《书周益公所题汤氏别业》末云:"传世文章高世节,汤家千岁有光辉。"也不像话。

朱彝尊《静志居诗话》卷六,对三杨没有多大评论,对士奇只说"东里优游按衍,诸体皆蕴藉可观",下即引士奇《自序》语:"古之善诗者,粹然一出于正,用之乡间邦国,皆有裨于世道。……余早未闻道,既溺于俗好,又往往不得已而应他人之求,即其志之所存者无几也。"并评云:"亦可谓能自讼矣。"似有婉而讽之意。

王世贞《艺苑卮言》卷五,说杨诗"如流水平桥,粗成小致"。还算得体。

发淮安[1]

岸蓼疏红水荇青[2],茨菰花白小如萍[3]。
双鬟短袖惭人见,背立船头自采菱。

◉ 注释

[1]淮安:今属江苏,明代为府。
[2]蓼:水草,花淡红色或白色。荇:也是水草,叶浮水面,根在水底。
[3]茨菰:即慈姑,秋季开小白花。

◉ 评析

首两句写水乡花草,微有比兴之致。第三句说明当时少女对自己短袖露腕,还感到害羞。

像这样的诗,在作者集子里是绝少的。这一首选自《明诗纪事》。

刘 绩
（生卒年不详）

字孟熙，山阴（今浙江绍兴）人。永乐时人。教授乡里，不干仕进。家贫，卖文所得即沽酒。家有西江草堂，人称西江先生。有《嵩阳集》。

朱彝尊《静志居诗话》卷六，记刘绩曾易晚唐张的"残雪未消双凤阙，新春先入五侯家"为"霁色未消双凤阙，春风先入五侯家"，遂以此得名。

其《自题诗本》云："幼小工刺绣，极知针线难。只缘花样古，不耐俗人看。"彝尊云："是时人争学温李，宜其以拔俗为嫌耳。"诗为俗人耐看，也是一劫。

送王内敬重戍辽海

别泪不可忍，杯行到手空。风尘重作客，寒暑易成翁[1]。曙色连关树，秋声起塞鸿[2]。天涯见亲友，还与故园同。

◎ 注释

[1]"寒暑"句：意谓屡经岁月后，人易衰老。作者七绝《寄内敬》云："知君五载思乡泪，滴损营前苜蓿花。"
[2]"秋声"句：王内敬也有《秋日怀孟熙先生》诗，中云："草芳经雨歇，虫响入秋多。"

◎ 评析

钱谦益《列朝诗集》乙集：王谊，字内敬，山阴人，与刘绩同乡，曾遣戍辽阳，守帅宾礼之，使教诸生。宣德初，待诏翰林，与修国史。后乞归，开门教授。朱彝尊《静志居诗话》卷七，摘录其《关山别意》，谓其能远师太白，长于词得其形似。

天涯二句，原为慰喻语，于此反觉沉痛。

作者又有《过柯亭怀内敬》云:"生怕柯亭路,扁舟况独行。见人防泪下,不敢问君名。"感伤王内敬谪戍的遭遇,也有转喉触讳的意味在内。

李昌祺
(1376—1451)

名祯,以字行,庐陵(今江西吉安)人。永乐二年(1404)进士,选翰林院庶吉士,曾参与修撰《永乐大典》。洪熙元年(1425)后任广西与河南布政使。当时河南大旱,民生艰困,他在《新安谣三首》之二中云:"垂老频逢岁薄收,秋租多欠卖耕牛。县官不暇怜饥馁,唤拽官车上陕州。"新安与陕州皆在河南。又有《过张茅镇见饥民》云:"一身馁困浑无力,犹上高梯剥树皮。"

昌祺一生,刚直清廉。致仕后,家居二十余年,屏迹不入官府,故居仅蔽风雨。他的《江上作》云:"闲身到处贫无物,只有唐人几卷诗。"亦见其人之风度。

诗集有《运甓漫稿》,又仿瞿佑《剪灯新话》作《剪灯余话》。《四库全书总目提要》引郑瑗《井观琐言》,说李诗"浮艳太逞,不类庄人雅士所为"。从昌祺的诗集中,实看不到"浮艳太逞"之作,或许因为他写过《剪灯余话》,便牵连到诗歌头上了。

归自南阳[1]

去日犹秋暑,归时已冷霜。江山非故里,人物是他乡。
老态随年出,离愁共路长。埃尘如见恋,到处扑衣裳。

◎ 注释

[1]南阳：今属河南。

◎ 评析

　　作者曾官河南，作诗时犹在归途中。颔颈两联，对仗工整而又流畅自然。结尾尤有深致，不是人扑风尘，而是风尘恋念旅人，故意扑向征衣。

乡人至夜话

形容不识识乡音，挑尽寒灯到夜深。
故旧凭君休更说[1]，老怀容易便沾襟。

◎ 注释

[1]凭：期望之词，这里有央求意。

◎ 评析

　　旅途中邂逅相逢，原不认识。一听乡音知是同乡，即作长夜之谈。谈到故旧，却央求不要再说，因为好多人都已凋零。诗语平淡而感慨至深。

龚诩
（1382—1469）

字大章，昆山（今属江苏）人。父詧，洪武中任给事中，以言事戍五开卫（在今贵州境）死，诩遂隶军籍，后调守南京金川门。燕王兵入城，诩大哭，变姓名王大章，逃亡而至江阴、常熟之间，时时夜渡娄江省母，有"童汪非怯当年事，为有慈母在故园"

句。"童汪"即春秋时鲁国童子汪锜，殉于君难。后返乡安居。周忱巡抚吴中时，两次荐为学官，坚不应，曰："诩老兵，仕无害，恐负往日城门一恸耳。"无子，有一义孙周宝，而周宝又夭折，因作六言诗云："谁信八旬之老，反哀十岁之孙。最苦归来元亮，稚子无人候门。"逝世前，有寄亲友诗云："鬼录吾知久有名，但须符到即时行。只惭知己无能报，一一烦公为致声。"门人谥曰安节先生。有《野古集》。

他身经八朝，年近九十，明初至中叶的时弊世态，在诗中反映得很广泛。如《甲戌民风近体寄叶给事》云："春秋旦暮常愁饿，父母妻孥半病瘟。"又，"到处唤春空有鸟，连村报晓寂无鸡。"《田家苦楚吟》云："官家不信民风苦，方拟腾书贺有秋。"《过虞家宅》云："官赋孰如今日重，人家不似旧时多。"《田家词》云："举网秋江上，鲜鳞尺许长。丁宁莫轻食，留荐里胥觞。"均是民间涕泪。正如《民风绝句寄叶给事》中所说："天独憨遗应有意，要令操笔写民情。"

他诗的格调，通俗自然，有的就像白话诗，《四库全书总目提要》说"在（白居易）《长庆集》、（邵雍）《击壤集》间"，其中自有鄙俚浅率处。又说："要其性情深挚，直抒胸臆。"这两句话说得尤为中肯，因为写民间疾苦，本需要一个"真"字。

总之，我们要从诗歌中认识一下当时社会的底层生活，龚诩的诗是值得一读的。

咏汤婆长句寄谈勿庵勉之共发一笑[1]

岁晚江乡雪盈尺,小斋不禁寒气逼。

先生独卧不成眠[2],两脚浑如水中石。

今宵何幸得温温,伸去缩来随意得。

非关被底别藏春,深藉汤婆有余力。

此婆生来名阿锡,纺织无能有潜德。

缄口何曾说是非[3],谋身不解求衣食。

寂寂无声伴到明,不作骄痴取怜惜。

君不见此婆有妹名青奴[4],骨格玲珑如姊默。

不容暑气侵肌肤,亦与先生旧相识。

只因寒暑不同时,弃舍尘中倚空壁。

◎ 注释

[1] 汤婆:汤婆子,又名锡夫人、脚婆,最早为扁形的瓶。黄庭坚《戏咏暖足婆》:"千钱买脚婆,夜夜睡到明。"则北宋时已有之。长句,指七言古诗。谈勿庵:常熟士绅谈懋。
[2] 先生:作者自称。
[3] 缄口:开水注入汤婆子后,其口即被塞住。
[4] 青奴:竹夫人的别名。黄庭坚《豫章集》有诗题"赵子充示竹夫人诗,盖凉寝竹器,憩臂休膝,似非夫人之职,予为名曰青奴,并以小诗取之"。诗中云:"我无红袖堪娱夜,政要青奴一味凉。"

◎ 评析

汤婆子于老人尤为体贴。漫漫冬夜,默默送暖,身心两温,梦魂俱安,才不致布衾如铁,而使双足有伸展余地。全诗亦敝帚自珍之意。

饥鼠行

灯火乍熄初入更,饥鼠出穴啾啾鸣。
啮书翻盆复倒瓮,使我频惊不成梦。
狸奴徒尔夸衔蝉[1],但知饱食终夜眠。
痴儿计拙真可笑,布被蒙头学猫叫。

◎ 注释

[1]狸奴:猫的别名。黄庭坚《乞猫》:"闻道狸奴将数子,买鱼穿柳聘衔蝉。"

◎ 评析

狸奴自以为捕蝉有术,得意之余,就此饱食高卧。痴儿听到鼠在窃食,将头蒙在被中学着猫叫。痴儿无法强迫狸奴改变恶习,只能越俎代庖,故诗人以计拙笑之。

鹭

爱尔翩翩白雪衣,水云深处伴鸥飞。
不应既出风尘表[1],犹有窥鱼一点机[2]。

◎ 注释

[1]风尘:这里指世俗。表:外。
[2]机:指机巧、机诈的心计。前人曾有"鸥鹭忘机"之说。

◎ 评析

白鹭徒有清高的外表,终不能掩饰求利的机心。末二句讽世之意,跃然而出。

唐来鹏《鹭鸶》:"若使见鱼无羡意,向人姿态应更闲。"罗隐《鹭鸶》:"不要向人夸雪白,也知常有羡鱼心。"都揭出了鹭鸟的这种表里不一的姿态。

于 谦
（1398—1457）

字廷益,号节庵,钱塘（今浙江杭州）人。永乐十九年（1421）进士,授御史,后超迁兵部右侍郎,巡抚河南、山西,轻骑遍历所部,延访父老。当时地方遭旱蝗之灾,他经过荒村,看到了"老翁佣纳债,稚子卖输粮"现象,然而"那知官府内,不肯报灾伤"。语虽浅近,感慨却深贯古今。正统十四年（1449）,瓦剌部也先入寇,宦官王振挟英宗亲征,于谦极谏而不听。后英宗被俘,京师大震,郕王（即景泰帝）监国,侍讲徐有贞主张南迁,谦厉声曰:"主南迁者,可斩也。京师天下根本,一动则大事去矣,独不见宋南渡事乎!"郕王从其言。

后英宗回京,夺门复辟,而这时兵权为于谦所掌握,石亨等乃诬谦欲迎外藩,坐以谋逆罪。英宗尚犹豫曰:"于谦实有功。"徐有贞进言曰:"不杀于谦,此举为无名。"英宗之意遂决,乃杀之。故文徵明《读于肃愍旌功录有感》云:"未论时宰能生杀,须信天皇自圣明。"

成化初,其子于冕上疏讼冤,得复官赐祭。诰曰:"当国家之多难,保社稷以无虞。惟公道之独持,为权奸所并嫉。在先帝已知其枉,而朕心实怜其忠。"天下传诵。孙承泽《春明梦余录》卷二十二云:"李鹰祭东坡文云：'皇天后土，鉴平生忠义之心；名山大川，还万古英灵之气。'后追录坡公制词中全用之。宪宗朝追录于少保，亦全用此语，尤确。"

弘治时谥肃愍，后改忠肃。杭州、河南、山西皆奉祀不绝。舒位《于忠肃公祠》云："留取数椽香火地，读公前奏泪汍澜。"杨际昌《国朝诗话》卷一，记于少保祠诗，"钱塘陆云士（次云）'不将北宋为南宋，翻籍新君返故君'，乃铁案也。歙县吴剑宜（荃）拜墓句：'八方惊土木，一老靖烽烟。'亦佳。"洪亮吉《北江诗话》卷四，记刘大櫆《临安怀古》有云："地下若逢于少保，南朝天子竟生还。"非翻案而颇警策。

他出巡时是深得民心的好官，临大变则为一腔热血的社稷之臣。他并非纯诗人，但所作皆自然率真，不加藻饰，一些忧国忘家的诗，也出于性情，不是为了装点姿态。《四库全书总目提要》云："至其平日不以韵语见长，而所作诗篇，类多风格遒上，兴象深远，转出一时文士之右，亦见其才之无施不可矣。"有《于忠肃集》。

初　度[1]

碌碌庸庸四十余，因逢初度转踌躇。
腰黄久负金为带[2]，头白惊看雪满梳。
剩喜门庭无贺客[3]，绝胜厨传有悬鱼[4]。
清风一枕南窗卧，闲阅床头几卷书。

◎ 注释

[1] 初度：生日。

[2] "腰黄"句：古代高官皆腰系金带。这里谦示自己愧负国恩。

[3] 剩：通"賸"，更。

[4] 厨传：驿站。厨，供应过客饮食。传，供应过车马。后亦泛指丰盛的饮食。悬鱼：《后汉书·羊续传》："府丞尝献其生鱼，续受而悬于庭；丞后又进之，续乃出前所悬者以杜其意。"后因以悬鱼比喻廉洁。徐积《和路朝奉新居》："爱士主人新置榻，清身太守旧悬鱼。"

◎ 评析

作者《自叹》云："官清存晚节，才薄负虚名。"官场中人的话不大好相信，但从作者生平行迹来看，这些话还不是虚话混话，借此自诩高风。正因行己有耻，问心无愧，所以一枕南窗，可以安然闲卧，还他书生本色。《明史》本传说：于谦被杀后，抄他家时，"家无余资，独正室镡钥甚固。启视，则上赐蟒衣、剑器也"。

郎瑛《七修类稿》三十三云：于谦巡抚河南、山西时，"一日，遇恶客劫舟，遍搜行囊，更无贵重于腰间金带者，盗亦不忍取去。及还朝，并无一物馈送。自作一诗云：'手帕蘑菇及线香，本资民用反为殃。清风两袖朝天去，免得乡间话短长。'噫，此人之不可及而后功业之如天也"。

孤　云

孤云出岫本无心[1]，顷刻翻成万里阴。
大地苍生被甘泽，成功依旧入山林。

◎ 注释

[1] "孤云"句：陶渊明《归去来兮辞》："云无心以出岫。"

◉ 评析

此亦悟道之言，惜作者的结局与此相反。

作者《偶题三首》之一云："日落风欲静，鸟啼人自闲。白云如解事，成雨便归山。"二诗一意。

村舍桃花

野水萦纡石径斜，荜门蓬户两三家[1]。
短墙不解遮春意，露出绯桃半树花[2]。

◉ 注释

[1] 荜门：犹言柴门。荜，通"筚"。
[2] 绯桃：唐彦谦《绯桃》："短墙荒圃四无邻，烈火绯桃照地春。"

◉ 评析

陆游《马上作》云："杨柳不遮春色断，一枝红杏出墙头。"后来叶绍翁《游园不值》的"春色满园关不住，一枝红杏出墙来"，张良臣《偶题》的"一段好春藏不尽，粉墙斜露杏花梢"，皆脱胎于陆诗，而陆诗"一枝"句，则袭用吴融《途中见杏花》的"一枝红杏出墙头"。于诗之"半树"较"一枝"似更蕴藉。

于诗绝句，每多温丽之词，如《拟吴侬曲》云："忆郎直忆到如今，谁料恩深怨亦深。刻木为鸡啼不得，元来有口却无心。"北宋赵抃有"铁面御史"之称，王士禛《带经堂诗话》卷五，曾举赵诗《暖风》《芳草》《杜鹃》中佳句说："右数诗掩卷诵之，岂复知铁面所为耶？"此语亦可移用于上举之于诗。

上太行[1]

西风落日草斑斑，云薄秋空鸟独还[2]。
两鬓霜华千里客，马蹄又上太行山。

◎ 注释

[1]太行：绵延山西、河北、河南三省界的大山脉。
[2]薄：迫近。

◎ 评析

　　作者曾以兵部右侍郎巡抚河南、山西。后还朝，吏民伏阙上书，请求留任者以千数，乃又命他巡抚晋、豫，所以末句中说"马蹄又上太行山"。《太原道中晓行》也云："车骑纵横皆故道，不须候吏远逢迎。"

　　五绝《舟中》云："远道疲鞍马，舟行得暂闲。推篷看风景，只见太行山。"本为风尘所困的疲乏之身，于舟中暂得小憩，推篷看景，太行在望。小中见大，气魄深沉，精神为之一振。

　　后人常以岳飞与于谦并提，岳飞《池州翠微亭》云："经年尘土满征衣，特特寻芳上翠微。好水好山看不足，马蹄催趁月明归。"与《上太行》的诗境有相通处。

郭　登
（？—1472）

　　字元登，濠州（今安徽）人。武定侯郭英之孙。正统中，征麓川有功，擢锦衣卫指挥佥事。英宗被也先所虏，郭登谋遣壮士劫营迎驾，未成功。

　　英宗复辟，被劾论斩，宥死，命立功甘肃。宪宗即位，诏复伯爵，复领军务。卒后赠侯爵，谥忠武。有《联珠集》，即将其父钰、其兄武之作联在一起。

明武臣之能诗者，无过于郭登。朱彝尊《静志居诗话》卷七云："岂惟武臣，一时台阁诸公，孰出其右？"其得之边云塞草者，尤为苍凉，如《保定途中偶成》的"寒窗儿女灯前泪，客路风霜梦里家"，《甘州即事》的"山近四时常见雪，地寒终岁不闻雷"，《军回》的"孤村月落时闻犬，古塞春残不见华"。

李东阳颇爱登之《过回中谒王母宫》："水光山色晃帘栊，玉殿高居阿母宫。青鸟未归空夜月，碧桃初绽又春风。泠瀼不救相如渴，狡狯犹思曼倩工。便欲寻仙还自笑，茂陵衰草夕阳中。"似类李商隐之咏圣女祠。

朱庭珍《筱园诗话》卷二云："武臣如郭定襄（郭登曾封定襄伯），才力纵横，直可分诗家一席，不止为明代武将之冠。古今名将武臣能诗者，均不及定襄远甚，戚（继光）、刘（显）二将军，拜下风矣。"

题蒋廷晖小景[1]

我家南山中，柴门别经久。不知今春来，新添几株柳？清江闲钓竹，鸥鹭还来否？对此忽相思，长歌独搔首。

◎ 注释

[1]蒋廷晖：名晖，钱塘人。

◎ 评析

作者家本南方，"不知"四句，正是春来时的江南景物。乡思因画景而唤起，画景又因乡思而倍显特色。

自公安至云南辰沅道中谒山王祠[1]

山王庙在山深处,乌鸦乱啼乌桕树。

神威狰狞怖杀人,朱吻长牙眉倒竖。

红绡抹头袍袖结[2],手按黄蛇啗其舌[3]。

短碑不题神姓名,芜词漫书唐岁月。

阴风飒飒吹灵旗,夜闻甲马空中嘶[4]。

老巫开门马无迹,但见狐鸣鬼啸鸺鹠啼[5]。

山前居民种禾黍[6],岁岁求晴复求雨。

神灵不灵谁得知,老巫分明作神语。

往来行人多再拜,炉中无香畏神怪[7]。

唱歌打鼓烧纸钱,苍鹅白羊朝暮赛[8]。

还把残余抛野草,神喜欢欣乌亦饱。

老巫丁宁客无虑[9],万水千山放心去。

◎ 注释

[1] 公安:今属湖北。辰沅:明代湖南辰州府,府治沅陵县。山王:山神。

[2] 红绡:红色薄绸,常用以裹头。抹头,即抹额,多用于武士。

[3] 啗(dàn):含。

[4] 甲马:此指铠甲和战马。

[5] 鸺鹠:猫头鹰。

[6] 禾黍:泛指五谷。

[7] 怪:责怪。

[8] 苍鹅:用以祭雨。北宋起官府颁有"苍鹅祈雨法"。苏轼《次韵舒尧文祈雪雾猪泉》:"苍鹅无罪亦可怜,斩颈横盘不敢哭。"白羊,亦赛物,次于牛下一等(牛为朝廷祭祀专用)。苏轼《黄牛庙》:"庙前行客拜且舞,击鼓吹箫屠白羊。"

[9] 丁宁:叮嘱,慰喻。

◎ 评析

　　狐假虎威，巫假神威，苍鹅白羊，遂皆为巫所有。沈德潜《明诗别裁集》云："定襄山王、楸树、咏枭诸篇，盛推众口，然才力恣肆，或非正声，兹择其尤雅者。"所以他没有选入。但此诗在描写沅湘巫风的情状上，实为佳作。

西屯女[1]

西屯女儿年十八，六幅红裙脚不袜。
面上铅粉随手抹，百合山丹满头插[2]。
见客含羞娇不语，走入柴门掩门处。
隔墙却问官何来[3]？阿爷便归官且住[4]。
解鞍系马堂前树，我向厨中泡茶去。

◎ 注释

[1] 西屯：在甘肃灵台（明属泾州）北，亦名西屯堡。
[2] 百合：植物名，白色，重叠相合如莲瓣，故名。山丹：草名，四月开红花，似百合花。
[3] 官：对人的尊称，犹言客官。
[4] 且住：暂等片刻。

◎ 评析

　　作者曾充甘肃总兵官，此诗当是这时作。

　　"阿爷"三句都是西屯女隔墙传来的话，"解鞍系马堂前树"是对客官的关照，叫他把马系在堂前树上，径接上句"官且住"。末句"我向厨中泡茶去"，就此戛然而止，高才。

春日游山偶成

林下扶藤杖,溪边整葛巾[1]。
春风莫相妒,不是折花人。

◉ 注释

[1]葛巾:古代以尺布裹头为巾,并以纱罗布葛缝合。方的叫巾,圆的叫帽。

◉ 评析

春风得操纵花开花落之专利,故忌人来折花。"瓜田不纳履,李下不整巾",作者处山花之中,特以数语宽慰之。

张弼
(1425—1487)

字汝弼,号东海,华亭(今上海)人。成化二年(1466)进士,授兵部主事,后迁南安(今属江西)知府,颇得民心。谢病归后,士民为立祠。其送子弘至会试诗云:"直道逊词真要诀,权门利路是危机。"亦可见其为人。有《东海集》。诗之外,又工草书。

朱彝尊《静志居诗话》卷八云:"汝弼诗云:'酒杯不及陶彭泽,诗法将随陆放翁',故其律体全学剑南。"下摘录其句云:"鱼儿浦口酒船小,燕子风前茶焙香""酒遇故人随量饮,花当好处及时看""自从都下三年别,不寄江东一纸书""孤艇夕阳荷叶乱,小楼春雨杏花殷""一顷新田收晚稻,数椽茅屋补秋萝""草露松风千里梦,秋霜春雨百年心"。彝尊并云:"可称具体,与定山(庄昶)辈专效《击壤》者不同也。"但沈德潜《明诗别裁集》,不知何故未收张诗。

假髻曲

东家美人发委地,辛苦朝朝理高髻。
西家美人发及肩,买妆假髻亦峨然。
金钗宝钿围珠翠[1],眼底何人辨真伪?
夭桃窗下来春风[2],假髻美人归上公[3]。

◎ 注释

[1]宝钿:金花。
[2]夭桃:《诗经·周南·桃夭》:"桃之夭夭,灼灼其华。"夭,茂盛貌。此处兼有比兴二义。
[3]上公:比喻权位高的人。

◎ 评析

东家的美人,天生长发委地,梳成高髻却无人理睬。西家的美人头发很短,只得买假髻来妆饰,高耸得像真的一样,于是成为幸运儿,被上公看中了。

《云间杂识》:"张东海作《假髻曲》,讽刺时贵,当路衔之,出守南安,不得调而归。邵二泉作挽诗云:'张公不作南安守,只说文章止润身。满路棠阴棺盖后,忌公人是爱公人。'"(引自《明诗纪事》丙签)张弼因作诗讽当权者而出守南安,为官时颇著政绩,甘棠之思,正是他的盖棺定论,所以说"忌公人是爱公人"。

渡　江

扬子江头几问津[1],风波如旧客愁新。
西飞白日忙于我[2],南去青山冷笑人。

孤枕不胜乡国梦[3]，敝裘犹带帝京尘[4]。
交游落落俱星散[5]，对吟沙鸥一怆神。

◎ 注释

[1]"扬子"句：扬子津为古津渡名，在江苏江都南，有扬子桥，自古为江滨津要处。几问津，几次求渡，逗下"风波"句。
[2]"西飞"句：喻夕阳易逝，岁月催人。
[3]"孤枕"句：指在旅途中。
[4]"敝裘"句：化用陆机《为顾彦先赠妇》"京洛多风尘，素衣化为缁"句意。
[5]"交游"句：与第四句"南去青山冷笑人"相应。

◎ 评析

李东阳《麓堂诗话》云："张东海汝弼草书名一世，诗亦清健有风致，如下第诗曰：'西飞白日忙于我，南去青山冷笑人。'"则此诗原为下第后作，故多感慨语。

董其昌《画禅室随笔》："张弼题诗金山（句略），有一名公见而物色之曰：'此当为海内名士。'"可见这两句颇为时传诵，并知是渡江后在金山所题者。

偶 题

空濛山色晴还雨[1]，缭绕溪流曲又斜。
短杖微吟过桥去，东风满路紫藤花[2]。

◎ 注释

[1]"空濛"句：用苏轼《饮湖上初晴后雨》"水光潋滟晴方好，山色空濛雨亦奇"句意。
[2]紫藤：叶细长，茎如竹根，可制杖。白居易《三月三十日题慈恩寺》："惆怅春归留不得，紫藤花下渐黄昏。"

◎ 评析

杜甫《倚杖》:"看花虽郭内,倚杖即溪边。"苏轼和文同《湖桥》:"桥下龟鱼晚无数,识君拄杖过桥声。"皆善写扶杖溪桥的行吟之趣。

沈　周
（1427—1509）

字启南,号石田,晚号白石翁,长洲(今江苏苏州)人。一生未应科举。其母活到九十九岁,以母故,终身不远游。有《石田先生集》。

他是名画家,又是名诗人。徐𤊹《笔精》云:"沈启南画入神品,而诗亦清真可咏,不必观丹青水墨,诗亦可当生绡粉本也。"清真确是他诗的特色。《四库全书总目提要》云:"诗亦挥洒淋漓,自写天趣,盖不以字句取工,徒以栖心丘壑,名利两忘,风月往还,烟云供养,其胸次本无尘累,故所作亦不雕不琢,自然拔俗,寄兴于町畦之外,可以意会而不可加之以绳削。其于诗也,亦可谓教外别传矣。"沈周诗的境界,和他平日的生活环境确有密切的关系。

他的诗除擅长写景外,间有警味,如《中秋湖中玩月》的"固知万古有此月,但恐百年无老夫",《理坟》的"观生如寄谁非客,视死为归此是家",皆暮年人的旷达语。《答僧求画》的"何苦要侬粗水墨,此心犹落妄尘边",《送门神》的"检尔功名惟故纸,傍谁门户有长情",亦庄亦谐,自成机智。

又有《思理衣二首》,之一云:"七十余年一老翁,心情鹘突脑冬烘。寒衣无妇无人补,日日关窗怕北风。"之二云:"七十余年一老翁,衣穿絮破不堪缝。清霜满地无区画，扫得芦花莫御冬。"区画即安排意。于此可见其晚年生活的孤单冷落。

咏　帘

谁放春云下曲琼[1]，一重薄隔万重情。
珠光荡日春如梦，琐影通风笑有声。
外面令人倍惆怅，里边容眼自分明。
知无缘分难轻入，敢与杨花燕子争？

◎ 注释

[1] 曲琼：玉钩。宋玉《招魂》："砥室翠翘，挂曲琼些。"句谓隔帘见云，却亦有以春云喻帘之意，与徐夤《咏帘》"无情几恨黄昏月，才到如钩便堕云"，可谓异曲同工。

◎ 评析

　　李日华《六砚斋笔记》卷二："沈启南才情洒落，见于所作画上题语，想其一时满志，气酣神纵，不自知其工也。……又其赋帘影一诗云……情思骀宕，如少年不自持者。夷考公平生笃行，乃知是广平《梅花》耳。"广平梅花，指唐宋璟（封广平郡公）曾作《梅花赋》事，皮日休叹曰："余疑宋广平铁肠石心，然观此赋清便富艳，殊不类其为人也。"

　　罗隐有《帘二首》，之一云："叠影重纹映画堂，玉钩银烛共荧煌。会应得见神仙在，休下真珠十二行。"之二云："翡翠佳名世共希，玉堂高下巧相宜。殷勤为嘱纤纤手，卷上银钩莫放垂。"则又是一番作意。

写怀寄僧

虚壁疏灯一穗红,闲阶随处乱鸣虫。
明河有影微云外[1],清露无声万木中。
泽国苍茫秋水满,居民流落野烟空。
不知谁解抛忧患,独对青山忆赞公[2]。

◎ 注释

[1]明河:指银河。
[2]赞公:宋僧人赞宁,出家灵隐寺,宋太宗曾诏修《高僧传》,卒谥圆明大师。这里借指所忆僧人。

◎ 评析

　　三、四两句,神清味醇。又因江水满溢而感叹草野间流离之民,忧患之余,不觉对青山而念想起旷达的僧友。

　　朱彝尊《静志居诗话》卷九,曾摘取"明河"两句及"落木门墙秋水宅,乱山城郭夕阳船""竹枝风暗蠓蛸户,豆叶风凉络纬篱""剪取竹竿渔具足,拨开荷叶酒船通""明月未来风满树,夕阳犹在鸟无声""野色迎人过桥去,春风吹面傍花行"等句,评云:"所谓诗中有画者,非邪?昔郭熙撰《林泉高致》,具摭唐人之句取可入画者授人。若翁之诗,即此亦图之不尽也。"

题　画

绿阴如水逼人清,隔叶黄鹂坐久鸣。
一个树根非八座[1],白头箕踞有谁争[2]?

◎ 注释

[1] 八座：东汉以六曹尚书、令、仆射为八座，后泛指朝廷的高级官员。

[2] 箕踞：古代尚无椅凳时，皆坐于席上。坐时若伸两足，手据膝，状似箕，则为傲慢不敬的表示。

◎ 评析

画中的人物是一位白发老翁。他伸着双足坐在一座树根上。树根非达官显宦的座位，自然没有人来争夺，他因而可以身披绿荫，耳听黄鹂，傲然地稳坐下去了。

陈献章
(1428—1500)

字公甫，新会（今属广东）人。祖居都会村，献章时迁居白沙村，世称白沙先生。正统十二年（1447）举人，以荐授翰林院检讨。后遂归隐白沙讲学。有《陈白沙集》。

他是理学家，《明史》入《儒林传》。万历初，从祀孔庙，追谥文恭。其诗师法邵雍，《随笔》云："子美诗中圣，尧夫更别传。"邵诗说"天且不言人代之"，陈诗说"天不能歌人代之"，因而又渗入禅理，以道为诗。杨慎《升庵诗话》卷七：弘治间，"山林则陈白沙、庄定山（庄昶）称白眉，而识者皆以为傍门"。故褒贬不一。《四库全书总目提要》云："其诗文偶然有合，或高妙不可思议；偶然率意，或粗野不可向迩。王世贞集中，有《书白沙集后》曰：'公甫诗不入法，文不入体，又皆不入题，而其妙处有超出法与体与题之外者。'可谓兼尽其短长。"又云："虽未可谓之正宗，要未可谓非豪杰之士也。"这与上引杨慎之说相同。

王世贞又在《艺苑卮言》卷六云:"讲学者动以词藻为雕搜之技,工文者则举拙语为谈笑之资,若枘凿不相入,无论也。七言最不易工,吾姑举诸公数联。"下举陈诗"竹林背水题将遍,石笋穿沙坐欲平""出墙老竹青千个,泛浦春鸥白一双""时时竹几眠看客,处处桃符似写人""竹径傍通沽酒寺,桃花乱点钓鱼船",皆颇具风致。

陈诗之不堪读者,如《金鳌霁雪》之"借问别离时,西佛生弥勒",《天人之际》之"谁谓匹夫微,而能动天地",《赠李世卿》之"进亦人所忧,退亦人所忧。得亦人所忧,失亦人所忧",《正月二日雨雹》之"雹往而霰来,无乃为丰年",这类诗在他集中也不胜枚举。

厓山大忠祠[1]

天王舟楫浮南海[2],大将旌旗仆北风。
世乱英雄终死国[3],时来胡虏亦成功[4]。
身为左衽皆刘豫[5],志复中原有谢公[6]。
人众胜天非一日[7],西湖云掩岳王宫[8]。

◎ 注释

[1] 厓山大忠祠:在今广东新会南海中小岛上。元至元十三年(1276),元兵攻陷南宋临安,宋恭帝赵㬎被掳走,宋将张世杰、陆秀夫等先后拥立赵昰(端宗)、赵昺(帝昺),继续抗元。十六年(宋祥兴二年),退至厓山,元将张弘范率水军围攻,张世杰率兵突

围。这时赵昰已死于碙洲（在今广东雷州湾外），陆秀夫背负九岁的帝昺投海殉国，宋亡。明代于此修建大忠祠、慈元庙，祠内祀文天祥、陆秀夫、张世杰。

[2]天王：本对周天子的尊称，这里表示仍以宋为正统。杜甫《忆昔二首》之一："犬戎直来坐御床，百官跣足随天王。"明弘治时人周用《厓山》："天王海上难为国，犹恨祥兴似景炎。"

[3]"世乱"句：一作"义重君臣终死节"。死国，死于国事。

[4]"时来"句：乾隆本郎瑛《七修类稿》卷三十八引此诗，"时来"句中"胡虏"二字挖空，因清人最忌"胡虏"等字。中华书局版《历代诗话续编》所收李东阳《麓堂诗话》引此诗，作"时来竖子亦成功"，旁注云："'竖子'原缺，据《晋书·阮籍传》'时无英雄，使竖子成名'句补。"非，实也因清人挖空之故。但《四库》本此句"胡虏"二字竟照书，此亦奇事。

[5]左衽：古代少数民族服装，前襟向左，与中原之右衽不同，后因以指受外族的统治。刘豫：本为宋臣，高宗建炎二年（1128），任济南知府，金兵南下，缒城降金，后金人册封为皇帝，伪号大齐。《宋史》入《叛臣传》。这里泛喻降元的宋臣。

[6]谢公：谢枋得，字君直，号叠山。德祐初，元兵东下，枋得知信州，力战兵败，变姓名入建宁山中。至元二十六年（1289），福建行省强之北行，至京师，病居悯忠寺，见壁间《曹娥碑》，泣曰："小女子犹尔，吾岂不汝若哉。"遂绝食而死。后人亦将他与文天祥并称"文谢"。

[7]人众胜天：《史记·伍子胥传》："吾闻之，人众者胜天，天定亦能破人。"

[8]岳王：宋孝宗时追封岳飞为鄂王，其墓前临西湖，墓旁有岳庙。

◉ 评析

宋室播迁，创建慈元殿于厓山。陈献章曾倡议就其故址建为庙，并撰《慈元庙记》，文中讦责南渡君臣"量敌玩饵，国计日非，往往坐失机会，卒不能成恢复之功。……和议成而兵益衰，岁帑多而民愈困，如久病之人，气息奄奄，以及度宗之世，则不复惜"。诗中的"人众胜天非一日"，即指南宋积弱已久，在岳飞时已是这样，要依靠人众胜天之策，原非一日之功，所以到厓山之困时，就无法挽救危局。天顺时人倪岳亦云："国破忠臣唯有死，天亡卷土亦无功。"

李东阳云："陈白沙诗，极有声韵，《厓山大忠祠》曰，（略）和者皆不及。"

文徵明《厓山大忠祠四首》之三云："频年航海欲何为，天厌中原遂不支。满地江湖无死所，际天风浪有平时。仓皇一念聊臣分，寂寞中流赖史知。回首又看强虏灭，寒潮自绕大忠祠。"亦哀叹局势至此已不可分，陆秀夫等只是聊尽臣节。

晓 起

自有无情蝶，孤飞不傍花。
白头闻见少，闲动羽虫嗟。

◎ 评析

蝶爱花丛，如今偏偏孤飞而不傍花，故曰"无情"。老人自知少见多怪，故为蝶所嗟叹。作者是理学家，却能写这样蕴藉风趣的小诗。

作者以"晓起"为题的绝句有好多首，如另一首云："偶然风折木，村犬吠成群。此事真难免，问君闻不闻？"风折树木，本出偶然，恰遇无知之犬，见而群吠，亦天性使然，可是人愿不愿听到它们的吠声呢？

阅马氏均田文 [1]

王侯尚爱橐中装 [2]，何况田家弟与兄。
孟子未知人世事，独将仁义教齐梁。[3]

◎ 注释

[1] 马氏均田文：村民马家兄弟分田产的文契。
[2] 橐（tuó）中装：指珠玉之类宝物。《汉书·陆贾传》：南越王"赐贾橐中装，直（值）千金"。颜师古注："言其宝物质轻而价重，可入橐囊以赍行，故曰橐中装也。"

128

[3]"孟子"二句：孟子到齐、梁时，欲以仁义教导二国国君，却常常讨了没趣。

◎ 评析

一张很普通的民间均田文，却引起诗人对王侯爱珠宝的联想，还责怪当年孟子的迂阔，空谈仁义而不懂世情。这责怪完全正确。王侯富有一国，尚爱珠宝，村民怎不爱护田产，分割得毫厘不差？李三才就对明神宗说过："陛下爱珠玉，民亦慕温饱；陛下爱子孙，民亦恋妻孥。"

此即理学家之玩物悟道。献章颇推崇孟子，兰溪姜麟甚至称他为"活孟子"，则他之作此诗，实亦正话反说，有激而然。

吴 宽
（1435—1504）

字原博，自号匏庵，长洲（今江苏苏州）人。成化八年（1472）一甲一名进士，授修撰。后擢吏部右侍郎，入东阁。弘治十六年（1503），进礼部尚书，卒于官。赠太子太保，谥文定，有《匏翁家藏集》。

他以文章而领袖馆阁，其诗工稳恬雅，规模于苏轼。王世贞《艺苑卮言》卷五，颇赏其《游东园》的"繁花落尽留红叶，新笋丛生带绿苔"一联，但评吴诗的成就，则谓"如茅舍竹篱，粗堪坐起，别无伟丽之观"。这当与吴宽安逸而狭隘的生平经历有关。

又擅书法，亦学苏。明俞弁《逸老堂诗话》卷上，记吴宽曾作一诗："西飞孤鹤记何详，有客吹箫杨世昌。当日赋成谁与注，数行石刻旧曾藏。"世昌为绵竹道士，《赤壁赋》所谓"客有吹洞箫者"就是他，"微文定表而出之，世昌几无闻矣"。

他又是藏书家，并手钞卷帙，其写本自署"吏部东厢书"者,皆晚年笔,故叶昌炽《藏书纪事诗》卷二云:"吏部东厢晚年笔,后来一字一琅玕。纵横深得髯苏意,郁律蛟螭涧底蟠。"

新　月

新月如少女,静娟凝晚妆[1]。亭亭朱楼上,隐隐银汉旁。[2]桂树未全长[3],玉兔在何方[4]? 自然多思致,何必满容光[5]? 黄昏延我坐[6],檐下施胡床[7]。遂尔成良会[8],清风复吹裳。愿言常不负[9],莫学参与商[10]。

◎ 注释

[1]"静娟"句:意谓她的风情集中于晚妆上,即新月初露面时。娟,明媚貌。
[2]"亭亭"二句:上句指少女,下句指新月,手法交错变化。银汉,银河。
[3]"桂树"句:传说月中有桂树,因为是"新月",所以桂树也未全长。
[4]"玉兔"句:传说月中有白兔,这时不知何处去了,亦由新月形有亏而生联想。
[5]"何必"句:于少女即淡扫蛾眉之态,于新月即所谓"处高元忌太分明"之意。
[6]"黄昏"句:"延"字极妙,意谓是黄昏请诗人坐下的。
[7]胡床:原指胡地传入、可以折叠的轻便坐具,又称绳床。这里泛指坐具。
[8]尔:如此。
[9]愿言:愿,思念。言,助词。《诗经·卫风·伯兮》:"愿言思伯。"
[10]参与商:参、商,二星名。参在西,商(即辰星)在东,此出彼没,永不相见,因以比喻彼此隔绝。

◎ 评析

诗人不但将新月比作少女,而且是一位文雅多情的静女。晚妆素净,风韵自见,使人想起《诗经·邶风·静女》的"静女其姝,俟我于城隅"的情致。然而似此情景,也只能于每月黄昏相见几天,因而寄以心愿，希望两不相负，不要像二星那样永不相见。

唐卢仝《新月》云："仙宫云箔卷，露出玉帘钩。清光无所赠，相忆凤凰楼（妇女居处）。"也是以新月喻女子。

宿丹阳闻笛[1]

烟冷江空孤月明，夜深人静浪初平。
故园才隔二百里[2]，短笛不禁三四声。
树远丹阳临古驿[3]，山围铁瓮望高城[4]。
相逢尽是离家客，只向篷窗说旅情。

◎ 注释

[1]丹阳：今属江苏，东北滨长江。
[2]故园：指作者的原籍苏州。
[3]驿：古代行人休息之所。
[4]铁瓮：铁瓮城，江苏镇江市子城。旧时丹阳属镇江府。

◎ 评析

　　作于旅途中，周围景物都是在船舱中所见所闻，说旅情其实也是抒乡思。唐郑谷《淮上与友人别》末云："数声风笛离亭晚，君向潇湘我向秦。"情趣有相通处。

庄 昶
（1436—1498）

字孔旸，江浦（今属江苏）人。成化二年（1466）进士，授翰林检讨。元宵放灯，宪宗命史馆赋诗，他与章懋、黄仲昭抗疏谏止，于廷杖二十后，谪桂阳州判官，经言官论救，改南京行人司副。后因居父母丧，卜居定山二十余年，人称定山先生。巡抚王恕欲以银修葺其敝宅，昶却之曰："受官办以理私庐，可乎？"

弘治间，因荐起用入京，不久迁南京吏部郎中，以老疾罢归。天启初，追谥文节。有《庄定山集》。

他是理学家，赋诗几每首有"乾坤"，每三首有"太极"，其《游茅山》云："山教太极圈中阔，天放先生帽子高"，因而被人讥为"太极圈儿大，先生帽子高"，朱彝尊《静志居诗话》卷八，甚至以张打油、胡钉铰比之。

他与陈献章是好友，人称"陈庄"。杨慎《升庵诗话》卷七："山林则陈白沙、庄定山称白眉，而识者皆以为傍门。"卷九举庄诗"赠我一壶陶靖节，还他两首邵尧夫"之可笑者外，又云："然定山晚年诗入细，有可并唐人者"，如《罗汉寺》的"溪声梦醒偏随枕，山色楼高不碍墙"，"狂搔短发孤鸿外，病卧高楼细雨中"，《病眼》的"残书汉楚灯前垒，草阁江山雾里诗"，《舟中》的"北海风回帆腹饱，长河霜冷岸痕高"，《木昌道中》的"行客自知无岁暮，宾鸿不记有家归"。并云："此数首若隐其姓名，观者决不谓定山作也。"王世贞《艺苑卮言》卷五："庄孔旸佳处不必言，恶处如村巫降神，里老骂座。"王氏说的佳处之诗，所举之例略同杨慎。李东阳《麓堂诗话》中举"开辟以来元有此，蓬莱之外更无山"一联，也确使人气壮神旺。要之，除头巾气外，他的风雅之作还是有一些，只是"沙中金屑，深苦无多，且有句无篇，亦罕逢全美"。(《四库全书总目提要》)"有句无篇"之评，尤中要害。

忆舍弟

天边闻一雁[1]，杳杳向南徂[2]。今夜西风冷，他乡小弟孤。五人千里去[3]，九月一书无[4]。欲寄千行泪，凭谁达客途。

◎ 注释

[1]"天边"句：杜甫《月夜忆舍弟》："秋边一雁声。"

[2]徂：往。

[3]"五人"句：作者有七律《下庄栽禾呈诸兄弟》诗，则其弟不止一二人。另一解，诗中之弟出外时连家属共有五人，因在异乡，故仍曰"孤"。

[4]"九月"句：亦杜甫《月夜忆舍弟》"寄书长不达"之意。

◎ 评析

沈德潜《明诗别裁集》云："一气挥洒，绝去对偶之迹。"此诗对仗本极工稳，沈氏这样说，意谓对得自然流畅，不落痕迹。

沈说颇得要领，但庄诗第一句与第六句的"一"字，第五句与第七句的"千"字皆重复。《定山集》中近体诗犯复字的有好多处，也是一病。陈献章说"百炼不如庄定山"，只是友好誉扬之言。

舟　中

暮霭千家望欲平[1]，风光著处有诗情。
秋灯小榻留孤艇，疏雨寒城打二更。

石自隔河分别界，人将望驿问何程[2]。
同行我亦朝天客[3]，两鬓羞看雪乱明。

◎ 注释

[1] 霭：云气。
[2] 驿：古代行人休息之所。
[3] 朝天：指往京都。

◎ 评析

　　作者被谪后，退处将近三十年。弘治七年（1494），又被荐而奉诏起用，故第二首云："诏承君命羞吾驾，驿送官船愧客程"，则所乘的是"官船"，同行者皆朝天官吏，故曰"我亦"。其《东昌舟中》云："王程算路三千里，老病趋朝五十余"，所以两鬓已经花白了。

　　写夜航风味，令人神往。秋灯寒雨，城头闻二更之声，孤舟远途，河流因界石而分，诗情即随境而异。但晚岁朝天，不禁羞对双鬓，实亦自伤老大。

程敏政
（1445—1499）

字克勤，休宁（今属安徽）人。成化二年（1466）一甲二名进士（即榜眼），授编修。孝宗嗣位，擢少詹事兼侍讲学士。后因雨灾被劾，勒令致仕。沈周赠诗有"人从今日去，雨是几时晴"句，为海内传诵。

弘治五年（1492）起官，历迁礼部右侍郎。十二年（1499），与李东阳主会试，被劾鬻题卖士，当时应试者有举人唐寅等。《明史》云敏政与寅皆下狱，出狱后愤恚发痈而卒。钱谦益《列朝诗集小传》云："请与廷辨，事得白，乃再请致仕，诏许之，而尽斥言者（指给事中华昶等），未行而卒。赠礼部尚书。殁后闹事益白，刑部主事钟祥沈文华抗疏伸雪，士论归焉。"骂题非事实，但当时或有防范不严之失。有《篁墩文集》。

《小传》又云："惟著《苏氏梼杌》，力诋眉山，以报洛蜀九世之仇，则腐而近愚，且比于妄矣。"朱彝尊亦云"不知徒贻有识者笑也"。洛蜀指北宋时程颢、程颐兄弟的洛党与苏轼的蜀党交恶事。敏政《苏墨亭》七古末云："由来物与人俱重，墨妙纷纷知奈何。"从全诗字面看，似皆在颂扬苏轼的墨迹，这两句本来也可看作普通的凭吊，但联系到所谓九世之仇，则是在讥讽苏轼人品之不足重了。

马嵬八景次韵为阎方伯赋[1]

不思初政戮家姬[2]，坐遣胡雏犯洛师[3]。
野鹿已招三镇乱[4]，青螺刚济一身危[5]。
冰销珠翠污新壤，云暗金汤失旧资[6]。
万古持盈堪作戒[7]，开元全盛几多时[8]。

右杨妃荒冢

◉ 注释

[1]马嵬：今为马嵬镇，属陕西兴平。安禄山反时，唐玄宗曾赐死杨贵妃于马嵬坡。一说马嵬是晋人名。次韵，依别人原诗用韵的次序酬和。方伯，明代指布政使，为一省的行政长官，也称藩台。

[2]家姬：指杨贵妃。

[3] 坐：任凭。胡雏：犹言胡儿，指安禄山，安禄山本是营州柳城胡人。洛师：犹言洛京，唐以洛阳为东都。安禄山反时，先破洛阳，后陷长安。

[4] 野鹿：指安禄山。张俞《游骊山》："不妨野鹿逾垣入，衔出宫中第一花。"杨鹏翼《华清宫》："野鹿偷衔第一花。"鹿、禄同音，《唐书·安禄山传》有"禄山至巨鹿，欲止，惊曰'鹿，吾名'"的记载。三镇：安禄山曾任平卢、范阳、河东三镇节度使，约今北京、河北、山西一带地区。

[5] 青螺：宫中画眉所用的墨。此句意指杨贵妃自缢后，兵变才得平息，玄宗才得奔蜀。

[6] 金汤：金城汤池的省称，本指城池的坚固。这里是说金汤已失去旧日的依托作用，即两都皆已沦陷。

[7] 持盈：保守成业。

[8] 开元：唐玄宗的年号（713—741），也是唐代全盛时期，即首句所指之"初政"。杜甫《忆昔二首》之二："忆昔开元全盛日，小邑犹藏万家室。"

◎ 评析

　　杨贵妃墓在马嵬坡西北，清初，王士禛曾立一小碑。毕沅为陕西巡抚时，曾命兴平知县顾声雷修葺建堂，毕沅题碑墓上，又于墓西筑亭。新中国成立后，又经过修饰。

　　前人诗中为杨贵妃之死而翻新意的很多，如徐夤《马嵬》云："张均兄弟皆何在，却是杨妃死报君。"张均兄弟指燕国公张说二子：张均曾任刑部尚书，张垍是驸马，后皆受安禄山伪命。袁枚《再题马嵬驿》云："到底君王负旧盟，江山情重美人轻。玉环领略夫妻味，从此人间不再生。"袁枚是不赞成陈玄礼的行动的，所以又有"将军手把黄金钱，不管三军管六宫"语。张延亮《题马嵬驿》云："肯拼一死延唐祚，再造功应属美人。"林则徐《题杨太真墓》："六军何事驻征骖，妾为君王死亦甘。抛得君王安将士，人间从此重生男。"李羲文和林诗也有"拼却红颜安反侧，美人于此胜奇男"及"一死尚存唐社稷，西施回首愧姑苏"语。

　　马嵬本一不知名之地，因杨妃之死而名满天下，故清何人鹤《马嵬坡》云："向使六军同保护，今人谁识马嵬坡。"

家畜一犬甚驯每出入必随至
山斗宗侄希达家戏作[1]

掉尾长随竹轿行，深山穷谷了无惊[2]。
似知驺从都星散[3]，终日栖栖管送迎[4]。

◎ 注释

[1]山斗：地名。

[2]了：完全。

[3]驺从：显贵出行时车旁的侍从。

[4]栖栖：忙碌奔走貌。

◎ 评析

当是罢官后作，有牢骚意。

李东阳
(1447—1516)

字宾之，祖籍茶陵（今属湖南）。因其曾祖戍兵籍居京师，定居于北京西涯（今北京积水潭），乃自号西涯。天顺八年（1464）进士，授编修。官至华盖殿大学士，前后经历五朝。卒谥文正，有《怀麓堂集》。

武宗朝，李东阳与刘健、谢迁共同辅政，天下称贤相。刘健、谢迁持议欲诛太监刘瑾，词甚严厉，东阳未开口。后中旨去健与迁，而东阳独留，故颇为士论所讥议，其门生罗，甚至寄书请削门生籍。郎瑛《七修类稿》卷十四、陈洪谟《继世纪闻》卷一，还说捕瑾之谋，是东阳泄露于刘瑾。

但《明史》同时记述，刘瑾得志后，一意欲摧残老臣及忠正之士，东阳周旋其间，多所援救，"潜移默夺，保全善类，天下阴受其庇"。后刘瑾被诛，他又上书责己因循隐忍。

弘治十七年（1504）时，他奉命往祭阙里，沿途访知官风腐恶，灾情严重，还京后曾上疏言时弊之始于容隐，成于蒙蔽，下又云："臣在山东，伏闻陛下以灾异屡见，敕群臣尽言无讳。然诏旨频降，章疏毕陈，而事关内廷、贵戚者，动为掣肘，累岁经时，俱见遏罢。诚恐今日所言，又为虚文。"固不失为侃直之臣。后作《三缄图》云："旧说三缄者，长疑此义偏。空斋默坐后，须信古人贤。"或阅历渐深，故能静坐悟道，但愤世之情，亦很明白。

罢政家居后，因他工篆隶书，所以请诗文书篆者填塞户限，颇资以给朝夕。一日，夫人方进纸墨，东阳有倦色。夫人笑曰："今日设客，可使案无鱼菜耶？"乃欣然命笔。意思是他平日能得佳肴，多赖润笔之资以为补给，故《明史》以"其风操如此"称之。

明兴以来，宰臣以文章领袖缙绅者，杨士奇之后，李东阳而已，由是形成了茶陵诗派，但杨士奇的诗文实无可观。

李东阳写过不少歌功颂德的诗，但也写过好些揭露时政黑暗、悲叹流亡载道的诗。这些诗多是属于古风，也是他离开庙堂之后，于旅途中目击或访查所得，在他是作为采风看待的。他是重臣达官，身份如此,能于歌颂之余犹关心赤子,亦复不易。近体诗平稳清隽,并注重音节,但有的略嫌庸熟。他曾写过一首七律《自笑》,颈联云:"事偶随人翻自笑,句非知己戒轻投。"上句写性情,下句写诗家所忌。会心不远,原可赏玩,可惜他集中的应酬作品却是很多。

白杨行

路经白杨河[1],河水浅且浑[2]。居人蔽川下,出没无完裈[3]。俯首若有得,昂然共腾欢。[4]停舟问何为,蹙额向我言。始知沙中蚬[5],可代盘间飧[6]。此物能几何,岁荒乃加繁。吾人未沟壑[7],生意谅斯存[8]。仓皇为朝夕[9],岂不念丘园[10]。官河种边柳,一株费百钱。茫茫江淮地,千里惟荒田。十岁久不雨,摧枯固其然。况复苦迎送[11],诛求到心肝[12]。生当要路冲,鸡狗不得安。嗟我独何为,听之坐长叹[13]。微心不盈寸,引此万虑端。民风古有赋[14],历历谁能宣。悲哉《白杨行》,观者幸勿删。

◉ 注释

[1]白杨河:当在江淮地区。

[2]浅且浑:因天旱之故。

[3]裈:裤。

[4]"俯首"二句:指居民看见了蚬,大为欣喜。

[5]蚬:小蛤,产于淡水中,肉可食。

[6]飧(sūn):飨,这里泛指饭食。

[7] 沟壑：指死而弃尸溪谷。《孟子·梁惠王》下："凶年饥岁，君之民老弱转乎沟壑。"
[8] 谅：想必。
[9] 为朝夕：犹言为了过日子。
[10] 丘园：故乡。
[11] 迎送：送往迎来，指对来往官员的供应。
[12] 诛求：等于勒索。上面的官河边种柳之钱，也是诛求而来。杜甫《又呈吴郎》："已诉征求贫到骨。"
[13] 坐：因而。
[14] "民风"句：古代有采风的制度，《诗经》中的国风即采自各地。赋，为《诗经》六义之一，即用铺叙其事的方式。

◉ 评析

作者南行时过江淮作，也是他身经目击的。

作者在《题清明上河图》中有云："丰亨豫大纷彼徒，当时谁进《流民图》。"这首诗正是一幅流民图。其中有天灾，也有人祸，二者往往互为因果。

蚬本可食，作为下饭的膳料，原是平常的事。这时却因天灾人祸之故，得不到口粮而以蚬果腹，这就成为灾难了。诗中写灾民俯首见蚬而腾欢，向诗人陈诉遭遇而蹙额。蹙额是真情的流露，腾欢却只因饥饿之故，便把蚬肉看作生存之资。这就更增添了全诗的悲剧意味。

风雨叹

壬辰七月壬子日[1]，大风东来吹海溢。
峥嵘巨浪高比山[2]，水底长鲸作人立。
愁云压地湿不翻，六合惨淡迷乾坤[3]。
阴阳九道错黑白[4]，乌兔不敢东西奔[5]。

里人仓皇神屡变[6]，三十年前未曾见[7]。
东村西舍喧呼遍，牒书走报州与县[8]。
山豗谷汹豺虎嗥[9]，万木尽拔乘波涛。
州沈岛没无所逃[10]，顷刻性命轻鸿毛。
我方停舟在江皋[11]，披衣踞床夜复昼。
忽掩青袍涕沾袖，举头观天恐天漏。
此时忧国况思家[12]，不觉红颜坐雕瘦[13]。
潼关以西兵气多[14]，芦笳吹尘尘满河[15]。
安得一洗空干戈[16]！
不然独破杜陵屋[17]，犹能不废啸与歌。
世间万事不得意，天寒岁暮空蹉跎[18]。
呜呼奈尔苍生何。

◎ 注释

[1] 壬辰：明宪宗成化八年（1472）。七月壬子日，农历七月十七日。

[2] 峥嵘：高险貌。

[3] 六合：上下四方。

[4] 九道：古人指日月运行的轨道。

[5] 乌：指太阳，传说太阳中有三只脚的乌鸦。兔：指月亮，传说月亮中有白兔在捣药。

[6] 神：神色。

[7] "三十年"句：此句下有作者注云："正统甲子年。"即英宗正统九年（1444）。这一年，两畿、山东、河南、浙江、湖广大水，江河皆溢。

[8] 牒书：公文。

[9] 豗（huī）：轰响。

[10] 沈：通"沉"。

[11] 江皋：江边。

[12] 况：更。

[13] 红颜：指年轻人红润的脸色。作者这时二十六岁。坐：因而。

[14]"潼关"句：指当时鞑靼部族常侵犯潼关以西的陕西、甘肃一带。

[15]芦笳：用芦竹做的管乐器，流行于西北地区的少数民族中。

[16]"安得"句：杜甫《洗兵马》："安得壮士挽天河，净洗甲兵长不用。"

[17]"不然"句：杜甫《茅屋为秋风所破歌》："安得广厦千万间，大庇天下寒士俱欢颜，风雨不动安如山。呜呼！何时眼前突兀见此屋，吾庐独破受冻死亦足。"杜陵，今陕西西安东南，杜甫曾在那里居住过。

[18]"天寒"句：原诗题下注云："吴江县舟中作。"作诗时当已在岁暮。

◎ 评析

　　这一次水灾，地区遍及苏州、松江、扬州、杭州、绍兴、嘉兴、湖州、宁波八府，溺死者二万八千四百六十余人（见《明通鉴》卷三十二）。作者时官翰林院编修，随父李淳从北京回故乡茶陵扫墓。身经吴江，目睹哀鸿，有感而作此诗。

新丰行[1]

长安风土殊不恶[2]，太公但念东归乐。
汉皇真有缩地功[3]，能使新丰为故丰[4]。
人民不异山川同，公不思归乐关中[5]，汉家四海一太公。
俎上之对何匆匆，当时幸不烹若翁。[6]

◎ 注释

[1]新丰：故城在陕西临潼东北，本秦骊邑。汉高祖即位后，因其父太公（太上皇）不乐关中，思念故乡，遂按丰县街里格式改筑骊邑，并将丰之士女迁来，因称新丰。

[2]长安：汉代都城，今陕西西安。

[3]缩地：传说后汉费长房有神术，能缩地脉。

[4]故丰：汉高祖为沛县丰邑的中阳里人，即位后将丰邑改丰县，属沛郡。今属江苏。

[5]关中：相当于今陕西。

[6]"俎上"二句：太公被项羽俘获为人质后，羽遣人威胁刘邦说："今不急下，吾烹太公。"

刘邦回答说："吾与项羽约为兄弟，吾翁即若翁，必欲分而翁，则幸分我一杯羹。"项羽怒，欲杀太公，经项伯劝阻而未杀。俎，切肉用的砧板。匆匆，含讽刺意，犹言太不考虑了。若，代词，你。

◉ 评析

前六句一路行来，极写高祖娱亲之孝思，"汉家四海一太公"，当时还有谁比太公更尊贵荣幸的呢？但末二句随之逼出，不禁令人哑然而又慨然。当时如果不是项伯的劝阻，太公早已被杀了。亦见高祖为人，到利害关头，虽父子之间也是顾不上起码的亲情的。

竞渡谣

湖南人家重端午，大船小船竞官渡[1]。
彩旗花鼓坐两头，齐唱船歌过江去。
丛牙乱桨疾若飞[2]，跳波溅浪湿人衣。
须臾欢声动地起，人人争道得标归[3]。
年年得标好门户，舟人相惊复相妒。
两舟睥睨疾若仇[4]，戕肌碎首不自谋[5]。
严词力禁不得定[6]，不然相传得瘟病。
家家买得巫在船，船船斗捷巫得钱。
屈原死后成遗事，千古传讹等儿戏。
众人皆乐我独愁，莫遣地下彭咸知[7]。

◉ 注释

[1] 官渡：大型的渡口。
[2] 牙：旌旗的齿状边饰。
[3] 标：置于水上以标志得胜的信物。

[4]睥睨：窥伺。
[5]戕（qiāng）：残杀。
[6]诃：大声呵斥。
[7]彭咸：传说为殷代贤大夫，后投水死。屈原《离骚》："虽不周于今之人兮，愿依彭咸之遗则。"《楚辞》中屡见，当是屈原敬重的传说人物。

◎ 评析

端阳竞渡的风俗，由来已久，南朝梁宗懔《荆楚岁时记》即有五月五日竞渡，为悼念屈原投汨罗江的记载。唐建中时，张建封为岳州刺史，曾作《竞渡歌》，中有云："鼓声渐急标将近，两龙望标目如瞬。坡上人呼霹雳惊，竿头彩挂虹蜺晕。前船抢水已得标，后船失势空挥桡。疮眉血首争不定，输岸一朋心似烧。只将输赢分罚赏，两岸十舟五来往。"诗中的"疮眉血首争不定"云云，正可与李诗的"戕肌碎首不自谋"参看。说明为夺标而不惜毁伤肢体的蛮风，在湘中流传已久。

刘禹锡在朗州（今湖南常德）时，亦亲见竞渡之戏，有诗前小序云："竞渡始于武陵（即朗州），至今举楫而相和之，其音咸呼云何在，斯招屈之义，事见《图经》。"元稹《竞舟》云："楚俗不爱力，费力为竞舟。买舟俟一竞，竞敛贫者赇。"又云："祭船如祭祖，习竞如习仇。连延数十日，作业不复忧。……建标明取舍，胜负死生求。一时欢呼罢，三月农事休。岳阳贤刺史，念此为俗疣。"他也是以俗疣陋风视之。

题清明上河图[1]

宋家汴都全盛时[2]，四方玉帛梯航随[3]。
清明上河俗所尚，倾城士女携童儿。
城中万屋翚甍起[4]，百货千商集成蚁。
花棚柳市围春风，雾阁云窗粲朝绮[5]。

芳原细草飞轻尘，驰者若飙行若云[6]。

虹桥影落浪花里[7]，捩舵撇篷俱有神[8]。

笙歌在楼游在野，亦有驱牛种田者[9]。

眼中苦乐各有情，纵使丹青未堪写[10]。

翰林画史张择端[11]，研朱吮墨镂心肝。

细穷毫发夥千万[12]，直与造化争雕镌[13]。

图成进入缉熙殿[14]，御笔题签标卷面。

天津一夜杜鹃啼[15]，倏忽春光几回变。

朔风卷地天雨沙[16]，此图此景复谁家？

家藏私印屡易主[17]，赢得风流后代夸[18]。

姓名不入宣和谱[19]，翰墨流传藉吾祖[20]。

独从忧乐感兴衰，空吊环州一抔土[21]。

丰亨豫大纷彼徒[22]，当时谁进《流民图》[23]。

乾坤频仰意不极[24]，世事荣枯无代无。

◎ 注释

[1] 上：上京、上坟之上。河：汴河，当时为南北交通要道，陷金后已湮废，范成大《汴河》即说"指顾枯河五十年"。清明上河：即清明节往汴河观赏风光之意。

[2] 汴都：北宋都城汴京，今河南开封。

[3] 梯航：登山航海之具。元稹《曲江老人百韵》："山泽长孳货，梯航竞献珍。"

[4] 翬甍（huī méng）：飞檐耸出的屋宇。

[5] 绮：光泽。

[6] 飙：疾风。

[7] 虹桥：宋庆历年间，宿州州官陈希亮命工匠仿青州虹桥架设于汴河上。主拱骨架由短小纵梁和横木构成，构造精巧。汴河上有桥十三条，虹桥最著名。孟元老《东京梦华录》卷一："其桥无柱，皆以巨木虚架，饰以丹雘，宛若飞虹。"

[8] 捩：转。撇：扯。

145

[9]"亦有"句：写画景至此止。

[10]丹青：丹砂和青，泛指绘画用的颜料，亦借指绘画。

[11]画史：对画家的尊称。张择端，字正道（一作文友），东武（今山东诸城）人。徽宗朝供职翰林画院，专攻界画宫室。翰林本内廷供奉之官，宋曾设翰林图画院，掌绘画及塑造，后改院为局。

[12]夥：盛多。

[13]"直与"句：意谓人工与天然争胜。

[14]缉熙殿：王应麟《玉海》卷一六：绍定六年（1233）六月，缉熙殿成。绍定为南宋理宗年号，李诗不知是否有误。

[15]"天津"句：北宋邵雍在洛阳天津桥上闻杜鹃之声，预知天下将大乱。见邵伯温《邵氏闻见前录》卷十九。这里借喻汴京后遭靖康之祸，北宋沦亡事。

[16]"朔风"句：指金人攻陷汴京，徽钦二帝被掳北去事。天雨沙，《宋史·五行志》五有"雨土""雨黄沙"的记载，旧时多指为灾凶的朕兆。

[17]"家藏"句：指此图后为私人收藏，亦已屡易其主。

[18]风流：犹言风雅。

[19]宣和谱：指《宣和画谱》，无著作人名氏，记徽宗宣和时内府所藏诸画。

[20]"翰墨"句：作者于原题下有注云："上有先提举跋。"按，据作者《族高祖希蘧先生墓表》，其人号希蘧，又号为危行翁，于元代曾任江浙儒学副提举，以母丧归茶陵。先，对已死尊长之称。提举，此处实指提学，为元代行省所置儒学提举司长官，掌诸路府州县学校祭祀、教养等事。

[21]一抔土：一捧土。

[22]丰亨豫大：丰、豫本二卦名，有富足安逸义。但北宋末六贼之首的蔡京倡为丰亨豫大之说，视官爵财物如粪土，诱导徽宗恣意享乐。朱熹《朱子语类》七三《易》九："宣（和）政（和）间，有以奢侈为言者，小人却云当丰亨豫大之时，须是恁地侈泰方得，所以一面放肆，如何得不乱。"纷：众多。

[23]"当时"句：北宋熙宁六年（1073），河东、河北、陕西大饥荒，百姓出外就食，官府遣使赈济，使者隐落其数，十不得一，流民负老携幼入京师者日有千人。时郑侠监安上门，因绘《流民图》，并上疏极言新政之失。

[24]频：通"俯"。不极：不尽。

◎ 评析

描写城乡的社会风俗，是宋代绘画一大特点。《清明上河图》尤称恢宏。它以汴河为构图中心，对北宋晚期的都城生活作了详尽生动的描写，图中人物多至五百五十余，牲畜五六十头，车轿船舶各二十余，房屋三十余。城门为"过梁式"木结构门洞，也是照当时实况描绘。此图现藏故宫博物院。李诗后半部寓念盛衰无常，得失屡变，是把它当成画史来看待的。

张择端在宋代画家中并不享名。文嘉《钤山堂书画记》有云："然所画皆舟车城郭桥梁市廛之景，亦宋之寻常画耳，无高古气也。"张图的特点是传真写实，以"高古"来要求，评价自然不会高。

关于此图涉及严世蕃和王忬父子的怨仇，以及《金瓶梅》作者问题，吴晗已在《读史札记》中有很详晰的考证，不赘述，这里要说的是李东阳家藏的这一幅。

张图原有真赝二本，据说真迹曾落南宋贾似道之手，明清两代皆入内府。李东阳家藏有此图，亦数见前人著录，都穆《寓意编》："《清明上河图》，藏阁老长沙公家。公以穆游门下，且颇知书画，每暇日辄出所藏，命穆品评。此盖公平生所品评者。……盖汴京盛时伟观，可按图而得，而非一朝一夕之所能者，其用心亦良苦矣。"（按，此据《明诗纪事》丙签所引，《学海类编》本《寓意编》无此文。）据李诗所咏，此图是他的族高祖希蘧所有，希蘧为一儒学副提举，丧母后即归居茶陵，不再出仕，是否能得到张氏真本？田艺蘅《留青日札》记明代有人以千二百金购此图，也只是赝本，说明此图赝本或不止一幅。钱谦益《牧斋初学集》卷八十五《记清明上河图卷》云："嘉禾谭梁生携《清明上河图》过长安（指北京）中，云此张择端真本也。"下文即就该图题诗及跋文年份诸点考析，颇致怀疑。文末有"此卷向在李长沙家"语，可知李东阳家藏本在天启间入谭梁生手，且有赝鼎的极大可能。

孙承泽《庚子销夏记》卷八："《上河图》乃南宋人追忆故京之盛而写清明繁盛之景也。传世者不一而足，以张择端为佳。上有宣和（徽宗年号）、天历（元文宗年号）等玺。予于淄川士大夫家见之。宋人云：京师杂卖铺每《上河图》一卷，定价一金。所作大小繁简不一，大约多画院中人为之。若择端之笔，非画院人能及也。"可见当时之购《上河图》，也像现代之购年画一样，已成一种风俗，所以可在杂货铺作商品购买，也是画院中人的副业。颇疑择端本亦民间画家，最初并不著名，后被识拔入内廷，南渡后至杭州，有故国之慨，其画则不以气韵见工。

关于"清明上河图"的画题，有人以为清明非指节令，而指政局清明，也有将"上河"解作名词的。对画中若干细节，亦意见纷纭。1991年《宋辽金史论丛》第二辑有周宝珠《〈清明上河图〉中几个问题商榷》一文，可供参阅。

与钱太守诸公游岳麓寺四首席上作[1]

危峰高瞰楚江干[2]，路在羊肠第几盘。
万树松杉双径合，四山风雨一僧寒。
平沙浅草连天远，落日孤城隔水看。
蓟北湘南俱入眼[3]，鹧鸪声里独凭栏[4]。

◉ 注释

[1] 钱太守：长沙知府钱澍。岳麓寺：在湖南长沙岳麓山上，始建于晋泰始四年（268）。四首：这是第三首。
[2] 楚江：湘江。干：江岸。
[3] 蓟北：指北京，这是诗人想象之词。蓟北有京城，湘南有故乡，故两者皆可怀念。
[4] 鹧鸪：古人诗词中，常借其鸣声抒发怀远思乡之情。

◉ 评析

成化八年（1472），作者回湖南扫墓时作。

第四句"四山风雨一僧寒",确极清峻,却并非写实。其第一首颔联云:"岩间古刹依山转,谷口晴云满树来。"则是日固无雨,"落日孤城"云云也指晴天。作者《麓堂诗话》云:"风雨字最入诗,唐诗最妙者,曰'风雨时时龙一吟',曰'江中风浪雨冥冥',曰'笔落惊风雨'。……"可见是借风雨以激荡诗情。其《题柯敬仲墨竹》也有"君看萧萧只数叶,满堂风雨不胜寒"语,皆可参证。

《麓堂诗话》又云:"诗中有僧,但取其幽寂雅澹,可以装点景致;有仙,但取其潇洒超脱,可以摆落尘滓。若言僧而泥于空幻,言仙而惑于怪诞,遂以为必不可无者,乃痴人前说梦耳。"此诗之"一僧寒"亦作如是观。

九日渡江

秋风江口听鸣榔[1],远客归心正渺茫。
万古乾坤此江水,百年风日几重阳。
烟中树色浮瓜步[2],城上山形绕建康[3]。
直过真州更东下[4],夜深灯火宿维扬[5]。

◎ 注释

[1] 鸣榔:渔夫以木棒击船以驱鱼,亦指水击船舷。榔,通"桹"。
[2] 瓜步:镇名,在江苏六合东南,南临大江。水际曰步,故用"浮"字。
[3] 建康:今江苏南京。
[4] 真州:唐扬子县白沙地,宋代以铸真宗像成,更名真州。明代为仪真,今江苏仪征。
[5] 维扬:今江苏扬州的别称。

◎ 评析

成化十六年(1480)作,收入《北上录》。作者《后登舟赋》序云:"成化庚子秋九月八日,予与洗马罗君明仲校文毕事,归自南都。越一日重九,放舟龙江(当指龙江关),风帆东下,……而舟至仪真,未暮也。"

重九是熟题,大都咏登高,今则为渡江,故诗绕江城水色,而于灯火扬州中过此节日。后半首连用四个地名,增加了风土感。

谢榛《四溟诗话》卷一:"夏正夫(夏寅)谓涯翁善用虚字,若'万古乾坤此江水,百年风日几重阳'是也。""万古"二句,雄浑而感慨,但"万古"对"百年",太对而无变化,"风"字也和第一句"风"字重复。

舟中杂韵(十首选一)

民船输官税,官清税始平[1]。
官船载私货,逻吏不知名。[2]

◎ 注释

[1]"官清"句:反话正说,实是说官不清。
[2]"官船"二句:官船中载的是谁家私货,巡逻的官吏应当知道却不知道。作者《马船行》也云:"官家货少私货多,南来载谷北载醝。凭官附势如火热,逻人津吏不敢诘。"

◎ 评析

作于南行时,内容写公开走私。一、三两句是对照:民船须向官纳税,官船却可载私货。前三句诗皆有官字,末句的逻吏也是官,全诗的关键所在和矛头所向,就是不言而喻的了。

虢国夫人早朝图[1]

扫罢蛾眉上马迟[2],君王刚及退朝时。
侍臣记得丁宁语[3]:莫遣长生殿里知[4]。

◎ 注释

[1] 虢(guó)国夫人:杨贵妃三姊的封号。嫁裴家。
[2]"扫罢"句:《太真外传》:"虢国不施妆粉,自衒美艳,常素面朝天。"所以唐张祜《集灵台》云:"虢国夫人承主恩,平明骑马入宫门。却嫌脂粉污颜色,淡扫蛾眉朝至尊。"
[3] 侍臣:指内侍,太监。丁宁:叮嘱。
[4] 长生殿:在长安华清宫,名集灵台,这里指杨贵妃居处。

◎ 评析

张祜《集灵台》"虢国夫人承主恩"云云,暗喻玄宗之荒唐。唐汝询《唐诗解》:"此赋实事,讽刺自见。"黄生《唐诗摘钞》:"只言虢国以美自矜,而所以蛊惑人主者自在言外。'承主恩'三字,乃《春秋》之笔法也。"虢国之媚主承恩,唐人或已有此传闻。李诗以意补足:恐杨贵妃得知后会妒忌,故玄宗特地叮咛。

马中锡
(1446—1512)

字天禄,故城(今属河北)人。成化十一年(1475)进士,授刑科给事中,疏劾万贵妃弟万通骄横,受廷杖,再疏,再杖。后以右副都御史巡抚宣府。正德元年(1506),召为兵部侍郎,又因遭刘瑾嫉忌,械送辽东,责偿所收腐粟,事毕,斥为民。刘瑾伏诛,起用巡抚大同。

正德六年(1511),刘六(名宠)、刘七(名宸)起事,召为右都御史,往督军务。他主张招抚,"谓盗本良民，由酷吏宁杲与中官贪黩所激，若推诚待之，可毋战降也"。(见《明史》)因而为言官所劾，乃下诏狱，死于狱中。他在督学关陕时，《乞休疏》中有"两股俱瘘，步履艰辛，阴雨疾痛，虽加治疗，终未奏功"语，即指早年两遭廷杖之苦，到这时自更难忍受牢狱生活的折磨。卒后，御史卢雍追讼其冤，乃复其官，赐祭。有《东田漫稿》。

他集中有《中山狼传》，何良俊《四友斋丛说》卷十五、李诩《戒庵漫笔》卷八，皆谓中锡刺李梦阳负康海事而作。但朱彝尊《静志居诗话》卷八云："考之康、李，未尝隙末，黄才伯(黄佐)有《读见素(指林俊)救空同奏疏》诗云：'怜才不是云庄老，愁杀中山猎后狼。'然则当日所訾，乃负见素耳。"但这也只是臆测。其次，明嘉靖时上海人陆楫所缉《古今说海》，于《中山狼传》下，题作宋谢良作，故一说原作为谢良(或唐姚合)作，马中锡只是修改而已。此亦明代文坛一件公案。

织

老蚕上箔桑叶稀[1]，小女手中新茧肥。
数日缫车怪不响[2]，阿姿裙练先登机[3]。

◎ 注释

[1] 箔：蚕帘。
[2] 缫车：抽理蚕丝的车子。王建《田家行》："五月虽热麦风清，檐头索索缫车鸣。"缫，

同"缫"。怪：犹言难怪。

[3] 阿姿：当是对小女的昵称。练：白色之绢。

◎ 评析

　　本来用缫车抽着蚕丝，抽到若干后，就放下缫车，另蹬织机，先织自己的裙练了。用乐府体裁，写乡间少女的心事，极为真切。

元世祖庙[1]

世祖祠堂带夕曛，碧苔年久暗碑文。
蓟门此日瞻遗像[2]，起辇何人识故坟[3]。
绰楔半存蒙古字[4]，阴廊尚绘伯颜军[5]。
可怜老树无花发，白昼鸮鸣到夜分[6]。

◎ 注释

[1] 元世祖：奇渥温氏，名忽必烈，元太祖成吉思汗之孙。即位后定都燕京（后改大都，即今北京）。至元八年（1271），定国号为元。吴长元《宸垣识略》卷七内城三："元世祖庙在金城坊，明洪武中建，今废。"

[2] 蓟门：故地在今北京德胜门外，这里指北京。

[3] 起辇：谷名，在内蒙古，元太祖及其子孙葬于此，葬地名察罕额尔格。

[4] 绰楔：本指立于正门两旁，表彰孝义的木柱，这里指庙内的楹联、石刻。绰，一作"棹"。误。

[5] 伯颜：元世祖时任中书左丞相，也是率兵南下灭宋的主帅。清官书译作巴延。

[6] 鸮（xiāo）鸣：猫头鹰啼叫，古人视为恶音。苏舜钦《古庙》："木暗鸮鬼。"

◎ 评析

　　以本朝臣士而写前代开国之主，颇得不亢不卑之致。沈德潜《明诗别裁集》引曹洁躬（曹溶）评云："用笔典实，铸词凄惋，可称绝唱。"

杨一清
（1454—1530）

字应宁，云南安宁人。成化八年（1472）进士。授中书舍人，后以副使督学陕西，至世宗朝，官至华盖殿大学士，因被谗削籍，疽发背死。后复故官，谥文襄。有《石淙类稿》。

他曾三为总制，视师塞上。末次为嘉靖三年（1524），时已任武英殿大学士，入参机务。故相行边，自一清始。温诏褒美，比之郭子仪。陆楫《蒹葭堂杂著》，则谓一清道经洛阳，谒刘健（时已致仕），健佯问曰："我记汝亦曾为阁老耶？"一清曰"然"。健曰："既为阁老而复出作总制，内阁体统，为汝一人坏尽矣。"则当时以故相行边为有辱阁体。

权阉刘瑾之诛，固由于宦官张永之力，但最先则出一清与张永谋划，即用以阉攻阉之计。

正德末年，武宗南巡，幸丹阳一清家，并赋诗赐之。吴中王鏊曾为诗云："漫衍鱼龙看未了，梨园新部出《西厢》。"因在其家时曾命伶人演《西厢记》以娱武宗。当时他身受厚遇，却不能劝武宗立即返京，仅以《册府元龟》等书为献；但能止武宗苏浙之行，功亦足称。沈德符《野获编》卷一云："盖此公杂用权术，逢迎与救正各居其半。"

他的诗，安雅典丽，利钝杂陈，间有与李东阳相当者，但就整体论，不及东阳。他在提学陕西时，颇赏识李梦阳，召置门下，故《石淙类稿》属梦阳评点行世，梦阳亦亟称一清诗笔与东阳并驾。因当时东阳为一世宗匠，梦阳轩杨正所以轻李。钱谦益《列朝诗集》云："文章千古事，非一家私议，而献吉（梦阳）之用心如此，于两公则何所加损哉。"所见甚是。

山丹题壁[1]

关山逼仄人踪少，风雨苍茫野色昏。
万里一身难独任，百年多事共谁论。
东风四月初生草，落日孤城早闭门。
记取汉兵追寇地，沙场犹有未招魂。

◎ 注释

[1]山丹：地名，今属甘肃，明置山丹卫。

◎ 评析

  明之中叶，鞑靼屡犯西北边境。孝宗末年，又自花马池（在今甘肃境）毁城墙而入，关中大扰。正德元年（1506）春，命杨一清总制陕西延绥宁夏甘肃等处边务，兼督马政。一清建议修边，但因当时宦官刘瑾弄权，监军皆宦官，遂以不得职去。诗中三、四两句，略可见其处境，末句则哀怜士兵死于边难者之多。

渡　江

玉关人老貂裘敝[1]，白雪歌寒铁砚存[2]。
已办轻车随款段[3]，寻幽日日水西村。

◎ 注释

[1] 玉关：玉门关，在今甘肃敦煌西北。作者曾三次出塞。貂裘敝，战国时苏秦入秦，书十上而说不行，黑貂之裘敝，黄金百斤尽，见《战国策·秦策》。后常用指失意、落魄。
[2] 白雪歌：当指唐岑参《白雪歌送武判官归京》，诗中描写塞上雪后的严寒情状。铁砚：旧题晋王嘉《拾遗记》卷九：晋武帝"即于御前赐青铁砚，此铁是于阗国所出，献而铸为砚也。"于阗也在西北塞上，这里指作者在塞外所得可作纪念的器物。
[3] 款段：马行迟缓貌。《后汉书·马援传》："士生一世，但取衣食裁足，乘下泽车（便于在沼泽上行走之车），御款段马，为郡掾史，守坟墓，乡里称善人，斯可矣。"马援曾南征交趾。

◎ 评析

　　当是辞官后作，但犹未忘情于塞上的戎马生活。诗中有数处用典，却用得很贴切。

杨循吉
（1456—1544）

字君谦，吴县（今江苏苏州）人。成化二十年（1484）进士。任礼部主事时，因每称病不出，为长官所厌，乃自请致仕，年才三十一。据何良俊《四友斋丛说》卷十五：杨循吉为主事时，欲上疏请释放高墙中建文帝子孙，吴宽得知后说："汝安得为此族灭事耶？"夺其疏不得上。循吉以志不得行，即自弃官归，径往小金山读书。有《松筹堂集》。

　　又据王世贞《艺苑卮言》卷六：正德末年，武宗南下，有伶人臧贤，为武宗爱幸，而与循吉相识。一日，武宗问："谁为善词者，与偕来。"贤以循吉进之。武宗遂诏起用，循吉乃戎装见驾，应制为新声。但据谈迁《枣林杂俎》卷上引徐霖语："上至南京，贤死久矣。"怎会有进荐循吉事？

钱谦益《列朝诗集小传·徐髯仙霖》传，又说"武帝南巡，伶人臧贤进其（指徐霖）词翰，召见行宫，试除夕诗百韵及应制词曲，皆立就"。则徐霖也是臧贤进荐。而据《四友斋丛说》，否定臧贤荐杨循吉传说的正是徐霖。此虽小事，亦见史料取舍，实非易事。

循吉为人狷僻，诗多俗体而近俳，两首咏藏书诗即其例。钱锺书《谈艺录》二九云："亦犹公安派诗之隐开于杨循吉，而皆无人道及也。"意为杨诗实为公安派之先声。

钞　书

沈疾已在躬[1]，嗜书犹不废。每闻有奇籍，多方必罗致。
手录畏辛勤，数纸还投弃。贸人供所好[2]，恒辍衣食费。
往来绕案行，点画劳指视。成编亦艰难，把玩自珍贵。
家人怪何用，推却从散离[3]。亦蒙朋友笑，既宦安用是？
自知身有病，不作长久计。偏好固莫捐[4]，聊尔从吾意[5]。
有子虽二人，未知谁可遗[6]？我但要披阅，岂复思后世。
逢愚聚必散，贤必能添置。区区远虑心，何其错为地[7]。
不如供目前，一卷有真味。

◉ 注释

[1] 沈：通"沉"。躬：身。
[2] 贸人：指书贾。
[3] 离（lí）：割舍。

[4]捐：舍弃。
[5]聊尔：姑且如此。
[6]遗（wèi）：交付。
[7]错：通"措"。地：设想，余地。《易经·系辞》上："苟错诸地而可矣。"

◉ 评析

作者出身商人家庭，家境优裕，但商人聚金而不聚书，到他时才始藏书。复任礼部主事时，多病而好读书，开卷至得意处，手足踔掉不自禁，人遂呼为颠主事。

诗中"家人怪何用"云云，原是古今藏书之家常见现象。平心而论，节衣食之费而购白纸黑字，如果家人妻儿对书无感情，怎能怪她们有怨言？又如友人笑他"既宦安用是"，亦不无道理：既然做了官，还读什么书？书本只是下宦海的跳板而已。

作者又有《题书厨上》一首，末云："奈何家人愚，心惟财货先。坠地不肯拾，坏烂无与怜。尽吾一生已，死不留一篇。朋友有读者，悉当相奉捐。胜遇不肖子，持去将鹥钱。"查慎行《人海记》云："杨循吉既老，散书与亲故云：'令荡子孱妇无复著手。'亦一道也。"故叶昌炽《藏书纪事诗》卷二云："孱妇蓬头稚子啼，可怜断烂到签题。逢人愿解奚囊赠，莫使飘零叹噬脐。"

但此诗最可玩赏的还是"我但要披阅，岂复思后世"及"不如供目前，一卷有真味"数语。能于有生之年，得到摩挲的愉快，已是万幸了。

祝允明
（1461—1527）

字希哲，因生而右手枝指，自号枝山，又号枝指生，长洲（今江苏苏州）人。弘治五年（1492）举人，授广东兴宁知县，迁应天通判，不久谢病归。

其《危机》诗云："世途开步即危机，鱼解深潜鸟解飞。欲免虞罗惟一字，灵方千首不如归。"其志趣与文徵明、唐寅等正相类。工书法，口号有"从此日和先友对，十年汉晋十年唐"语，亦可见其苦攻。

好酒色六博，钱到手即尽，死后几无以为殓。有《怀星堂集》。

他不喜欢杜甫诗，王士禛《带经堂诗话》卷二评驳类云："祝允明作《罪知录》，论唐诗人，尊太白为冠而力斥子美，谓其以村野为苍古，椎鲁为典雅，粗犷为豪雄，而总评之曰'外道'。李则《凤凰台》一篇，亦推绝唱。狂悖至于如此，醉人骂座，令人掩耳不欲闻。"允明之论，固极偏激，但也反映了明人对杜诗的评价。（以杜诗为村野，北宋的杨亿已然，曾有"村夫子"之讥。）

秋晚由震泽松陵入嘉禾道中作[1]

湖尾横波急，船头转港频。几家危傍水，一木老存身。
黄菊看如客，青山坐送人。空舟随处泊，不用择行邻。

◎ 注释

[1] 震泽：今苏州吴江。松陵：本为苏州镇名，后入吴江。嘉禾：今浙江嘉兴。

◎ 评析

　　第三句写船外，第四句写船内，应"道中"。第五句点"秋晚"，第六句点舟行。诗题连用的三个地名，则于次句"船头转港频"中应之。

此为第二首。第一首三、四两句的"人家低似岸,湖水大于天",写江南水乡的秋景,亦佳。

秋香便面[1]

晃玉摇银小扇图,五云楼阁女仙居[2]。
行间著过秋香字,知是成都女校书[3]。

◎ 注释

[1]便面:本指遮面的扇状物,后也称团扇或折扇。清吴绮《见人扇头是友沂绝句怆然和之》:"只今便面春风在,曾向章台拂柳花。"

[2]五云:五色的瑞云。

[3]"知是"句:唐女妓薛涛,工诗词,称女校书,与元稹、白居易等唱和,晚年居成都浣花溪。胡曾《赠薛涛》诗:"万里桥边女校书,枇杷花下闭门居。"后亦称能诗文的妓女。这里借指秋香。

◎ 评析

《警世通言》有《唐解元一笑姻缘》一卷,后来弹词《三笑姻缘》又衍为唐寅与华鸿山婢女秋香结为眷属故事。其事本很荒诞,柴萼《梵天庐丛录》卷十、孟森《心史丛刊》第三集皆已加辨证,但史学家如尹守衡《皇明史窃》卷九十五、赵翼《廿二史札记》卷三十四,却作为事实来记叙,唯尹书说成是"吴兴官家婢"。从祝允明此诗看,秋香原有其人,却是妓女而非婢女,唐寅或亦与她往来。《崔东壁遗书·杂说》亦载其事,可见此事影响不小。

徐钪《续本事诗》卷三:"秋香,成化间南京旧院妓也。后从良,有旧识欲相见,以扇画柳题诗拒之云:'昔日章台舞细腰,任君攀折嫩枝条。如今写入丹青里,不许东风再动摇。'载梅禹金《青泥莲花记》。"

唐 寅
（1470—1523）

字伯虎，一字子畏，号六如居士。吴县（今江苏苏州）人。弘治十一年（1498）举乡试第一，即解元，颇为学士程敏政赏识。次年，与江阴人徐经入京会试，主考官即程敏政。有人弹劾敏政泄露试题，牵涉唐寅，寅因而下狱，后谪为浙藩处掾吏，他不甘受辱，未往就职。这件事真相如何，后人颇有疑议，在唐寅却是奇耻大辱，曾有长信向文徵明诉述冤屈，言词极为愤激。自此便与功名隔绝，漫游东南。

正德二年（1507），筑桃花庵别业于桃花坞（在阊门内），当与其旧宅相近。九年（1514），曾应宁王朱宸濠之聘至南昌，后觉宸濠有异志，便佯狂使酒，宸濠只得让他回乡，自此便以诗画度其余年。其《言志》云："不炼金丹不坐禅，不为商贾不耕田。闲来写就青山卖，不使人间造孽钱。"末一句也是写实。卒于桃花庵，有绝笔诗云："一日兼他两日狂，已过三万六千场。他年相识如相问，只当飘流在异乡。"是悟道语，也不脱玩世意。有《六如居士集》。祝允明挽诗有"生老病余吾尚在，去来今际子先知"语，当是用苏轼《过永乐文长老已卒》的"三过门间老病死，一弹指顷去来今"句意。唐寅卒后第三年，祝允明也死了。

唐寅的父亲曾经开过酒店，唐寅自己也曾在酒店中服杂役，他又生活在明代中叶商业繁荣的苏州阊门，市民意识中好的坏的两方面在他身上都有。他的诗歌固然俚俗浅薄，但也反映了诗歌语言上的变化。

他的诗篇,散佚的很多,集中也有羼入别人之作,如《七夕歌》,实为宋张耒作。又如"一失脚成千古笑,再回头是百年人",明杨仪《明良记》作唐寅语,赵翼《瓯北诗话》卷十一,则说是"钱福状元以事被斥革,作此诗"。

朱彝尊《明诗综》卷三十二:"余于集外,从画卷录其留题绝句八首,饶有风致,未至如乞儿唱《莲花落》也。"(按,此本王世贞讥唐寅语)确实都是好诗,如《题云山烟树图》云:"云山烟树霭苍茫,渔唱菱歌互短长。灯火一村鸡犬静,越来溪北近横塘。"《赠感慈邹先生画》云:"骑驴八月下蓝关,借宿南州白塔湾。壁上残灯千里梦,月中飞叶四更山。"《野寺》云:"野寺空林落照低,微钟烟树使人迷。逢僧只道山门近,不觉穿云又过溪。"《题画》云:"日长深闭竹庐眠,席下犹余纸裹钱。检点鸡栖牢缚草,夜来有虎饮山泉。"

过闽宁德宿旅邸馆人悬画菊愀然有感因题[1]

黄花无主为谁容[2],冷落疏篱曲径中。
尽把金钱买脂粉,一生颜色付西风。[3]

◉ 注释

[1]宁德:今属福建。馆人:旅邸主人。

[2]为谁容:为谁而舒展姿容。

[3]"尽把"二句:意谓菊是高雅素净之花,与脂粉无缘,如今大家都花钱买脂粉来画富贵花(如牡丹),菊花的高雅颜色只能付诸西风了。

◉ 评析

作者因徐经案出狱后，遂浪游庐山、天台、武夷等地，此诗即旅游途中所作，故有牢骚委屈之意。

吴乔《围炉诗话》卷六："唐子畏题墨菊云，……寄托生平尽矣，明诗所少。"但《围炉诗话》所录唐诗，第三句"尽把"作"错把"。

题钓鱼翁画

直插渔竿斜系艇，夜深月上当竿顶。
老渔烂醉唤不醒，满船霜印蓑衣影。

◉ 评析

宋长白《柳亭诗话》卷三："此首天趣悠然，觉柳州西岩诗后二句真可删却。"按，柳宗元曾作《渔翁》诗："渔翁夜傍西岩宿，晓汲清湘燃楚竹。烟销日出不见人，欸乃一声山水绿。回看天际下中流，岩上无心云相逐。"对柳诗后二句认为可删却的，最早是苏轼，见于惠洪《冷斋夜话》卷五："东坡云，诗以奇趣为宗，反常合道为趣。熟味此诗有奇趣，然其尾两句，虽不必亦可。"严羽《沧浪诗话》赞同苏说。其他如胡应麟、李东阳、王士禛则持异议，以为删去这两句便与晚唐无异。所以，宋长白说的"真可删却"之"真"，即指前人之说。

唐寅又有一首《题画》，首二句云："飞雪蔽空无鸟迹，长山颠嶅有人居。"此则显然脱胎于柳宗元《江雪》的"千山鸟飞绝，万径人踪灭"。

韩偓《醉著》："万里清江万里天，一村桑柘一村烟。渔翁醉著无人唤，过午醒来雪满船。"杜荀鹤《溪兴》："山雨溪风卷钓丝，瓦瓯篷底独斟时。醉来睡著无人唤，流下前溪（一作"滩"）也不知。"写江湖渔隐醉态，同可玩赏。

题东坡小像

乌台十卷青蝇案[1]，炎海三千白发臣[2]。
人尽不堪公转乐，满头明月脱纱巾[3]。

◎ 注释

[1] 乌台：汉代御史府的柏树上，曾有乌鸦数千来栖息，后世因称御史台为乌台。元丰二年（1079），苏轼被御史台的何正臣、舒亶等弹劾"指斥乘舆""包藏祸心"而入狱，酿成北宋有名的文字狱"乌台诗案"。青蝇：《诗经·小雅·青蝇》："营营青蝇，止于樊。岂弟君子，无信谗言。"后以青蝇比喻进谗言的小人。

[2] "炎海"句：绍圣元年（1094），新党贬斥元祐旧臣，苏轼又被一贬再贬，由英州、惠州而远放到儋州（今海南儋州）。三千：指里程之遥远。白发臣：当时苏轼已五十余岁，他自称为老臣。

[3] 纱巾：古代用以裹发。苏轼在海南作《欧阳晦夫遗接䍦琴枕戏作此诗谢之》："尔来前辈皆鬼录，我亦带脱巾敧宽。"

◎ 评析

前两句写苏轼后半生的遭遇，后两句写他的性格，由悲凉转入洒脱，极为自然。苏轼《六月二十日夜渡海》云"九死南荒吾不恨，兹游奇绝冠平生"，可转作唐诗第三句注脚。

文徵明
（1470—1559）

初名壁，字徵明，后以字为名，更字徵仲，号衡山，长洲（今江苏苏州）人。学文于吴宽，学画于沈周。正德末，以岁贡生荐试吏部，授翰林院待诏。何良俊《四友斋丛说》卷十五云："衡山先生在翰林日，大为姚明山（姚涞）、杨方城（杨春）所窘，时昌言于众曰:'我衙门中不是画院,乃容画匠处此耶?'"在京时,四方向他乞书画者甚多,但他对三种人谢绝所请,即王府、太监、外国使者。

因当时专尚科目,不重真才,徵明乃连岁乞归。出都时曾作《马上口占谢诸送客十首》,其第九首云:"立马双桥日欲斜,沙尘吹雾暗徵车。从今绝迹江南去,只见青山不见沙。"表示从此再不回京华。

其《元日书事效刘后村》云:"不求见面惟通谒,名刺朝来满敝庐。我亦随人投数纸,世情嫌简不嫌虚。"讽喻世态,至今尚可玩味。有《甫田集》。

他的人品颇为士林所重,诗却非第一流。顾起纶《国雅品》云:"吴中往哲,如公之博鉴,雅步艺苑者,宜冠林壑矣。其文恬寂整饬,诗亦从实境中出,特调稍纤弱。王元美谓其如小阁疏窗,位置都雅,眼界易穷,似或有之。"意即缺少变化。如《除夕》等诗,诗情语句,常相类似,丙午年作的"坐上渐看同辈少,眼中殊觉后生贤",与辛亥年作的"不愁老大无同辈,只觉聪明愧后生",即是一个意思。朱庭珍《筱园诗话》卷四:"衡山诗有佳句,惜多剑南、石湖平调,语秀而格不高;古诗徒肖《选》体形貌,绝少生气,亦非诗家当行。"钱谦益《列朝诗集》亦批评徵明诗于格律气骨较差。

诗之外,还有一首题宋高宗赐岳飞手敕的《满江红》词,极为后人推崇,结末"笑区区一桧亦何能,逢其欲",可谓诛心之论。后来王世贞亦和一词，中有"十二金牌丞相诏，风波两字君王狱"及"北面生看臣构在，南枝死望中原复"句，转换亦颇深刻（见毛庆臻《一亭考古杂记》）。

阊门夜泊[1]

阖闾城西暮雨收[2]，西虹桥下水争流。
苍茫野色千山隐，突兀寒烟万堞浮[3]。
灯火旗亭喧夜市[4]，月明歌吹满江楼。
乌啼不复当时境，依旧钟声到客舟。[5]

◎ 注释

[1]阊门：苏州城西门，象天门之有阊阖，故名。

[2]阖闾城：指苏州城。阖闾：春秋时吴王，即阖庐。他欲西破楚，楚在西北，故立阊门以通天气。

[3]突兀：这里是飘忽起灭的意思。堞：城上齿状矮墙。

[4]旗亭：酒楼。

[5]"乌啼"二句：用张继《枫桥夜泊》句意。枫桥亦在阊门西。

◎ 评析

阊门为苏州最繁盛地区，今阊门城即为明代遗址，从这首诗的颈联中，已可看到明中叶阊门夜市的繁华。

徵明的好友唐寅，也写过一首七律《阊门即事》："世间乐土是吴中，中有阊门更擅雄。翠袖三千楼上下，黄金百万水西东。五更市买何曾绝，四远方言总不同。若使画师描作画，画师应道画难工。"唐寅这首诗，内容风格，已含有市民意识了。

魏家湾有感[1]

博平县里侍亲时,四十年来两鬓丝。
竹马都非前日梦[2],枯鱼空负此生悲[3]。
已无父老谈遗事,独有声名系去思[4]。
憔悴平生尘土迹,魏湾流水会能知[5]。

◎ 注释

[1] 魏家湾:诗题下注云:"博平县地也。"博平:明为东昌府,地在今山东聊城西北。
[2] 竹马:《后汉书·郭汲传》:"始至行郡,到河西美稷,有儿童数百,各骑竹马,道次迎拜。"后用以对地方官吏的称颂。这里既指作者父亲的治绩,又指作者随父在博平的儿时生活。
[3] "枯鱼"句:《韩诗外传》一:"枯鱼衔索,几何不蠹。二亲之寿,忽如过隙。"后亦用为思念已故父母之词。
[4] 去思:对地方去职官吏的怀念。《汉书·何武传》:"去后常见思。"此句与第三句相应。
[5] 会:应当。

◎ 评析

作者的父亲文林,于成化十八年(1482)出任博平知县,作者随父前往,时年十三岁。弘治十二年(1499),文林卒于温州。作者挟医省疾,后三日至。

嘉靖五年(1526),作者在京,以忤当道,三上疏乞归而致仕。十月出京,因河冰被阻于潞河。此诗当作于是年或次年,时年已五十七八。

全诗很质朴,感情亦真挚,但第四句"枯鱼空负此生悲",第七句"憔悴平生尘土迹",其中"此生"与"平生"意固相同,两"生"字又重复,是一病。

吴隐之画像

千年遗像识真难,重是高风不可刊[1]。
一样广州俱刺史[2],几人传入画图看?

◎ 注释

[1] 重:甚,尽。刊:磨灭。
[2] "一样"句:《晋书·吴隐之传》:"广州包带山海,珍异所出,一箧之宝,可资数世,……故前后刺史皆多黩货。"刺史,掌一州军政大权的长官。

◎ 评析

吴隐之于东晋隆安时任广州刺史。未至州二十里,地名石门,有水曰贪泉,饮者怀无厌之欲(饮后就会产生永不满足的贪欲)。隐之至泉所酌而饮之,因赋诗曰:"古人云此水,一歃怀千金。试使夷齐饮,终当不易心。"《孟子·万章下》曾说:"故闻伯夷之风者,顽夫廉,懦夫有立志。"所以吴诗末两句这样说。他莅任后,确实"不易心",操守更为清廉。

石门的贪泉,只能看作一种传说,但文徵明诗的末一句,对于古代的地方大员来说,不知有几个人经得起询问?

❀ 王守仁
(1472—1529)

字伯安,自号阳明子,余姚(今属浙江)人。弘治十二年(1499)进士。初授刑部主事,改兵部。刘瑾逮南京给事中御史戴铣等,守仁抗章救之,触瑾怒,廷杖四十,谪贵州龙场驿丞,其名文《瘗旅文》即作于谪龙场途中。刘瑾被诛,量移庐陵知县。后擢右佥都御史,巡抚南、赣,总督两广,平南中之乱及宁王朱宸濠之叛，官至南京兵部尚书，封新建伯。其《寄江西诸士夫》有"湖海风尘虽暂息，江湘水旱尚相沿"语，《书草萍驿》也有"边烽西北方传警，民力东南已尽疲"语。后出征广西，病死于南安（今属江西）舟中，军民无不缟素哭送。谥文成，有《王文成全书》。

他以书生数平变乱，《明史》本传说："终明之世，文臣用兵制胜，未有如守仁者也。"又身经宦海风波，目睹官场倾轧排挤之烈，故《观傀儡次韵》中有"处处相逢是战场，何须傀儡夜登堂"语。当时还是明朝中叶，但他已看到许多政治上的积弊，而且敢于直言。

他又是理学家，作诗是其余事，但也颇多隽句，缺点是少含蓄。他的《次栾子仁韵送别》云："悟到鸢鱼飞跃处，工夫原不在陈编。"又"正须闭口林间坐，莫道青山不解言。"《碧霞池夜坐》云："潜鱼水底传心诀，栖鸟枝头说道真。"《山中示诸生》云："溪边坐流水，水流心共闲。不知山月上，松影落衣斑。"皆具诗情哲理之趣，纳道统于山林之中。

兴龙卫书壁[1]

山城高下见楼台，野戍参差暮角催[2]。
贵竹路从峰顶入[3]，夜郎人自日边来[4]。
莺花夹道惊春老[5]，雉堞连云向晚开[6]。

尺素屡题还屡掷，衡南那有雁飞回？[7]

◉ 注释

[1] 兴龙卫：在贵州旧黄平县。
[2] 戍：边防地区的营垒。参差：不齐貌。角：乐器，多用作军号。
[3] 贵竹：《明会要》卷七十四："新贵县，隆庆六年，改贵竹长官司置。"也即贵筑，其地在今贵州贵阳。
[4] 夜郎：在今贵州桐梓一带，李白曾流放其地（但中途遇赦放还）。夜郎人：这里指作者自己。日边：指帝京。
[5] 莺花：莺啼花开之意。
[6] 雉堞：城上齿状叠起之墙。泛指城墙。
[7] "尺素"二句：雁可传书，但又传说雁至衡阳不过，遇春而回，故作者将书信屡题屡掷，实亦借此抒发怨愤。尺素，书信。

◉ 评析

正德三年（1508）谪龙场途中作。"夜郎人自日边来"是此诗轴心，亦作者要说的话，与韩愈《左迁至蓝关示侄孙湘》的"一封朝奏九重天，夕贬潮阳路八千"，情味有相通处。都是无限委屈，尽于一二语中。作者另有《平溪馆次王文济韵》云："畎亩投闲终有日，小臣何以答君恩。"语言很浅明，含意却正反两面都可看。

龙潭夜坐[1]

何处花香入夜清[2]，石林茅屋隔溪声。
幽人月出每孤往[3]，栖鸟山空时一鸣[4]。
草露不辞芒屦湿[5]，松风偏与葛衣轻[6]。
临流欲写《猗兰》意[7]，江北江南无限情。

◎ 注释

[1] 龙潭：在今安徽滁州。
[2] "何处"句：花香入夜而清，信笔间道出真实，但也只有村野始能领略此趣。
[3] 幽人：幽隐之人。
[4] "栖鸟"句：亦王籍《入若耶溪》"鸟鸣山更幽"之意。上下两句，置人禽于广大空间与寂寞中。
[5] "草露"句：意即草鞋甘受草间露水之湿。
[6] 葛衣：泛指秋冬间所穿之衣。
[7]《猗兰》：《猗兰操》，也称《幽兰操》，琴曲名。《乐府诗集》卷五八：孔子"自卫返鲁，隐谷之中，见香兰独茂，喟然叹曰：'兰当为王者香，今乃独茂，与众草为伍。'乃止车援琴鼓之，自伤不逢时，托辞于香兰云。"

◎ 评析

　　据徐德洪等所编王守仁年谱，正德八年（1513）十月，守仁至滁州，"滁山水佳胜，先生督马政，地僻官闲，日与门人游邀琅琊瀼泉间，月夕则环龙潭而坐者数百人，歌声振山谷，诸生随地请正，踊跃歌舞"。此诗则为个人月下寻幽时所作。

文殊台夜观佛灯[1]

老夫高卧文殊台，拄杖夜撞青天开。
散落星辰满平野，山僧尽道佛灯来。

◎ 注释

[1] 文殊台：当在庐山。文殊，菩萨名。

◎ 评析

　　正德十四年（1519）在江西时作。雄浑奔放，步武太白。

李梦阳
(1472—1529)

字天赐，又字献吉，号空同子，庆阳（今属甘肃）人，其父李正曾任周王府教授，故迁居河南开封。弘治七年（1494）进士，授户部主事，迁郎中，曾一度下狱。十八年（1505）应诏上书，又因得罪外戚而下诏狱，详见《述愤》篇的说明。

武宗即位，刘瑾等"八虎"恃宠弄权，谏官已上劾疏。梦阳请户部尚书韩文伏阙力争，韩文委梦阳草奏章，因被泄漏，韩文等皆被逐，刘瑾又撷拾他事将梦阳系狱，欲杀之，赖康海等说情而获释。刘瑾伏诛，复起任江西提学副使。

宁王朱宸濠谋反，梦阳因替他写过《阳春书院记》，被御史劾为党逆而遭逮捕，赖大学士杨廷和等营救，乃削籍回家。

他在政治上屡经风波，五次入狱，由于与外戚、宦官的斗争，使他名满天下。在文学上则以复古为号召，与何景明等倡导复古运动，影响很大，世称前七子。这一文学运动的产生，自有它的历史原因，也即对台阁体的反击。他在《物理篇》中，攻讦"宋人不言理外之事，故其失拘而泥"，即不满宋人的僵涸迂执。因此，他主张抒写真情，还说真诗在民间，文人学士不过有韵之言，谈不上诗，原因就在"出于情寡而工于词多也"。（《诗集自序》）他自己身体力行，写过讽喻时事和揭露现实的作品，像《经行塞上》等，就颇具深意。这同时表现了他憨直的个性，所谓"其智可及，其愚不可及也"。

但由于倡导复古，高求目标，作品便多模拟的痕迹，在语言的使用上就很明显。后人评价因而纷歧，但如钱谦益在《列朝诗集》中说的"牵率模拟剽贼于声句字之间，如婴儿之学语"，还说"先辈读书种子，从此断绝"，就太偏激了。牧斋在《列朝诗集》中的选诗评诗，偏见原深，不独对梦阳是这样。沈德潜在《明诗别裁集》中说："而钱受之诋其模拟剽贼，……吾不知其为何心也。"在《说诗语》中又说："此为门户起见，后人勿矮人看场可也。两人（李、何）学少陵，实有过于求肖处。录其所长，指其所短，庶足服北地（李梦阳）、信阳（何景明）之心。"这是持平之论。

李梦阳生活在明代中叶，他的诗歌作品，正是从台阁体到晚明诗派的一个过渡，起了长江后浪推前浪的作用。

相和歌[1]

美人罗带长，风吹不到地。
低头采玉簪[2]，头上玉簪坠[3]。

◎ 注释

[1] 相和歌：本汉代旧歌，丝竹相和，执节者歌。这首是沿用古歌名。
[2] 玉簪：花名，也称白萼、白鹤仙，于夏秋间开放，洁白如玉，颇清香，花蕊如簪头，故名。陆游《园中观草木有感》："木笔枝已空，玉簪殊未花。"
[3] 玉簪：即玉搔头，妇女首饰。

◎ 评析

这首诗如果不明白第一个玉簪是花名,就很费解,知道之后,才觉得诗人联想之巧慧。

述愤(选一)原注:弘治乙丑年四月,坐劾寿宁侯,逮诏狱[1]

明月出东方,徒行反家室[2]。室人走相讯[3],问我何由出。明知非梦寐,欲辩仍自失。喜极双涕零,转面各衔恤[4]。垂灯照缃卷[5],浮埃满朱瑟。愁言卒未倾[6],忽复见晨日[7]。

◎ 注释

[1]诏狱:奉诏令关押犯人的牢狱。
[2]反:通"返"。
[3]室人:妻子。
[4]衔恤:含悲。
[5]缃卷:书卷。缃,原指浅黄色的封面。
[6]卒:通"猝",匆促之间。
[7]"忽复"句:兼含重见天日之意。

◎ 评析

这组诗共十七首,这是第十五首,写作者从诏狱中获释回家的悲喜之情,却包含着宫闱间的一件曲折故事。

弘治十八年(1505)乙丑,李梦阳应诏上书,痛陈时政得失,结末说:"今寿宁侯招纳无赖,罔利而贼民,白夺人田土,擅拆人房屋,强房人子女,……臣窃以为宜及今慎其礼防,则所以厚张氏者至矣。"寿宁侯即张鹤龄,孝宗宠爱的张皇后之弟。因为疏中有"厚张氏者"语,鹤龄就说这是讥讪母后,应当斩首。但疏中"张氏"的原意实是说"张家"，梦阳何至狂妄到以"张氏"称母后。张皇后的母亲金氏便向孝宗哭诉。孝宗也知此语并非侮辱张后，但因岳母哭诉，不得已将梦阳下狱，不久便释出，夺其俸了事。金氏还是纠缠，孝宗不予理睬。左右知道孝宗在保护梦阳，所以主张不加重罚，处梦阳以廷杖以泄金氏之愤，孝宗未允，说："若辈欲以杖毙梦阳耳，吾宁杀直臣快左右心乎？"

梦阳是应诏上疏的，如果奏疏中确无讥讪母后之意，根本不应下狱，下了狱实即宽纵了张鹤龄的不法。但以此要求于封建帝王，未免过苛，我们应当谅解孝宗周旋于后宫之间的委屈苦衷。

梦阳的奏疏见《空同集》卷三十九，并附"秘录"，记此案经过，是很重要的资料。

皇亲国戚，向来是不能触犯的，因为皇后姓了"张"，连"张氏"也不能说了。其次，梦阳诗中的"垂灯"二句，写出书生本色，一到家门，仍未能忘情于琴书，连朱瑟上的一点浮尘，他都在灯光下注意到。

又，廷杖是明代的酷刑，可以致命，所以孝宗有"若辈欲以杖毙梦阳耳"的话。姜宸英《刑法志》云："须臾，缚囚定，左右厉声喝。喝'阁棍'则一人持棍出，阁于囚股上，喝'打'则行杖，杖之一则喝令'著实打'。或伺上意不测，曰'用心打'，则囚无生理矣。五杖而易一人，喝如前。每喝，环列者群和之。喊声动地，闻者股栗。凡杖以布承囚，四人舁之。杖毕，举布掷诸地，几绝者十恒八九。"明臣多以直谏邀名，不以受廷杖为耻，而士论亦归之，故多有不惜以身试杖者。

土兵行[1]

豫章城楼饥啄乌[2]，黄狐跳踉追赤狐[3]。
北风北来江怒涌，土兵攫人人叫呼[4]。

城外之民徙城内，尘埃不见章江途[5]。

花裙蛮奴逐妇女[6]，白夺钗镮换酒沽。

父老向前语蛮奴，慎勿横行王法诛。

华林姚源诸贼徒[7]，金帛子女山不如。

汝能破之惟汝欲，犒赏有酒牛羊猪，大者升官佩绶趋[8]。

蛮奴怒言万里入尔都[9]，尔生我生屠我屠[10]。

劲弓毒矢莫敢何，意气似欲无彭湖[11]。

彭湖翩翩飘白旟[12]，轻舸蔽水陆走车[13]。

黄云卷地春草死，烈火谁分瓦与珠。[14]

寒崖日月岂尽照[15]，大邦[16]鬼魅难久居。

天下有道四夷守[17]，此辈可使亦可虞[18]。

何况土官妻妾俱，美酒大肉吹笙竽。[19]

◎ 注释

[1] 土兵：土司所统辖的兵队，这里指来自广西境内的土兵，亦称"狼兵"。

[2] 豫章：今江西南昌。

[3] "黄狐"句：与上句都比喻土兵的剽掠。

[4] 攫：抓。

[5] "尘埃"句：用杜甫《兵车行》"尘埃不见咸阳桥"句意。章江：即章水，江西赣江的西源。

[6] 花裙：土兵的一种服饰。蛮奴：指土兵。逐：奔追。

[7] 华林：指瑞州华林山（江西高安境）的民变部队。姚源（一作"桃源"，误）：指饶州姚源洞（在江西万年境）的民变部队。

[8] 绶：丝带，用来系印环，这里指封大官。

[9] 尔都：借指省城。

[10] "尔生"句：我要你活就活，我要你死就死。

[11] 彭湖：即江西鄱阳湖，也称彭蠡湖。

[12] 白旟（yú）：白旗。旟，绘有鸟形图案之旗。

[13]"轻舸"句：写土兵从水陆两路掠载民间财物和家属。

[14]"黄云"二句：指城中居民不分贵贱都遭劫难。

[15]"寒崖"句：比喻朝廷的恩泽不能遍及丧乱地区。

[16]大邦：南昌为江西省治，藩王府所在地。

[17]"天下"句：《左传·昭二十三年》："古者天子守在四夷，天子卑，守在诸侯。"守为统治权力及德化所及之意。四夷，东南西北四方的少数民族。

[18]"此辈"句：指土兵。虞，忧虑。

[19]"何况"二句：意谓土官沉湎于酒色，亦不肯为朝廷真心效忠出力。

◎ 评析

　　正德六年（1511），赣州大帽山（江西寻乌南）何积钦部起兵反抗朝廷，明廷派左都御史陈金总制军务，前往镇压，后来何积钦被擒，俘斩一千七百余人。《明史·陈金传》云："金累破剧贼，然所用目兵贪残嗜杀，剽掠甚于贼，有巨族数百口阖门罹害者。所获妇女率指为贼属，载数千艘去。民间谣曰：'土贼犹可，土兵杀我。'金亦知民患之，方倚其力，不为禁。又不能持廉，军资颇私人。功虽多，士民皆深怨焉。"谷应泰《明史纪事本末·平南赣盗》亦云："抚而不就用剿，征调狼鞑，兼招苗峒，劫掠性成，罕知王制，引入内地，恃为长城。"

　　陈田《明诗纪事》丁签卷一引《国史唯疑》："江西苦调到狼兵，掠卖子女。其总兵张勇以童男女各二人，送费文宪家。费发愤疏闻，请严禁。诵李梦阳《土兵行》诸篇，情状可见。"

　　沈德潜《明诗别裁集》："杨用修（杨慎）云：'只以谣谚近语入诗史，而古不可及。'"又云："归结正论，少陵亦云'此辈少为贵'也。"所引杜诗为《北征》中语，指唐室用回纥军事。

　　官不如贼，兵匪不分，是历史上常见现象。诗家咏其事的亦很多，韦庄的《秦妇吟》是有代表性的一篇，晚清金和《秋蟪吟馆诗钞》中咏官军残暴虐民的亦不少。最苦的自是人民，身家性命处在两重夹击中，

177

《土兵行》只是一例而已。

宋长白《柳亭诗话》卷二十《李空同〈土兵行〉因陈金而作》："正德间，江西华林峒贼反，都御史陈金檄田州岑猛从征，兵剽掠，民谣曰：'华林贼，来亦得。土兵来，死不测。黄狐跳梁白狐立，十家九家逻柴棘。'详见田汝成《炎徼纪闻》。可见客兵之害，与汛兵（防军）约束不严者，皆生民之大患也。"按，当时土兵横行，固是事实，但梦阳与陈金有嫌隙，或藉此以泄愤。

玄明宫行[1]

今冬有人自京至，向我道说玄明宫。
土木侈丽谁办此，乃令遗臭京城东。
割夺面势创巀嶭[2]，出入日月开帡幪[3]。
矫托敢与天子竞[4]，立观忍将双阙同[5]。
前砻石柱双蟠龙[6]，飞梁逶迤三彩虹[7]。
宝构合沓殿其后[8]，俨如山岳翔天中。
金银为堂玉布地，千门万户森相通。
光景闪烁倏忽异，云烟鬼怪芃杳蒙[9]。
以东金榜祠更侈，树之松槚双梧桐[10]。
溟池岛屿鼋鲤跃[11]，孔雀翡翠兼黑熊[12]。
那知势极有消歇，前日虎豹今沙虫[13]。
窗扉自开卫不守，人来游玩摇玲珑[14]。
陛隅龙兽折其角[15]，近有盗换香炉铜[16]。
青苔生泥猊面锁[17]，野鸽哺子雕花栊。
忆昔此阉握乾柄[18]，帝推赤心阉罔忠[19]。

威刑霹雳缙绅毒[20]，自尊奴仆侯与公[21]。
变更累朝意叵测[22]，掊克四海真困穷[23]。
长安夺地塞巷陌[24]，心复艳此阁何蒙[25]？
构结拟绝天下巧，搜剔遂尽输倕工[26]。
神厂择木内苑竭[27]，官阮选石西山空[28]。
夷坟伐屋白日黑[29]，挥汗如雨片成风[30]。
转身唾骂阉得知[31]？退朝督劳何匆匆。
人心嗟怨入骨髓，鬼也孰敢安高崇？
峨碑照耀颂何事，或有送男充道童。
闻言怆恻黯无答，私痛圣祖开疆功[32]。
渠干威福开者谁[33]？法典虽严奈怙终[34]。
锦衣玉食已叼窃，琳宫宝宇将安雄？
何宫无碑镌护敕[35]，来者但看玄明宫。

◎ 注释

[1] 玄明宫：详后说明。宫：指道观。

[2] 巀嶭：高峻貌。

[3] 帡幪（píng méng）：帷帐。

[4] 矫托：假借天命或天意。

[5] 观：道观。忍：竟然。阙：宫庙前立双柱者谓之阙。何景明《玄明宫行》："蛟龙盘拏抱双阙。"

[6] 矻：应作"屹"。

[7] 逶迤（yí）：延伸貌。

[8] 合杳：重叠。殿：居后。

[9] 芃（péng）杳：形容宫观中景物的繁复深奥。本指草木茂盛貌。

[10] 松槚：松与槚，木可制棺。《左传》有季孙为己树六槚的记载，暗寓期望久远之意。

[11] 鳏鲤：泛指鱼。

[12] 翡翠：指鸟。羆：传说中的似熊之兽。

[13] 沙虫：李白《古风》之二八："君子变猿鹤，小人为沙虫。"语本出《抱朴子》："周穆王南征，一军尽化，君子为猿为鹤，小人为沙为虫。"后喻因劫变而死者化为异物。

[14] 摇玲珑：摇动而发出金玉之声。

[15] 陛：殿的台阶。隅：角落。

[16] "近有"句：何景明《玄明宫行》："市子屡窃金香炉。"

[17] 獍（jìng）：传说是食母恶兽，作者故意用以喻宫观中所置的石兽。

[18] 此阉：指刘瑾，男子去势者曰阉。乾柄：君权。

[19] 罔忠：假作忠心欺骗皇帝。

[20] 缙绅：插笏于绅，指士大夫。缙，同"搢"，插。绅，腰间的大带。毒：受其毒害。

[21] "自尊"句：意谓刘瑾妄自尊大，将公侯们看作奴仆。《明史·刘瑾传》："公侯勋戚以下，莫敢钧礼。每私谒，相率跪拜。"

[22] "变更"句：刘瑾于孝宗（武宗之父）时进宫，性阴狡有口才，得侍武宗东宫，武宗即位，以旧恩得宠。

[23] 掊（póu）克：以苛税搜刮民财。

[24] 长安：本汉唐都城，这里指北京。巷陌：街坊。

[25] "心复"句：此句应于"阉"字下一顿，意谓别人也有羡慕此阉何其如此蒙受恩宠。杜甫《苦雨奉寄陇西公兼呈王征士》："乌鸢何所蒙。"艳，羡慕。

[26] 输：指公输班，又称鲁班，古代著名工匠。倕：人名，也是古代巧匠。

[27] 神厂：明代有东厂、西厂的缉访机构，由太监领其事，作恶累累；太监的十二监中，有神官监。神厂当指东西厂中办理寺观的太监们。内苑：宫内的园林。内，特指皇帝居处。

[28] 西山：在北京西郊。

[29] 夷坟：将坟掘为平地。

[30] 斤：斧头。《庄子·徐无鬼》："运斤成风。"

[31] 得知：怎知。

[32] 圣祖：指明太祖。太祖开国时对宦官防制甚严。

[33] 渠：大。干：求取。

[34] 怙终：倚仗奸邪而终不悔改。《尚书·舜典》："怙终贼刑。"

[35] 护敕：皇帝发布的护卫宫观的诏书。何景明《玄明宫行》末云："君不见金书追夺铁券革，长安日日迎护敕。"

◎ 评析

据陈田《明诗纪事》丁签引《名山藏》："司礼监刘瑾，请地数百顷，费数十巨万，作玄明宫朝阳门内，以祝上釐。复请猫竹厂地（草场）五十余顷，毁民居千九百余家，掘人冢二千五百余。筑室僦民，听其宿娼卖酒，日供赡玄明宫香火。"观此，不难想见玄明宫的黑幕。

正德五年（1510），刘瑾事败，宫遂荒废。李梦阳还被刘瑾借故下狱，故对刘瑾尤为痛恨。何景明也曾写过一首《玄明宫行》，可见刘瑾之筑玄明宫，在当时是一件大事，可补史传之阙。

刘瑾筑玄明宫，原是为了替皇帝祈福，这当然讨武宗之欢，故而瑾得有恃无恐。刘瑾被诛后，武宗还是宠信宦官，虚耗国库，大兴土木。李、何作诗的目的，是要皇帝引以为戒，但从诗中看，两人的心情是黯淡的。

刘瑾与另一太监张永本为一党，都属"八虎"之一，后来两人交恶，瑾被永告发谋反（实不确），遂以内臣除内臣，也即以毒攻毒，于是张永又得志了。

林良画两角鹰歌[1]

百余年来画禽鸟，后有吕纪前边昭[2]。
二子工似不工意[3]，吮笔决眦分毫毛[4]。
林良写鸟只用墨[5]，开缣半扫风云黑[6]。
水禽陆禽各臻妙，挂出满堂皆动色[7]。
空山古林江怒涛，两鹰突出霜崖高。
整骨刷羽意势动，四壁六月生秋飔[8]。
一鹰下视睛不转，已知两眼无秋毫[9]。

一鹰掉头复欲下,渐觉振翮风萧萧[10]。

匹绡虽惨淡,杀气不可灭。[11]

戴角森森爪拳铁,迥如愁胡眦欲裂[12]。

朔风吹沙秋草黄,安得臂尔骑骃骦[13]。

草间妖鸟尽击死,万里晴空洒毛血。[14]

我闻宋徽宗,亦善貌此鹰。[15]

后来失天子,饿死五国城[16]。

乃知图画小人艺,工意工似皆虚名。

校猎驰骋亦末事[17],外作禽荒古有经[18]。

今王恭默罢游宴,讲经日御文华殿[19]。

南海西湖驰道荒[20],猎师虞长皆贫贱[21]。

吕纪白首金炉边,日暮还家无酒钱。

从来上智不贵物,淫巧岂敢陈王前。

良乎良乎,宁使尔画不值钱,无令后世好画兼好畋[22]。

◎ 注释

[1] 林良:字以善,南海(今广东广州)人。英宗时供奉内廷,官锦衣卫指挥,擅长花鸟,为明代院体画的代表作家,其《双鹰图》轴现藏广东省博物馆。角鹰:鹰的头顶有毛角,故名。杜甫《王兵马使二角鹰》:"角鹰翻倒壮士臂。"

[2] 吕纪:字廷振,号东愚,鄞(今浙江宁波)人。弘治中,与林良同时被征,官锦衣卫指挥,工花鸟,也是院体画作家,师法边景昭。应诏承制,多立意进规,为孝宗称道。边昭:即边景昭,字文进,沙县(今属福建)人。永乐间任武英殿待诏,为明代早期花鸟画高手。

[3] 工似不工意:求形似不重神似。

[4] 吮笔:犹言含毫。决眦:张目。分毫毛:极言画之精细。杜甫《韦讽录事宅观曹将军画马图》起首云:"国初已来画鞍马,神妙独数江都王。将军得名三十载,人间又见真乘黄。"李诗这四句,即胎息于杜诗。

[5] 只用墨:当指吕、边画皆设彩色。

[6]缣(jiān):细绢。

[7]"挂出"句:用杜甫《戏为双松图歌》"满堂动色嗟神妙"句意。

[8]飕(tāo):大风。

[9]"已知"句:极写鹰的神情专注,目光锐利,秋毫之细也无能隐蔽。

[10]翮:鸟翼。

[11]"匹绡"二句:意谓画绢虽暗旧,鹰之精悍之气却未磨灭。杜甫《姜楚公画角鹰歌》:"楚公画鹰鹰戴角,杀气森森到幽朔。"绡:薄绢。

[12]迥:远。愁胡:杜甫《画鹰》:"侧目似愁胡。"仇兆鳌注引孙楚《鹰赋》:"深目峨眉,状如愁胡。"谓碧眼如胡人。

[13]臂:架于臂上。骊:一车四马皆黑色,典出《诗经·秦风·驷驖》。

[14]"草间"二句:杜甫《画鹰》:"何当击凡鸟,毛血洒平芜。"

[15]"我闻"二句:宋徽宗擅书法,工花鸟,重视写生,相传用生漆点鸟睛,尤见生动。又谓画孔雀上墩,必先左脚,经观察一如其言。貌,这里是描绘的意思。杜甫《丹青引赠曹将军霸》:"屡貌寻常行路人。"

[16]五国城:宋徽宗为金兵所俘,死在该地,即今黑龙江依兰一带,一说在黑龙江宁安。

[17]校猎:围猎,设栅栏以圈围禽兽,而以所获猎物相较。

[18]"外作"句:《尚书·五子之歌》:"内作色荒,外作禽荒,甘酒嗜音,峻宇雕墙,有一于此,未或不亡。"禽荒:沉湎于田猎。经:常道。

[19]"讲经"句:明代勋臣、大学士、翰林侍读学士等专为皇帝讲解经传史鉴,称为经筵讲官,地点在紫禁城东华门内的文华殿。

[20]南海:南海子,也即南苑,在北京永定门外。西湖:指北京的三海(北海、中海、南海),在紫禁城西,故名。金元时为离宫,明代为御苑。

[21]虞长:虞人之长。虞人的职务为掌管山泽苑囿。

[22]畋(tián):田猎。

◎ 评析

  吕纪生于宪宗成化十三年(1477),弘治中曾供奉内廷,但当时只有二十余岁,此诗则云"吕纪白首金炉边",似为武宗末期作。作者性耿直敢言,武宗好游乐声色,或有感而发。诗中"草间妖鸟尽击死",也是借喻正直之士,应当剪除武宗左右的一批嬖臣,如同杜甫《秋日夔州咏怀奉寄郑监李宾客一百韵》"戮力效鹰鹯,旧物森犹在"之意。

183

作者对林良的艺事原很欣赏，故感情投入，而浮想联翩。宋徽宗的失国，当然不是由于他的爱好绘画，读史者也都知道，作者只是由此及彼，借题发挥，由艺事到政事，藉此作为帝王的沉湎游乐之儆戒而已。

沈德潜《明诗别裁集》评云："从画说到猎，从猎开出议论，后画猎双收，何等章法，笔力亦如神龙蜿蜒，捕捉不住。"

郑生至自泰山

昨汝登东岳[1]，何峰是绝峰？有无丈人石[2]？几许大夫松[3]？海日低波鸟[4]，岩雷起窟龙。谁言天下小[5]？化外亦王封[6]。

◎ 注释

[1] 东岳：泰山。又名岱岳、岱宗。

[2] 丈人石：即丈人峰，在泰山绝顶西，因状如老人伛偻而得名。

[3] 大夫松：《史记·秦始皇纪》：始皇上泰山，立石祠祀，下山时风雨暴至，休息于树下，因封其树为五大夫。应劭《汉官仪》以所封树为松树，后遂以五大夫为松的别名。

[4] "海日"句：极言日出时山顶之高，反觉天空的飞鸟为低。岑参《与高适薛据登慈恩寺浮图》："下窥指高鸟。"意谓对飞鸟本应仰看，今却下窥，则浮图之高可见。技法有相通处。

[5] "谁言"句：《孟子·尽心》：孔子"登泰山而小天下"。当时的"天下"概念没有后来的广大。

[6] 化外：王化之外，教化不普及之处。王封：朝廷的疆土。

◎ 评析

诗体中有问答体，这首为诘问体。前人已屡用之，魏庆之《诗人玉屑》卷一九引黄玉林云："唐皇甫冉《问李二司直诗》：'门前流水何处？天边树绕谁家？山绝东西多少？朝朝几度云遮？'此盖用屈原《天问》体。荆公《勘会贺兰山主绝句》：'贺兰山上几株松？南北东西共几峰？买得住来今几日？寻常谁与坐从容？'全用其意。此体甚新。"

沈德潜《明诗别裁集》评李诗末二句云："陈语须此翻用法。"甚是。

梦阳另有《泰山》五律，颔联云："斗然一峰上，不信万山开。"亦颇见骨力。

艮岳篇[1]

宋家行殿此山头[2]，千载来人水一丘。
到眼黄蒿元玉砌[3]，伤心锦缆有渔舟[4]。
金缯社稷和戎日[5]，花石君臣弃国秋[6]。
漫倚南云望南土，古今龙战是中州[7]。

◎ 注释

[1] 艮岳：详后说明。
[2] 行殿：行宫。
[3] 元：通"原"。砌：台阶。
[4] 锦缆：指徽宗行乐的舟船。这两句即荆棘铜驼之意。
[5] "金缯"句：指北宋以金帛向金人妥协求和。
[6] "花石"句：宋徽宗令朱勔（"六贼"之一）往南方搜刮奇花异石，民间有一石一木可用的，即破墙入室，劫往东京，致使民怨沸腾。当时运花石的船队，号称花石纲。征得之花石后多入于艮岳。
[7] 龙战：泛指大战争。中州：古豫州地处九州中间，称为中州，后来遂称河南为中州。北宋都城汴京即在中州。

◎ 评析

徽宗政和七年（1117），于东京景龙山侧筑土山，以仿杭州之凤凰山，命宦者梁师成董其事，广求天下珍奇。山之周围有十余里，以在都城之艮方（东北方），故名艮岳，都人称为万寿山。靖康中，金人围汴城，百姓冻馁，诏令入艮岳，任便樵采，台榭宫室，为之一空。艮岳旧址当在开封铁塔上方寺左右。艮岳之建，与汴京之陷，二帝之俘，正好是十年。李梦阳家居开封，凭吊之余，尤深慨于徽宗之荒淫失国。

沈德潜《明诗别裁集》评云："人知南渡之庸懦，而不知覆亡之祸原于徽宗君臣之宴乐也。五六语藏得议论。"

晓 莺

睍睆梦中迷[1]，流莺碧树西。
起来红日照，已度别枝啼。

◎ 注释

[1]睍睆（xiàn huǎn）：美好貌。《诗经·邶风·凯风》："睍睆黄鸟，载好其音。"

◎ 评析

这也是写闺情，与金昌绪《春怨》的"打起黄莺儿，莫教枝上啼。啼时惊妾梦，不得到辽西"是另一种情趣。

陈子龙《皇明诗选》李雯评曰："此老亦解作闺中语。"

经行塞上 [1]（二首选一）

天设居庸百二关[2]，祁连更隔万重山[3]。
不知谁放呼延入[4]，昨夜杨河大战还[5]。

◎ 注释

[1] 经行：原指佛教徒因养身散除郁闷，旋回往返于特定地区，这里借喻明武宗常往宣府一带巡游作乐。

[2] 居庸：在今北京市昌平西北，长城的重要关口，明代京师北面的屏障。古称九塞之一，唐称蓟门关。百二：《史记·高祖本纪》："秦形胜之国，带河山之险，县隔千里，持戟百万，秦得百二焉。"各家对"百二"的解释颇为分歧，有以为秦以两万人足抵诸侯百万人者，恐不确。《史记会注考证》引顾炎武说："古人谓'倍'为'二'，秦得百二，言百倍；齐得十二，言十倍也。"王启原举《论语》"二，吾犹不足"为例，此"二"字亦倍之意。顾、王二说较胜。

[3] 祁连：山名，在今甘肃南部，这里泛指西北边远地区。

[4] 呼延：即呼衍，汉时匈奴贵族有呼衍氏。这里借指鞑靼。

[5] 杨河：指阳和卫，今山西阳高。或因讳言而用同音的"杨河"。

◎ 评析

武宗好游幸，朝臣屡谏，请以社稷为重，皆不听。正德十二年（1517）八月，微服出德胜门，抵昌平，传报出关甚急。巡关御史张钦命指挥孙玺闭关，将门钥藏下，并坐镇关门下曰："敢言开关者斩。"武宗不得已自昌平回来。后张钦巡他处，武宗乘间疾驰出关，游阳和、大同等地。这时鞑靼部小王子入寇，武宗亲自率太监等抵御，激战二日，鞑靼军才退却，官军死伤多人，武宗本人几被俘虏。题目的"经行塞上"，即指其事。故此诗也寓讽喻意，"不知谁放呼延人"是故作问语，意思是如果武宗不出居庸关，鞑靼军就不至深入，也没有杨河之战。第一首的"桑乾化作银河水，北极光芒夜夜垂"，也是说：北极本应照天子所在之朝廷（杜甫诗所谓"北极朝廷终不改"），如今却远照塞上，桑乾河因而也化为银河了。

作者另有《送毛监察还朝是时皇帝狩于杨河》七律，末云："此去有书应力上，太平天子本垂衣。"毛监察为毛澄，曾上疏请武宗还宫。结合这首七律来看，则《经行塞上》之为讽喻诗更为明显。

汴京元夕（其三）[1]

中山孺子倚新妆[2]，郑女燕姬独擅场[3]。
齐唱宪王春乐府[4]，金梁桥外月如霜[5]。

◎ 注释

[1]汴中：一作"汴京"。北宋都城，明为开封府。元夕：元宵，正月十五夜。

[2]中山孺子：《汉书·艺文志》：中山靖王子哙及孺子（王妾之有品号者曰"孺子"）妾冰，景帝以未央才人诗赐之。这里泛指王府的姬妾。倚新妆：用李白"可怜飞燕倚新妆"句意。下句亦接指妇女。又，李白曾作《中山孺子妾歌》。

[3]郑：古国名，在今河南境。燕：古国名，在今河北境。郑女燕姬，泛指北方女子。擅场：指下文的歌唱。

[4]宪王：周宪王朱有燉，明太祖之孙，封地为开封，谥曰宪。

[5]金梁桥：在大梁门外白眉神庙之南，桥西为孟元老故宅。见邓之诚《东京梦华录注》。月如霜，正是元宵月色。

◎ 评析

　　共五首，这是其三，也是作者名篇，不但富有神韵，声调亦佳。其第一首云："花烛沉沉动玉楼，月明春女大堤游。空中骑吹名王过，散落天声满汴州。"末句收得伟丽。

　　梦阳之父李正，曾任周王府教授。周宪王朱有燉，能诗善画，精通音律，并擅杂剧与散曲。其《柳枝歌》云："苏小门前万缕垂，自家园内两三枝。听歌看舞人何在，惟有东风展翠眉。"梦阳此诗，可作戏曲史料看。

　　徐钫《续本事诗》卷三："周宪王谙晓音律，所作杂剧散曲百余种，至今中原弦索多用之，牛左史恒诗云'唱彻宪王新乐府，不知明月下樊楼'是也。"

　　陈子龙《皇明诗选》评云："汴城风月，遂不可问，读此作转觉凄然。"

王廷相
（1474—1544）

字子衡，号浚川，兰封（今河南兰考）人。弘治十五年（1502）进士。初为翰林院庶吉士，后改兵科给事中，以言事谪判亳州。后召为监察御史，巡按陕西，因得罪镇守宦官廖堂，被诬下狱。后官至兵部尚书。嘉靖二十年（1541）因郭勋案牵连，谕旨责其朋比阿党，革职为民。隆庆初，赠少保，谥肃愍。有《王氏家藏集》。

嘉靖十八年（1539），他曾上疏云："昔在先朝，盖有贿者矣，然犹百金称多，而今则累千巨万以为常。盖有贪者矣，然犹宵行畏人，而今则张胆明目而无忌。士风之坏，一至于此，真可痛也。"当时吏治腐败，原在意料之中，但有敢言之谏官，亦不失为佼佼者。

他又是理学家，于诗则盛推李梦阳，因为说得过了头，钱谦益在《列朝诗集小传》中就痛骂说："近代词人，尊今卑古，大言不惭，未有甚于子衡者。"也因为七子是钱氏所鄙薄的。王廷相本人的诗，失于粗糙，五言绝句较为清隽而有情致。

芳　树

芳树不自惜，与藤相萦系。
岁久藤枝蔓，见藤不见树。

◎ 评析

这是咏世情，首句即责芳树的"不自惜"，诗人却在为它而可惜。朱彝尊以为此诗颇有王维风致。

巴人竹枝[1]

杨花作雪草连天,郎下荆吴又一年[2]。
江上浣纱郎不见,问郎错问下江船。

◎ 注释

[1] 巴：这里泛指四川。竹枝：即竹枝词，本是蜀中民歌，后由文人仿作。刘商《秋夜听严绅巴童唱竹枝歌》云："巴人远从荆山客，回首荆山楚云隔。思归夜听《竹枝》歌，庭槐叶落秋风多。"白居易在忠州时曾作《听竹枝赠李侍御》，也有"巴童巫女《竹枝》歌，懊恼何人怨咽多"语。《新唐书·刘禹锡传》及《乐府诗集》谓禹锡居沅湘时所作，非，其词亦非禹锡始创。详见瞿蜕园《刘禹锡集笺证》卷二十七。
[2] 荆吴：楚国和吴国，泛指江南地区。荆，楚国的古称。

◎ 评析

又到暮春时节，在浣纱时，想起丈夫远往荆吴已经一年，却在江边见不到他乘船回来，急忙去问下江船（应当问上江船）。急中生错，错中见深情，以七字而写尽一年相思之苦。

温庭筠《望江南》词的"过尽千帆皆不是，斜晖脉脉水悠悠"，则又是另一种境界。

边 贡
（1476—1532）

字廷实，号华泉，历城（今山东济南）人。弘治九年（1496）进士，时年才二十。初为太常博士，后擢兵科给事中。孝宗崩，曾劾中官用药之谬。后历陕西、河南提学副使，以母丧家居。嘉靖时官至南京刑部尚书。

他后期任职，皆在留都南京。悠闲无事，游览江山，夜以继日，都御史劾其纵酒废职，遂罢归。

有《华泉集》。

他与李梦阳、何景明、徐祯卿被称为弘（治）正（德）四杰，又是前七子之一。他的诗，平淡秀整，间亦流于粗率，成就以五言近体最显著，这是大家公认的，但七绝如《重赠吴国宾》云："汉江明月照归人，万里秋风一叶身。休把客衣轻浣濯，此中犹有帝京尘。"一反陆机《为顾彦先赠妇诗》的"京洛多风尘，素衣化为缁"，而饶有唐音。其次，他身经三朝，时有讽喻帝王之作，如《失题》末云："却恐乘鸾逐茅氏，紫霞何处觅仙踪"，当是讽世宗之沉溺道教，所以题为"失题"。又如《迎銮曲二十首和刘希尹之作》，讽喻武宗时弊政尤力，其第十一首云："弓如满月向江开，箭插寒潮卷浪回。水上鼋鼍莫深避，我皇元为射蛟来。"实刺武宗之南游。《感事八首》首篇云："天山戎马本天骄，入贡能轻道路遥。底事内兵翻作乱，祸胎疑自武宗朝。"则更直斥故君之失道。

上王氏妹墓[1]

王郎呼不起，吾妹亦泉台。白日山头下，悲风树里来。有亲差可慰[2]，无子更堪哀。岁岁荒坟土，何人奠一杯？

◎ 注释

[1]王氏妹：嫁给姓王的妹子。

[2]差：比较，略为。

◎ 评析

　　王氏妹的身世极为可怜，死后无子。这次虽由哥哥来扫墓，但以后谁在她墓前祭扫呢？

送都玄敬[1]

驱马别君处，秋阴当暮生。林柯无静叶，江雁有归声。绿水阊门道[2]，青山建业城[3]。未能同理楫[4]，延伫独含情[5]。

◎ 注释

[1]都玄敬：都穆字玄敬，吴县（今江苏苏州）人，以太仆少卿致仕。
[2]阊门：苏州城西门。象天门之有阊阖，故名。
[3]建业：今江苏南京。
[4]同理楫：犹言同行。楫，船桨。杜甫《水会渡》："篙师暗理楫，歌笑轻波澜。"
[5]延伫：久立而望。

◎ 评析

　　作者以五律见胜。三句写傍晚的秋风始终不停，四句以江雁归声衬托游子返乡心切。五句指都穆故乡，六句指送别地点，因边贡后期任职皆在南京。顾起纶《国雅品》以为此二语"应是豪华语"。作者驱马而来，友人扬帆以去。君去我留，独立水滨，目送归人，含情无限。

谒文山祠[1]

丞相英灵犹未消[2]，绛帷灯火飒寒飙[3]。
乾坤浩荡身难寄[4]，道路间关梦且遥[5]。

花外子规燕市月[6]，水边精卫浙江潮[7]。
祠堂亦有西湖树，不遣南枝向北朝。[8]

◎ 注释

[1] 文山：文天祥号。
[2] 丞相：宋端宗即位于福州后，以文天祥为右丞相，封信国公。
[3] 绛帷：指神像前的红色帐帷。飒：指风声。飙：狂风。扬雄《河东赋》："风发飙拂，神腾鬼雄。"
[4] "乾坤"句：意谓以乾坤之浩荡，犹不能寄孤臣的满腔忠义之躯。
[5] "道路"句：文天祥被执于广东海丰的五坡岭，后押送至元都燕京。间关：谓道路崎岖难行。
[6] "花外"句：天祥囚于燕京四年，最后在柴市就义。子规，即杜鹃鸟，其声哀厉。文天祥被俘北去时，曾作《金陵驿》，末云："从今别却江南路，化作啼鹃带血归。"
[7] "水边"句：古人诗文中常以精卫填海比喻以坚强意志去做难以成功的事。浙江潮：指南宋的都城杭州。水边：一作"柳边"。
[8] "祠堂"二句：相传岳飞墓上，树枝皆南向，意思是为岳飞的忠义之诚所感动。岳飞、文天祥都是南宋的尽节英雄，后人常相类比。高启《吊岳王墓》："大树无枝向北风，千年遗恨泣英雄。"

◎ 评析

此为作者名篇，朱庭珍《筱园诗话》卷三，谓此诗及高启《吊岳王墓》、杨慎《武侯庙》等，都是"怀古诗中卓然可传之笔，学者所当熟玩而以为法者也"。

沈德潜《明诗别裁集》云："后半神到，吊信国诗此为第一。"

陈子龙《皇明诗选》卷八，李雯将三、四两句改为"黄冠日月胡云断，碧血山河龙驭遥"，并云："三四语不称，余为改定，似胜于前。"实在大煞风景。前人所作之诗，无论工拙，怎么能由后人擅改，何况改得并不高明。

193

十六夜[1]

春城灯火静,华月满天街[2]。
陌上归来晚[3],香尘有堕钗。

◎ 注释

[1] 十六夜:据明沈榜《宛署杂记》卷十七:正月十四日曰试灯,十五日正灯,十六日罢灯。"妇女群游祈免灾咎,前令人持一香辟人,名曰走百病"。
[2] 天街:京城中的街道。
[3] 陌:街道。

◎ 评析

作者从灯市归来时已很晚,游人多已散去,故首句说"灯火静"。前面三句,原很平常,但有了末句,则当时观灯与"走百病"的拥挤情状,遂有如火如荼之盛,连妇女的发钗,都因人多而被挤落在地上了。

顾 璘
(1476—1545)

字华玉,别号东桥居士,先世吴县,后徙上元(今江苏南京)。弘治九年(1496)进士,授广平知县,年仅二十四岁。后为开封知府,因先后与镇守太监廖堂、王宏相忤,逮下锦衣狱。狱吏问状,抗言条对,一无所承,乃谪全州(今属广西),曾作《初至全州》五古,中有"比岁牧梁宋,兵戈剧流亡。逮此越万里,民瘼乃同方。……噬肤遂及髓,割肉救疮疡。天高不能愬,仰失日月光"语。官至南京刑部尚书。有《顾华玉集》。

他历仕三朝,凡十九任,常以前辈自处,对新进之士露傲慢之色,其得谤受祸,或有自取之处。

他的诗,才情警秀,对句工整,但风格不高。其《拟宫怨》之三的"御前却辇言无忌,众里当熊死不辞",颇为人称诵。前者用班婕妤事,后者用冯婕妤事。之四的"金舆到处无新旧,玉貌从来有是非",亦佳,意谓是非皆因玉貌而起。五绝如《云归庵》的"松林有茅宇,白云往还来。山僧爱云好,柴门夜长开",《飞来石》的"谁骑苍鸾来,啄破苔花碧。经年不归去,化作山头石",皆谪全州时作。人虽为逐客,而诗颇清秀。七律《岳坟》末云"厓山海色连天尽,精卫空衔万古悲",《拜岳武穆庙》云"海波东去厓山远,精卫千年恨未平",同一题材,而用语重复,终非上乘。

快哉行

东方日出晓衙集,壮士冲关突然入[1]。
背负猛虎手强弩[2],短鏃棱棱血犹湿[3]。
斑文白额委中庭[4],空闪金眸洒寒泣。
我嘉壮士饮之酒[5],拔剑刲羊发仍立[6]。
观者如墙方笑呼,杀声落日喧城隅[7]。
众豪复提一虎至,洞胸直贯长蛇殳[8]。
垂头狼藉类黄犬,猛物失势堪嗟吁。
快哉二害同日尽,何啻并殄凶饕徒[9]。
田家儿女开户寝,余惠况及犬与猪。
可怜尔虎何太愚,鸷害自古遭神诛[10]。

尔类好杀终亡躯，胡不早走深岩居[11]？
转易猛性为驺虞[12]，为民献瑞登王都。

◎ 注释

[1] 冲关：推开门闩。

[2] 手：持。

[3] 镞：箭头。

[4] 委：丢掷。

[5] 嘉：奖励。

[6] 刲：割。发仍立，头发依然竖起。发立犹言发指，愤怒紧张之状。酒贤《答禄将军射虎行》："将军闻之毛发竖，拔剑昏天期杀虎。"

[7] 隅：角落。

[8] 长蛇殳（shū）：此处犹言蛇矛。殳，棍杖。

[9] 何啻：何止。凶饕：并为恶人之称。饕（tāo），贪兽：古代又以饕餮为凶残之人的外号。钟鼎等器物上所琢的恶兽，亦名饕餮。

[10] 鸷：凶猛。

[11] 胡不：何不。

[12] 驺虞：传说中的仁兽。

◎ 评析

此诗题下自注云："七月十六日殪二虎作。"则是纪实之作。但作者于正德四年（1509）出知开封时，曾先后与镇守太监廖堂、王宏对抗，廖、王为刘瑾、钱宁党羽，恃势横行，顾璘因而下锦衣卫狱，狱成谪全州（今属广西），此诗即在全州时作，故虽纪实而实有所指。

顾璘门生金大车所撰《浮湘稿后序》云："吾师东桥顾公以直道忤权奸，谪刺全州，感时触兴，一寓于诗。……其气隐郁而弗舒，其辞冲寂而弗华，其调悲楚而弗耀。"由虎及人，大呼快哉。

庚辰元日[1]

诸侯玉帛会长安[2]，天子旌旗下楚关[3]。
共想正元趋紫殿[4]，翻劳边将从金鞍[5]。
沧江饮马波先静[6]，黄竹回銮雪未干[7]。
北极巍巍天咫尺[8]，五云长护凤楼寒[9]。

◎ 注释

[1] 庚辰：明武宗正德十五年（1520）。
[2] "诸侯"句：《左传》哀公七年："禹合诸侯于涂山，执玉帛者万国。"这句借喻元旦日，京师和藩国的王公大臣都至朝中祝贺。玉帛，瑞玉和缣帛，古代祭祀、会盟时用的珍贵礼品。长安，汉唐都城，借喻明之京师。
[3] "天子"句：谓武宗巡行江南。古代江苏地区，一度曾为楚地。
[4] 紫殿：帝王宫殿，常称紫宫、紫殿。
[5] 翻：同"反"。
[6] "沧江"句：接上句"金鞍"。因为饮水的是天子所乘之马，所以连江波也早已肃静。
[7] "黄竹"句：周穆王西征游猎时，日中大寒，北风雨雪，有冻人。天子作诗三章以哀民，因有"我徂黄竹"语，遂以"黄竹"名篇。后人常以穆王乘八骏漫游，讽喻帝王之好游幸。顾璘此诗作于元日，又正是多雨雪时。
[8] 北极：星名，也叫北辰、天枢，借喻帝王所在地。杜甫《登高》："北极朝廷终不改。"
[9] 五云：五色的祥云，也指帝王所在。李白《侍从宜春苑奉诏赋龙池柳色初青听新莺百啭歌》："是时君王在镐京，五云垂晖耀紫清。"凤楼：宫内楼阁。这句意谓，因皇帝不在宫中，凤楼寒意，只有五云长护。也含讽喻意。

◎ 评析

正德十四年（1519）六月，在南昌的宁王朱宸濠起兵反，一半也因武宗荒淫无道，故文书中有"孝宗误抱民间养子（孝宗只有一子），祖宗不血食十四年，太后诏令我起兵讨贼"语。这时武宗正以南游之兴为诸臣强谏所沮，正好趁此以南征为借口，并舍天子之尊而自称"总镇军务威武大将军镇国公朱寿"。大学士杨廷和等谏阻，不听。后来朱宸濠为王守仁擒获,捷书报至征途涿州,却被扣留不宣布,因为一宣布,南征就得中止,不能至南方作乐。

次年正月,武宗在南京,欲行郊礼,扈行大学士梁储、蒋冕以为如行郊礼,则回京更无期,极陈不可,乃改为"卜郊"。武宗自己每天携刘娘娘荒游,有一次游江宁的牛首山,至夜不返,左右大惊,遂又大扰民间。武宗之不君,一至于此,宸濠之反,未始无口实可以依藉。

这首诗是作者在北京时所作,是一首有高度讽刺艺术的佳作,婉约而不晦涩,音节也好。起首两句写气象,颇为伟丽,而讽喻之意自见:王公大臣正虔诚地纷纷向廷阙朝贺元旦,天子却去南巡了。接下来暗喻诸臣失望,最后以人去楼寒作结。他的《过扬州有感》的"前年客棹经芳甸,武帝龙旂烂锦川",也是追叙武宗游扬州时奢盛场面。

作者之写此诗,实在还是为了臣子的爱君惜主之诚,所以,有些话到底是在颂扬还是讽喻,不易辨识。就诗而论,于温柔敦厚中显其经营之巧;就人而论,他在谪贬还朝后,尚能对天子之失德,表露于诗篇中,也不失为直道事君。

《皇明诗选》宋徵舆云:"章法甚合,寄讽亦浑。"李雯云:"此为武皇南巡也。隐讽中有实录,谓宁王已获而御驾不归耳。"

采樵歌效竹枝体之三[1]

侬家兄弟舌翻澜[2],百丈清潭一泻干[3]。
深山黑夜独归去,肯信侬心铁石般[4]?

◉ 注释

[1]竹枝:见王廷相《巴人竹枝》。

[2]侬家：自称，犹言吾家，《竹枝》中多用于女子。舌翻澜：说话滔滔不绝。

[3]"百丈"句：应上句"舌翻澜"。

[4]肯：怎肯。

◉ 评析

贫家女子，上山采柴有时直到深夜，可是家里的兄弟，却会一口气说上大堆的闲言碎语。这一回又是黑夜采樵独归，怎不教她忧心忡忡？

一首游戏式的小诗，却写出古代少女心理上的难堪负荷。

第四首云："阿母朝饥待早糜，还家常怪得薪迟。快刀留惜不将用，空手攀枝那得施？"亦佳。

徐祯卿
（1479—1511）

一字昌毂，一字昌国，吴县（今江苏苏州）人。弘治十八年（1505）进士，授大理左寺副。因失囚，贬国子博士。王守仁《徐昌国墓志》："始举进士，为大理评事，不能其职，于是以亲老求改便地为养，当事者目为好异抑之，已而降为五经博士。"文徵明《祭徐昌毂文》亦云："用失其才，遂为物忤。太学之迁，实行其私。"则他的贬职，还有人事上的关系。他在《答顾郎中华玉》中云："昔居长安西，今居长安北。蓬门卧病秋潦繁，十日不出生荆棘。牵泥匍匐入学宫，马瘦翻愁足无力。慵疏颇被诸生讥，虚名何用时人识。京师卖文贱于土，饥肠不救斋盐食。"其处境之窘迫于此可见。

他是前七子之一，又与唐寅、祝允明、文徵明号称吴中四才子，民间传说中所谓唐、祝、文、周

（文彬），周实无其人，当是指祯卿。

他生年仅三十三岁（《明史》作二十三，误），仕历简单，交游不多，而才情气格，却在三人之上，《明史》称为"吴中诗人之冠"。他的诗，早年追摹六朝，间学晚唐，其《文章烟月》的"文章江左家家玉，烟月扬州处处花"，曾颇为人传诵，但格不高。后与李梦阳等相交，改学汉魏盛唐，诗风与前期不同，从他的乐府中可以看到，如《猛虎行》《鹇雀行》等。总的成就还得推近体诗。五律常不重对偶，后人以为学孟浩然。七绝风神俊逸，时见慧心。除诗文集《迪功集》外，又著有《谈艺录》，全文不多，却是明人诗话中有影响的一部，王士禛论诗绝句即有"天马行空脱羁靮，更怜《谈艺》是我师"语。

江南乐八首代内作[1]

与郎计水程，三月定到家。
庭中赤芍药，烂漫齐作花。

◎ 注释

[1] 八首：这是第七首。代内：代表女方的意思。

◎ 评析

得知丈夫将要回来，算算归期，却是江南三月，那时芍药花已开满庭院了。郎尚未到，花尚未开，而期待之情若渴。张问陶《论诗十二绝句》云："写出此身真阅历，好诗不过写人情。"

送士选侍御[1]

壮士乐长征,门前边马鸣。
春风三月柳,吹暗大同城[2]。
芦沟桥下东流水,故人一樽情未已[3]。
胡天飞尽陇头云[4],惟见居庸暮山紫[5]。
羡君鞍马速流星,予亦孤帆下洞庭[6]。
塞北荆南心万里[7],佩刀长揖向都亭[8]。

◎ 注释

[1] 士选:熊卓,字士选,丰城(今属江西)人。曾任监察御史。侍御:明清人对御史的别称。
[2] 大同:今属山西,当为熊卓贬谪之地。
[3] "芦沟"二句:用李白《金陵酒肆留别》"请君试问东流水,别意与之谁短长"句意。芦(亦作"卢")沟桥,在北京市西南,跨永定河(即卢沟河)上,金元以来,为京师交通要道。
[4] 陇头:指丘垅。陇,通"垅",高适《登陇》:"垅头远行客,垅上分流水。"李颀《古意》:"黄云陇底白云飞。"
[5] 居庸:见李梦阳《经行塞上》。
[6] "予亦"句:本书选有作者《在武昌作》,可参。
[7] 荆南:荆山之南,指作者要去的地方。
[8] 都亭:古代十里一亭,郡县治所则置都亭。

◎ 评析

　　正德二年(1507),刘瑾弄权,召群臣四十八人,宣示为"奸党",罚跪京师金水桥南,熊卓也是其一,实皆忠直之臣,所以诗的首句称为壮士,并称谪逐为长征,末句也是向他表示尊敬。

　　熊卓亦能诗,其《出居庸》云:"沙上望行人,日暮愁心绝。江南四时春,边地五月雪。"当亦遭贬逐时作。

寄华玉[1]

去岁君为蓟门客[2],燕山雪暗秦云白[3]。
马上相逢脱紫貂,朝回沽酒城南陌。[4]
燕山此日雪霏霏[5],只见秦云不见君。
高天白雁南飞尽,千里相思那得闻。

◎ 注释

[1] 华玉:顾璘,本书选有他的作品。
[2] 蓟门:这里指北京。
[3] 燕山:在河北蓟县东南,这里也泛指北京一带。秦云:借指边地的云天。李白《思边》:"今岁何时妾忆君,西山白雪暗秦云。"
[4] "马上"二句:貂裘换酒,常形容名士的放诞豪爽,这里非实指,借此以喻当时友情的融洽。
[5] 霏霏:雨雪纷降貌。

◎ 评析

顾璘曾任南京刑部尚书,从"高天"句看,此诗当是这一时期作。顾璘并有《答徐昌毂博士》:"前年共饮燕京酒,高楼雪花三尺厚。酣歌彻夜惊四邻,世事浮沉果何有。一为法吏少书来,心结愁云惨不开。昨传学省移新籍,坐啸空斋日几回。"

月

故园今夜月,迢递向人明[1]。只自悬清汉[2],那知隔凤城[3]。
气兼风露发,光逼曙乌惊[4]。何事江山外,能催白发生?

◎ 注释

[1] 迢递：远貌。
[2] 清汉：天河。
[3] 凤城：指帝京。杜甫《夜》："步蟾倚仗看牛斗，银汉遥应接凤城。"
[4] "光逼"句：意谓至侵晨而光犹能逼惊曙乌。

◎ 评析

作者这时在京中，见月色而思故园，犹杜甫《月夜》的"今夜鄜州月，闺中只独看"。月亮原是普照人间，人却远隔南北。五、六两句，极写月之精气和光辉。末两句故作反问，实是说正因身处江山之外的纷扰的京城，故而能催白发之生。

全诗只以首二字"故园"微逗怀乡之情，而每句用字皆凝练老苍，不著浮文，又很稳健，不失为力作。朱彝尊《明诗综》："朱子蓉云：'此诗却学杜。'"

在武昌作[1]

洞庭叶未下[2]，潇湘秋欲生[3]。高斋今夜雨[4]，独卧武昌城。重以桑梓念[5]，凄其江汉情[6]。不知天外雁，何事乐长征。[7]

◎ 注释

[1] 武昌：湖北鄂州古称，明代属武昌府。
[2] 洞庭：湖名，在湖南之北，长江南岸。楚辞《湘夫人》："洞庭波兮木叶下。"
[3] 潇湘：犹言清深的湘水。《水经注·湘水》：二妃"神游洞庭之渊，出入潇湘之浦。潇者，水清深也。"古代诗文中多称湘水为潇湘。谢朓《新亭渚别范零陵》："洞庭张乐地，潇湘帝子游。"武昌与洞庭，古代皆属楚国境。
[4] 高斋：馆舍的美称。作者五言律句，常有求流利而不重对仗的，如《长陵西望泰陵》颔联："今来寒食节，独望灞陵园。"

[5] 重：甚，深。桑梓：指故乡。

[6] 凄其：凄然。其，词尾无义。江汉：长江与汉水：

[7] "不知"二句：以雁比自己，实是反话，逆应第四句。

◎ 评析

　　这是作者名篇，沈德潜《明诗别裁集》云："李舒章（李雯）云：'八句竟不可断。'"又云："五言律皆孟襄阳遗法，纯以气格胜人。"

　　王士禛《池北偶谈》卷十八，称此诗为"千古绝调"，"非太白不能作"。而李慈铭《越缦堂日记》同治三年（1864）十一月十三日云："祯卿此诗，格固高而乏真诣。既云洞庭，又云潇湘，又云江汉，地名错出，尤为诗病。"钱锺书《谈艺录》293页云："然渔洋闻莼客语，必以为大杀风景；盖渔洋所赏，正在地名之历落有致。故《古夫于亭杂录》称温飞卿'高风汉阳渡，初日郢门山'，以为有初唐气格，高出'鸡声茅店月，人迹板桥霜'一联之上。"又在605页云："渔洋《香祖笔记》卷五以徐祯卿此诗与谢玄晖'洞庭张乐地'、李太白'黄鹤西楼月'、刘绮庄'桂楫木兰舟'三篇并推为'奇作'，而徐诗'尤清警'。实则祯卿此篇亦假借韦苏州《新秋夜寄诸弟》：'高梧一叶下，空斋秋思多'及《闻雁》：'故园渺何处，归思方悠哉。淮南秋雨夜，高斋闻雁来'，渔洋、越缦均未细究也。"钱氏之博洽往往如此。

济上作[1]

两年为客逢秋节，千里孤舟济水旁。
忽见黄花倍惆怅，故园明日又重阳。

◎ 注释

[1] 济上：山东济水旁。

◎ 评析

诗用王维《九月九日忆山东兄弟》"独在异乡为异客，每逢佳节倍思亲"语意，却有神无迹。沈德潜《明诗别裁集》评云："语不必深而情深，唐人身分如此。"

王昭君

辛苦风沙万里鞍，春红微淡黛痕残。
单于犹解怜娇色[1]，亲拂胡尘带笑看。

◎ 注释

[1] 单（chán）于：匈奴王的称号。解：懂得。

◎ 评析

王昭君本汉元帝宫人，匈奴呼韩邪单于入朝，求美人为阏氏（匈奴王妻妾的称号），帝予昭君，以结和亲。《西京杂记》又记昭君自恃其貌，不肯赂画工，画工乃丑图之，后匈奴求美人，帝按图以昭君行嫁故事。本诗末两句，意在嘲讽元帝不如单于犹能赏识国色。杜甫《咏怀古迹》之三"画图省识春风面"，浦起龙《读杜心解》云："省识只在画图，正谓不省也。"王安石《明妃曲》亦有"汉恩自浅胡自深，人生乐在相知心"语。

偶　见

深山曲路见桃花，马上匆匆日欲斜。
可奈玉鞭留不住，又衔春恨到天涯。

◎ 评析

马前桃花，原为游子所流连，只是玉鞭遥挥，欲留难住。春恨无端，此亦其一。颇疑桃花非实指，或有崔护《游南城诗》之意。如作者的《谈艺录》中所说："矇眬萌圻，情之来也。"

严 嵩
（1480—1567）

字惟中，分宜（今属江西）人。早年在故乡钤山读书十年。弘治十八年（1505）进士。累拜武英殿学士，入直文渊阁。世宗时，官至少傅兼太子太师。在位时揽权贪贿，屈杀直言之臣。其子世蕃，官至太常寺卿，尤横行不法。御史邹应龙极论嵩父子不法，遂籍没嵩家，斩世蕃。世蕃的罪恶早就足以伏法，但说他通倭却非事实。严氏抄家时的财富古玩皆记于《天水冰山录》。嵩回乡后，寄宿于祖墓旁的草棚中，于贫病中卒。有《钤山堂集》。

他以醇谨为媚术，以青词结主知。警敏狡诡，机肠满腹，对世宗事事驯顺，故尤获宠遇，张元凯《西苑宫词》即有"朱衣擎出高玄殿，先赐分宜白发臣"语。谷应泰《明史纪事本末》卷五十四云："嵩之曲谨，有如飞鸟依人"，故言官劾奏严嵩，"微特讦嵩，且似污帝。帝怒不解，嵩宠日固矣。……猜忌之主，喜用柔媚之臣，理有固然，无足怪者"。说得颇有见地。

他的诗，早期所作，亦不乏佳构，王世贞所谓"孔雀虽有毒，不能掩文章"。晚年之作，自己在诗集自序中也说："抑皆触口纵笔，率尔应酬，不能求工，亦不暇于求工也。由前则多山林之致，由后则皆朝省之事。时既不同，词体各异。"朱彝尊《明诗综》卷三十三云："分宜能知暮年诗格之坏，而不知立身之败裂，有万倍于诗者。生日诗犹云'晚节冰霜恒自保'，昧心之言，将谁欺乎！"故《明诗综》所选之十六首，皆早期明润而有诗趣者。

出仰山[1]

钟声在山间，客子出山去。
细雨湿春衣，新寒入高树。[2]

◎ 注释

[1]仰山：在江西宜春南，山中石径萦回，唐末高僧慧寂曾居此，故有僧寺。作者另有《仰山》诗，末云："洞口晓钟声，林僧独归去。"
[2]"细雨"二句：雨湿春衣，寒入高树，用曲笔写春寒之袭身。

◎ 评析

各家评严嵩早期诗恬淡清婉，此亦其一。

晚次宝应湖阻雨忆舍弟[1]

广陵舟里连衾枕[2]，宝应湖边隔雨风。
人世百年谁骨肉[3]？天涯此路复西东。
中宵忆尔心俱折，逆旅无人信莫通[4]。
身迹半生成底事[5]，只余泥雪叹飞鸿[6]。

◎ 注释

[1] 次：旅途停留。宝应湖：在江苏宝应西。舍弟：严嵩弟名岳，字惟正，为邑庠生，但未入宦海。

[2] "广陵"句：当指两人先曾同宿于广陵舟中，后分别，故第四句云"天涯此路复西东"。广陵，今江苏扬州。

[3] "人世"句：意谓人之一生，还有谁比兄弟更亲爱的。

[4] 逆旅：客舍。逆，迎接。

[5] 底事：何事。

[6] "只余"句：苏轼《和子由渑池怀旧》："人生到处知何似，应似飞鸿踏雪泥。泥上偶然留指爪，鸿飞那复计东西。"后亦比喻天涯奔走的过往遗迹。子由，苏轼弟苏辙字，故更切兄弟赠诗相忆事。

◎ 评析

　　作者于嘉靖元年（1522）任南京翰林院侍读，时年四十三岁，第七句有"身迹半生"语，此诗或于当年旅途中作。

赠相命颜生

扫榻云林白昼眠，行藏于我固悠然[1]。
元无蔡泽轻肥念，不向唐生更问年。[2]

◎ 注释

[1] 行藏：犹言出处或行止。《论语·述而》："用之则行，舍之则藏。"

[2] "元无"二句：元，通"原"。蔡泽，战国时的游说之士，曾向看相人唐举问自己的前程和年寿。轻肥，《论语·雍也》："（公西）赤之适齐也，乘肥马，衣轻裘。"后以此比喻显达。杜甫《秋兴》之三："同学少年多不贱，五陵衣马自轻肥。"

◎ 评析

　　此诗为早年居钤山读书时所作，颇为人所称道。当年也想不到晚年有这么大的造化，杜甫《佳人》所谓"在山泉水清，出山泉水浊"。蔡泽后入秦为昭王相，人或恶之，因惧诛，乃谢病归相印，嵩则身败名裂。

王士禛《戏仿元遗山论诗绝句》云："十载钤山冰雪情，青词百媚可怜生。彦回不作中书死，更遣匆匆唱《渭城》。"彦回为褚渊之字，渊初在刘宋任中书郎，后入萧齐为司徒，其从弟褚炤叹道："使彦回作中书郎而死，不当是一名士？"

王世贞《艺苑卮言》卷八，记昔时有个在酒馆为佣的小民，善唱《渭城曲》，后有人给他一笔钱去做卖酒生意，就不会再唱《渭城曲》。世贞借此以喻严嵩诗的贫富易趣，前期清淡，贵显后则恶道岔出，"此不能歌《渭城》也"。

何景明
（1483—1521）

字仲默，号白坡，又号大复山人，其集即名《大复集》。信阳（今属河南）人。十五岁举乡试，二十岁中进士，授中书舍人。正德初，刘瑾专权，谢病归里，后被罢官。刘瑾被诛，因李东阳之荐，恢复故职。李梦阳下狱，他人不敢直言营救，他上书吏部尚书杨一清救之，语甚愤激。后又向武宗上疏，力言义子（指钱宁）不当畜，边军不当留，番僧不当宠，宦官不当任。钱宁欲向景明结交，以古画索题，景明说："此名笔，毋污人手。"后掷还。这些都表现出他的风义节概。后擢陕西提学副使。死时仅三十九岁。

他和李梦阳本是好友，两人都属复古派（不等于守旧派），成为前七子的两个领袖。在对文学的具体主张上却有分歧。这原是很正常的事情，不想竟至因失和而绝交，未免为友道惋惜。

他是个很有才气和傲骨的人，生活在弘治、正德的多事之秋，作品中常有揭露现实之作，主要反映在乐府、古风上。他的诗，宗仰汉魏盛唐，追随杜甫，但在声调上，却认为杜甫不及初唐四杰，因而特作《明月篇》，实则此诗非他的代表作，徒有辞藻声调而少坚实的内容，病在声浮于情。

他的近体诗中有些很平弱，如《杨花》上半首云："三月杨花袅袅白，忧人泪点暗中抛。漫天扑地有何意，惹草粘沙多似毛。"高手实不屑为。又如《早春眺望》有云："艰难世事栖田里，潦倒年华断酒杯。……茅堂春色无人见，迸泪看花日几回。"这是学杜的，但杜甫的花溅泪，当国破之后，泪由情溅，语自心出，景明却是硬凑，"日几回"也嫌浮夸。七绝《秋日杂兴》的"不知塞下征人怨，但见闺中少妇愁"，也落故常，徒然是诗情上的浪费。这一组诗共十五首，耐读之作极少。《野屋》的"桃花片片红临水，小麦纤纤青映泥"，以"桃花"接"红临水"，以"小麦"接"青映泥"，实无什么神韵可言。

何景明是明诗中的佼佼者，不能用形式主义一语贬抑他在明诗中的重要地位与贡献。他主张师古而又应有变化，写的好多诗也有自己的心声，但正因他是高手，要求上就高些。

观　涨

五月十日雨如射，西山诸溪水皆下。
大陆朝迷牛马群[1]，疾雷夜破蛟龙罅[2]。
洪涛冥冥夕风急，白浪闪闪山水亚[3]。
浮波喷沫来崔巍[4]，巨丘欲没高岸颓。
咫尺莫辨天宇阔，仓卒但忧坤轴摧[5]。
固知一苇不可济[6]，虽有万弩何由回[7]。
农家夜起筑堤障，妇女走观色沮丧。
恶少迎人争渡喧，父老携幼登城望。
门前只讶海势翻，井中暗觉潮声上。
忆昨曾为万里行[8]，洞庭滟滪何渺冥[9]。
鲸吞鳌横那可测[10]，盘涡骇浪谁能平？
只今梦寐时作恶，闻此终夜令心惊。
旋看雨霁势亦止，沙嘴忽落千尺水。
杂花濛濛夏壖静[11]，细草青青夕洲靡[12]。
行人褰裳掇菱荇[13]，稚子垂竿取鲂鲤[14]。
眼前喜愕俱已忘，就中消息[15]谁为此？

◉ 注释

[1]"大陆"句：用《庄子·秋水》"百川灌河，泾流之大，两涘渚涯之间，不辨牛马"意。

[2]罅：缺口。

[3]亚：低垂貌，通"压"。杜甫《戏题画山水图歌》："山水尽亚洪涛风。"

[4]崔巍：高耸貌。

[5]仓卒：骤然之间。卒，通"猝"。坤轴：古人想象中的地轴。杜甫《南池》："安知有苍池，万顷浸坤轴。"

[6]一苇：捆苇草当筏，后用作小船的代称。

[7]"虽有"句：用五代时吴越王钱镠命水军架强弩以射回海潮的故事。

[8]昨：这里是昔年的意思。

[9]洞庭：湖南岳阳的洞庭湖。滟滪：重庆奉节的滟滪堆，长江三峡瞿塘峡中的险滩。

[10]鳌：传说中的海中大龟。

[11]壖：河边空地。

[12]靡：柔美。

[13]褰裳：提起下衣。褰，通"搴"。掇：撩起，拾取。荇：水草。

[14]魴鲤：泛指鱼。

[15]消息：一消一息，互为更替，这里指雨下与雨止。《庄子·秋水》："消息盈虚，终则有始。"息，繁殖。

◉ 评析

　　水是大自然之母的奇特分泌。她的性格，时而柔静，时而狂暴，狂暴时就成为灾难。

　　全诗写水的怒涨形象只有几句，但"井中暗觉潮声上"一句即可想见来势之猛，难怪"妇女走观色沮丧"了。作者曾身经洞庭、滟滪，那里的盘涡骇浪，使他做过噩梦，故而余悸尚在。

　　幸亏水势不久退去，人们由惊惶而欣幸，又在拾起水草，提起衣裳行进，儿童们也出来钓鱼。这一消一息的运行，反映了自然界的万变与统一的规律。

岁晏行[1]

旧岁已晏新岁逼，山城飞雪北风烈。
徭夫河边行且哭[2]，沙寒水冰冻伤骨。
长官叫号吏驰突，府帖连催筑河卒[3]。
一年征求不少蠲[4]，贫家卖男富贵田。

白金纵有非地产[5]，一两已值千铜钱。
往时人家有储粟，今岁人家饭不足。
饥鹤翻飞不畏人，老鸦鸣噪日近屋。
生男长成娶比邻，生女落地思嫁人。[6]
官家私家各有务，百岁岂止疗一身[7]？
近闻狐兔亦征及，列网持矰遍山域。[8]
野人知田不知猎，蓬矢桑弓射不得。
吁嗟今昔岂异时？昔时新年歌满城。
明朝亦是新年到，北舍东邻闻哭声。

◎ 注释

[1]岁晏：岁晚，一年之末。

[2]徭夫：替公家从事劳役的人。

[3]府帖：官府发下来的文书。

[4]蠲（juān）：免除。

[5]白金：指白银。明英宗时起，田赋改征白银，贫家交税，多用铜钱兑取白银。

[6]"生男"二句：贯下文私家有务，意谓民间男婚女嫁亦需一笔费用。比邻，紧邻。

[7]"百岁"句：意谓人的一生岂止只管自身。

[8]"近闻"二句：指向民间征索走兽，以供皇帝苑囿之需。矰，箭。

◎ 评析

正德二年（1507）至三年（1508），河南连年闹荒，作者正引疾回乡，目睹天灾人祸，乃作此诗。

由于官府的强征勒索，不但小民遭殃，还祸及禽兽，鹤因饥寒而翻飞，鸦因乏食而聒噪。同时，又要缴纳狐兔。可是农民只会种田，不会打猎，如何张弓射箭？因而在除旧迎新的时候，处处听到以哭代歌，人畜不安。

莫罗燕[1]

罗雀莫罗燕,燕飞在高殿[2]。殿高且深谁得见。
主人垂幕高殿中,燕来徘徊不敢通[3]。
扬花落,燕出啄。童子张罗逐黄雀,黄雀入罗燕入幕。

◎ 注释

[1]罗:网。这里作动词用,网取。
[2]高殿:犹言高堂。
[3]"燕来"句:意谓别人因主人垂幕于高堂,故徘徊而不敢进入。

◎ 评析

　　燕雀都是小鸟,古人曾比喻不足轻重的卑微人物,秦朝的陈涉就说过"燕雀安知鸿鹄之志哉"的话。古人又以燕雀处堂比喻居安而无远见的人。这首诗里的燕雀命运却截然不同,诗人开宗明义地就说:"罗雀莫罗燕。"

　　麻雀无处躲藏,只好给童子捕进罗网。燕子出高堂而啄泥,一见张网的童子,立即飞进高殿的幕帷中,因而获得避身之所。只是燕处幕上,也非久安之计。

五丈原谒武侯墓[1]

风日高原暮,松杉古庙阴[2]。三分扶汉业[3],万里出师心[4]。
星落营空在[5],云横阵已沉[6]。千秋一瞻眺,《梁甫》为谁吟[7]?

◎ 注释

[1]五丈原：在今陕西周至（盩厔）境。蜀建兴十二年（234）春，诸葛亮率大军由斜谷出，据武功、五丈原。是年八月，病逝于此，年五十四岁，谥忠武侯。

[2]"松杉"句：用杜甫《咏怀古迹》之四"古庙松杉巢水鹤"句意。

[3]三分：指魏、蜀、吴鼎立。

[4]"万里"句：建兴五年（227），诸葛亮率军北驻汉中，出师前，曾上疏后主，即后世所称的《出师表》。

[5]"星落"句：相传诸葛亮病死前，有星投于亮营，三投再还，往大还小，俄而亮卒。

[6]阵：指八阵图。八阵图练兵的遗址，传说不一，这里是泛喻。杜甫《八阵图》："功盖三分国，名成八阵图。"

[7]"《梁甫》"句：《梁甫吟》本乐府楚调曲名，今所传古辞相传为诸葛亮作。歌词悲凉，实即挽歌。梁甫，即梁父，山名，在泰山下。杜甫《登楼》："日暮聊为《梁甫吟》。"

◎ 评析

作者吐纳杜诗，颔颈二联，尤见苍劲。另有《昭烈庙》的颔联云："中原无社稷，乱世有君臣。"亦可诵。

苏子游赤壁图[1]

垂老黄州客[2]，高秋赤壁船[3]。三分留古迹[4]，两赋到今传[5]。落日寒江动，青天断岸悬。画图谁省识[6]？千载尚风烟[7]。

◎ 注释

[1]赤壁：三国时用兵之赤壁，有五说，即汉阳、汉川、黄州、嘉鱼、江夏，以江夏、嘉鱼较为有据。江夏即今湖北武汉之赤矶山，嘉鱼在今蒲圻西北，但此二说今尚无定论。苏轼所游之赤壁为黄州赤鼻矶。从他《前赤壁赋》中"此非孟德之困于周郎者乎"、《赤壁怀古》词中"人道是三国周郎赤壁"二语来看，也只是依照当时世俗传称，并非不知道三国用兵的赤壁在他处。但以赤鼻矶为用兵之赤壁，诗歌中早已有之，如杜牧《齐安郡晚秋》即有"可怜赤壁争雄渡，唯有蓑翁坐钓鱼"语，齐安即黄冈（黄州治所）。本诗作者也是这样。

[2]"垂老"句：苏轼游赤壁时为四十七岁，在古人认为已是垂老。黄州，今湖北黄冈。

[3]"高秋"句：苏轼第一次游赤壁在元丰五年（1082）七月，第二次在同年十月。
[4]三分：指魏、蜀、吴鼎立。
[5]两赋：指前后《赤壁赋》。
[6]"画图"句：用杜甫《咏怀古迹》之三的"画图省识春风面"句意。省，解知。
[7]风烟：犹言风光、风物。

◎ 评析

赤壁本非名胜，但因孙曹鏖兵而著名。千载之后，又经逐臣苏轼的遨游与题咏而起吊古之感、沧桑之思，赤壁自此成为历史上的古战场，词客们的好题材。

大江东去，浪淘尽千古风流人物。强虏灰飞烟灭，画图也已佚失，只有两赋，至今依然万口传诵。

鲥　鱼[1]

五月鲥鱼已至燕[2]，荔枝卢橘未能先[3]。
赐鲜遍及中珰第[4]，荐熟谁开寝庙前[5]？
白日风尘驰驿骑，炎天冰雪护江船[6]。
银鳞细骨堪怜汝，玉箸金盘敢望传[7]？

◎ 注释

[1]鲥鱼：原产海洋中，产卵期方溯河而上，以其进出有时，故名。产地以江苏镇江、浙江桐庐等处最著名。
[2]"五月"句：这句是提纲挈领：五月鲥鱼方上市而已由江南运至帝都，与"一骑红尘妃子笑"同工。燕，燕京，指明都北京。
[3]卢橘：金橘。一说为枇杷，非。陶宗仪《辍耕录》卷二六云："世人多用卢橘以称枇杷。按，司马相如《天子游猎赋》（即《子虚赋》《上林赋》）云：'卢橘夏熟，黄柑橙楱，枇杷橪柿。'夫卢橘与枇杷并列，则卢橘非枇杷明矣。"
[4]中珰：宦官（明代为太监）。汉代宦官称中人、中官，以貂、珰为其冠饰。珰，耳珠，

宦官所用者以金为之。第：府第。
[5] 荐熟：以时鲜之物献于宗庙曰荐，犹言荐新。寝庙：古代国君的祖庙分庙与寝，庙在前，是接神处，地位较尊。寝在后，是藏衣冠处。
[6] "白日"二句：上句指陆运，下句指水运。
[7] 玉箸：玉制的筷子。杜甫《野人送朱樱》："金盘玉箸无消息，此日尝新任转蓬。"敢望传：怎敢希望传赐。

◎ 评析

作者正德间任京官时作，是一首政治讽刺诗，也是传诵的名篇。末句是牢骚，却为自己而发，便觉不得体。此时巨阉刘瑾或已被武宗处死，但其他太监仍受厚遇。终明之世，太监一直受重宠而弄权。思宗尚称英断，但后期对太监的信任胜过大臣。

沈德潜《明诗别裁集》云："赐及中珰，而寝庙未荐，则波及臣家益无望矣。中含讽谕，不同寻常赋物。"又云："少陵'西蜀樱桃'一种做法。"但杜甫是自伤飘零，不尽相同。

边贡《山中杂诗》云："园果垂丹实，园丁日夜看。未曾供寝庙，不敢献中官。"言外之意，在未曾供寝庙前已赐中官之事，原已有之。

小景四首（其二）

草阁散晴烟，柴门竹树边。
门前有江水，常过打鱼船。

◎ 评析

诗中写的景物在旧时都很常见，见到了也平淡无奇。四句中用的动字极少，次句中的"边"字却起了谓语作用。光靠草阁、晴烟、柴门、竹树等事物本身，不可能引起我们的美感，但通过诗人的表现力，这一小景却使人获得情绪上的散步，把我们的双眸引向缓缓而去的打鱼船上，随着打鱼船，又落到更远更宽阔的水草缭绕的江面上。

孙一元
（1484—1520）

字太初，号太白山人。家世很隐秘，或云安化王（朱寘鐇）宗人，王因谋反被诛，故变姓名避难。《明史》入《隐逸传》。但据徐渭《孙山人考》所记，谓一元父早亡，家贫以抄书役某府中，为府公嘉赏。会觐府橐白金四百两使一元致布政使某，途被盗，无以报命，遂逃亡抵浙，寓西湖，谬托为秦人云。王世贞《酹孙太初墓》故有"死不必孙与子，生不必父与祖。突作凭陵千古人，依然寂寞一抔土"语。

一元踪迹奇谲，乌巾白袷，携铁笛鹤瓢，浪游各地。后买田吴兴，将终老于此，不幸强年谢世。卒后，好友吴琉等葬之道场山。又据吴伟业《修孙山人墓记》，后曾改葬于归云庵东，距旧冢不数步，即一元挂瓢处。有《太白山人漫稿》。

他的诗，奇崛激荡，时出偏锋，王世贞《艺苑卮言》卷五，称为"雪夜偏师，间道入蔡"，可谓巧譬善喻。《四库全书总目提要》评云："然当秦声竞响之日，而能矫然拔俗如此，亦可谓独行其志者矣。"说得也很中肯。总之，在明代中叶的诗坛上，一元之作确是有其异采的。

钱锺书《谈艺录》470页云："弘正时染指江西诗派者，所睹无过孙太初一元。"下举孙诗用语，多本黄庭坚、陈师道、陈与义，如《秋日孤山楼对酒》的"四野秋声酣晚日，半空云影抱晴楼"，本与义《巴丘书事》的"晚木声酣洞庭野，晴天影抱岳阳楼"，《江南大水歌》的"飞阁横梁通海气，鸣鸥浴鹭失汀洲"，本与义《观江涨》的"鼋鼍杂怒争新穴，鸥鹭惊飞失故洲"。并云："太初之偏嗜简斋，过于白沙之笃好后山。亦自来论简斋及明诗者所未及也。"

一元绝句亦颇多妙构，如《山中》云："来往不逢人，家住山深处。独鹤忽飞来，风动月中树。"《醉吟》云："瓦瓶倒尽醉难醒，独抱渔竿卧晚汀。风露满身呼不起，一江流水梦中听。"

收菊花贮枕[1]

呼童收落英[2]，晨起晞清露[3]。满囊剩贮秋[4]，寒香散庭户。夜来梦东篱[5]，枕上得佳句。

◎ 注释

[1]菊花贮枕：陈元靓《岁时广记》卷三四："《千金方》：常以九月九日取菊花作枕袋枕头，大能去头风，明眼目。"陆游《示村医》："衫袖玩橙清鼻观，枕囊贮菊愈头风。"又《老态》："头风便菊枕，足痹倚藜床。"但本诗作者的收菊贮枕，不是出于病理上的原因。

[2]落英：初开的花瓣。屈原《离骚》："朝饮木兰之坠露兮，夕餐秋菊之落英。"

[3]晞：干。

[4]剩：尽。司空图《白菊杂书四首》诗："白菊开时且剩过。"

[5]"夜来"句：陶渊明《饮酒》诗："采菊东篱下，悠然见南山。"

◎ 评析

　　谢榛《四溟诗话》卷四："孙太初《收菊花贮枕》诗云，（略）好个题目，唐人未之有也。前五句清雅，惜末句殊无深意，若更为'陶潜宛相遇'，则清而纯矣。"

　　孙诗末句固嫌平泛，但若改为"陶潜宛相遇"，又觉浅露而无含蓄，庸手皆能为之，倒是一说便俗了。

至日携榼登道场山[1]

瞥眼风尘岁屡迁，椒盘柏酒自留连[2]。
半生作计闲为上，到处论交山最贤。
好句忽成黄叶寺，小舟漫倚白鸥天。
松声泉语无人会，独坐岩头意已传。

◎ 注释

[1] 至日：这里指冬至日。榼：盛酒的器具。道场山：在浙江吴兴西南，旧名云峰，后建僧寺，因改名。
[2] "椒盘"句：椒盘、柏酒，本元旦时所进，但古人重视冬至有如年节，吴俗也有"冬至大如年"的谚语。这里的椒盘、柏酒，则非实指，系节日酒食的泛称。作者《残冬廿八日立春》亦云："百年我亦何为者，也费椒盘菜碗心。"

◎ 评析

　　论交以青山为贤，好句成于黄叶纷飞的僧寺中，山寺与诗人之缘分如此。末二句意境尤为清远。

　　作者另有五律《游道场山》云："伏虎昔年寺，塔留雷半焚。我来白日静，钟落青山闻。乱石开云气，晴池散鸟群。迟回兴不尽，林叶落纷纷。"当亦同时间作。

南窗下芭蕉盛开五月潇然有秋意

道人生意山中足[1],养得芭蕉四五枝。
尽取幽凉供稳睡,还分秋色与新诗。[2]

◉ 注释

[1]道人:这里与山人、隐士的意思相同,指作者自己。生意:生机。张九龄《感遇》:"兰叶春葳蕤,桂华秋皎洁。欣欣此生意,自尔为佳节。"
[2]"尽取"二句:用陈与义《雨晴》的"尽取微凉供稳睡,急搜奇句报新晴"意。

◉ 评析

夏日读之,虽身处闹市,亦有幽凉之感。欲于热中求冷,不妨读此类诗。

郑善夫
(1485—1524)

字继之,闽县(今福建福州)人。弘治十八年(1505)进士,时年二十。正德六年(1511),始为刑部主事。当时刘瑾虽诛,嬖臣江彬等仍弄权,他愤而告归,筑少谷草堂于金鳌峰下,并筑迟清亭,意为以俟天下之清。其《亭子》诗有"八月商声疏病叶,满城暝色起寒蛩。身孤旧国翻成客,世短长年是恼公"语。

后起为礼部主事,进员外郎。武宗将南巡,他本非谏官,却偕同列切谏,言词极为激烈,有非臣子所敢言者,如疏中劝武宗正心去邪,"则一切荒淫悖谬之事,将自追悔不暇"。对皇帝怎么能说这样大逆不道的话。武宗当廷杖责,罚跪五日,此亦封建王朝对士大夫特有的怪现象,一时死者贬者削职者甚多。他更作疏草，置怀中，嘱其仆曰："死即上之。"幸而未死，乃力请告归。世宗即位，用荐起任南京吏部郎中。便道游武夷，风雪绝粮，中寒得疾，返家二日而卒。有《少谷集》。高瀔《冬日过少谷墓下》云："生死丈夫元不二，妻孥友道竟何孤。"

《明史》云："闽中诗文，自林鸿、高棅后，阅百余年，善夫继之。"其诗以气格为主，以悲壮为宗，间有枯拙之病。朱彝尊《静志居诗话》卷十，论善夫诗"好盘硬语，往往气过其辞，虽语出杜陵，实有类山谷者"。这是说得中肯的，但下云："当时孙、郑并称，孙非郑敌。"孙指孙一元。此则仁智之见，并非笃论。

钱谦益《列朝诗集》云："林尚书贞恒撰《福州志》，刺少谷专仿杜，时匪天宝，地远拾遗，以为无病而呻吟。以毅皇帝（指武宗）时政观之，视天宝何如，犹曰无病呻吟，则为臣子者将请东封颂巡狩而后可乎？甚矣，尚书之慎也。"（"慎"，通颠倒之"颠"）钱说颇为有见。

古　意[1]

谁家玉面女，素足立水傍[2]。
睆言新岁近[3]，作意浣衣裳[4]。

◎ 注释

[1] 古意：诗体名，实即乐府。沈佺期《独不见》，一作《古意呈乔补阙知之》，内容写闺情，《唐诗三百首》入乐府。

[2]"谁家"二句：玉面、素足，皆喻肌肤的皎白。李白《越女词》："东阳素足女，会稽素舸郎。"傍，通"旁"。

[3]睠言：即眷言，回顾貌，陆机《赠尚书郎顾彦先》："睠言怀桑梓，无乃将为鱼。"

[4]作意：故意，特地。

◎ 评析

　　写水乡女子将过新年时的欣喜之情，以"作意浣衣裳"五字表出。寥寥数句，而成白描，《红楼梦》第四十八回香菱所谓"合上书一想，倒像见了这景的"。

双　雁

双雁为人得，阶前相向鸣。已辞关塞远，犹带网罗惊。宦情一片影，客泪五更声。侧目窥秋隼[1]，风烟异性情。

◎ 注释

[1]隼：鸟名，凶猛善飞，即鹗。

◎ 评析

　　关塞为雁之故土，今被人所得，犹惊魂未定。雁影、雁声，曾引起作宦他乡的诗人的悲愁，故对阶前双雁的厄遇在心下深感同情。雁与隼同飞翔在风烟缭绕的高处，强弱的性情却大不相同。强者就要露出他的本性，而弱者只有侧目惊避和哀鸣待毙的命运了。

秋　夜

七月欲尽天气清，残月未上江犹明。

流萤渡水不一点,玄蝉咽秋无数声。
独客尚未送贫贱,四方况是多甲兵[1]。
立罢西风夜无寐,吴歈嫋嫋感人情[2]。

◎ 注释

[1]"四方"句:与杜甫《月夜忆舍弟》"寄书长不达,况乃未休兵"同一感慨。
[2]吴歈:吴地的歌曲。屈原《招魂》:"吴歈蔡讴,奏《大吕》些。"

◎ 评析

三、四两句,写出七月欲尽时的江村夜景,以虫鸣秋。五、六两句,由己身之贫贱伸向四方之多兵。末句用吴歈,点出作诗地点乃在江南。

沈德潜《明诗别裁集》云:"颓唐似杜。"潘德舆《养一斋诗话》卷六云:"然细读少谷全集,古厚郁轖,在七子外别成一队,转是真诗。观其律绝近体,皆入古音,非大复、昌穀修饰音姿者比;朴拙处虽专师老杜,亦不似空同之偷窃意调,望之可憎也。"本诗即律绝而入古音者。

杨 慎（1488—1559）

字用修,号升庵,新都(今属四川)人。大学士杨廷和之子。正德六年(1511),殿试第一(即状元),例授翰林院修撰,时年二十四。武宗微行,出居庸关,他抗疏切谏,武宗不听,乃愤而托病归。后曾作《宫词》云:"天上佳人出北方,能骑白马射黄羊。玉颜长在金舆侧,笑指青山是故乡。"即讽刺武宗之荒游。

世宗嗣位,充经筵讲官。嘉靖三年(1524),因"大礼议"偕廷臣伏左顺门力谏,世宗震怒,慎因而两受廷杖,毙而后苏,遂被谪戍云南永昌卫(今云南保山)。其长篇《恩遣戍滇纪行》开首云:"商秋凉风发,吹我出京华。赭衣裹病体,红尘蔽行车。弱侄当门啼,怪我不过家。"第三句的"病体",即指廷杖后的创伤(廷杖的惨酷,可参阅李梦阳《述愤》)。这时杨廷和自己也因"大礼议"一案而被削职为民。嘉靖八年(1529),得廷和讣告,获准归葬,并与夫人黄峨重晤。丧事完毕,又至滇中。《明史》本传云:"世宗以议礼故,恶其父子特甚,每问慎作何状,阁臣以老病对,乃稍解。"后卒于僧寺。隆庆初,赠光禄少卿。天启中,追谥文宪。有《升庵集》。

杨慎与黄峨结婚后,曾在故居桂湖共过唱和生活,现桂湖已辟为公园,内有杨升庵纪念馆。

他是一个奇才,半生飘零滇海,而《明史》称为"明世记诵之博,著作之富,推慎为第一"。著作项目,包罗万象,还写过《二十一史弹词》十一卷,伪撰《杂事秘辛》。一半由于好奇立异,一半也因借文字以玩世,驱遣流放中的无聊赖的苦闷生活。

他的诗,在七子倡导的复古空气中,颇欲拔戟自张一军,吸收六朝、初唐之长,故而色泽秾丽,风调明媚,又善于描摹西南的风土特色。如《滇海曲》云:"蘋香波暖泛云津,渔柂樵歌曲水滨。天气常如二三月,花枝不断四时春。"末二句即以民歌手法,写滇中的气候特征。

但他既有创新的一面,又有模拟成拙并喜欢袭用成句的一面,所以磨炼上的好处就少些。朱庭珍《筱园诗话》卷二云:"升庵诗才情华丽,惟词多于意,骨少于肉,有士衡才多之患。"又云:"滇中风雅,实开于升庵,故有杨门六君子之称。"这评语颇得要领。

峡东曲

白帝到江陵,一千二百里。[1]欲试一日程,须待春水起。布帆一百尺,出自三梭织。风顺早归来,天际遥相识。

◎ 注释

[1]"白帝"二句:白帝城,在今重庆奉节白帝山上。江陵,今属湖北。《水经注·江水》:"有时朝发白帝,暮到江陵,其间千二百里,虽乘奔御风,不以疾也。"李白《早发白帝城》:"朝辞白帝彩云间,千里江陵一日还。"杜甫《最能行》:"朝发白帝暮江陵,顷来目击信有征。"

◎ 评析

末二句收得风情摇曳,神魂飘逸,仿佛雾鬓风鬟,呼之欲出。因为布帆出于她用三梭机亲自织成,所以顺风归来,天际凝眸,就一望即知。无此二句,全诗便无声色。

杨慎《升庵诗话》卷四:"白帝至江陵,春水盛时行舟,朝发夕至,云飞鸟逝,不是过也。太白述之为韵语,惊风雨而泣鬼神矣。太白娶江陵许氏,以江陵为还,盖室家所在。"杨氏解"还"字不确,李白诗无此意,且许氏在安陆不在江陵,但说明杨慎之作此诗,心中原有蕴蓄。

衍古谚[1]

天马龙为友[2],来自渥洼池[3]。青丝为之络,黄金为之靮[4]。

圉人新承命[5]，剪拂下瑶墀[6]。骑出横门外，茸茸春草时。东城接南陌[7]，观者咸嗟咨[8]。弄臣矜迅足[9]，长鞭终日施。汗血忽憔悴，筋力尽驱驰。末树边隅绩，徒为冶游疲。[10]始信杀君马，端是路傍儿[11]。

◎ 注释

[1] 衍：发挥，铺叙。

[2] 天马：骏马。汉时得乌孙国马，名曰天马。及得大宛汗血马（汗从前肩膊出，如血），益壮，更名乌孙马曰西极，名大宛马曰天马。龙为友：旧说龙形像马，负图而出。

[3] 渥洼池：在甘肃安西，党河的支流。《史记·乐书》："又尝得神马渥洼水中。"后常以渥洼作为神马典故。

[4] 靰（jī）：马缰绳。

[5] 圉（yǔ）人：掌管马的饲养事务的官员。

[6] 瑶墀：台阶的美称。

[7] 陌：街头。

[8] 嗟咨：赞叹。

[9] 弄臣：为帝王狎玩的宠儿。矜：骄傲。

[10] "末树"二句：意思是，连在边角落的成绩都未树立，只为了供弄臣冶游效命而疲死。

[11] 端：准，确。傍：通"旁"。

◎ 评析

题下有原注云："汉时谚云：'杀君马者路傍儿。'其言虽小，可以喻大，衍为一篇，感时抚事，亦有讽云。"

应劭《风俗通义》佚文卷一："俗说：长吏食重禄，刍稿丰美，马肥希出，路旁小儿观之，却惊致死。案：长吏马肥，观者快之，乘者喜其言（《太平御览》作'观者快马之走骤也'），驰驱不已，至于瘠死。"意思是，路旁小儿见肥马疾驰，喧呼叫好，马主人大为得意，便挥鞭驱驰，马拼命奔跑，终于力竭而死，故有"杀君马者路旁儿"的谣谚。这首诗中，"观者咸嗟咨"而至于弄臣"长鞭终日施"，所谓"衍"者，是用诗歌的形式，将汉谚在明代社会生活的再现，具体地演示出来了。

江陵别内[1]

同泛洞庭波[2]，独上西陵渡[3]。孤棹溯寒流，天涯岁将暮。
此际话离情，羁心忽自惊[4]。佳期在何许[5]，别恨转难平。
萧条滇海曲[6]，相思隔寒燠。蕙风悲摇心[7]，茵露愁沾足[8]。
山高瘴疠多，鸿雁少经过。故园千万里，夜夜梦烟萝[9]。

◎ 注释

[1] 江陵：今属湖北。内：指妻子。
[2] 洞庭：湖名，在今湖南北，长江南岸。
[3] 西陵渡：即西陵峡，在湖北。
[4] 羁心：寄居异乡的心情。
[5] 何许：何处，指以后再见的地方。许，通"所"。
[6] 滇海：指滇池。曲：边隅。滇海曲：这里泛指云南。
[7] 蕙风：夹带花草芳香之风。
[8] 茵（wǎng）露：鲍照《苦热行》："郸气昼熏体，茵露夜沾衣。"李善注曰："《宋永初山川记》曰：宁州（云南）郸气茵露，四时不绝。"茵，草名，有毒。
[9] 烟萝：指风光。李白《同族侄评事黯游昌禅师山池》："惜去爱佳景，烟萝欲暝时。"

◎ 评析

　　杨慎因"大礼议"忤世宗后，遂被谪至永昌卫，即今云南保山，古为哀牢夷国。当时他与夫人黄峨离开京城，溯长江西上，至江陵分别，黄夫人则回新都主持家务。杨慎于嘉靖四年（1525）正月到达云南，故作此诗时正值岁暮。

　　杨慎入滇后，又作了《青蛉行寄内》二首寄妻："青蛉绝塞怨离居，金雁桥头几岁除。易求海上琼枝树，难得闺中锦字书。""燕子伯劳相对眠，牵牛织女别经年。珊瑚宝树生海底，明星白石在天边。"青蛉为地名，治所在今云南大姚，金雁桥在四川，诗写今昔聚散的悲欢之情。这时杨慎三十七岁，黄夫人是继室，小杨慎十岁。《升庵集》于此二诗下有注云："张云子点升庵诗，不喜其深邃而喜其朗爽也。"

黄峨，字秀眉，是一名才女，故亦能诗，其《寄夫》（此题恐后人所加）云："雁飞曾不到衡阳，锦字何由寄永昌。三春花柳妾薄命，六诏风烟君断肠。日归日归愁岁暮，其雨其雨怨朝阳。相怜空有刀环约，何日金鸡下夜郎。"

宿金沙江[1]

往年曾向嘉陵宿[2]，驿楼东畔阑干曲[3]。
江声彻夜搅离愁，月色中天照幽独。
岂意飘零瘴海头，嘉陵回首转悠悠。
江声月色那堪说，肠断金沙万里楼。

◉ 注释

[1] 金沙江：长江上游自青海玉树至四川宜宾一段，以产金沙故名，古有瘴海烟岚之说。滇池北流入金沙江。
[2] 嘉陵：江名，为四川大川之一。作者当年由故乡至京师时，中间必经嘉陵江，在驿楼宿夜，其《嘉陵江》诗有云："岩畔苍藤悬日月，崖边瑶草记春秋。"
[3] 驿楼：供官员憩宿的处所。

◉ 评析

作者贬谪云南时，曾数度被准回至故乡新都，当在嘉靖十七年（1538）至十八年（1539）间。诗以当年宿嘉陵江与今天宿金沙江作对比：当年还只是一般旅人的幽独之悲，今天却是因谪贬而飘零瘴海，这是出于他的意外，故曰"岂意"，遂有不堪回首之感。

沈德潜《说诗晬语》云："杨用修负高明伉爽之才，沈博绝丽之学，随物赋形，空所依傍。读《宿金沙江》《锦津舟中》诸篇，令人对此茫茫，百端交集。李、何诸子外，拔戟自成一队。"

塞垣鹧鸪词[1]

秦时明月玉弓悬，汉塞黄河锦带连。[2]
都护羽书飞瀚海，单于猎火照甘泉。[3]
莺闺燕阁年三五，马邑龙堆路十千。[4]
谁起东山安石卧，为君谈笑靖烽烟。[5]

◎ 注释

[1] 塞（sài）垣：边境地带。鹧鸪词：唐乐府曲调，《乐府诗集》卷八十录有无名氏《山鹧鸪》二首，写闺妇之思征人，如第一首云："玉关征戍久，空闺人独愁。寒露湿青苔，别来蓬鬓秋。"唐人如李益的《山鹧鸪词》、李涉的《鹧鸪词》，皆写思妇行客的悲怆之情。

[2] "秦时"二句：化用王昌龄《从军行》"秦时明月汉时关"句意。玉弓悬：李贺《南园》之六："晓月当帘挂玉弓。"

[3] "都护"二句：用高适《燕歌行》句："校尉羽书飞瀚海，单于猎火照狼山。"都护，汉置西域都护，督护诸国，以并护南北道，故号都护。这里泛喻驻塞垣的军事长官。羽书，军事文书，插鸟羽以示紧急。瀚海，沙漠。单（chán）于，匈奴君主的称号，这里指塞外的部族首领。猎火，打猎时焚山驱兽之烈火，此实指战火。甘泉，山名，在陕西淳化西北。

[4] "莺闺"二句：用皇甫冉《春思》句："莺啼燕语报新年，马邑龙堆路几千。"莺燕皆春时禽鸟，故以喻春光物候。三五，十五岁，这里泛指年轻闺妇。马邑，治所在今山西朔县。龙堆，白龙堆沙漠，在新疆罗布泊以东至甘肃玉门关间。

[5] "谁起"二句：李白《永王东巡歌》之二："但用东山谢安石，为君谈笑静胡沙。"东晋名将谢安，字安石，曾隐居会稽东山，后大破前秦苻坚于淝水。

◉ 评析

此诗之闺怨，仅以第五句"莺闺燕阁年三五"一语透出，下句是征夫所在地。人隔万里，此恨绵绵。边患愈重，闺怨愈多。

王夫之《明诗评选》卷六，称此诗"八句四层，密成一片"。风格与沈佺期《独不见》之"卢家少妇郁金香"一首有相似处。沈诗用地名七，而杨诗用地名、朝代名、人名多至八，尚不觉累赘。但杨诗从头至尾，皆用前人句意，终是一病。朱庭珍《筱园诗话》卷二就说："七律颇多佳作，然好袭用成句，终不可训。"

沈德潜《清诗别裁集》卷二，有顺治时人宋徵舆《古意》一首："碧玉堂西红粉楼，楼中思妇忆凉州。咸阳桥上三年梦，回乐峰前万里愁。秦地烟花明月夜，胡天沙草白云秋。离魂不识金微路，愿逐交河水北流。"沈云："酷似杨升庵《塞垣鹧鸪词》。"

六月十四日病中感怀

七十馀生已白头，明明律例许归休。
归休已作巴江叟[1]，重到翻为滇海囚[2]。
迁谪本非明主意[3]，网罗巧中细人谋[4]。
故园先陇痴儿女[5]，泉下伤心也泪流。

◉ 注释

[1] 巴江：泛指故乡四川。
[2] 滇海：注见《江陵别内》。
[3] "迁谪"句：在当时只好这样说，所谓"天王圣明"。
[4] 细人：小人。
[5] 先陇：先人的墓地。杨慎的父亲杨廷和嘉靖八年（1529）卒，葬于新都城西。痴儿女：

杨慎长子同仁早卒，次子宁仁时居泸州。

◎ 评析

《明史》本传云："及年七十，还蜀，巡抚遣四指挥逮之还。"这个巡抚，据王世贞《艺苑卮言》卷六，以为是王昺，"昺，俗戾人也，使四指挥以锒铛锁来，用修不得已至滇"。但王士禛《陇蜀余闻》以为是游居敬。杨慎《广心楼夜宿病中作》即有"落阱重逢下石人，七旬衰病命逡巡"语，并在《病中永诀李张唐三公》诗注云："然余之遭妒中害而卒不得还者竟以此，不欲言其人姓名，如柳子厚传河间云，噫。"这首永诀诗去本诗不远，当是他的绝笔，中有"知我罪我《春秋》笔，今吾故吾《逍遥》篇"语。

杨慎病中感怀诗作于六月十四日，至七月六日，乃卒于僧寺，年七十二。他从三十七岁流放至云南，到这时已有三十五年，占了他生命的一半。诗中以迁谪非出明主意，对网罗者不欲直书其名，都有他难言之隐，亦逐臣之苦衷。他去世后的第二年，由黄峨和次子宁仁归葬新都，总算是回到了"故园先陇"。

竹枝词（九首选二）[1]

夔州府城白帝西[2]，家家楼阁层层梯。
冬雪下来不到地[3]，春水生时与树齐。
上峡舟航风浪多，送郎行去为郎歌。
白盐红锦多多载，危石高滩稳稳过。

◎ 注释

[1] 竹枝：见王廷相《巴人竹枝》。

[2]"夔州"句：夔州在今四川奉节一带，白帝城即在奉节东白帝山上。杜甫《夔州歌十绝句》："白帝高为三峡镇，夔州险过百牢关。"

[3]"冬雪"句：写气候特征。

◉ 评析

作者是蜀人，故以《竹枝》写蜀中景物，尤为得手。次首写年轻商贾妻子送行时的叮嘱，即既要致富，又要平安，出于闺中少妇之口，别有妩媚之感。

敖英
（生卒年不详）

字子发。清江（今属江西）人。正德十六年（1521）进士，授南京工部主事，官至四川布政使。有《心远堂稿》。

辋川谒王右丞祠[1]

蜀栈青骡不可攀[2]，孤臣无计出秦关[3]。
华清风雨萧萧夜[4]，愁绝江南庾子山[5]。

◉ 注释

[1]辋川：水名，在陕西蓝田南。王右丞：王维曾任尚书右丞，晚年置别业于辋口，并于清源寺壁上画《辋川图》。

[2]"蜀栈"句：玄宗奔蜀时骑骡而行。元稹《望云骓马歌》："皆言玄宗当时无此马，不免骑骡来幸蜀。"张耒《题韩幹马图》："天子乘骡蜀山路，满川首蓿为谁芳。"刘克庄《明皇幸蜀图》："穆满尚八骏，隆基惟一骡。"栈，栈道。

[3]秦关：古函谷关，本为秦的东关。

[4]"华清"句：华清宫故址在今陕西临潼骊山上，玄宗常偕杨贵妃游憩。安禄山之乱，破坏甚多。

[5]"愁绝"句：庾信，字子山，初仕南朝梁，后奉使西魏，被留不放还，然常怀念南朝，晚年作《哀江南赋》尤为人传诵。

◎ 评析

玄宗奔蜀后,王维为安禄山所擒,拘于洛阳菩提寺(一作普施寺)。维服药取痢,伪称瘖疾,卒迫受伪职。禄山宴其部属于凝碧宫,悉召梨园诸工合乐,维痛悼赋诗曰:"万户伤心生野烟,百官何日再朝天。秋槐叶落空宫里,凝碧池头奏管弦。"

沈德潜《明诗别裁集》评云:"为右丞辨冤,语极含蕴。"

薛 蕙
(1489—1541)

字君采,号西原,亳州(今安徽)人。正德九年(1514)进士。授刑部主事。因谏武宗南巡,受廷杖夺俸,不久托病归里。后起复,累官至考功郎中。又因被诬解任,乃南归。这时已是世宗继统,而世宗对薛蕙因争"大礼"故,有前憾。有《考功集》。

王廷相谪亳州时,曾称蕙诗"可继何(景明)李(梦阳)",蕙乃作《戏成五绝》,第一首末云:"尔时评我李何似,白首摧颓只自怜。"第四首云:"俊逸终怜何大复,粗豪不解李空同。"尊景明而贬梦阳,于此可见。这五首绝句,亦略可见其作诗的趋向。

其绝句常以婉约见胜,《宫词》之十一云:"白雪霏霏拂玉阑,银釭耿耿夜漫漫。熏笼火冷青绫薄,不管娉婷不耐寒。"他是个理学家,究心经学却又能写出这样缠绵的诗。

雪

北极关山阔,寒冬雨雪来。雾沉玄菟塞[1],风绕白龙堆[2]。

胡虏犹深入[3]，征人且未回。遥思穆天子[4]，《黄竹》有悲哀[5]。

◉ 注释

[1]玄菟：古郡名，原在今辽宁境内，这里泛指远地的边塞。
[2]白龙堆：见杨慎《塞垣鹧鸪词》。
[3]胡虏：指当时的鞑靼部队。武宗至塞上时，鞑靼入寇，武宗险些被俘。
[4]穆天子：即周穆王，传说他西游至昆仑山，西王母宴之于瑶池。临别，两人又作歌赠答。李商隐《瑶池》："八骏日行三万里，穆王何事不重来。"
[5]《黄竹》：见顾璘《庚辰元日》。

◉ 评析

这首诗的题目只是个"雪"字，题下作者自注云"时车驾北狩大同"，似亦只是于雪天忧虑皇帝的冒寒而已，实际是在向皇帝讽喻。

明武宗好荒游，纵声色，在嬖臣江彬诱引下，于正德十二年（1517）九月至宣府，十一月至大同，旅途中沉湎于酒色。后来武宗南巡时，作者任刑部主事，向武宗劝谏，因而受廷杖、夺俸的处罚。

嘉靖时韩邦靖也有《叶家楼》诗："一曲朱栏倚绿杨，叶家楼阁本寻常。曾看万国来佳丽，不信当年驻帝皇。花绕香云还五色，草和秋露但斜阳。江南江北无穷恨，八骏原谁驭穆王。"作者自注："武皇北巡曾此驻跸。"结末也是用穆王典故。邦靖曾因严斥时政，使武宗大怒，下之诏狱，后夺职为民。李商隐讽隋炀帝南幸诗，颇见巧思，但毕竟是唐人讽前朝事，薛、韩讽喻的是本朝，尤见棱角。

昭王台[1]

燕昭无故国，蓟野有空台[2]。寂寞黄金气[3]，凄凉沧海隈[4]。

235

儒生终报主[5]，乱世始怜才。回首征途上，年年此地来。

◎ 注释

[1] 昭王台：即黄金台，故址在今河北易县南。相传战国燕昭王筑台，置千金于台上延请天下士，故名。后人慕之，亦筑台于此，一名燕台。
[2] 蓟：古地名，在今北京市西南。
[3] 黄金气：古人以为金银堆积之所，上有气出之。
[4] 沧海：燕国东境滨海（渤海）。限：水边。
[5] 儒生：指郭隗。燕昭王未即位时，燕国为齐国所破，后燕昭王欲招贤者，郭隗曰："王必欲致士，先从隗始，况贤于隗者，岂远千里哉！"昭王照办，果然"士争趋燕"，终攻伐齐国而雪了国耻。

◎ 评析

燕昭王采纳郭隗之言，为隗筑宫（馆舍）以居而师事之，亦抛砖引玉之意。于是乐毅、邹衍等竞赴燕国效力，后与秦楚等合力破齐都城。但《战国策》及《史记·燕世家》皆只说筑宫，而无筑台事，更无置千金于台上以延士之说。孔融《论盛孝章书》始云昭王筑台，而未言"黄金"。至鲍照《代放歌行》方有"岂伊白璧赐，将起黄金台"语，后来李白、杜甫诗中亦皆用之。"黄金台"典故的喧腾众口，其实正说明了历史上礼贤下士际遇的罕有。

国赖贤士，始能拨乱兴邦。观本诗三、四两句，似亦有感于昭王之不可多得。

皇帝行幸南京歌[1]

燕姬玉袖抱箜篌[2]，马上长随翠辇游[3]。
春来照影秦淮水[4]，爱杀江南云母舟[5]。

◎ 注释

[1] 南京：明洪武元年（1368），建都于江南应天府，永乐间迁都北京，改应天府为行在，正统间建为南京，仍设六部。
[2] 燕姬：指北方的女子。箜篌：乐器，似瑟而小，弹之如琵琶。
[3] 翠华：帝王的车驾。
[4] 秦淮：秦淮河，在今江苏南京。
[5] 云母舟：指帝王所乘华贵之船。

◎ 评析

共十首，这是第六首。其第十首云："三月江南莺乱啼，江边桃叶映春堤。不是行宫淹北上，金陵花月使人迷。"诗讽武宗好荒游溺声色事，详见下篇黄佐《南征词》。

黄　佐
（1490—1566）

字才伯，香山（今广东）人。嘉靖元年（1522）进士。选庶吉士，授编修。出为广西提学佥事，闻母病，弃官归养。服除，任吏部右侍郎，因被劾而罢。谥文恪。有《泰泉集》。梁有誉、欧大任、黎民表都是他的弟子，所以他对岭南文学，也有倡导之功。

他是理学家，黄宗羲《明儒学案》有他的传。《四库全书总目提要》云："惟其《春夜大醉言志》诗云：'倦游却忆少年事，笑拥如花歌落梅'，自注以为'欲尽理还之喻'，是将以嘲风弄月之词，而牵合于理学，殊为无谓。王世贞《艺苑卮言》，谓此乃佐为儒官讲学，恐人得而持之，故有此语。当得其情。"这也是理学家的苦恼。

《泰泉集》中，还有一些秾艳之作，如《子夜四时歌》第二首："黄鸟双双飞，园林春意早。欢爱绯桃花，侬爱蓍蔬草。"蓍蔬草相传拔心不死。第三首云："团团合欢扇，摇动生薰风。展转罗帏里，时复障颜容。"《采莲歌》第二首云："江北江南机杼多，谁家儿女不停梭。笑渠不似蜘蛛巧，能向虚空织网罗。"第四首云："隔花相见两徘徊，荡桨低头笑不来。双栖白鹭忽惊起，遥见浮萍一道开。"虽是乐府，亦必平时感受于心，因而写得很真切，不能说是"欲尽理还"了。

南征词之五

柳映金陵暮[1]，花摇玉帐春[2]。江淮明炮火，闾阎动梁尘[3]。秘戏征西域[4]，迷楼构北辰[5]。三千歌舞妓[6]，谁似掌中人[7]。

◉ 注释

[1] 金陵：今江苏南京，明代也称南都。

[2] 玉帐：征战时主将所居的军帐。明武宗为了炫耀他自己的军威武功，曾自号总督军务威武大将军总兵官太师镇国公朱寿。

[3] "江淮"二句：形容武宗南征时声势的盛大、歌舞的喧闹。闾阎，指宫门。梁尘，《艺文类聚》卷四十三引刘向《别录》：汉有善歌者虞公，"发声清哀，盖动梁尘"。这里指歌舞之盛。梁简文帝《梁尘诗》："定为歌声起，非关团扇风。"

[4] "秘戏"句：元顺帝时，哈麻进西域僧以运气术媚帝，号演揲儿法；荐西番僧于帝，善秘密法，亦名双修法，帝又习之。《元史·奸臣传》："曰演揲儿，曰秘密，皆房中术也。"

[5] 迷楼：隋炀帝在扬州所建宫楼，回环四合，工巧弘丽。这里借喻武宗南征时行宫的奢丽。北辰：北极星。

[6] "三千"句：白居易《长恨歌》："后宫佳丽三千人，三千宠爱在一身。"

[7] 掌中人：传说汉元帝皇后赵飞燕能在手掌上舞蹈，极言其体态轻盈。

◉ 评析

武宗西幸太原时，见一色美而善歌的女子，询其籍，则为乐户刘良之女、晋王府乐工杨腾之妻。乃赐她共饮，并试其歌技，大为倾倒，遂载以归，宠冠诸女。居于腾禧殿，以黑琉璃为殿瓦，嬖臣如江彬等皆称为刘娘娘。武宗自己诗中亦有"野花偏有色，村酒醉人多"语。此即戏剧《游龙戏凤》之所本。

正德十四年（1519），武宗南下，刘娘娘亦同行。十五年（1520）在南京时，挟刘娘娘幸佛寺，敕绣旛盖幔帘等，遍绣威武大将军镇国公朱寿与夫人刘氏施用。武宗之淫昏，此亦一例。

胡缵宗《拟古》云："惊喜君王至，西华夜启扉。后车三十乘，载得美人归。"郑善夫《大田》云："禁直三千士，长蹇镇国旗。甲戈迷塞月，缯帛款边师。大礼初回跸，春原更打围。后车载光宠，不数汉昭仪。"皆咏武宗纳刘娘娘事。

武宗南下时，群臣因抗疏极谏而被下诏狱，受拷打，罚跪阙者极多，一时朝庑如牢狱，囚徒满前，观者泣下。金吾卫都指挥佥事张英，自跪端门外，卫士诘之，答曰："至尊若出，则京城百万生灵何所依赖，且英当随驾，自分遇变必死，与其死于外，孰若于此？"遂自刺其胸，卫士夺其刃，得不死，下狱鞫治。法司承江彬指使，以妄言拟斩，诏杖之六十，遂死。

孟森《明清史讲义》云："武宗之昏狂无道，方古东昏侯（南齐萧宝卷）、隋炀帝之流，并无逊色，……惟于十四年帝欲南幸时，正邪相激，多有被祸，而佞人卒为夺气，公论益见昌明，此即国祚未倾之征验也。"不失为灼见。

顿 锐

（生卒年不详）

字叔养，涿州（今河北涿州市）人。正德六年（1511）进士。任高淳知县，入为户部主事，改代王府右长史。有《鸥汀长古集》等。

他的仕历很简单，名气也不大，但其诗实颇有才情。北人甚至有这样的话："涿郡有才一石，人得其二，锐得其八。"陈田《明诗纪事》云："在正、嘉之际，不失为第二流。"评语很恰当。

过贾岛墓[1]

泪尽穷辕得旧京[2]，旋披丛灌拜先生[3]。
桐乡远在今西蜀[4]，梓里遥邻旧北平[5]。
奔走髀消何位业[6]，推敲骨瘦是诗名[7]。
太行秋色桑干水[8]，野老相呼后世情。

◎ 注释

[1] 贾岛：唐代诗人，初为僧，名无本。
[2] "泪尽"句：谓作者困顿仕途多时而得为代王府右长史事。穷辕，犹言穷辙，喻困厄无路的处境。旧京，此指代王藩所大同，辽代曾为西都。
[3] 披：拨开。丛灌：丛生的灌木。
[4] 桐乡：西汉朱邑曾为桐乡（今安徽桐城）长官，为民敬信，卒后即葬于当地。后因以桐乡作为赞美地方官治绩的典故。今西蜀，贾岛开成五年（840）迁普州（今四川安岳）司仓参军，会昌三年（843）卒于任所。
[5] 梓里：故乡。贾岛为幽都县（今北京市西南）人。旧北平，唐代曾置北平郡，后改为平州，与幽都所属之范阳郡相邻。又明洪武元年（1368），曾称今北京为北平府。
[6] "奔走"句：意谓贾岛劳碌奔走，最后也只得一个司仓参军，正八品下。岛有《寄令狐相公》（一作《赴长江道中》）："策杖驰山驿，逢人问梓州。长江那可到，行客替生愁。"髀消，刘备曾对刘表说过："吾常身不离坐，髀肉皆消。"髀，大腿。
[7] 推敲：贾岛以苦吟著名，在长安时，曾乘蹇驴访李馀（一作李凝）幽居，得句云："鸟

宿池中（边）树，僧推月下门。"《苕溪渔隐丛话》谓他初拟用"推"字，后又思用"敲"字，在驴上引手作推敲之势，而冲京兆尹韩愈车骑。但此事学者已有考证，非事实，只能作为一种传说。骨瘦：孟郊《戏赠无本》有"瘦僧卧冰凌""人惊鹤阿师"句，姚合《别贾岛》也有"诗仙瘦始真"句。又因孟郊、贾岛之诗清峭瘦硬，故苏轼《祭柳子玉文》有"郊寒岛瘦"语。

[8] 太行：山脉名，绵延山西、河北、河南三省界。桑乾：水名，源出山西马邑桑乾山，下流入永定河。贾岛有《渡桑乾》诗："客舍并州已十霜，归心日夜忆咸阳。无端更渡桑乾水，却望并州是故乡。"但一说此诗乃刘皂作，题作《旅次朔方》。咸阳既非贾岛故乡，"已十霜"他本有作"三十霜""数十霜"的，更与岛之行事不合。

◎ 评析

《全唐文》苏绛《贾公墓志铭》，谓会昌四年夫人刘氏承遗旨，迁葬贾岛于安岳县移风乡之南岗。计有功《唐诗纪事》云："普州有岳阳山，岛葬于此。"安岳县唐属普州，可见贾岛墓在四川。但民国重修《房山县志》有云："《明一统志》：贾岛墓在县南一十里。蒋一葵《长安客话》：岛卒于蜀，归葬房山。刘侗《帝京景物略》：弘治中御史卢某访贾岛墓，得断碑于石楼村，乃辟地植碑。大学士李东阳别树一碑记焉。"亦凿凿有据。本诗的"过贾岛墓"，则显属后者。

贾岛连续应试十余年不第，屡败文场，其《即事》诗有云："自怜嗟十上，谁肯待三征。"十上用苏秦事，三征用王褒事。最后由长江（今四川蓬溪）主簿迁普州司仓参军。"临死之日，家无一钱，惟病驴、古琴而已。当时谁不爱其才而惜其命薄"。（《唐才子传》）顿锐此诗，亦在哀怜才人之沦落。

落　花

薄晚芳菲尽[1]，崇朝锦幛空[2]。
堕红无一语，应是怨春风。

◎ 注释

[1] 薄晚：傍晚。
[2] 崇朝：指清晨一段短促时间。幛：通"障"。这里指花棚。陆游《海棠》："横陈锦幛阑干外，尽吸红云酒酽中。"

◎ 评析

春天是群芳的佳期，但春风吹来，落红遍地，又使花怨恼，只是默然不语而已。杜甫《绝句漫兴九首》之二云："恰似春风相欺得，夜来吹折数枝花。"后来王禹偁《春居杂兴》又用杜意云："何事春风容不得，和莺吹折数枝花。"亦见春风于落花无恩。

蜀道难

孤云两角去天咫[1]，三峡双流与鬼邻[2]。
翻覆载舟道相属[3]，不闻一日断人行。

◎ 注释

[1] "孤云"句：《舆地纪胜》引古谚："孤云两角，去天一握。"《汉中府志》："孤云山，亦名两角山，通巴州。其路险峻，三日而达于山顶。绝高处谓之孤云。"去，距离。咫，周尺八寸叫咫，这里指密近。李白《蜀道难》："连峰去天不盈尺。"
[2] 三峡：通常指瞿塘峡、巫峡、西陵峡，为重庆奉节至湖北宜昌之间诸峡中最险怖者。双流：指蜀境中的岷江、嘉陵江流。左思《蜀都赋》："带二江之双流。"
[3] 属：连接。

◎ 评析

古代上蜀道，确有与鬼为邻之险；虽如此而仍舟行不绝。民不畏死，总是要与自然抗争。

陆 粲
(1494—1551)

字子馀,又字浚明,长洲(今江苏苏州)人。嘉靖五年(1526)进士,授工科给事中。因上书抗论时政,争议狱案,下诏狱,杖三十。张璁、桂萼为相,粲疏劾其奸,乃罢二相。当时朝廷因"大礼议"案大臣各成派系,杨一清与张、桂为两派,各为权力而争。不久,世宗信詹事霍韬言,说粲之疏出杨一清的唆使,遂召还张、桂,削一清官,谪粲贵州都匀驿丞。

后迁永新(今属江西)知县,因念母乞归,论荐者三十余疏,霍韬亦荐陆粲,粲曰:"天下事大坏于佥人之手,尚欲以余波污我耶?"母没,粲哀毁甚,未终丧而卒。有《陆子馀集》。

他是王鏊门人,诗却高出其师,长于古风,惜数量不多。

漫述三首(选一)

蔼蔼都城内[1],甲第开中逵[2]。赫赫相国门,杂遝贤豪驰[3]。
五更中扉辟,来者肩相差[4]。良久磬折入[5],俯仰前致辞。
一言得所欲,喜气生须眉。谁云行多露[6]?进趋当及时。
儒生不解事[7],六籍空覃思[8]。白首著书成,依然卧茅茨[9]。

◎ 注释

[1]蔼蔼:隆盛貌。
[2]甲第:泛指显贵者的家宅。中逵:诸道路交错之处。
[3]遝(tà):通"沓",繁多貌。
[4]肩相差(cī):即摩肩擦背之意。差,参差。
[5]磬折:身偻折如磬(一种曲尺形的打击乐器),以示恭敬。

[6]"谁云"句:《诗经·召南·行露》:"厌浥行露,岂不夙夜?谓行多露。"厌浥,湿意。比喻人惧露水沾污其身。这句意谓,谁还拘守洁身自好的古训?

[7]"儒生"句:第四句的贤豪是讽刺语,犹言识时务的钻营者;这句的儒生指不识时务,不会趋炎附势的人。

[8]六籍:同六经,这里泛指经书。覃思:深思。

[9]茅茨:茅屋。

◉ 评析

作者曾有《劾张桂诸臣疏》。张指张璁,桂指桂萼,两人皆因迎合明世宗追崇其生父兴献王朱祐杬案(即所谓"大礼议"案)而受厚遇,官至大学士,弄权营私,萼尤猜狠,为物论所不容。疏中劾萼结纳亲党,任意市恩,容纵嬖妾,纳贿卖官种种罪状。作者并因此而谪贵州。本诗名为"漫述",实为有感而发。

担夫谣

担夫来,担夫来,尔何为者军当差。
朝廷养军为杀贼,遣作担夫谁爱惜?
自从少小被编差,垂老奔走何曾息。
只今丁壮逃亡尽,数十残兵浑瘦黑[1]。
可怜风雨霜雪时,冻饿龙钟强驱逼。
手抟麦屑淘水餐,头面垢腻悬虮虱。
高山大岭坡百盘,衣破肩穿足无力。
三步回头五步愁,密箐深林多虎迹[2]。
归来息足未下坡,邮亭又报官员过[3]。
朝亦官员过,暮亦官员过。
贵州都来手掌地,焉用官员如许多[4]?

太平不肯恤战士，一旦缓急将奈何[5]！

吁戏[6]！一旦缓急将奈何。

◎ 注释

[1]浑：全。

[2]箐：滇黔一带多称大竹林为箐。

[3]邮亭：供传递文书者止宿之处，也作官员往来的安顿之所。

[4]焉：怎，何必。

[5]缓急：此处为偏义词，单指危急。

[6]吁戏（xī）：感叹词。

◎ 评析

作于谪贵州都匀时。因为采用歌谣体，所以语言很浅明，《四库全书总目提要》称为"有香山新乐府遗音"。作者另有一首《边军谣》，与此诗为姊妹篇。

诗中的担夫，本是士兵。明代中叶后，军务日益败坏，卫所的实际兵员每少于规定的编制，还要给军官私人服劳。士兵在交替时，军官勒索贿赂，贫军不能应付，故虽年老只能服劳于军中，强壮的则乘间逃亡。军官有利可图，所以军官的数额却越来越多。

作者于《去积弊以振作人材疏》中有云："大抵添设一官，止为吏胥人等开一骗钱局，其实于民无分毫之益。今天下额外剩员，所在充溢，愈近民者则其害愈甚。至于布按二司，设官尤为过多，其巡历地方，或一时总至，或先后沓来。有司政事，夺于送迎；民间财力，困于供亿。……今之为抚按者，止知督率二司出巡，足以禁制守令之贪暴，不知过多之为害如此。"这与本诗中的"焉用官员如许多"正可参照，亦有的放矢之词。但明代的官僚政权已到了溃烂的地步，书生的纸上呼吁，只是雷门布鼓而已。

长门怨[1]

金屋承恩事已非,玉颜憔悴度春晖。
无因得似宫前柳,时有长条拂御衣。

◎ 注释

[1] 长门怨:见刘基《长门怨》。

◎ 评析

　　王昌龄《长信秋词》其三云:"玉颜不及寒鸦色,犹带昭阳日影来。"陆诗末二句或用其意,然终不及王诗之柔婉含蕴。

　　顾起纶《国雅品》评"无因"二句云:"有句如此,亦李唐四杰之选。"

王　翘（生卒年不详）

字叔楚,嘉定(今属上海市)人。嘉靖中,倭寇之乱时曾居幕府,襄助军务。工画竹,有《小竹集》。

赏火谣（并序）

吴城六门[1],莫盛于西阊。六月初,贼举火焚枫桥达昼夜[2],时宰坐睥睨间饮酒顾望[3],无异平日。时烈风大作,烟焰蔽天,不辨咫尺,哭声遍城内外。或指城上云[4]:"勿啼哭,看城上赏火!"吁!有是哉[5]。作《赏火谣》。

金阊门外贼火赤[6],万室齐绕才顷刻。
城头坐拥肉食人[7],对火衔杯如赏春。

城中哭声接城外，宰独何心翻痛快[8]。
愤兵独有任公子[9]，夜半巡城泪不止。
缒城[10]跃马出沙河，义师都向湖心死。

◎ 注释

[1] 吴城：指苏州。六门：即阊门、胥门、匠门（将门）、盘门、齐门、葑门。阊门为苏州城西门，也是最繁盛地区。
[2] 贼：指倭寇。枫桥：在阊门外。
[3] 时宰：当时的地方长官。睥睨：城上短墙。
[4] 或：有人。
[5] 有是哉：竟然有这样的事！惊奇愤叹之词。
[6] 金阊：即阊门。因古有金阊亭，以位在西而与阊门近，故名。
[7] 肉食人：指享厚禄而庸碌的官员，含贬义。《左传》庄公十年："肉食者鄙，未能远谋。"
[8] 翻：反。
[9] 愤兵：因发愤而出战。任公子：指任环，详见说明。
[10] 缒城：从城上以绳悬之而下。

◎ 评析

　　选自朱彝尊《明诗综》。作者家乡嘉定在明代属苏州，故此诗中所记当为目睹的实况。

　　谷应泰《明史纪事本末·沿海倭乱》：嘉靖三十四年（1555）六月，倭寇掠苏州，民争入城。"门不启，号呼震野，乘障者望之而叹。攀援上者，又缒绝而下。任环还自仪真，曰：'奈何坐视之？纵有觇谍，我在无患也。'乃出辟门，令男女以列进，所活盖数万人。"

　　任环，字应乾，长治（今属山西）人。当时任按察佥事，整饬苏松二府兵备。卒后建祠苏州。《明史》载其在军中与士卒同寝食。军事急，尝书姓名于肢体曰："战死，分也。先人遗体，他日或收葬。"将士皆感激,故所向有功。

任环的忠贞果敢,奋不惜身,与时宰的城头赏火,全无心肝,在火光的背景下对比分外强烈。时宰的姓名虽未指出,诗人却为他留下了脸谱,亦封建官吏百丑图之一例。

谢 榛
(1499—1575)

字茂秦,号四溟山人,又号脱屣山人,临清(今属山东)人。年轻时西游彰德,为赵康王朱厚煜宾礼,至万历时又往游,亦受赵穆王朱常清礼遇。

他以布衣终身,所以事迹很简单。《明史》所记的有三事:一是在京师时为国学生卢柟诉冤,使卢柟得以出狱;二是赵穆王曾将所爱贾姬赠他;三是他本是七子,与李攀龙、王世贞等结社,谢榛为长,后来李攀龙声名日盛,论诗又与榛不合,遂与榛绝交。王世贞等又袒护攀龙,乃削其名于七子之列。朱彝尊《静志居诗话》卷十三云:"特明时重资格,于章服中,杂以韦布,终以为嫌尔。"这大概也是一个原因。但谢榛游道日广,秦晋诸王,争相延聘。边塞风光,常萦现于他的篇什,而老大飘零,亦复时露凄苦。有《四溟集》。

他的诗,以近体为工,尤长于五律,句响而字稳,法度谨严。撇开七子的圈子,在明代后期诗坛上,也能卓然自成一家。

他的《四溟诗话》也颇享名,其中不但反映他的诗学观点,又常有作诗的甘苦之谈,如卷四云:"凡作诗要情景俱工,虽名家亦不易得。"说得很老实。

宫　词

冻雪满空阶，瑶宫但孤影。
烛下裁吴绫[1]，那知剪刀冷。

◎ 注释

[1]吴绫：吴地出产的丝织物。周宪王朱有燉《元宫词》："内苑秋深天气冷，越罗衫子换吴绫。"

◎ 评析

　　吴绫较暖，烛光下又可取得些暖意，可是剪刀是钢铁制成的，拿在柔嫩的手里，便陡的由暖变冷了。

　　写宫女一刹那间的触觉感，极妙。

　　崔国辅《子夜冬歌》："寂寥抱冬心，裁罗又褧褧。夜久频挑灯，霜寒剪刀冷。"则以裁罗之剪刀挑灯。白居易《寒闺怨》云："秋霜欲下手先知，灯底裁缝剪刀冷。"皆借剪刀冷而写闺怨。

苦雨后感怀

苦雨万家愁，宁言客滞留[1]。蛙鸣池水夕，蝶恋菜花秋。
天地惟孤馆，寒暄一敝裘[2]。须臾古今事，何必叹蜉蝣。[3]

◎ 注释

[1]宁言：更不必说。

[2]寒暄：冷热。

[3]"须臾"二句：意谓古今之际，亦顷刻之间事，何必叹蜉蝣生命的短促。蜉蝣，虫名，旧说随雨而出，朝生夕死。

◉ 评析

诗人自己虽为雨所苦,但蛙蝶却在雨后而活跃,显出飞鸣的天趣。末仍以虫作结,转入无常之感。

作者写雨,常多佳句,如《雨后早起》的"半窗低晓月,几处苦秋阴",《秋雨宿权店驿有感》的"夜凉槐雨滴,月暗草虫吟"。《积雨感怀》的"西山改气色,北斗失阑干"一联,尤有杜意。

作者《四溟诗话》卷二云:"律诗虽宜颜色,两联贵乎一浓一淡。"此诗即其一。

渡黄河

路出大梁城[1],关河开晓晴。日翻龙窟动,风扫雁沙平。倚剑嗟身事[2],张帆快旅情。茫茫不知处,空外棹歌声[3]。

◉ 注释

[1]大梁:今河南开封。
[2]"倚剑"句:借喻自己的雄心未能舒展。
[3]棹歌:船工行船时所唱之歌。

◉ 评析

沈德潜《明诗别裁集》云:"翻字扫字,得少陵诗眼法。"按,杜甫《早发》有"涛翻黑蛟跃"句,《戏题寄上汉中王》之二有"净扫雁池头"句,或指此。

漳河有感[1]

行经百度水，只是一漳河。不畏奔腾急，其如转折多。出山通远脉[2]，兼雨作洪波。偏入曹刘赋，东流邺下过。[3]

◎ 注释

[1] 漳河：山西省东部有清漳、浊漳二河，东南流至今河北、河南两省边境，合为漳河，又东流至大名县入卫河。

[2] "出山"句：浊漳西源出山西长子县西南发鸠山，北源出沁源县西北伏牛山。

[3] "偏入"二句：曹植、刘桢都是邺下文人，故相友善。刘勰《文心雕龙·比兴》："至于扬、班之伦，曹、刘以下，图状山川，影写云物。"曹植、刘桢诗赋中都写到漳河。邺下，汉末袁绍曾镇邺，绍败亡，又以封曹操。魏置邺都，故城在今河北临漳县北。

◎ 评析

谢榛年轻时，曾西游彰德，为赵康王朱厚煜所宾礼。万历时，又游彰德，也受到康王曾孙穆王朱常清的礼遇。首句的"行经百度水"，即指他多次渡过漳河，故为他晚年所作。其七律《送沈克昌东归》有"孤琴漂泊气难平，老傍天涯复邺城"语，亦为一证。

此诗字面皆很平常，却颇见烹炼之功。首二句不对而对；经百度而只是一河，语浅而情深。颔联隐寓跋涉的辛劳，颈联由溯源而夹写雨后河流的威力，以二语而概括漳河的性征。结末怀念邺下文人的才情，或有自况之意。

过清源故居有感[1]

旧业成暌远[2]，亲朋久失群。百年生长地，一片往来云。独立空流水，长吟但落曛[3]。结茅何日定[4]，西陇事耕耘[5]。

◎ 注释

[1]清源：县名，今属山西。

[2]暌（kuí）：隔。

[3]落曛：落日余晖。

[4]结茅：指定居。

[5]陇：田埂。

◎ 评析

　　题下有注云："予故居今属王氏南村。"但谢榛之弟松，仍与王家共居，故第二首云："相见弟兄老，堪嗟门巷新。"《过故居留别王南村先生》亦有"尔居吾旧业，吾弟久相依"语。

　　全诗用语很平淡，而眷恋旧业之情却极深厚。结末则自伤老大飘零，行止无定，如第二首颈联所谓"行踪犹泛梗，世故一浮尘"。因此面对流水落曛，只能频添怅惘。

秋日怀弟

生涯怜汝自樵苏[1]，时序惊心尚道途。
别后几年儿女大，望中千里弟兄孤。
秋天落木愁多少，夜雨残灯梦有无[2]。
遥想故园挥涕泪[3]，况闻寒雁下江湖[4]。

◎ 注释

[1]樵苏：打柴割草，这里指过乡村生活。

[2]"夜雨"句：作者诗中好用"灯"字，如《暮秋即事》的"关河秋后雁，风雨夜深灯"，《宿淇门驿感怀》的"暝烟官树合，寒雨驿灯孤"，《和王侍御沁阳再逢除夕》的"孤灯千里客，夜半两年情"。

[3]"遥想"句：杜甫《野望》："海内风尘诸弟隔，天涯涕泪一身遥。"
[4]"况闻"句：古人诗词中常以雁行、雁序比喻兄弟。

◎ 评析

开头二句，由怀弟而及己，"时序"点秋日，"道途"喻异乡。颔联由己儿女之长大，联想到兄弟尚分居两地，不能共聚，故曰"孤"。颈联写怀弟时的景物凄清，衬托自己心境。七句与首句，末句与次句皆相照应。弟既在故园，故怀弟亦必思乡。

作者又有《哭弟松》二首，第一首云："多病吾仍在，沉酣尔遽休。"第二首云："在家忧患过，为客去留同。"弟先于兄而逝，故存殁之感，尤为凄切。

叶矫然《龙性堂诗话》续集云："谢茂秦诗多矜重而出，独有《秋日怀弟》一律，情真笔老，若不经意为工。诗云（略）。此诗人多不录，知音者少耳。"

送刘将军赴南都[1]

江风吹棹送人寒，一剑横秋只自看。
应过淮阴吊韩信[2]，月明曾照汉家坛[3]。

◎ 注释

[1]南都：明代以今江苏南京为南都。
[2]"应过"句：韩信是淮阴人，曾封淮阴侯，后被吕后所杀。
[3]汉家坛：韩信拜大将时，汉王刘邦曾设坛具礼。

◎ 评析

全诗要旨在末两句,点出韩信原为汉家登坛的大将,英雄末路,令人扼腕。

提到淮阴,总要想起韩信,古人诗中,咏韩信的大都替他叫屈。刘禹锡《韩信庙》云:"将略兵机命世雄,苍黄钟室叹良弓。遂令后代登坛者,每一寻思怕立功。"这是叹功臣之不可为。陈羽《宿淮阴作》云:"秋灯点点淮阴市,楚客联樯宿淮水。夜深风起鱼鳖腥,韩信祠堂明月里。"郑獬《题淮阴侯庙》云:"故人斩首诚非策,女子阴谋遂见弃。"此则直斥高帝夫妇之善负功臣。

捣衣曲[1]

秦关昨夜一书归[2],百战犹随刘武威[3]。
见说平安收涕泪[4],梧桐树下捣寒衣[5]。

◎ 注释

[1] 捣衣:古代裁衣,大都在秋天,寄远人以御寒,故诗赋中每假此以描摹闺情。裁衣之前必须捣帛,使生丝帛成为熟丝帛。
[2] 秦关:函谷关,这里泛喻边关。昨夜:一作"昨寄"。
[3] 犹随:一作"郎从"。刘武威:后汉武威将军刘尚,征武陵蛮时,因轻敌入险,又不晓道,为蛮军所败而没。见《后汉书·南蛮》。
[4] 平安:一作"平江"。
[5] 梧桐树下:与深秋配合。寒衣:一作"征衣"。

◎ 评析

丈夫远征,生死难知,得到来信,就赶快捣衣。作者又有七绝《秋闺》云:"未寄征衣霜露冷,梦魂先到古云州",是另一种写法。

沈德潜《明诗别裁集》评云:"'可怜无定河边骨,犹是春闺梦里人',几于哀感顽艳矣。此诗可以嗣音。"

王 问
(1497—1576)

字子裕,无锡(今属江苏)人。嘉靖十七年(1538)进士。官户部主事、南京职方。后迁广东按察司佥事,行未半道,因怀念老父,乃乞养归。尤工画。门人私谥文静先生。有《王佥宪集》。

赠之山[1]

城柝声悲夜未央[2],江云初散水风凉。
看君已是无家客,犹是逢人说故乡。

◉ 注释

[1] 之山:吴扩,字子充,号之山,昆山(明属太仓州)人,以布衣游缙绅间。嘉靖中,避倭寇之乱,居金陵。钱谦益《列朝诗集小传》:嘉靖间如晚宋所谓山人者,自吴扩始。
[2] 柝:敲更的木梆。

◉ 评析

作者于诗前有小引云:"之山家太仓州,为园种竹,歌咏自怡。海寇至,避居金陵,与予月夜步柳堤,想念畴昔,凄然伤怀。"沈德潜《明诗别裁集》评王诗云:"其声凄以哀。"信然。

《明史·日本传》:嘉靖三十二年(1553)三月,诸倭大举入寇。四月,犯太仓,破上海。三十三年正月,自太仓掠苏州,攻松江。此诗当为这一时期作。

吴扩逢人说故乡，以口；诗人转写他的思乡之情，以笔，曲折处在末二句。

顾影自叹

几番梦里脱根尘[1]，觉后翻嫌再有身[2]。
今夜月明还在地，任渠明灭影中人。

◎ 注释

[1] 根尘：佛教以眼、耳、鼻、舌、身、意为六根，色、声、香、味、触、法为六尘，合称根尘。这里指欲念。
[2] 觉：梦醒。有身：《老子》十三章："吾所以有大患者，为吾有身。"

◎ 评析

梦里已经六根清净，醒后反觉此身累赘，故而顾影自叹，任他随月色的明暗而自生自灭。元人安熙《拟古次韵六首》其六："举头见明月，顾影徒自怜。"意有相似处。

皇甫汸（1504—1583）

字子循，长洲（今江苏苏州）人。嘉靖八年（1529）进士，官工部主事。后来三次遭到贬黜。据他自撰的《三州集序》所说，嘉靖初年，他因摘发武定侯郭勋的弄权舞弊而被谪黄州，又因忤太宰（吏部尚书）张润而被黜，但其中不乏自我表暴处，故《明史》本传说他"名动公卿，沾沾自喜"。后官至云南按察佥事。有《皇甫司勋集》。

《四库全书总目提要》评他的诗"在明中叶不失为第二流人",颇公允。皇甫四兄弟,冲、涍、汸、濂,皆好学工诗,又称"皇甫四杰",而以他文才最优。

闰七夕[1]

情是经年约[2],欢逢闰月催。临妆怜窈窕,欲渡思徘徊。[3]鸟讶香车转,鸾惊绣阁开[4]。今宵绛河上[5],应不厌重来。

◎ 注释

[1]闰七夕:嘉靖十八年(1539)有闰七月,此诗当是这一年作。
[2]经年:累年。
[3]"临妆"二句:均就织女言。窈窕,美好貌。
[4]"鸾惊"句:神话传说中仙人以鸾为乘骑。谢惠连《咏牛女诗》:"弄杼不成藻,耸鸾惊前踪。"
[5]绛河:指银河。旧时观天者以北极为标准,所仰视而见者皆在北极之南,故称之曰丹曰绛,借南方之色以为喻。

◎ 评析

织女和牛郎的相会,每年只限七夕。这年逢到闰七月,又可再会一次,于是对镜梳妆。但因这是逢闰月而增加的,超越原来的规定,不免欲行又止。最后还是开门而出,引起仙禽的惊异,诗人却为她感到欣幸。

作者还有一首《闰七夕病中作》七绝:"花烛人间卜夜难,香车天上结重欢。嗟余抱病移单枕,非爱双星欲卧看。"那么,这一夜诗人却抱病孤眠在室内。

寄 忆

江东烽火已难知[1]，乱后那堪更别离。
总有乡书传驿使[2]，开缄不省是何时[3]？

◎ 注释

[1]江东：犹言江南。作者故乡是苏州。
[2]总：通"纵"。驿使：寄递文书、信札的人。
[3]缄：封。省：知。

◎ 评析

这是一首小诗，描写战乱时的心理活动却很真切。

战争给予人们精神生活上的折磨，正需要从各个角度、各个场面来加以表现，哪怕是像诗中写的那样的细节。

高叔嗣
（1501—1537）

字子业，号苏门山人。祥符（今河南开封）人。嘉靖二年（1523）进士。曾官吏部主事。出为山西左参政，断疑狱十二事。后迁湖广按察使，在任上患病十余日即卒。有《苏门集》。

他享年不永，仅三十六岁。身多疾病，二十五岁在吏部时即上《乞养疾疏》。三十二岁生一子，《壬辰生子》诗中于慨叹身世浮沉、田园芜秽后云："吾今只若此，知尔复如何。"时方壮年，已自哀如此。他对做官，不大有兴趣，《偶题》中云："翻笑陶元亮，应多归去辞。"亦复语妙。

他的诗，五言最多最好，很少应酬之作，大都直抒胸臆。谈不上出奇制胜，却清隽甘洁，遇象能鲜。如食谏果，味不骤得。五言如"贫家满座客，闲户一床书"，"以我不得意，怜君同此心"，七言如"连山楚雨送官舍，隔县乡音认故园"，皆不失为秀句。但王廷幹、蔡汝楠推为明朝第一（见钱谦益《列朝诗集》），未免过情之誉，高诗在气魄上格局上终究差些。

移树道上

春园就芜秽[1]，杂树生蒙茂[2]。不知雨露功，长养何多术。
婆娑使人怜[3]，斩伐终余恤[4]。乘时聊徙植，于以托吾室。
交生两相当，列映直如一。转令门巷新，遂放鸡豚出。
修修原上风[5]，团团村边日。纷吾本寒劣[6]，兼尔抱忧疾[7]。
敢学成都桑[8]，而谋荆州橘[9]？愿及垂阴成，初志傥此毕[10]。

◎ 注释

[1]就：即将。

[2]蒙茂（miè）：草木丛生状。

[3]婆娑：纷披貌。

[4]终余恤：终为我所不忍。

[5]修修：形容风声。白居易《舟中雨夜》："江风冷修修。"

[6]纷吾：屈原《离骚》："纷吾既有此内美兮。"纷，盛多貌。寒：困苦。

[7]尔：如此。

[8]敢：岂敢。成都桑：蜀相诸葛亮逝世前，曾上表后主曰："成都有桑八百株，薄田十五顷，子弟衣食，自有余饶。"

[9]荆州橘：《太平御览》卷九六六引《汉书》曰："江陵之千树橘，其人皆与千户侯等。"杨衡《送王秀才往安南》："无贪合浦珠，念守江陵橘。"江陵为荆州治所。又李元《独异志》："李衡江陵种橘千树，岁收其利，谓其子曰：吾有木奴千头，可为汝业。"李衡

259

实为三国吴丹阳太守,种橘为其任上时事。

[10]傥:通"倘",表示期望。

◎ 评析

　　树木是有生命的,依靠累年的雨露之恩,才能长得摇曳生姿。诗人将它移植道上,也好映托自己居室,亦即陶渊明《读山海经》"众鸟欣有托,吾亦爱吾庐"之意。这样,顿使门巷气象一新,鸡豚得以交游。原野风来,树边日升,既清凉又明朗,诗人以多病之身,也得漫步其间。只望日后长得更高大些,眼见绿叶成荫,诗人的心愿也就完成了。

　　诗人自己虽然抱病衰弱,全首诗却洋溢着生活迸发时的快感,而又表现得平和通侻,不温不火。

中秋无月

三五唯今夕[1],烟霜断昔欢[2]。埋轮潜泣兔[3],掩镜暗翔鸾[4]。风笛金天彻[5],星楼子夜寒[6]。客衣素已变[7],不分向明看[8]。

◎ 注释

[1]三五:指十五。

[2]昔:夜晚,通"夕"。

[3]"埋轮"句:埋轮指月没,轮喻月。唐彦谦《七夕》:"小星垂飒月埋轮。"又,传说月中有兔捣药,后亦以兔轮喻月。元稹《梦上天》:"西瞻若水兔轮低。"

[4]"掩镜"句:掩镜亦喻月没,"镜"字与"鸾"字相配,则指鸾镜。

[5]金天:金为五行之一,于时为秋,故金天即秋天。

[6]子夜:夜半子时。此时正凉气渐深。

[7]素:素色。陆机《为顾彦先赠妇》:"京洛多风尘,素衣化为缁。"诗用其意,故很可能是作于京城之日。

[8]不分:不想到。分,音"份"。

◉ 评析

中秋无月,何况在客中。由于屡经风尘,衣上的素色已经变换而无光泽,用不着向明处分辨了。

全诗无累赘语,颔联对仗工整而错落相应。

权店晚行[1]

孤城吹角罢黄昏[2],归马萧萧向驿门[3]。
衰柳更添霜后色,残流初耗雨余痕[4]。
求田未果青山愿[5],出守仍衔紫禁恩[6]。
转入乱峰行不进,投身空馆寂无言。

◉ 注释

[1]权店:地名,在山西境。
[2]角:乐器,多用作军号。
[3]萧萧:马鸣声。驿:古代行人休息之所。
[4]耗:减耗。
[5]求田:这里是归隐的意思。
[6]紫禁:以紫微垣(星座名)比喻帝王居处禁中,故称。

◉ 评析

作于嘉靖十二年(1533)出为山西左参政的旅途中,时令当在秋天。第四句的"残""初""余"皆细针密缕,丝丝入扣,却不雕琢。第七句写天已暗黑,马不能进,末句则抒投身空馆的冷落之情。

李开先
（1502—1568）

字伯华，号中麓。章丘（今属山东）人。嘉靖八年（1529）进士。廷试时因错落"臣谨对"三字，由一甲落为二甲。初在户部任事，后任太常寺少卿，并曾提督四夷馆。与王慎中、唐顺之、陈束等称"八才子"。后因抨击执政的夏言与严嵩，被削职回乡。自此建亭结社，征歌度曲，在园林过着著作生活。他的作品很多，新中国成立后有路工整理为《李开先集》。

他也是复古派的反对者，并认为诗不必作，作不必工，只是信口直写所见，自称其集曰闲居，"以别官居时苦心也"（《闲居集序》）。他又是戏曲家、民间文学的爱好者，所以他的诗，浅显朴野，不求华艳。但其中写世态讽时政，貌似玩世，却颇有警拔语，如《伤墓祭者》末云："虽因哀死哭，半为度生难"，正道出了常人的心事。他将罢官后仍关心时事的心理，"譬之僧已受戒，尚论民间事，妇既被黜，还为夫主忧"，因而自己感到可笑。

他曾运饷金至宁夏，目击塞上防务荒弛，晚年作《塞上曲》多至一百首，其中有云："数千铁骑饱豺狼，虚把捷音奏上方。女哭儿啼逢忌日，新坟只葬旧冠裳。"当时虚报战功，已成为军中常见现象，孤儿寡妇，唯有将死者的旧冠裳入葬了。

嘉靖三十四年十二月十二日夜半，山西、陕西地震，山西的平阳府受灾最重。他作五古《平阳哀》，诗前并有序言，记载灾情很具体。诗中还有传奇性的描写，如"犬育在鸡卵，蛇出由人怀"，"虎产于猪腹，人生自鳖胎",当是人和动物,因土地崩裂而逃奔时,相互混合在一起,可视为中国地震史上的一则史料。

寓　言

有人曾学隐身术,术犹未得骄其妻。
试问此身见不见?妻笑吾眸无鬼迷。
面面斯觑只咫尺,不隔比邻与藩篱。
有身何故不能见,无乃精灵为变幻[1]?
夫怪其妻语不情[2],脚蹴手批口相讪[3]。
次问及妾妾伴惊,后瞻未已仍前盼。
诡言夫主有何能,藏身不见只闻声。
夫喜入市便攫物[4],物主初疑怒渐生。
批蹴更比其妻甚[5],咤声大骂如雷鸣[6]。
术人高叫任摧残,要见吾身却是难。
予昔居京大拘泥[7],怕参宰辅与达官[8]。
疏斥累遭犹不悔,跳身重执旧渔竿。

◉ 注释

[1]无乃:莫非。这是妻子的婉转说法,却是实话。

[2]情:老实。

[3]蹴:踢。讪:讥骂。

[4]攫:掠取。

[5]"批蹴"句:意谓术人遭到物主的拳打脚踢,比其妻受到的更厉害。

[6]咤(zhà):发怒声。

[7]大:太。

[8]参:参见。

◎ 评析

　　当是讽刺宰辅达官不学无术，虽被人识破，仍无惭色，而吮痈舐痔者犹为其大抬轿子的现象。诗人素性耿直，不愿违心屈身与宰辅达官接近，宁愿在乡间重执鱼竿，如屈原《渔父》所云："渔父莞尔而笑，鼓枻而去。"

　　《孟子》有齐人骄其妻妾的故事，也是寓言。本诗或由此兴起。

夜宴观戏

扮戏因开宴，坐深夜已阑[1]。一人分贵贱，数语有悲欢。
剪烛增殊态，停杯更改观。优旃曾讽谏[2]，获谴叹言官。

◎ 注释

[1] 阑：残尽。

[2] 优旃：秦朝优人，侏儒，善于用笑言讽谏。秦始皇欲扩大苑囿，二世欲用漆涂城，都因优旃的讽谏而止。

◎ 评析

　　言官因向皇帝上谏章而受处分，不如优伶在舞台上有讽刺时政的自由，可见官场不如戏场。

❖ 张时彻

（1500—1577）

字惟静，号东沙，鄞县（今浙江宁波）人。嘉靖二年（1523）进士。历官礼部仪制、南京兵部尚书等职。嘉靖三十四年，倭寇自太平直逼南京，他闭城不敢出，被御史奏劾，乃罢归。有《芝园集》。

他的诗，以乐府古诗为工，杨慎、钱谦益皆谓七言近体芜杂，但如《初秋》诗："一声渔唱海天秋，素练初飞白鹭洲。亦有芙蓉自开落，何人解识汉宫愁。"也未尝不秀逸。

采葛篇[1]

种葛南山下，春风吹葛长。二月吹葛绿，八月吹葛黄。腰镰逝采掇[2]，织作君衣裳。经以长相忆[3]，纬以思不忘[4]。出入君箧笥[5]，长得近辉光。层冰布河水，中野皓凝霜[6]。吴罗五文采，蜀锦双鸳鸯[7]。君恩当断绝，叹息摧中肠。中肠日以摧，葛叶日以衰。愿留枯根株，化作萱草枝[8]。

◎ 注释

[1]葛：藤本，茎皮纤维可织布。
[2]逝：往。
[3]经：直线。
[4]纬：横线。
[5]箧笥（qiè sì）：犹言箱笼。
[6]"层冰"二句：以严寒喻情变。
[7]蜀锦：杜甫《白丝行》："缫丝须长不须白，越罗蜀锦金粟尺。"注："越罗蜀锦，天下之奇纹也。"上句的"吴罗"，意思与越罗同。
[8]萱草：旧说萱草令人忘忧。

◎ 评析

《诗经·王风》有《采葛》篇："彼采葛兮，一日不见，如三月兮。"内容写男女或友朋的深切怀念之情。本诗即借以为题，全诗实为弃妇的断肠之词，最后还是未能忘情，亦更觉凄恻。

《皇明诗选》陈子龙评云："意调古质，虽李、何集中，亦称上作。"语颇中肯。李雯云："何减思王（曹植）？"按，曹植《种葛篇》云："种葛南山下，葛藟自成阴。与君初婚时，结发恩义深。欢爱在枕席，宿昔同衣衾。"末云："往古皆欢遇，我独困于今。弃置委天命，悠悠安可任。"本篇较曹诗更多民歌的风味。

子夜四时歌[1]·春歌

朝朝听鹊报[2]，日日掩重闱。
莫踏门前草，留踪待郎归。

◎ 注释

[1]子夜：晋女子名，相传她曾作此歌，故名。后人更为春夏秋冬四时行乐之词。
[2]鹊报：王仁裕《开元天宝遗事》下："时人之家，闻鹊声皆为喜兆，故谓灵鹊报喜。"《西京杂记》卷三："乾鹊噪而行人至，蜘蛛集而百事喜。"

◎ 评析

李白《长干行》云："门前迟行迹，一一生绿苔。"意谓女主人望着丈夫出门时的踪迹而等待着，只见踪迹上都已生出青苔。本诗则谓自己不愿去踏没门前之草，以卫护郎君曾留下的行迹，更见痴心。但实际上踪迹早为茂草所淹没，重闱已掩多日，鹊报不过是一场场空喜而已。

广陵晓发[1]

征夫逐草露，夜夜月中眠。雾拥玄猿啸[2]，风吹白雁旋。
有江能绘树，无路不生烟。旭日秋光淡，芙蓉亦可怜[3]。

◎ 注释

[1] 广陵：今江苏扬州。
[2] 玄猿：司马相如《上林赋》："玄猿素雌。"李善注："猿之雄者玄色也。"
[3] 芙蓉：承上"江"字，可知是指水中的残荷，暗用"芙蓉生在秋江上，不向东风怨未开"（唐高蟾诗句）意。

◎ 评析

早晨逐草露而行旅途，晚间对月光而眠客船，路上所见多是鸟兽。五句喻秋江清澈，树影倒照，六句写家家已在烧早饭。末则点出时令。江南秋晓的征途景色，层层逼至，而暗寓"征夫"的愁意。

金銮
（1506?—1595?）

字在衡，号白屿，陇西（今甘肃）人，随父侨居南京，时家已中落。好交游，解音律，散曲颇有名。卒时年九十岁，在南京文坛中，有诗人耆宿之称。有《徙倚轩集》。

他的诗，清圆朗润，钱谦益《列朝诗集小传》称其"不操秦声，风流宛转，得江左清华之致"。五七言近体尤工，如"明月照人千里共，凉风吹面五更多"，"归鸟乱啼原上树，夕阳多在水边村"，"客中候晓霜如月，马上逢春草似烟"。五言《有怀》云："怅望隔江云，春来不见君。歌声与流水，俱在梦中闻。"亦颇蕴藉。

漂母祠

古渡临祠庙，长淮接市门。旌旗摇白日，风雨锁黄昏。

贫贱求知己，荣华少故恩。[1]湖边逢牧竖[2]，犹自说王孙[3]。

◎ 注释

[1]"贫贱"二句：指韩信贫贱时得知己于漂母，荣华后高祖夫妇不念其曾立殊功，将他斩首。

[2]牧竖：牧童。

[3]王孙：旧注以为是尊称，有如公子。但恐是游子之意。《楚辞·招隐士》："王孙兮归来，山中兮不可以久留。"王维《山居秋暝》："随意春芳歇，王孙自可留。"皆其例。

◎ 评析

《史记·淮阴侯传》：韩信落魄时，曾钓于淮阴城下，"诸母漂，有一母，见信饥，饭信，竟漂数十日。信喜，谓漂母曰：'吾必有以重报母。'母怒曰：'大丈夫不能自食，吾哀王孙而进食，岂望报乎？'"。漂是以水击絮，漂母本泛指漂衣的诸妇人。《史记会注考证》引中井积德曰："漂母唯怜信，故饭之，实不知信之才，故怒于重报之言，是非避报者，不意其能报也，以为虚言。"亦颇有见解。后韩信为楚王时，曾以千金赐漂母。

漂母之名，因韩信而流传百世，后人且为之立祠。（漂母家在泗口南岸）俞德邻《佩韦斋文集》卷七云："当年不进王孙饭，千古谁知漂母名。"潘纬诗云："往来人下拜，犹是为王孙。"（《列朝诗集》丁集）杨际昌《国朝诗话》卷一录沈台臣（受宏）诗："王孙倘不贵，老母竟谁传。"用意皆类似。舒位《瓶水斋集》卷四云："后先两女子，生死一英雄。"则指韩信先见怜于漂母，后遭害于吕后，前者生之而后者死之。

钱谦益《题淮阴侯庙》末云："东西冢墓今安在，好为英雄奠一盂。"下注："信母墓为东冢，漂母墓为西冢。"又有《漂母祠和何士龙》，其颔联云："人以千金知老母，天将一饭试王孙。"

除　夕

还忆去年辞白下[1]，却怜今夕在黄州[2]。
空江积雪添双鬓，细雨疏灯共一楼。
世难久拚鱼雁绝[3]，家贫常为稻粱谋。
归来故旧多雕丧，愁对东风感旧游。

◎ 注释

[1]白下：东晋时陶侃讨苏峻，筑白石垒，后因以为城，故城在今江苏南京。唐武德改金陵为白下，后亦称南京为白下。
[2]黄州：今湖北黄冈。
[3]久拚（pàn）：经常不顾。鱼雁：指书信。

◎ 评析

　　一年将尽，人在异乡，嗟老伤逝，哀贫思家之情，自亦齐上心头。"空江"与"鱼雁绝"、"疏灯"与"家贫"隐为照应，针线细密。作者另有《除夜客和阳僧舍》诗："独煨余火向天涯，僧舍逢春有所思。百里是家归未得，半生如梦醒何时。空堂坐久残年逼，短角声乾子夜迟。遥想清灯对杯酒，小窗儿女忆还期。"亦咏劳生之苦。龚自珍《咏史诗》："避席畏闻文字狱，著书都为稻粱谋。"其下句或用本诗"家贫"句意，因此首为金诗名篇。

银　河

月出影渐没，夜深倍光明。
鹊毛看又尽[1]，填到几时平。

◎ 注释

[1]"鹊毛"句：《尔雅翼》："七月七日，鹊无故皆髠，相传是日河鼓与织女会于汉东，役鹊为梁以渡，故毛皆脱去。"

◎ 评析

乌鹊年年于七夕为牛郎、织女填桥，但暂会即别，眼看鹊毛即将雕尽了。不从正面写双星别离之苦，而双星心事已于曲笔中道出。

吴承恩
（1504？—1582？）

字汝忠，号射阳山人，山阳（今江苏淮安）人。承恩少年时，即以文名著于乡里。但屡试不中，四十余岁时才始补为岁贡生。后因亲老家贫，勉强作了长兴县丞（知县为归有光），时已入暮年。其《春晓邑斋作》有"悠悠负夙心，作吏向风尘。家近迟乡信，官贫费俸金"语，说明他作吏并非素愿，所以不久拂袖回里。一度补荆（王）府纪善（王府属官）。最后卒于家中。有《射阳先生存稿》。

他的诗文词很多，但因无子嗣，颇多散失。他的诗，有人说他宋代张耒之后，一人而已。张耒原籍为淮阴，明为清河县，与山阳同属淮安府。这是就乡土而言。朱彝尊《静志居诗话》卷十四说吴诗"习气悉除，一时殆鲜其匹"，评价亦偏高。在明人中，尚非第一流之作，钱谦益《列朝诗集》即未收承恩之作，虽然钱氏选诗，颇杂偏见。

七律《杨柳青》颇为人称誉，诗云："村旗夸酒莲花白，津鼓开帆杨柳青。壮岁惊心频客路，故乡回首几长亭。春深水涨嘉鱼味，海近风多健鹤翎。谁向高楼横玉笛,《落梅》愁绝醉中听。"颔颈二联好,结局嫌平弱,亦明诗之通病。郭麐《灵芬馆诗话》续卷三,称吴诗清而不薄,澹而能隽,又摘录其《斋居》"窗午花气扬,林阴鸟声乐",《冬日送人》"马蹄鸣冻雪,鸦腹射斜阳",《任长兴尉作》"只用文章供一笑,不知山水是何曹",并评云:"皆能脱去尘滓,翛然自远。"

遗憾的是,在他的诗文中,找不到有关《西游记》演义写作的资料,本书所选《二郎搜山图歌》也只能作为旁证。

对月感秋

人云天上月,中有嫦娥居[1]。孤栖与谁共?顾兔并蟾蜍[2]。冰轮不载土[3],桂树无根株。纷纷黄金粟[4],岁岁何由舒?一闭千万年,玉颜近何如?相违不咫尺,照我阑干隅[5]。一杯劝尔酒[6],为我留须臾。

◉ 注释

[1] 嫦娥:即常娥。传说她本为后羿之妻,窃不死之药以奔月。长沙马王堆汉墓帛画上已有嫦娥奔月图像,后人把"月里嫦娥"作为美人的典型。

[2] 顾兔:传说月中有白兔,为嫦娥捣药。屈原《天问》:"夜光何德?……而顾菟(兔)在腹。"蟾蜍:虾蟆,传说月中有蟾蜍。

[3] 冰轮:本指明月的形状,这里故意解为车轮之轮。轮不载土,树无根株,正是仙幻之境。

[4] 黄金粟:指桂花花粒。传说月中有桂树,吴刚常斫之。

[5] 隅:角落。

[6] 劝:犹言致敬。

◎ 评析

嫦娥奔月后，一个人孤单单地生活在高处不胜寒的蟾宫中，心境自很苦闷。千万年悠悠而逝，难怪诗人有"玉颜近何如"的怀念。

历代诗人对嫦娥处境关心的很多，李、杜两大诗人，就各有吟咏。李白《把酒问月》中说："白兔捣药秋复春，嫦娥孤栖与谁邻。"《感遇》之三中又说："昔余闻姮娥，窃药驻云发。不自娇玉颜，方希炼金骨。飞去身莫返，含笑坐明月。紫宫夸娥眉，随手会凋歇。"杜甫《月》云："兔应疑鹤发，蟾亦恋貂裘。斟酌（料想）姮娥寡，天寒耐九秋。"但最能道出嫦娥心事的，还得推李商隐《嫦娥》："嫦娥应悔偷灵药，碧海青天夜夜心。"

二郎搜山图歌[1]

二郎搜山卷，吾乡豸史吴公家物[2]。
失去五十年，今其裔孙醴泉子，复于参知李公家得之[3]。
青毡再还[4]，宝剑重合[5]，真奇事也，为之作歌。

李在唯闻画山水[6]，不谓兼能貌神鬼[7]。
笔端变幻真骇人，意态如生状奇诡。
少年都美清源公[8]，指挥部从扬灵风。
星飞电掣各奉命，蒐罗要使山林空[9]。
名鹰搏拏犬腾啮[10]，大剑长刀莹霜雪。
猴老难延欲断魂，狐娘空洒娇啼血。
江翻海搅走六丁[11]，纷纷水怪无留纵。
青锋一下断狂虺[12]，金镞交缠擒毒龙[13]。

神兵猎妖犹猎兽，探穴捣巢无逸寇。

平生气焰安在哉，牙爪虽存敢驰骤？

我闻古圣开鸿濛[14]，命官绝地天之通[15]。

轩辕铸镜禹铸鼎[16]，四方民物俱昭融。

后来群魔出孔窍，白昼搏人繁聚啸。

终南进士老钟馗，空向宫闱唶虚耗。[17]

民灾翻出衣冠中[18]，不为猿鹤为沙虫[19]。

坐观宋室用五鬼[20]，不见虞廷诛四凶[21]。

野夫有怀多感激[22]，抚事临风三叹息。

胸中磨损斩邪刀，欲起平之恨无力。

救月有矢救日弓[23]，世间岂谓无英雄？

谁能为我致麟凤[24]？长令万年保合清宁功。

◎ 注释

[1] 二郎：朱熹《朱子语录》：蜀中灌口二郎庙，是秦时李冰因开离堆有功立庙，庙神是他第二儿子。但不言其名。一说二郎即李冰本人。《封神演义》作杨戬。明初杨讷杂剧《西游记》则称杨二郎。小说《西游记》说是玉帝之甥二郎真君，住于灌州灌江口的庙中。其母因思凡下界，配与杨君。

[2] 豸史：古代御史所戴之冠称豸冠，这里指御史。吴公：指吴节或吴玉扁。见《吴承恩诗文集笺校》。

[3] 参知李公：李元，淮安人，正德三年进士，历官监察御史、陕西右参议，嘉靖初以山西右参政致仕。明代无"参知"的官名，此指参政（参知政事）。

[4] "青毡"句：《晋书·王献之传》：献之夜卧斋中，有人入其室，盗物都尽。献之曰："偷儿，青毡我家旧物，可特置之。"群贼惊走。后以青毡为士人故家旧物的代词。

[5] "宝剑"句：《晋书·张华传》：豫章人雷焕，于任丰城令时，掘地得双剑，乃送一剑与大臣张华，一剑自留。华乃以书报之，中有"天生神物，终当合耳"语。

[6] 李在：明代画家，字以政，福建莆田人，宣德时直仁智殿，工山水人物。

[7] 不谓：不料。貌：描绘。杜甫《丹青引赠曹将军霸》："屡貌寻常行路人。"

[8] 都：也是美的意思。清源公：元杂剧《二郎神醉射锁魔镜》，演玉帝以赵昱为嘉州太守

273

斩蛟有功，勅为灌口二郎之神，号清源妙道真君，弟哪吒为降魔大元帅，镇摄玉结连环寨，兄弟二人，皆能降妖伏魔。按，赵昱实有其人，隋炀帝时为嘉州太守，曾入犍为潭持刀斩蛟。后嘉陵水涨，蜀人见昱于云雾中骑白马而下。（见《方舆胜览》卷五十二）至二郎真君之号，盖出道书，乃玉帝甥，曾斧劈桃山，与赵昱无涉。

[9]蒐：通"搜"。

[10]"名鹰"句：《西游记》写二郎真君出战妖猴时，也有"驾鹰牵犬，搭弩张弓"语。

[11]六丁：道教神道名，火神。

[12]青锋：指剑。虺（huǐ）：毒蛇，这里喻妖魔。

[13]鐍：通"锁"。

[14]古圣：指盘古。鸿濛（蒙）：宇宙形成前的混沌状态。《西游记》开端诗曰："自从盘古破鸿蒙，开辟自兹清浊辨。"

[15]"命官"句：《尚书·吕刑》："乃命重、黎，绝地天通，罔有降格。"重、黎是司天之官。这句意谓，盘古命官员使天地各得其所，神人不相混杂，纲纪得以保持。

[16]轩辕铸镜：轩辕即黄帝，相传黄帝铸铜镜十五面，其第八面能辟退妖怪。见隋王度《古镜记》。又据宋赵希鹄《洞天清禄集》："轩辕镜其形如球，可作卧榻前悬挂，取以辟邪。"禹铸鼎，相传禹贡九牧之金，铸鼎荆山之下，民入山林川泽，魑魅魍魉，莫能逢之。见《太平御览》卷七五六。

[17]"终南"二句：相传唐玄宗梦见终南（山）进士钟馗，因应试不第，触阶而死，捉小鬼啖之。玄宗醒后诏吴道子画其像。唐时翰林例于岁暮进钟馗像。啗（但 dàn），嚼食，义同"啖"。耗，消息，传闻。两句意谓，钟馗只会向宫中啗捕风捉影式的小鬼，以此反衬二郎的搜山神通。

[18]"民灾"句：意谓人民所受灾难反出于衣冠中人（指士大夫）。翻，反。

[19]"不为"句：《艺文类聚》九十引《抱朴子》："周穆王南征，一军尽化，君子为猿为鹤，小人为虫为沙。"原指因战乱而死者皆化为异物，后亦借喻对牺牲于各种灾祸者的慨叹。

[20]五鬼：指狼狈为奸的五个人，宋代指王钦若、丁谓、林特、陈彭年、宦官刘承珪（规），这句是对"民灾"句的应接。

[21]四凶：指浑敦、穷奇、梼杌、饕餮，皆不服从虞舜的指挥，因而被舜流放。一说这四人即驩兜、共工、鲧、三苗。

[22]野夫：犹言草野小民。感激：这里是感慨、愤激的意思，与今语的表示感谢不同。

[23]"救月"句：《周礼·天官·庭士》："掌射国中之大鸟，若不见其鸟兽，则以救日之弓，与救月之矢，夜射之。"

[24]麟凤：古代以为是祥瑞的象征。

◉ 评析

这首诗包含着政治上和创作上的两个要点。

一是吴承恩生活于明世宗嘉靖年间，而世宗则爱方术，喜祥瑞，事斋醮，求神仙，宠信方士邵元节、陶仲文、段朝用、顾可学等。本诗中说的宋代五鬼王钦若、丁谓、林特等，都因迎合真宗好封禅，崇谶纬，信天书而谀媚获宠，两者颇相类似。作者所痛恨的，是这些人欺君惑上以博取富贵的行为。

二是此诗中的情节，与《西游记》第六回"小圣施威降大圣"有近似处，也可说是雏形。二郎神的故事，在民间流传已久，所以画家李在会绘成画卷。画中的情节和背景，不可能像诗中描写的那样繁复，其中自必加上诗人自己想象上的"粉本"。

吴氏又写过一篇《禹鼎志序》，说他胸中积累了一些志怪的素材，"斯盖怪求余，非余求怪也"。可见他对志怪一向很感兴趣。同时，吴氏是相信妖魔鬼怪会作祟酿灾的，但最终仍将受天兵天将的惩罚或收伏。孙悟空本是猴精，给有道的唐僧感化后，一路上就与群妖相斗。所以，吴承恩的正统与反正统思想是互相交叉的。

《西游记》是否为吴承恩所作，至今还不能完全肯定，但这首诗和《禹鼎志序》，多少是可资考证的信息。

以搜山为题材之画，流行于两宋间，其故事内容一说是灌口二郎收妖，一说是影射蜀主孟昶的花蕊夫人，一说是从禹治水故事演变而来。一九八〇年第三期《故宫博物院院刊》曾刊黄苗子及金维诺论《搜山图》文。

附记：

根据新中国成立后灌口出土的文物看，所谓二郎神恐为李冰石像左右两个助理治水的青年侍从，二非排行而为数字。详见一九八二年第一期《文史知识》中杨继忠《二郎神小考》。

沈　炼
（1507—1557）

字纯甫，会稽（今浙江绍兴）人。嘉靖十七年（1538）进士。任溧阳知县。后为锦衣卫经历。为人刚直，然颇疏狂傲慢。当时严嵩揽权，边臣争致贿赂，炼上疏劾严嵩父子，触世宗之怒，榜之数十，谪佃保安州（今河北涿鹿）。严嵩亲信杨顺、路楷，又说白莲教妖人阎浩曾师事沈炼，听从指挥，具狱上，嵩父子大喜，遂斩于宣府，其子沈襄戍边。杨顺的儿子得锦衣千户，路楷待铨五品卿寺。杨顺却不满足，说："严公薄我赏，意岂未惬乎？"乃取沈炼儿子沈衮、沈褒杖杀之，更移檄捕沈襄。并榜示边塞，有藏沈炼遗文只字者，按捕抵罪。小人幸一时之富贵，其狠毒一至于此。严门无杨、路等人，严嵩的奸恶或不致到这个地步。

隆庆初，赠沈炼光禄少卿。天启初，谥忠愍。有《青霞集》。

当时边将有纵兵杀俘虏，冒报首功（斩首级之功）者，炼曾作《感怀》云："割生献馘古来无，解道功成万骨枯。白草黄沙风雨夜，冤魂多少觅头颅。"又《边词》之三云："塞上烟尘一万重，霍家营阵自从容。健儿夜半偷胡马，留作秋来夺获功。"然则杨顺虽严禁沈炼诗文，还是流传人间；而从诗中所揭露的边情来看，边塞所以不得安宁，鞑靼所以屡屡侵犯，明廷未始没有责任。

哭杨椒山[1]

郎官抗疏最知名[2],王简霜毫海内惊[3]。
气作山河今即古[4],光齐日月死犹生。
忠臣白骨千秋劲,烈妇红颜一旦倾。
万里只看迁客泪[5],朔风寒雪共吞声。

◎ 注释

[1]杨椒山:杨继盛,详后说明。
[2]郎官:当时杨继盛任刑部员外郎。抗疏:上书直言。
[3]玉简:对奏疏的美称。霜毫:即笔挟风霜之意。
[4]今即古:谓正气古今一脉相承。
[5]迁客:贬谪在外者。

◎ 评析

杨继盛,字仲芳,号椒山,容城(今属河北)人。曾上疏劾严嵩十大罪、五奸,下诏狱。将受廷杖时,有人送他蚺蛇胆,继盛却之曰:"椒山自有胆,何蚺蛇为!"妻张氏,曾伏阙上书,中有"愿即将臣斩首都市,以代臣夫之死"语,为严嵩隐没未奏。继盛系狱两年后,被斩于西市,年四十岁。临刑赋诗云:"浩气还太虚,丹心照万古。生前未了事,留与后人补。"天下相与涕泣传诵之。穆宗登位,恤直谏诸臣,以杨继盛为首。赠太常少卿,谥忠愍,建祠保定。

杨继盛被杀,在嘉靖三十四年(1555)冬十月。其时沈炼正谪保安州,故有"万里只看迁客泪,朔风寒雪共吞声"语。

唐顺之 (1507—1560)

字应德,一字义修,武进(今江苏常州)人。嘉靖八年(1529)会试第一,官翰林编修,校累朝实录。后因疏请皇太子出御受贺，而这时世宗称疾不视朝，怒曰："是料我必不起也。"遂被削籍归里，居宜兴山中。

当时倭寇屡犯沿海，明廷遣工部侍郎赵文华至江南督察军情，文华为严嵩亲信，而与顺之有同年之谊，乃上疏荐顺之，于是与胡宗宪同谋讨贼，宗宪亦出文华推荐。顺之以为御寇上策，当截之海外，若任其登陆，则内地皆受祸。乃亲自出海，一昼夜行六七百里。

后升右佥都御史，巡抚凤阳。力疾泛海，登焦山，叹曰：天使吾病，不能展其能。然使一病都堂居海中，则诸将无敢不下海。遂欲从太仓取道常熟居海中，行至通州而卒。崇祯初，追谥襄文。有《荆川先生文集》。

顺之因结交严氏父子，其晚节曾为人诟病，《明史》本传也说"然闻望颇由此损"。王世贞之父王忬为严嵩所害，有人以为是顺之进谗于严嵩之故，顺之所以死于舟中，就是王氏兄弟毒毙的。这固然是无稽之谈，但王世贞确是很憎恶他，称为"毗陵一士大夫"。李慈铭《越缦堂读书记》集类，对顺之所以交结严嵩的原因，有较为公允的论断。明《世宗实录》也说顺之弃其长（文学）而暴其短（武功）。但顺之在抗击倭寇的战役中，固亦不失为鞠躬尽瘁。

他的诗，始学初唐，略具清华，律诗较佳。中年谈兵讲学，渐趋险怪，如"若过颜氏十四岁，便了王孙一裸身",又如"箭箭齐奔月儿里""别换人间蒜蜜肠"等。但这与他的文学主张也有关系,在《与洪文洲书》中就说:"近来觉得诗文一事,只是直写胸臆,如俗语所谓开口见喉咙者。使后人读之,如真见其面目,瑕瑜俱不容掩,此为上乘文字。"话虽如此,作诗毕竟与说闲话不同。

他的七古《峨嵋道人拳歌》《杨教师枪歌》,写拳术,写枪法,都很生动灵活,也因为他是内行人之故。

他的五绝,也有讨人喜欢的,如《松关》:"月出照松关,松阴正满地。恐有山僧归,终夜不须闭。"《山田》:"从横乱峰里,忽此见平田。不须抱瓮汲,自有峰顶泉。"《听莺阁》:"春催金谷晓,一望百花齐。不作辽西梦,从渠着意啼。"

岳将军墓[1]

国耻犹未雪,身危亦自甘。九原人不返[2],万壑气长寒。岂恨藏弓早[3],终知借剑难[4]。吾生非壮士,于此发冲冠[5]。

◎ 注释

[1] 岳将军:指岳飞。

[2] 九原:墓地。

[3] 藏弓:鸟尽则弓无所用。《史记·越王句践世家》范蠡致大夫文种书:"飞鸟尽,良弓藏;狡兔死,走狗烹。"又《淮阴侯列传》也有类似语。

[4] 借剑:西汉槐里令朱云,曾上书成帝,愿借上方剑,以斩佞臣张禹。这里以张禹比喻秦桧等奸臣。两句意谓,并非恨藏弓(退居)不早,原知除奸之难。葛立方《韵语阳秋》卷七:"信乎去佞如拔山也。"

[5]"于此"句：岳飞《满江红》词（一说系托名岳飞）有"怒发冲冠"语。

◉ 评析

  颔颈两联，先写死后，后写生前，末则归结到自己。但第二句"甘"字出韵。顾起纶《国雅品》云："今'甘'将作'安'字，稍似理惬意完，不更深乎？"甚是。

岊亭遇盗次韵[1]

枕书觉已倦，挺剑忽相求。惊起游仙梦，虚疑贾客舟[2]。赍粮十日少[3]，载橐一身浮[4]。澹泊堪为笑，将何谢尔偷？

◉ 注释

[1]亭：不详。疑应作"岊"或"岯"。次韵：和人的诗并依原诗用韵。但此诗不知和何人。
[2]"虚疑"句：意谓强盗误以为诗人是个富商。
[3]"赍粮"句：意谓他携带的粮食还不够十日之需，借喻身无余物。
[4]橐（tuó）：袋子。《诗经·大雅·公刘》："乃裹餱粮，于橐于囊。"浮：轻。

◉ 评析

  诗人在旅舍中枕书睡觉，忽然有强盗挺剑而入，惊醒了他的游仙梦，成为有趣的对照。强盗把书生看作富商，结果毫无所得，枉负盗心，反而使诗人感到不安了。诗虽游戏之作，却写得亦庄亦谐。

欧大任
（1516—1595）

字桢伯，嘉靖时顺德（今属广东）人。"广五子"之一。以岁贡生历官江都训导、南京户部郎中。年八十卒。有《虞部集》。

280

九江官舍除夕[1]

饯岁浔阳馆[2]，羁怀强笑欢。烛销深夜酒，菜簇异乡盘[3]。
泪每思亲堕[4]，书频寄弟看。家人计程远，应已梦长安。[5]

◎ 注释

[1]九江：又名浔阳、江州，今属江西。
[2]饯岁：以酒食送别旧年。
[3]簇：堆集。
[4]"泪每"句：作者《十月都下感怀寄诸弟》云："老亲衣线在，辛苦事防秋。"
[5]"家人"二句：意谓家人因估计旅程遥远，想必梦见的我已在长安。言己滞留客途，与前"羁怀"相承。长安，汉唐都城，借喻北京。

◎ 评析

沈德潜《明诗别裁集》云："曲折往复，善学少陵。"

诗本写作者在怀念家人，最后却逆写家人在想他，与王维《九月九日忆山东兄弟》的"遥知兄弟登高处，遍插茱萸少一人"同工。

萤　苑

玉辇宵游处[1]，山萤万点飞。
后庭方熠熠[2]，不照锦帆归[3]。

◎ 注释

[1]玉辇：帝王的乘舆。
[2]后庭：犹言后宫，指妃嫔所居之处。《战国策·秦策》："君之骏马盈外厩，美女充后庭。"熠熠：明亮貌。
[3]锦帆：隋炀帝的龙舟，其帆皆锦制。李商隐《隋宫》："于今腐草无萤火，终古垂杨有暮鸦。"又同题七绝："春风举国裁宫锦，半作障泥半作花。"

◉ 评析

炀帝于大业十二年（616），于东都洛阳景华宫征求萤火数斛，夜出游山放之，光遍岩谷，后人常附会为炀帝幸江都（扬州）时事，如上引李商隐诗句。杜牧《扬州》诗："秋风放萤苑，春草斗鸡台"，亦指扬州。本诗末句，亦咏炀帝南游江都后，即被宇文化及所杀，不能再回京城。但数诗咏萤苑的主旨，还在讽喻炀帝的荒游，或兼讽明武宗的南幸。

黎民表
（1515—1581）

字惟敬，从化（今广东）人。嘉靖十三年（1534）举人，选授内阁中书舍人，终布政司参议。有《瑶石山人稿》，陈文烛序云："惟敬请老以归，话别三山"，则民表之请老，当在任职南京时。

他是"续五子"（后七子复古运动中一个名目）中的白眉，岭南的重要作者。其诗数量很多，境地较狭。朱彝尊《静志居诗话》卷十四："瑶石诗，读之似质闷，而实沉着坚韧。"质闷也确是事实。归田后，有《杂咏》十二首，其三云："春风难再得，世事况多违。"其五云："交态看贫贱，荣途有爱憎。"其六云："虽识数行墨，终销两鬓青。"他的经历很简单，此数语似平淡却可玩味。

燕京书事[1]

朱楼迢递接平沙，叹息深闺有丽华[2]。
青鸟几时随阿母[3]，彩鸾今夜属良家[4]。

桃栽碧海多成实，桂贮长门自落花。[5]
寄语采桑南陌女[6]，莫将颜色向人夸。

◎ 注释

[1] 燕京：指明都北京。

[2] 丽华：南朝陈后主宠妃张丽华，这里泛指将进宫为妃嫔的女子。

[3] 青鸟：班固《汉武故事》：七月七日，西王母至，有二青鸟如鸾，夹侍王母旁。后常借指为男女通情的使者。

[4] "彩鸾"句：指使者向民间采索闺女。《史记·外戚世家》："吕太后时，窦姬以良家子入宫侍太后。"

[5] "桃栽"二句：前句指入宫初之受宠幸，后句指日久失宠被弃。碧海桃，北周萧㧑《和梁武陵王遥望道馆诗》："金辉碧海桃，玉笈紫书方。"长门，汉武帝陈皇后因失宠，别居长门宫，司马相如曾作《长门赋》，赋中有"桂树交而相纷兮，芳酷烈之闿闿"语。

[6] 南陌：梁武帝《河中之水歌》："莫愁十三能织绮，十四采桑南陌头。"陌，道路。

◎ 评析

唐玄宗时，每岁遣使至民间选取美女入宫，使者称花鸟使。元稹《上阳白发人》："天宝年中花鸟使，撩花狎鸟含春思。满怀墨诏求嫔御，走上高楼半酣醉。醉酣直入卿士家，闺闱不得偷回避。良人顾妾心死别，小女呼爷血泪垂。十中有一得更衣，永（一作'九'）配深宫作宫婢。"黎民表此诗所写的，或可看作明代花鸟使故事。

闻捷报

铙歌《横吹》遏彤云[1]，天子明堂议战勋[2]。
金帛未应酬死士[3]，麒麟先画霍将军[4]。

◎ 注释

[1] 铙歌：军乐，行军时马上奏之，故又称骑吹，通称鼓吹。《横吹》：军中乐曲名，也于

283

马上奏之,与铙歌为互文。彤云:红云。陆机《汉高祖功臣颂》:"彤云昼聚,素灵夜哭。"

[2]明堂:泛指帝王宣扬政教、举行大典的场所。

[3]未应:未曾。死士:敢死之士。

[4]"麒麟"句:汉代未央宫内有麒麟阁,宣帝时画功臣霍光等十一人图像于阁中。霍光,霍去病异母弟,曾封大司马、大将军。这里借指将帅。

◉ 评析

明代中叶,北虏南倭,屡为中国之患,此诗当有感而发,亦"一将功成万骨枯"之意。题云"捷报",实含讽喻之意。

其第二首云:"用尽黄金饷边塞,几人曾为取龙城",亦有感于明代边政之败坏。

张佳胤
（1527—1588）

字肖甫,铜梁(今属重庆)人。嘉靖二十九年(1550)进士,官至兵部尚书加太子太保。因被劾,三疏谢病归。有《张居来集》。天启初,谥襄懋。

他的七古《马道驿丞歌》云:"余也东朝师保臣,罔生六十负君亲。抗章十数不得请,今始给驿归梁岷。"据《明史·七卿年表》,张佳胤(《明史》此处改"胤"为"允",当是清史官避清世宗胤禛讳)加太子太保在万历十三年,次年十二月致仕。越二年卒。则万历十四年(1586)致仕时,约为六十岁。

他是"后五子"之一,王世贞诗所谓"吾党有三甫",即南昌余曰德字德甫,新蔡张九一字助甫和张佳胤。但钱谦益《列朝诗集小传》却说:"肖甫为郎时,与王元美诸人相酬和,七子中三甫之一也。"

又云：七子仕宦皆不达，唯肖甫"以功名终"。顾起纶《国雅品》云："嘉靖中，海内崛然奋有七隽。"其中有张佳胤而无谢榛。可见七子名字，起先尚不固定。

峨嵋山营作[1]

戎马东防后，寒山落木时。镝鸣惊雉兔[2]，霜重湿旌旗。梦里江湖隔[3]，行间鬓发知[4]。不应询此地，亦唤作峨嵋[5]。

◎ 注释

[1]峨嵋：此指今山西万荣县东之峨眉岭。
[2]镝：箭镞。
[3]"梦里"句：因身在塞上军营中，故与江湖相隔。
[4]"行间"句：作者这时已入中年，鬓发当已花白。
[5]峨嵋：此指四川的峨眉山。

◎ 评析

　　万历七年（1579），作者巡抚宣府。宣府为明代九边之一，其地有今山西大同境。作者是四川人，所以听到峨嵋而起乡思，"梦里"两句也就有根。

宿太华山寺[1]

石床横架万峰西，海上双珠入户低[2]。
自是山中无玉漏[3]，朝霞还有碧鸡啼[4]。

285

◎ 注释

[1] 太华山：即西岳华山，在陕西渭南县东。远望其形如华（花），故称华山；因其西有少华山，故又称太华。
[2] 双珠：这里指日月，意谓晨昏皆赖日月照临。入户低：形容山寺之高。
[3] 玉漏：华美的计时器。漏，《说文》："以铜受水，刻节，昼夜百刻。"
[4] 碧鸡：《汉书·郊祀志》下："或言，益州有金马、碧鸡之神，可醮祭而致。"这里借喻天鸡。李白《梦游天姥吟》："半壁见海日，空中闻天鸡。"

◎ 评析

末二句，即唐太上隐者《答人》"山中无历日，寒尽不知年"、无名氏诗"山僧不解数甲子，一叶落知天下秋"之意。王稚登《湖上梅花歌》："此地人家无玉历，梅花开日是新年。"构思相同。陈子龙《皇明诗选》引舒章（李雯）曰："近体喜有不尽之意，如'夜珠来''蔗浆寒'等句是也。此诗最得之。"按，宋之问《奉和晦日幸昆明池应制》末云："不愁明月尽，自有夜珠来。"王维《敕赐百官樱桃》末云："饱食不须愁内热，大官还有蔗浆寒。"

沈明臣
（1518—1595）

字嘉则，鄞县（今浙江宁波）人。嘉靖时，胡宗宪督师平倭寇，明臣与徐渭同入幕府。宗宪死后，乃挟策走湖海，往来吴楚闽粤间，其诗亦多记旅途中风土人情之作。嘉、隆、万历间，布衣、山人以诗名者，明臣亦其一。年七十余，卒于里中。生平所作诗七千首，曾嘱其侄九畴选定四百首，不欲以芜累精。今所传《丰对楼诗选》为陈大科校刊，犹存四千四百余首。《四库全书总目提要》云："诗则才气坌涌，得之太易"，即是嫌滥。

七律《搔首》云："长城北绕千秋塞，大夏西开万里天。"《歌风台》云:"彭城王气千年足,芒砀寒云万里开。"《江上》云:"一枝秋色聊当座,万里青山不寄人。"七绝《过昆山》云:"桃花杨柳共西湾,曾唱菱歌带月还。春色茫茫今不问,满城风雨过昆山。"《灵岩山》云:"响屧廊空香径微,千年往迹故应非。青山花草斜阳下,唯见残僧晒衲衣。"皆颇能表现其才情。

别　　母

老母三年病,儿仍千里行。秋风吹地冷,山月照霜明。未别泪先下,问归难应声[1]。厨头有新妇,数可问藜羹。[2]

◎ 注释

[1]"问归"句:意思是何时归来,自己也无把握。
[2]"厨头"二句:意谓需要饮食时,可以常向厨房中媳妇索取。新妇,媳妇。藜羹,用嫩藜煮成的羹,指粗劣的食品。

◎ 评析

末两句,于琐屑中见真情。《明诗综》卷五十四引莫廷韩云:"嘉则诗豪俊清婉,情至之语,足无古人。"

清黄仲则也有一首《别老母》:"搴帏拜母河梁去,白发愁看泪眼枯。惨惨柴门风雪夜,此时有子不如无。"亦情至之语。

"泪先下""难应声"于对仗上失工,"难""鸡"字形相近,未知有否可能作"问归鸡应声"。

凯 歌

衔枚夜度五千兵[1],密领军符号令明。
狭巷短兵相接处[2],杀人如草不闻声[3]。

◎ 注释

[1] 衔枚:行军时的一种警戒。枚之状如箸,横衔口中,以禁喧嚣。
[2] 短兵:指刀剑、匕首等。这句谓双方士兵于狭巷中肉搏。
[3] "杀人"句:杀人如割草。李白《蜀道难》:"磨牙吮血,杀人如麻。"此指杀人之捷。

◎ 评析

　　作者在胡宗宪(时巡抚浙江)幕府时,颇受知遇。宗宪曾宴将士于烂柯山,酒酣乐作,作者于席上赋《铙歌》十章,吟至"狭巷"二句,宗宪起捋其须曰:"何物沈郎,雄快乃尔!"命刻石置山上。后来"杀人如草不闻声"也作成语用。

　　潘德舆《养一斋诗话》卷六:"徐文长《阴风吹火篇》:'有身无首知是谁,寒风莫射刀伤处。'沈嘉则《凯歌》:'狭巷短兵相接处,杀人如草不闻声。'偏才耳。文长诗'八月广陵涛,一叶渡残照',嘉则诗'马蹄明日天涯路,谁是灯前昨夜人',此方有唐人意。"

李攀龙
(1514—1570)

字于鳞,号沧溟,历城(今山东济南)人。九岁丧父,家贫力学。嘉靖二十三年(1544)进士。初授刑部主事,后迁顺德知府。三年后又擢为陕西提学副使。不久谢病返乡,建白雪楼以自娱,曾作诗云:"伏枕空林积雨开,旋因起色一登台。大清河抱孤城转,长白山邀返照回。无那嵇生成懒慢,可知陶令赋归来？何人定解浮云意，片影漂摇落酒杯。"据王士禛《香祖笔记》卷九，白雪楼初在韩仓店，所谓西揖华不住，东揖鲍山者。后来趵突泉东的白雪楼，则是后人所建，作为纪念的。

隆庆时擢为河南按察使。不久，因母丧返里，哀伤得病，病稍愈后，又于一日间心痛而卒。著有《沧溟集》。莫是龙曾挽之云："历下青山成夜壑，楼中白雪化哀涧。"

他在京师时，先后与谢榛、王世贞、宗臣、徐中行、梁有誉、吴国伦结社，年少气盛，有七才子之称，而以李攀龙为首领。他的文学上的复古主张，过于绝对化，认为文自西汉，诗自天宝以下，俱无足观。即是说，只有西汉、天宝及其以前的诗文才值得效法赏览。这是徒托大言，他本人就没有做到，也是任何人做不到的。但后人对他的批评，如钱谦益在《列朝诗集》上将他说得一无是处，也是绝对化了。

他的拟古乐府，生吞活剥，只将古人原作改换数字，典型的例子是《陌上桑》，其中"来归相怨怒，且复坐须臾"，是袭原作的"来归相怨怒，但坐观罗敷"，但原作的"坐"字是"因为"的意思，即"停车坐爱枫林晚"之"坐"，他却写成坐立之"坐"，不但画虎不成，而且贻人笑柄。

他对自己的七律很自负，王世贞在《书与于鳞论诗事》中曾记攀龙自言："七言律遂过足下一等，足下无神境，吾无凡境耳。"就诗而论，他的七律确是上品,也是大家公认的,但有重复雷同之处。诗多必滥,也是诗家一诫。因他诗中多"风尘"字,人家就叫他"李风尘"。又如《杪秋登太华绝顶》四首,每首都有"万里"字。

由于他勤学和早达,个性又倨傲,矜才使气,目空一切,钱谦益等就多了些挖苦的话。沈德潜《明诗别裁集》云:"历下诗,元美诸家推奖过盛,而受之(钱谦益)謷呼叫呶,几至身无完肤,皆党同伐私之见也。分而观之,古乐府及五言古体,临摹太过,痕迹宛然;七言律及七言绝句,高华矜贵,脱弃凡庸。去短取长,不存意见,历下之真面目出矣。"这是心平气和的公道话,《四库全书总目提要》也有类似说法。"高华"二字,确能道出李诗七律的特色。

懊侬歌[1]

布帆百余幅,阿娜自生风[2]。
江水满如月,那得不愁侬[3]?

◎ 注释

[1]懊侬歌:也作懊歌、懊恼歌。乐府吴声歌曲名,产生于江南民间,多写男女情爱中的纠葛。
[2]阿娜:通"婀娜",摇曳貌。《孔雀东南飞》:"四角龙子幡,婀娜随风转。"
[3]侬:我。古代吴人自称。

◎ 评析

共四首,这是第二首。

江水涨得如满月，群舸争流，船帆随风摇曳。女子或许是刚刚和情人分别，或许是望穿秋水，过尽千帆皆不是，总而言之，"那得不愁侬"？

其第一首云："侬为懊恼曲，还持懊恼侬。"意思是，作歌原是为了发泄自己的烦恼，不想反被烦恼捉弄了。

录　别[1]

秋风西北来，萧萧动百草。荡子无室家[2]，悠悠在长道。红颜能几时，弃捐一何早[3]。对客发素书[4]，零涕复盈抱。上言故乡好，下言故人老[5]。

◎ 注释

[1]作者写了二十六首以"录别"为题的五言古诗，内容都是诉说离别之情。
[2]荡子：流荡在外的男子。《古诗十九首》之二："荡子行不归，空床难独守。"
[3]一：加强语气之词。
[4]发：开视。素书：古人书信写在白绢上，因称素书。
[5]故人：古诗中亦用指前妻，这里指与丈夫别离已久的妻子，加强感情色彩。

◎ 评析

秋风乍起，百草萧萧。妻子想到丈夫流荡在外，久久不归，难免有怨意。适值有客携丈夫书信到来，便含泪开看。信里丈夫流露思乡思家之意，反使妻子更为伤心。

诗中"故人老"未必为来信原文，妻子以己语转述之，更见一种感慨。

沈德潜《明诗别裁集》评云："浅浅语道得情出。"一语道尽，评得极好。

岁杪放歌[1]

终年著书一字无,中岁学道仍狂夫。
劝君高枕且自爱,劝君浊醪且自沽[2]。
何人不说宦游乐,如君弃官亦不恶。
何处不说有炎凉,如君杜门复不妨[3]。
终然疏拙非时调[4],便是悠悠亦所长。

◎ 注释

[1] 岁杪:岁末。放歌:放声歌唱。杜甫《闻官军收河南河北》:"白日放歌须纵酒。"
[2] 浊醪:泛指酒。
[3] 杜门:闭门,不与外界接触,与上句相应。
[4] 终然:既然。

◎ 评析

　　李攀龙为陕西提学副使时,同乡殷学为巡抚,檄令属文,攀龙怫然曰:"文可檄致邪?"拒不应。后谢病归里,构白雪楼,宾客造门,率谢不见,大吏至,亦然。王世贞《艺苑卮言》卷七:"于鳞归杜门,自两台监司以下请见不得。"诗中的"杜门",当是写实。

　　钱锺书《谈艺录》,论七子模拟,为人诟病,然世只睹其粗作大卖而已,若其琢磨熨贴,几于灭迹刮痕者,则鲜窥见。下即举此诗之依仿唐张谓(一作刘眘虚)《赠乔琳》为例:"去年上策不见收,今年寄食仍淹留。羡君有酒能便醉,羡君无钱能不忧。如今五侯不爱客,羡君不问五侯宅。如今七贵方自尊,羡君不过七贵门。丈夫会应有知己,世上悠悠何足论。"钱氏评云:"两诗章法、句样以至风调,无不如月之印潭、印之印泥。李戴张冠,而宽窄适首;亦步亦趋,而自由自在。虽归摹拟,了不拮撩。'印板死法'云乎哉,禅家所谓'死蛇弄活'者欤。"

《皇明诗选》李雯云:"入道之言,愈淡愈老愈壮。"

寄别元美[1]

谁怜伏阙上书还[2],国士衔冤动帝颜。
杀气始应高碣石[3],飞霜犹自满燕山[4]。
风尘双泪绨袍尽[5],湖海扁舟白发闲[6]。
却念十年携手地,不知春色在吴关。[7]

◎ 注释

[1]元美:王世贞,字元美。
[2]伏阙:拜伏于宫殿下。臣下对皇帝有所陈请时多用此语。
[3]"杀气"句:作者《挽王中丞》有句云:"幕府高临碣石开",则此句是指王忬在塞上杀敌事。碣石,古山名,在河北昌黎西北。古时多将独凸屹立的山体称为碣石。
[4]"飞霜"句:相传战国时,邹衍事燕惠王,被人陷害下狱。邹衍在狱中仰天而哭,时正炎夏,天忽降霜,后世常作为蒙冤的典故。张说《狱箴》:"匹夫结愤,六月飞霜。"王忬的幕府正在燕山一带。
[5]绨(tí)袍:原指战国时范雎与须贾事,后亦比喻故旧之情。高适《别王八诗》:"传君遇知己,行日有绨袍。"
[6]"湖海"句:这时李攀龙五十余岁。
[7]"却念"二句:嘉靖三十八年(1559)正月,王世贞曾至济南访李攀龙,与之谈诗论文,颇为契合,当时几乎不知春色已到吴中(世贞为太仓人)。

◎ 评析

王忬被杀后(参见七绝《挽王中丞》),王世贞兄弟于隆庆元年(1567)三月,赴京讼父冤,宿于都门外僧寺中。八月,诏复王忬原官。次年,作者北上,过访王世贞。本诗当作于此时。

首句以伏阙上书领起,次句颂新君对故臣的昭雪。三、四两句指王忬的生前死后,五、六两句喻自己与世贞的交谊,并露归隐之意。末两句追溯当年游从之趣，几疑春色不在江南，仍归结到友情。

登黄榆马陵诸山是太行绝顶处[1]

千峰郡阁望嵯峨，此日褰帷按塞过[2]。
落木悲风鸿雁下，白云秋色太行多[3]。
山连大陆蟠三晋[4]，水划中原散九河[5]。
回首蓟门高杀气[6]，羽林诸将在横戈[7]。

◎ 注释

[1] 黄榆：黄榆岭，在河北邢台西北，西接山西和顺县界，石径盘旋，形险道冲。马陵：也是峰岭。太行：山名，绵延山西、河北、河南三省。

[2] 褰帷：撩起车帘。作者去的时候是乘车而去。按塞（sài）：巡行塞上。

[3]"白云"句：《新唐书·狄仁杰传》："仁杰登太行山，反顾，见白云孤飞。"可作为太行白云之一证。

[4] 大陆：大片陆地。三晋：春秋末，晋国为韩、赵、魏三家卿大夫所分，各立为国，史称三晋，其地包括今山西、河南及河北西南部分，也即太行山脉绵延之地。

[5] 九河：古代黄河自孟津而北，分为九道，故名。作者同题五律中，也有"河势中原坼，山形上党来"句。这句意谓中原大地上黄河散流。

[6] 蓟门：即蓟丘，故址在北京德胜门外。

[7] 羽林：明代亲军有羽林卫，这里泛喻朝廷的精锐部队。黄榆岭上有关口，明代设兵防守。

◎ 评析

共四首，这是末一首。

作者曾任顺德（今属河北）知府，顺德治所在邢台，故同题五律中有"太守（知府）方秉障，清时敢勒铭"语。颔联写秋高气爽，落木悲风时节，太行的秋色，因白云之多而更显健朗，带砺山河的气象亦由此涌现。当时鞑靼部队时常犯边，所以末句这样说，但收得平弱。

另两首的联句，如"悲风大壑飞流折，白日千崖落木寒"，"群峰不断浮云色，绝巘长留落日悬"，亦佳，但变化太少。

登华不注山送公瑕[1]

鸿雁高飞木叶丹，逍遥台上一凭阑[2]。
浮云不动孤峰起，落日长临二水寒[3]。
多病故人书未达[4]，中原秋色醉相看。
预愁匹练江南道[5]，极目吴门驻马难。

◎ 注释

[1]华不注：山名，在作者故乡济南东北。公瑕，周天球，长洲（今江苏苏州）人。钱谦益《列朝诗集》谓其诗"大率声调雄壮，规摹王（世贞）李（攀龙），去吴中风雅远矣"。
[2]逍遥台：山东滕州薛城东南有逍遥台，然其地离华不注甚远，此或借喻。
[3]二水：指黄河与济水。
[4]"多病"句：孟浩然《岁暮归南山》："多病故人疏。"杜甫《月夜忆舍弟》："寄书长不达。"
[5]匹练：形容白马飞驰。李白《赠武十七谔》："马如一匹练，明日过吴门。"因李白诗言"明日"，故本句用"预愁"。

◎ 评析

诗当是与周天球同登华不注后而作。五、六两句，言自己因为多病，对故人疏于音信，故醉中应该多多赏览中原秋色。末句侧写惜别，婉转而恳切，意思是天球回到故乡，想起今日一同登临的依依之情，预料必多惆怅，难以驻马了。

挽王中丞[1]

司马台前列柏高[2]，风云犹自夹旌旄。
属镂不是君王意[3]，莫作胥山万里涛[4]。

◉ 注释

[1] 王中丞：王忬，字民应，王世贞之父。中丞，王忬曾任蓟辽总督、右都御史。明初设都察院，其中副都御史职位相当汉之御史中丞。
[2] 司马：王忬曾官兵部右侍郎，古人亦以司马称兵部长官。列柏：汉御史府中列植柏树，后因称御史台为柏台。
[3] 属镂：剑名。吴王夫差曾赐伍子胥属镂自刎。
[4] 胥山：在江苏苏州西南。《史记》记伍子胥自刎前，曾怨恨吴王听信谗言，杀害忠臣。吴王闻而大怒，乃取子胥尸，盛以鸱夷（革囊），泛之江中。吴人怜之，为立祠于江上，名曰胥山。一说吴王阖闾（夫差之父）时已有胥山。后人又传说伍子胥死后为涛神，常借素车白马出入波涛之中。两句意谓，王忬被杀，并非是世宗的意思，所以，王中丞不要像伍子胥那样，化作汹涌的怒涛。

幕府高临碣石开[1]，蓟门丹旐重徘徊[2]。
沙场入夜多风雨，人见亲提铁骑来。[3]

◉ 注释

[1] 碣石：古山名，在河北昌黎西北。
[2] 蓟门：即蓟丘，故地在北京德胜门外。丹旐：丧礼中用的铭旌。
[3] "沙场"二句：写王忬死后，英灵不灭，仿佛还见他从沙场上提铁骑而来。

◉ 评析

　　共八首，这是第二及第八首。

　　王忬起先很受世宗信重。嘉靖三十八年（1559），鞑靼部队将西入，却扬言朝东来，王忬立即引兵向东，鞑靼遂乘隙渡滦河而西，大掠遵化、蓟州等地，驻内地五日，京师震动。王忬在作战中，确有失策之处，因而为御史方辂所劾，刑部拟议戍边，世宗手批云："诸将皆斩，主军令者顾得附轻典耶？"次年冬，斩于西市。则杀王忬原出世宗本人之意。穆宗即位，世贞、世懋兄弟伏阙讼冤，复故官。

《明史·王忬传》末，增加了王忬父子与严嵩父子嫌隙的情节，"滦河变闻，遂得行其计"。意思是出于严嵩阴谋。支大纶对王忬极为钦重和体谅，但他评忬之死云："华亭（指徐阶）乃予罪严嵩，至方秦桧之杀武穆，是以君子恶居下流。"谈迁亦云："王中丞坐疆事死，非死严氏也。隆庆初，子世贞讼冤，归狱严氏。此家诉则然，岂定论哉？"（皆见《国榷》卷六十三）

严氏父子奸恶，事迹具在，但王忬之死，实由世宗。攀龙诗"属镂"二句，已含皮里阳秋之意，并起欲盖弥彰作用。他本意在痛惜王忬死非其罪，又不敢明责世宗，否则，何必要这样说呢？

和聂仪部明妃曲[1]

天山雪后北风寒[2]，抱得琵琶马上弹[3]。
曲罢不知青海月[4]，徘徊犹作汉宫看[5]。

◉ 注释

[1]聂仪部：聂静，嘉靖十四年进士，官仪部郎中。仪部，洪武时，礼部下有总部、祠部、膳部、主客部四属部，后改总部为仪部，后又改为仪制司，为礼部的第一司。明妃：即王昭君，晋人因避司马昭讳改称明君。明妃之称，则始于江淹《恨赋》。

[2]天山：即北祁连山，匈奴呼天为祁连，在今新疆境。

[3]"抱得"句：琵琶本西域胡人乐器，相传汉武帝以公主（实为江都王刘建女）嫁西域乌孙，公主悲伤，胡人乃于马上弹琵琶娱之。见晋石崇《明君词序》。后人因昭君事与乌孙公主远嫁有相似处，故推想如此。实则昭君与琵琶无关。《琴操》也记昭君在外，曾

作怨思之歌，后人名为《昭君怨》。

[4] 青海：湖名，在今青海，古名西海，北魏时始名青海。

[5] "徘徊"句：昭君本是汉元帝的宫人。李攀龙选唐人七绝，以王昌龄"秦时明月汉时关"为第一，李诗这两句，或有所胎息。

◎ 评析

原诗共四首，这是第三首，也只有这首最好，好就好在末两句，借错认青海之月为汉宫之月，曲达旅途中的昭君委屈心事。杜甫《咏怀古迹》云："环珮空归月下魂"，然则昭君出塞之后，死生已与明月相共了。

沈德潜《明诗别裁集》云："不著议论，而一切著议论者皆出其下，此诗品也。"

徐中行
（1517—1578）

字子舆，号龙湾，读书天目山下，又称天目山人，长兴（今属浙江）人。嘉靖二十九年（1550）进士，授刑部主事，累官江西左布政使。后七子之一。有诗文集《天目先生集》，又名《天目集》《天目山堂集》。

中行性亢爽，好饮酒。一夕卒于官所，客死无后，人多哀之。

山陵道中风雨[1]

鼎湖晓散千峰雨[2]，黍谷春开万壑冰[3]。
阁道阴森盘树杪[4]，宫墙缭绕隔云层。
东来海色迷玄菟[5]，西望烽烟暗白登[6]。
忽忆高皇歌猛士，大风萧瑟起诸陵[7]。

◎ 注释

[1] 山陵：特指帝王的坟墓。《水经注·渭水》："秦名天子冢曰山，汉曰陵，故通曰山陵矣。"明代除太祖孝陵在南京外，自成祖长陵开始，皆在北京市昌平北的天寿山（本名东榨子山，因建长陵而改名），即后来所称之十三陵。作者作此诗时，只到武宗康陵止。
[2] 鼎湖：相传黄帝铸鼎于荆山下，鼎成：有龙垂胡髯迎其上天，后因名其处曰鼎湖。这里指明代诸陵。
[3] 黍谷：山名，又名寒谷山，在北京密云西南。相传黍谷地美而寒，不生五谷，邹衍吹律而温气生，燕人种黍其中，故称黍谷。
[4] 阁道：复道，这里泛指通道。树杪：树梢。
[5] 玄菟：古郡名，在今朝鲜咸镜道及我国辽宁东部、吉林南部。这里泛指东方。与下句皆写气象。徐陵《劝进梁元帝表》："重以东渐玄菟，西逾白狼。"
[6] 白登：山名，在山西大同东，山上有白登台。汉七年匈奴冒顿曾围汉高祖于白登，即此。这里泛指西方。石瑶《天寿山》："关塞正当山右臂，风雷近接海西门。"
[7] "忽忆"二句：汉高祖回到故乡沛，和父老子弟纵酒尽欢，席间击筑而歌曰："大风起兮云飞扬，……安得猛士兮守四方。"

◎ 评析

山陵因风雨而更显苍茫萧森，全诗吃紧处即在风雨，首句雨而末句风，风则为《大风歌》之风，接应得很自然。崔曙《九日登望仙台呈刘明府》的"三晋云山皆北向，二陵风雨自东来"，即为传诵名句。末由白登事而转入汉朝开国之主，又借汉祖以拟明祖，再翻高一层。景泰时刘昌《谒孝陵》亦有"周后神灵依上帝，汉皇基业付诸孙"语，皆含规勉意。

感 旧

自别燕台白日徂[1]，华阳碣石总荒芜[2]。
独留一片西山月[3]，犹照当年旧酒垆[4]。

◎ 注释

[1] 燕台：即黄金台，在今河北易县东南。参见薛蕙《昭王台》。徂：逝去。

[2] 华阳：蒋一葵《长安客话》卷五：涿州"西南有华阳台，旧传燕丹与樊将军置酒华阳馆，出美人奇马，即此处"。碣石，碣石宫，亦称碣馆，燕昭王为驺衍所筑之馆，故址在今北京西南大兴区。陈子昂《燕昭王》诗："南登碣石馆，遥望黄金台。"
[3] 西山：在北京西郊。
[4] 酒垆：酒店安置酒瓮的土台。

◎ 评析

题为感旧，实是吊古，即有感于礼贤事迹的消沉。罗隐《燕昭王墓》诗："浮世近来轻骏骨，高台何处有黄金"，亦此意。末二句，可与李白《将进酒》的"古来圣贤皆寂寞，惟有饮者留其名"合观。

梁有誉
（1519—1554）

字公实，号兰汀，顺德（今属广东）人。嘉靖二十九年（1550）进士，授刑部主事。居三年，移病归里。

他曾与黎民表约游罗浮山，值飓风起，无法行舟，乃止宿田舍三夕。风益甚，山木尽拔，他亦意尽，赋诗而归，归而疾大作，遂卒，年仅三十六。他是后七子之一，有《比部集》。

其《游罗浮阻风大唐田舍》之一云："曾闻汉鲍靓，海上阻秋风。我亦罗浮去，飘飘烟雨中。鱼龙舟子惧，鸡黍野人同。暂憩茅檐下，沧洲兴不穷。"则此诗似为他绝笔。

秋夜雨中过黎氏山房[1]

瑶琴不复理，空余山水情[2]。
弃置石床上，风来时一鸣。

◎ 注释

[1] 黎氏山房：作者好友黎民表的山中屋舍。
[2] 山水情：春秋时伯牙善鼓琴，钟子期善听。伯牙志在高山，子期曰："善哉，峨峨兮若泰山。"志在流水，曰："善哉，洋洋兮若江河。"

◎ 评析

诗写知音之难得，时在秋夜雨中，也正是"最难风雨故人来"时节。作者与黎氏为好友，或借此相互勉励。

汉宫词

云匝蓬莱迎玉辇[1]，星连阁道闪朱旗[2]。
仙娥引烛祈年夜[3]，内史催词礼斗时[4]。
赤雁新传三殿曲[5]，青鸾多集万年枝[6]。
蕊宫别有欢娱处[7]，春色人间总未知。

◎ 注释

[1] 匝（zā）：环绕。蓬莱：传说中的仙境。又唐代有蓬莱宫，亦作宫殿泛称，此处意兼双关。玉辇：帝王的乘舆。
[2] 阁道：复道，这里指宫中通道，阁道又是星名，属奎宿，故有双关义。朱旗：道家象征南方星君的旗帜，汉代以火德兴，宫中祭祀等均用朱旗。
[3] 仙娥：指宫女。张元凯《西苑宫词》云："秋殿清斋正受釐，迎和门外立诸姬。"祈年：向上天祈请长寿或年岁丰泰。
[4] 内史：《周礼》春官之内史，掌书王命，这里指近侍臣僚。李袭《嘉靖宫词》："坛前才布诸天位，苑外先催学士文。"斗：斗君，道教所说的斗星之神。
[5] 赤雁：预示祸福的神鸟。三殿：唐麟德殿一殿而有三面，称三殿。后亦泛指宫殿。又：明代以皇极殿、中极殿、建极殿称三大殿。曲：曲蔽处。
[6] 青鸾：传说中的神鸟。旧题王嘉《拾遗记·蓬莱山》："有浮筠之簳，叶青茎紫，子大如珠，有青鸾集其上。"万年枝：年代悠久的大树，亦多指天子宫廷的树木。韩偓《鹊》诗："莫怪天涯栖不稳，托身须是万年枝。"

[7]蕊宫：道家传说天上的上清宫有蕊珠宫，神仙所居。

◎ 评析

明世宗信道教，好方术，文士因撰青词而受知，方士因进丹药而获宠。初尚为却疾延年，后则以丹药恣欲。本诗借题汉宫，实咏世宗藉方术以为秘戏。

陈田《明诗纪事》已签："永陵（指世宗）好道，方士多进方术。……王弇州（世贞）《西苑宫词》：'只缘身作延年药，憔悴春风雨露中'，词旨显露，不如公实《汉宫词》'蕊宫别有欢娱处，春色人间总未知'，尤为婉而多风也。"

同时人张元凯也作《西苑宫词》十二首，末首云："方士如云泛海槎，采真元不为丹砂。万金炼就壶中药，愁杀仙人萼绿华。"萼绿华为一女仙，曾夜降晋人羊权家，赠权诗一篇及火浣手巾、金玉条脱。李商隐《碧城》云："武皇内传分明在，莫道人间总不知。"此类诗正可作内传读。

徐　渭（1521—1593）

字文长，号天池山人、晚号青藤老人，山阴（今浙江绍兴）人。二十岁为秀才，后屡应乡试而未举，在乡间教学童为生。名其所居为一枝堂。后入总督胡宗宪幕，为宗宪草进白鹿表。世宗好祥瑞，阅表大悦，益宠宗宪，宗宪亦因此更器重他。督府威严，将吏不敢仰视，渭则角巾布衣，长揖纵谈。又知兵，好奇计，宗宪擒海寇，渭皆参预其谋。后宗宪下狱，渭惧牵连，神智错乱，引巨锥刺耳，又以椎击睾丸破碎，皆不死。不久，又疑继妻张氏有奸情，竟将她杀死，因而论死下狱，赖同乡张元忭等力救得免，在狱中被拘六年。出狱后，乃游金陵，抵宣、辽，入京师。病又时发，乃返山阴，时年六十三岁。百病丛生，晚景凄凉。陶望龄《徐文长传》云："有书数千卷，后斥卖殆尽。帱筦破敝，不能再易，至藉藁寝。"即是说，他的被褥破败后已无力更换，只得躺在稻草上。有《青藤书屋文集》。新中国成立后有中华书局整理出版的《徐渭集》。

他是一个多才多艺、无所不精的人，曾自言"吾书第一，诗次之，文次之，画又次之"。实际他还写过杂剧集《四声猿》。又因行为怪僻，才艺卓特，如同唐伯虎、金圣叹等人一样，也成为民间文学中人物。他的《胡市》诗有"自故学棋嫌尽杀，大家和局免输赢"句，亦颇语妙。

他的诗如其人，超脱沉酣，不拘形迹，一往有隽，力求心声，优点中又可看出粗率驳杂的缺点。出入李白、李贺之间，又浮游于苏诗。张谦宜《䋝斋诗谈》卷八："文长虽不专摹苏诗，流派却已同归，学者辨之。"朱庭珍《筱园诗话》卷二："诗文佳者皆有生气，劣者恣野特甚，实非正宗，不足列入家数，然超出沈嘉则（明臣）、黄省曾诸人之上，不啻倍之。"说徐诗"非正宗"，也是对的，徐渭本来也不以正宗自高。

但最赏识徐渭的还是袁宏道，除了作《徐文长传》外，在致《冯侍郎（冯琦)座主》书中又说："宏于近代得一诗人曰徐渭，其诗尽翻窠臼，自出手眼。有长吉之奇，而畅其语；夺工部之骨，而脱其肤；挟子瞻之辨，而逸其气。无论七子，即何、李当在下风。"所以钱谦益《列朝诗集小传》说："微中郎，世岂复知有文长。"这也因为他们都不喜欢七子，而又都有异端思想。

沈明臣与徐渭同入胡宗宪之幕，曾有《过文长故业作》诗："木莲巷口夕阳斜，细雨东风湿杏花。酬字堂前双燕子，不知今日属谁家。"酬字堂是胡宗宪赠银一百二十两建造的，于四十三岁时迁入。又据邓之诚《骨董琐记》卷五："青藤书屋，徐文长读书处，藤大如斗，后为陈章侯（老莲）所居。"现在青藤书屋经修葺后，已辟为纪念馆。

至清代，郑板桥自称为徐青藤门下走狗，袁枚《随园诗话》卷六，记童二树《题青藤小像云》："抵死目中无七子，岂知身后得中郎。"又曰："尚有一灯传郑燮，甘心走狗列门墙。"二树名钰，工诗画，亦山阴人。齐白石曾有印一方，词曰："青藤雪个（八大山人）远凡胎，老缶（吴昌硕）衰年别有才。我愿九原为走狗，三家门下转轮来。"

阴风吹火篇呈钱刑部君附书八山[1]

侧闻公远临江浒，普荐国殇[2]，补化理之不及[3]，超沉沦而使脱。渭敷扬鲜才[4]，欢喜无量。赋得《阴风吹火篇》以献，附书别作四首，兼乞览观，率戏效李贺体[5]，不审少有似否[6]？别奉唐集一部，伏希垂纳。

阴风吹火火欲燃，老枭夜啸白昼眠[7]。

山头月出狐狸去，竹径归来天未曙。

黑松密处秋萤雨，烟里闻声辨乡语[8]。

有身无首知是谁，寒风莫射刀伤处[9]。

关门悬纛稀行李[10]，半是生人半是鬼。

犹道能言似昨时，白日牵人说兵事。

高旐影卧西陵渡[11]，召鬼不至呲卢怒[12]。

大江流水枉隔侬，冯将咒力攀浓雾[13]。

中流灯火密如萤[14]，饥魂未食阴风鸣。

髑髅避月攫残黍[15]，幡底飒然人发竖[16]。

谁言堕地永为厉[17]，宰官功德不可议[18]。

◎ 注释

[1] 阴风吹火：李贺《长平箭头歌》："回风送客吹阴火。"朱彝尊《静志居诗话》卷十四："《阴风吹火篇》，美钱工部能悯国殇召僧施食而作。"但诗题明云钱刑部。徐渭有《逃禅集序》，下注云："钱刑部君号八山，云藏公别号也。"钱刑部爱佛学，所以作《逃禅集》。又，中华书局版《诗话》"能"字加人名线，恐非。《明史》中有钱能，则为成化时太监。

[2] 荐：供祭。国殇：《楚辞·九歌》有《国殇》篇，后泛指为国牺牲的军民。鲍照《代出自蓟北门行》："投躯报明主，身死为国殇。"

[3] 化理：天地自然之理。

[4] 敷扬：传布，宣扬。鲜：缺乏。

[5] 率：大致。李贺体，李贺诗瑰丽奇谲，多阴森幽怖意，人称为鬼才。

[6] 少：稍。

[7] 枭：俗称猫头鹰，旧时以为不祥之鸟。

[8] 乡语：指鬼说的方言。

[9] "有身"二句：上句极可怖，下句则可悯。

[10] 纛（dào）：军旗。行李：使者。

[11] 高旐：招魂之旗，其形长幅下垂。西陵渡：在浙江杭州西，这里泛指东南水滨。西陵，即西兴。李贺《苏小小墓》："西陵下，风吹雨。"

305

[12]毗卢：毗卢舍那的省称，泛指佛。
[13]"大江"二句：意谓鬼自言因可仗咒力攀云雾，故大江流水也不能截隔。依，我，指鬼自称。冯，通"凭"。
[14]"中流"句：指江中的鬼火。
[15]"髑髅"句：形容饿鬼迫切求食。避月是怕人看见。攫：掠取。
[16]飒然：凄厉貌。人发竖：汗毛凛凛。
[17]地：指地狱。厉：恶鬼。
[18]宰官：长官。不可议：不可评论，亦即是无法用言语表达之意。

◉ 评析

嘉靖之世，倭寇与海盗屡扰东南，军民因此而死于战火的很多。钱刑部怜孤魂野鬼，漂泊无依，乃设道场超度亡灵。作者曾入总督胡宗宪幕府，参与抗倭军机，乃效李贺体作此诗，亦李贺《秋来》的"秋坟鬼唱鲍家诗，恨血千年土中碧"之意。

作者《夜宿丘园……》有云："或为道士服，月明对人语：幸勿相猜嫌，夜来谈客旅。"亦写鬼向人攀谈。鬼宿园林，同样感到客中寂寞。

朱彝尊评《阴风吹火篇》云："首八句，句句警策，具体长吉而得其骨髓者也。以下啴缓拖沓，去呕心人（指李贺）远矣。稍为芟易存之。结语尤索然无味。"下并引徐渭一首五古，其末云："存亡隔一丘，华寂迥千仞。活鼠胜死王，斯言岂不审？"活鼠句颇妙。

严先生祠[1]

大泽高踪不可寻[2]，古碑祠木自阴阴。
长江万里元无尽[3]，白日千年此一临。
我已醉中巾屡岸[4]，谁能梦里足长禁？
一加帝腹浑闲事[5]，何用傍人说到今[6]。

◎ 注释

[1] 严先生：指后汉严光，字子陵，会稽余姚人，年轻时与光武帝同游学。光武欲授以官，他不受，隐居于桐庐的富春山。后人钦重其高风，尊称为严先生，并设祠于富春。范仲淹曾撰《严先生祠堂记》。

[2] 大泽高踪：《后汉书·严光传》："帝思其贤，乃令以物色访之。后齐国上言：'有一男子，披羊裘钓泽中。'帝疑其光，乃备安车玄纁，遣使聘之。"

[3] 长江：此指富春江。元：通"原"。

[4] 巾屡岸：多次推出头巾，露出前额，形容衣着简率不拘，因为严光也是不求簪缨的高士。岸：露。

[5] 一加帝腹：《后汉书·严光传》：光武引严光入宫，论道旧故，"因共偃卧，光以足加帝腹上。明日太史奏，客星犯御座甚急。帝笑曰：'朕故人严子陵共卧耳。'"一，加强语气词。浑，全然。

[6] 傍：通"旁"。

◎ 评析

太史上奏，意在尊君，加足帝腹事也一直为后人传诵。诗人却不以为然。在皇权至上时代而敢这样写，也反映了作者兀傲的性格。

谁能句，妙语。和皇帝同宿一榻，怎么能使脚一直屈着呢？

作者另有五律云："不知天子贵，自是故人心。"亦佳。

岳公祠

墓门朱戟碧湖中[1]，湖上桃花相映红。
四海《龙蛇》寒食后[2]，六陵风雨大江东[3]。
英雄几夜乾坤博[4]，忠孝谁家俎豆同[5]？
肠断两宫终朔雪[6]，年年麦饭隔春风[7]。

◎ 注释

[1] 朱戟：古代大臣门前，得列棨戟。

[2]《龙蛇》:《龙蛇歌》,传为世人怜介子推际遇而作,有"龙欲上天,五蛇为辅,龙已升云,一蛇终不见处所"语。寒食禁火即为纪念介子推遭焚而成之风俗。寒食:在清明前一天或二天,清明则有扫墓的风俗。

[3]六陵:指南宋高宗永思陵、孝宗永阜陵、光宗永崇陵、宁宗永茂陵、理宗永穆陵、度宗永绍陵。皆在会稽(今浙江绍兴市)。高启《穆陵行》:"六陵松柏悲风来。"

[4]"英雄"句:当指岳飞指挥朱仙镇战捷事。博,争取。

[5]"忠孝"句:岳飞被害时,其养子云亦被杀,年二十三岁。孝宗初,与飞同复原官,以礼袝葬,今岳庙内有岳云祠位。俎豆,祭祀。

[6]"肠断"句:指徽宗、钦宗被金人掳至五国城(在今黑龙江)。朔雪,北方的风雪。

[7]麦饭:指祭祀品,徽钦二帝抛骨北地,故年年只能遥祭。

◉ 评析

以西湖岳祠兴起,结以风雪中域外之二帝,慷慨中寓悲凉。瞿佑《归田诗话》卷中记高则诚吊岳鄂王墓诗云:"莫向中州唱《黍离》,英雄生死系安危。内廷不下颁师诏,绝漠全收大将旗。父子一门甘伏节,山河千里竟分支。孤臣尚有埋身地,二帝游魂更可悲。"作意与徐诗有类似处。

桃叶渡[1]

书中见桃叶,相忆如不死[2]。
今过桃叶渡,但见一条水。

◉ 注释

[1]桃叶渡:在江苏南京市秦淮河畔。桃叶为晋王献之爱妾名,相传献之曾在渡口作歌送之,歌云:"桃叶复桃叶,度江不用楫。但度无所苦,我自迎接汝。"

[2]"相忆"句:想念中还像活着一样。

◉ 评析

许多与美人有关的古迹都是这样,例如西施的浣纱溪。华清池如果不经装修,也只是一条水了。想象中的美好场景,常常经不起实地浏览。

王元章倒枝梅花[1]

皓态孤芳压俗姿，不堪复写拂云枝。
从来万事嫌高格，莫怪梅花着地垂。

◉ 注释

[1]王元章：王冕字元章，诸暨（今属浙江）人。元代画家、诗人，工画墨梅，存世代表作有《墨梅图》。有人荐其入翰林院，不就，归隐山间。《儒林外史》第一回就是写他的故事。

◉ 评析

借题画以讽世。第三句中的"高格"，兼咏王冕为人。他也写过好多首梅花诗，其《墨梅》云："我家洗砚池头树，朵朵花开淡墨痕。不要人夸好颜色，只留清气满乾坤。"

内子亡十年其家以甥在稍还母所服潞州红衫颈汗尚涗余为泣数行下时夜大雨雪[1]

黄金小纽茜衫温[2]，袖摺犹存举案痕[3]。
开匣不知双泪下，满庭积雪一灯昏。

◉ 注释

[1]内子：妻的谦称。潞州：今山西长治县，产绸，世称潞绸。涗：出汗浸渍。
[2]茜衫：红色的上衣。
[3]举案：用东汉梁鸿妻孟光举案齐眉典故。这里借喻夫妇间的敬爱温存。

◉ 评析

作者于嘉靖十九年（1540）结婚，时年二十岁，妻潘氏，年十四岁。四年后生一子，名枚。作者是赘婿，潘氏卒后，徐渭从潘家搬出，所以诗题说到潘家还衣服事。潘氏本无名字，后徐渭于墓志铭中追取名似，字介君，意思是介似自己。

作者另有悼亡诗五首，其末首云："箧里残花色尚明，分明世事隔前生。坐来不觉西窗暗，飞尽寒梅雪未晴。"伤逝之情，往往因遗物而倍增。元稹《六年春遣怀》之一云："重纩犹存孤枕在，春衫无复旧裁缝。"词异而情则相似。

吴国伦
（1524—1593）

字明卿，号川楼子、南岳山人，兴国（今属江西）人。嘉靖二十九年（1550）进士，由中书舍人擢兵科给事中。后被严嵩借故谪江西按察司知事。严嵩败，起为建宁（今属福建）同知，后又任贵州提学副使等职。归里后，诗名颇高，求名之士，或东走太仓（指王世贞），或西走兴国。在后七子中，他最为老寿。有《甔甀洞稿》及《续稿》。

他因曾到西南贵州、高州等地，对当地风土人情颇多真切的描绘，如《高州杂咏》的"一日更裘葛，三家杂汉夷。鬼符书辟瘴，蛮鼓奏登陴"句，沈德潜《明诗别裁集》即说："风土诗，须此奇警之笔，方写得生动。"陈田《明诗纪事》已签亦云："明卿入黔诸诗，有新色。"

他以律诗工稳匀密见称，而七绝如《寄远曲》云："章台杨柳绿如云，忆折南枝早赠君。一夜东风人万里，可怜飞絮已纷纷。"亦佳，与李益《汴河曲》之"行人莫上长堤望，风起杨花愁杀人"，别是一种情味。

次奢香驿因咏其事[1]

我闻水西奢香氏[2],奉诏曾谒高皇宫[3]。
承恩一诺九驿通,凿山刊木穿蒙茸[4]。
至今承平二百载,牂牁僰道犹同风[5]。
西溪东流石齿齿[6],呜咽犹哀奢香死。
中州男儿忍巾帼[7],何物老妪亦青史[8]。
君不见蜀道之辟五丁神[9],犍为万卒迷无津[10]。
帐中坐叱山川走[11],谁道奢香一妇人?

◎ 注释

[1]次:旅途停留。奢香驿:奢香于贵州、云南所立的驿所,详说明。
[2]水西:在贵州旧黔西县。元设水西宣慰司。
[3]高皇:指明太祖。
[4]刊:砍削。蒙茸:即"蒙戎",草木杂生貌。
[5]牂牁(zāng kē):辖境包括贵州大部及云南东广西北。僰(bó)道:汉县名,属犍为郡,为僰人所居,故名。故址在今四川宜宾。
[6]齿齿:排列如齿貌。
[7]"中州"句:意谓中州的男儿难道竟不如巾帼。巾帼:妇女的头巾和发饰,后亦作妇女的代称。
[8]何物:这里含称赞意。
[9]"君不见"句:传说秦惠王伐蜀而不识道路,乃造五石牛,将金置于石牛尾下,扬言石牛能屙金。蜀王负力信以为真,派五丁(五个力士)将石牛拉回,为秦开了通蜀的道路。
[10]犍为:汉郡名,治所在僰道。东汉时将其南境置犍为属国都尉,治所在今云南昭通西北。
[11]"帐中"句:意谓奢香氏能传令部下,将西南道路开通。

◎ 评析

　　贵州土司霭翠为蜀汉时罗甸国王后裔。洪武四年(1371),与其同知宋钦归附明廷。明太祖以霭翠（后改安氏）为贵州宣慰使，宋钦为宣慰同知。安氏领水西，宋氏领水东。霭翠死，妻奢香氏代立。当时都督马晔颇苛暴，有马阎王之称。奢香有小罪，晔竟械而裸挞之，奢香部下欲反。这时宋钦亦死，其妻刘氏乃驰至京师向太祖陈诉。太祖命马皇后召刘氏进宫，嘱其转召奢香至京，奢香遂向太祖自陈世家守土功及马晔罪状。太祖允将马晔除去，奢香答曰："贵州东北间道，可入蜀，梗塞久矣，愿为陛下刊山，开驿传以供往来。"太祖乃斩马晔，又封奢香为顺德夫人，刘氏为明德夫人。奢香既归，遂开偏桥、水东，以达乌蒙、乌撒及容山诸境，立龙场九驿。于是川滇黔的交通得以畅达。事见《明史》卷三百十六及田汝成《炎徼纪闻》卷三。

万历时人卢安世亦作七绝《奢夫人》云："都督持威太自轻，翻令顺德据声名。君看九驿奢香路，岂直宜娘解用兵。"

鄱阳湖[1]

欲向匡庐卧白云[2]，宫亭水色尽氤氲[3]。
千山日射蛟龙窟，万里霜寒雁鹜群[4]。
浪涌帆樯天际乱，星临吴楚镜中分[5]。
东南岁晚仍鼙鼓[6]，莫遣孤舟逐客闻[7]。

◎ 注释

[1] 鄱阳湖：古称彭蠡，在长江以南，江西省北部，为我国五大湖之一。
[2] 匡庐：即庐山，北靠长江，东南傍鄱阳湖。慧远《庐山记略》：有匡裕先生者，出自殷周之际，受道于仙人，共游此山，即岩成馆，故时人谓其所止为神仙之庐，因以名山。卧白云，李白《白云歌送刘十六归山》："白云堪卧君早归。"
[3] 宫亭：鄱阳湖分南北，南曰官亭湖，后亦泛指鄱阳湖。氤氲（yīn yūn）：水气浑涵貌。
[4] 鹜：野鸭。

312

[5]"星临"句：大致说来，吴在湖东，楚在湖西。师杜甫《登岳阳楼》"吴楚东南坼"意。贯休《春过鄱阳湖》："吴山兼鸟没，楚色入衣寒。"

[6]鼙鼓：战鼓。

[7]逐客：指谪贬的人。

◎ 评析

作者七律中工稳之作。

嘉靖三十四年（1555），杨继盛被杀害后，作者号召众人赙送，触严嵩之怒，借他事将作者谪江西按察司知事。此诗即这一时期作。当时东南一带，倭寇与海贼分道侵扰，所以末两句这样说，犹杜甫《阁夜》的"野哭几家闻战伐，夷歌数处起渔樵"之意。

宗　臣
（1525—1560）

字子相，号方城山人。兴化（今属江苏）人。嘉靖二十九年（1550）进士。初授刑部主事，改吏部考功司主事、文选司主事、吏部稽勋司员外郎。为严嵩所恶，出为福建布政司参议。嘉靖三十七年，倭寇侵城，城共七门，宗臣守西门，其余六门尽闭，城外人数万，大呼求入城，臣遂辟西门入之。并曰："我在，不忧贼也。"事后曾撰《西门记》。后迁提学副使，卒于官。有《宗子相集》。

他是后七子之一。其诗初学李白，颇以歌行跌宕自喜，但嫌粗糙，如《庐山歌》等。律诗常有佳句，唯与全篇不相称，且多重复，朱彝尊《静志居诗话》卷十三评云："薜荔芙蓉，蘼芜杨柳，百篇一律，讫未成家而夭，最可惋惜。"《四库全书总目提要》也说："取法青莲而意境未深，间伤浅俗。"也是哀惜他死

313

得太早。去浅俗，入苍劲，还需经受岁月上的磨炼。五绝之佳者可以《送吴山人》为例："黄菊故人杯，青山游子路。匹马向垂杨，回首燕云暮。"

他又是散文家，其名文《报刘一丈书》，也反映了他的耿介性格。当时严嵩揽权，奔走严门以为荣者甚多，如同齐人之骄妻妾，此文实有针对性。

哭梁公实十首之三[1]

徘徊南斗下[2]，历历少微星[3]。一夜因风陨，高人遂不醒。孤云垂惨淡，万象骤沉冥。莫问西樵桂[4]，千秋空复青。

◎ 注释

[1]梁公实：梁有誉，本书选有他的诗。

[2]南斗：星名。梁有誉是广东顺德人。杜甫《衡州送李大夫赴广州》："南斗避文星。"

[3]少微星：一名处士星。杜甫《严中丞枉驾见过》："寂寞江天云雾里，何人道有少微星。"

[4]西樵：山名，在广东南海，有七十二峰，二十四泉。旧有"桂林山水甲天下，南粤名山数二樵"之说。二樵指西樵山与东樵山（罗浮山）。罗浮山上有桂树。

◎ 评析

梁有誉曾与黎民表相约游罗浮山，观沧海日出，适逢飓风，遂宿于田家三夜，因中寒发病而卒，年仅三十六岁。

作者与梁有誉都属后七子，故交情颇深厚。其第六首的"大海东南去，天风日夜吹"，第八首的"黄河难北注，白日似东沉"，第九首的"生难看白发，死岂负青山"，皆沉痛而浑涵，为伤逝诗中有特色之作。

真州谒文丞相祠[1]

文相祠前枫树丹,真州城外送波澜。
千秋不尽中原泪,此地真成故国看。[2]
一自燕云孤骑入[3],至今龙气大江寒。
客游莫听寒笳起[4],白日青天处处残。

◎ 注释

[1]真州:见李东阳《九日渡江》。文丞相:指文天祥。宋端宗即位于福州后,拜右丞相,封信国公。元至元十九年(1282)就义于燕京柴市。
[2]"千秋"二句:中原指北宋都城开封一带,这时早已沦陷,所以,真州地区真可看作故国了。
[3]燕云:燕云十六州的省称。但燕非州名,州名为幽州。十六州约当今河北、山西的北部地。南宋高宗建炎间,金兵也曾攻陷真州。孤骑,喻远侵之军。
[4]笳(jiā):古代乐器,其音悲凉。

◎ 评析

德祐二年(1276),宋廷命文天祥等至皋亭山(在浙江杭县东北)与元丞相伯颜议和,因被扣留,后脱险返回真州,后人乃在真州立祠。此诗亦紧扣诗题,首句以"枫树丹"象征文天祥的报国赤心,犹杜甫《古柏行》的"孔明庙前有老柏,柯如青铜根如石"。中间追溯宋金对立时的史事,意谓大江龙气(国运)之寒,南渡初期即已兆见。末句的白日青天,仍归结到天祥的孤忠劲节。

过采石怀李白十首之四[1]

夜夜银河倒不流[2],长虹西挂彩云愁。
醉来江底抱明月,惊落天门万片秋[3]。

◎ 注释

[1] 采石：采石矶，原名牛渚矶，在今安徽马鞍山长江东岸，传说李白在该处醉酒捉月而死，故有捉月台。实系病死于其族叔李阳冰当涂寓中。

[2] "夜夜"句：李白诗中常以银河倒流喻瀑布。

[3] 天门：山名，又名梁山、博望山，在今安徽当涂西南。因与和县西梁山隔江相对，望之如门，故谓之天门山。

◎ 评析

采石矶向来是军事要冲，但后来人们前去游赏吟咏，多半是由于李白缘故（李白自己诗中称为"牛渚"）。

作者也知道李白并非捉月而死，但弄假成真，涉笔成趣。这一传说也很符合李白的性格：爱酒、爱月、爱水、爱狂。

李白《陪侍郎叔游洞庭醉后》之三云："划却君山好，平铺湘水流。巴陵无限酒，醉杀洞庭秋。"豪情狂态，与宗诗末二句的诗境有相通处。

王世贞
（1526—1590）

字元美，号凤州、弇州山人，太仓（今属江苏）人。嘉靖二十六年（1547）进士，授刑部主事。与李攀龙、谢榛、宗臣等相唱和，史称后七子。杨继盛下诏狱，世贞时进汤药。杨妻张氏撰疏申冤，并请以身代夫，由世贞起草。被杀后，又备棺殓尸，其父王忬亦痛骂严嵩，因而大为严嵩父子嫉恨。吏部两次拟任以提学，皆不用，用为青州兵备副使。后王忬以滦河失职之事被斩，世贞以为严嵩构陷，乃与其弟世懋扶丧车下潞河，过济宁时，李攀龙单骑出吊。世贞与严门之深仇，与攀龙之情谊，皆于此可见。

任浙江布政使司左参政时，杭嘉湖水灾严重，他曾上疏穆宗云："皇上节宫中一事之费，则可以存东南数十家之产；去左右一时之蠹，则可以开国家百千年之利；发一念爱人之诚，则可以活千万人之命；下一言爱人之诏，则可以收千万人之心。"末句尤为剀切。

后官至南京刑部尚书。万历十八年（1590），上疏乞致仕，得旨回籍调理，于是键户谢客。九月病逝，赠太子少保。《明史》作万历二十一年卒，误。有《弇州山人四部稿》等。

他身经嘉靖、隆庆、万历三朝，登第四十余年，七子中才最高，地望最显，声华意气，笼盖海内。朱彝尊《静志居诗话》卷十三云："当日名虽七子，实则一雄。"他的著作颇为宏富，《四库全书总目提要》说："考自古文集之富，未有过于世贞者。"《书目》所收者即有十六种。他又是藏书家，吴伟业《汲古阁歌》云："嘉隆以来藏书家，天下毗陵与琅邪。"毗陵指武进唐顺之，琅邪即世贞。朱国祯《涌幢小品》卷二十，记世贞书室中有一老仆，世贞欲取某书某卷某叶某字，一脱声即检出。由于他才性高，条件又好，所以文学上学术上都有卓著成就，理论上常有创见。后人对他褒贬不一，但影响特大，有一时期，谀王成风。

他的诗，各体皆呈面目，高华秀逸，兼而有之。虽然也主张诗必盛唐，还是博采众长，力求变化。他在《艺苑卮言》卷四中说："剽窃模拟，诗之大病"，而"古语口吻，间若不自觉"，即必须于自然中得之。对时政的讽喻，也屡屡见于诗中。如在南京时所见所闻,"有可忧可悯可悲可恨者,信笔便成二十绝句",其二云:"啼饥哭死遍长干,唯有乌鸢意觉宽。山色江声空自好,不如聋瞽任春残。"其五云:"散衙微缓日初西,稚子能勤进肉糜。西去街头三五步,不知烟火几家齐。"诗作于万历十六年,晚明皇朝的政治危机,自然远非这几首小诗所能包容,这里只表明诗人还是清醒的。

折杨柳歌[1]

桃花二三月,故爱东风吹。
阿母不嫁女,忘取少年时[2]。

◎ 注释

[1]折杨柳:乐府横吹曲名,《乐府诗集》所载梁、陈及唐人之曲,大多为闺妇思念远人。
[2]取:助词,犹云"着"。

◎ 评析

此是代女儿说话,有反唇相稽意味,却说得很婉转。

过长平作长平行[1]

世间怪事那有此,四十万人同日死。
白骨高于太行雪[2],血飞进作汾流紫[3]。
锐头竖子何足云[4],汝曹自死平原君[5]。
乌鸦饱宿鬼车哭[6],至今此地多愁云。

耕农往往夸遗迹,战镞千年土花碧[7]。
即令方朔浇岂散[8],纵有巫咸招不得[9]。
君不见新安一夜秦人愁[10],二十万鬼声啾啾[11]。
郭开卖赵赵高出[12],秦玺忽送东诸侯[13]。

◉ 注释

[1]长平:战国时赵邑,在今山西高平西北。赵孝成王六年(公元前260),秦国大将白起攻赵,与赵军对垒于长平。当时,赵中秦之反间计,任用徒读父书而轻敌的赵括代廉颇为将,结果,赵括被秦军射死,赵军四十万人皆被白起坑杀于长平。事见《史记·廉颇蔺相如列传》。《资治通鉴》卷五胡三省注云:"此言秦兵自挫廉颇至大破赵括前后所斩首虏之数耳。兵非大败,四十万人安肯束手而死邪?"
[2]"白骨"句:《史记》正义引《上党记》云:"秦坑赵兵收头颅,筑台于垒中,因山为台,崔嵬桀起,今称白起台也。"太行雪,太行山绵延山西、河北、河南三省,常年积雪。
[3]汾流:指汾河,在山西中部。
[4]锐头竖子:指白起。杜甫《久雨期王将军不至》:"锐头将军来何迟。"王洙注:"传言白起头小而锐。"竖子,鄙称。
[5]"汝曹"句:秦攻韩时,韩以上党献与赵,平阳君赵豹不愿接受,而赵相平原君赵胜却请赵王受之,秦于是攻上党,拔其地,以后便有长平之役。胡三省云:"秦有吞天下之心,使赵不受上党而秦得之,亦必据上党而攻赵,故赵之祸不在于受上党而在于用赵括。"
[6]鬼车:传说中的妖鸟,一名九头鸟。
[7]镞:箭头。土花碧:指发掘出土的武器上绿色锈斑。陶凯《长平戈头歌》:"长安野人凿地得古戈,上有疑字岁久俱灭磨。"
[8]方朔浇:千宝《搜神记》:武帝东游至函谷关,有物当道,东方朔乃请酒灌之,灌之数十斛而消。帝问其故,答曰:此名忧,患之所生也。夫酒忘忧,故能消之也。东方朔,汉武帝时人,性诙谐,人称滑稽之雄。
[9]巫咸:古代传说中的巫师名。招:招魂。
[10]"君不见"句:公元前260年,项羽至新安,因秦之降卒多,恐其不服,便于夜间击坑秦卒二十余万人于新安(故城在今河南渑池东)城内。《长平戈头歌》:"当年赵括轻秦人,降卒秦坑化为土。嗟哉赵亡秦也亡,落日长城自今古。"
[11]啾啾:杜甫《兵车行》:"新鬼烦冤旧鬼哭,天阴雨湿声啾啾。"
[12]郭开:秦攻赵时,用巨金收买赵王宠臣郭开,使赵王中反间计而杀李牧,赵终于大败而亡国。赵高:本赵国贵族,秦始皇时自官为宦官。始皇死,擅权立胡亥,后又杀死胡亥,立子婴,最后为子婴所杀。

[13]"秦玺"句：子婴降汉王刘邦时，奉天子玺符，降于轵道旁。东诸侯，此指汉王。

◎ 评析

长平之战，所以常为人议论吟咏，主要由于惨坑赵卒之故。坑即活埋，最不得人心。后来白起被秦王赐剑自裁，曾引剑自云："我何罪于天而至此哉！"（按，白起实死非其罪。）良久曰："我固当死：长平之战，赵卒降者数十万人，我诈而尽坑之，是足以死。"遂自杀。则赵卒之被坑，最初还出于他的诈计。从长平之坑至项羽新安之坑，时间为五十余年。历史的重复常令人吃惊。

嘉靖三十五年（1556），王世贞曾渡滹沱河，沿太行山而至大名与李攀龙相会，此诗当作于此时。后又往青州上任，在《青州发兵有感》中有云："待发临淄七万户，横行即墨五千人。不知谁是封侯骨，矫首中原涕泪频。"则于吊古之余，又增今感。

钦䲹行[1]

飞来五色鸟[2]，自名为凤凰。千秋不一见，见者国祚昌[3]，饗以钟鼓坐明堂[4]。明堂饶梧竹[5]，三日不鸣意何长。
晨不见凤凰，凤凰乃在东门之阴啄腐鼠[6]，啾啾唧唧不得哺[7]。
夕不见凤凰，凤凰乃在西门之阴媚苍鹰[8]，愿尔肉攫分遗腥[9]。
梧桐长苦寒，竹实长空饥。众鸟惊相顾，不知凤凰是钦䲹。

◎ 注释

[1]钦：传说中之神，被天帝杀戮后，化为大鹗，出现时则有兵灾。见《山海经·西山经》。

陶渊明《读山海经》:"巨猾肆威暴,钦(鸡)违帝旨。"

[2]五色鸟:相传凤凰备五色。

[3]国祚(zuò):国运。

[4]明堂:泛指帝王宣扬政教、举行大典的场所。

[5]饶:多。梧竹:《庄子·秋水》:鹓雏(凤凰的一种)"非梧桐不止,非练实(竹实)不食,非醴泉不饮"。

[6]啄腐鼠:《庄子·秋水》:"于是鸱得腐鼠,鹓雏过之,(鸱)仰而视之曰:'吓!'"后便以腐鼠比喻贤人所恶、庸人所爱的秽物。凤凰本爱高洁,因是假凤凰,故爱啄腐鼠。

[7]"啾啾"句:假凤凰在三日前见到的只是梧竹,至此才得腐鼠,故对三日不得哺而有怨声。

[8]苍鹰:比喻凶鸷的奸臣。

[9]攫:博取。

◎ 评析

嘉靖三十九年(1560),作者之父王忬在蓟辽总督任上,因失职获罪而被斩,王世贞以为由严嵩父子以私怨致之于死。不久,严门事败。此诗即作于这以后。因王忬下狱时,世贞、世懋兄弟曾日伏严嵩之门,涕泣求贷,嵩时为漫语相敷衍,故在严嵩未败时,不致作此诗,结末"众鸟"二句,尤可体味。

他又有一首《怀柔(今属北京市)六槐歌》,末云:"东家梧桐仅人立,青皮剥落神摧藏。虽有凤凰不肯顾,安得送汝参天长。"作于隆庆间,亦咏严嵩事。

另一首《袁江流钤山冈当庐江小吏行》,是拟《孔雀东南飞》体,诗中有"孔雀虽有毒,不能掩文章"语。诗题的钤山即在严嵩故乡江西分宜。直叙严嵩父子弄权作恶及覆灭事,颇为人称道。唯全诗过长,其中情节也有未明了处,故未选录。

寒食志感示儿辈[1]

六度逢寒食[2]，肝肠寸寸哀。岂无悬日月[3]，难拟到泉台。岁每惭新鬼[4]，春从冷旧醅[5]。儿曹须老大[6]，莫忘介山哀[7]。

◎ 注释

[1]寒食：清明前一日或二日。相传介之推辅佐晋文公回国后，隐于山中，文公烧山逼他出来，之推抱树而死。文公为悼念他，禁止在之推生日生火煮食，只吃冷食。
[2]六度：此诗作于嘉靖四十五年（1545），距他父亲王忬之被杀整六年。
[3]悬日月：《易经·系辞》上："悬象著明，莫大乎日月。"悬象指天象。
[4]新鬼：这一年作者长女卒于产病，年二十二岁。
[5]旧醅：泛指陈酒。杜甫《客至》："樽酒家贫只旧醅。"
[6]儿曹：儿辈。须：待。
[7]介山：在山西介休市东南，古名绵山，即介之推隐居之山。介之推是忠于晋文公的人，却不得其死，以此借喻王忬之被屈杀。

◎ 评析

作诗时严嵩虽已失败，王忬却未被昭雪，所以有"岂无"云云。穆宗即位，忬复原官，但未获恤典。万历十五年（1587），乃赐祭葬，赠兵部尚书。辟治墓域，创建碑亭。他在《先司马祭赠圣纶碑阴记》中有云："不特先臣墓木已拱，而臣之发皓齿堕，去鬼无几何矣。"因这时世贞已六十二岁。时间也过得真快，不但逝者含冤于地下二十余年，他儿子也由壮龄而进入暮年，连皇帝也换就三个了。

登太白楼[1]

昔闻李供奉[2]，长啸独登楼。此地一垂顾，高名百代留。白云海色曙，明月天门秋[3]。欲竟重来者[4]，潺湲济水流[5]。

◎ 注释

[1] 太白楼：《嘉庆一统志》："李白酒楼在济宁州南城上，唐李白客任城县，县令贺知章觞之于此。今楼与当时碑刻俱存。"唐任城县即今山东省济宁。李白《任城县厅壁记》："帝择明德，以贺公宰之。"贺公名失传，后人以贺知章充之，实误。
[2] 李供奉：唐玄宗召见李白后，有诏"供奉翰林"，后因称李供奉，意思是在皇帝左右供职的人，故也称官官。
[3] 天门：这里指天空。
[4] 竟：穷尽。一作"觅"，恐非。
[5] 济水：古与江、淮、河并称四渎。

◎ 评析

作者曾官青州兵备副使，本诗当是此时作，也是作者的名篇。

诗原为自己登太白楼而作，却从当年李白登楼长啸说起。但月照天门，后继无人，徒有济水长流而已。

《皇明诗选》宋徵舆云："结得高深。"沈德潜《明诗别裁集》："天空海阔，有此眼界笔力，才许作《登太白楼》诗。"

上谷杂咏[1]

海内兵戈遍，兹方可晏然[2]？生儿先共虏，与鬼不分年[3]。马失来时道[4]，雕盘战后天[5]。城中七万户，箫鼓旧喧阗[6]。

◎ 注释

[1] 上谷：战国燕地，秦汉至晋皆置上谷郡，以郡在谷之头而得名。明初为易州，属保定府，今为河北易县。
[2] 晏然：安然。
[3] "生儿"二句：意谓当地人民从小便与虏方（指鞑靼部）在交战，因而常有成鬼可能。上句写尚武，下句写艰危。
[4] "马失"句：写路途曲折。

[5]"雕盘"句：指烽烟暂息。即《左传》庄公二十八年"楚幕有乌"之意。
[6]箫鼓：这里指军中乐器。鲍照《出自蓟北门行》："箫鼓流汉思，旌甲被胡霜。"

◎ 评析

明之易州，地近边塞。海内战乱不息，此地所以能够暂处晏然者，亦因人民自幼皆习武艺，不使强虏侵占，但他们也经常处于死生的边缘。末二句是追溯语，却雄浑爽健，以今日之晏然回顾旧时之喧阗。

忆 昔

忆昔南巡汉武皇[1]，楼船车马日相望。
轻裘鄠杜张公子[2]，挟瑟邯郸吕氏倡[3]。
秋尽旌旗营细柳[4]，夜深烽火猎长杨[5]。
孤臣亦有遗弓泪[6]，不见当时折槛郎[7]。

◎ 注释

[1]"忆昔"句：汉武帝曾巡南郡，渡江过彭蠡（江西鄱阳湖）等地，这里比喻明武宗之往南方游幸。
[2]轻裘：形容优游飘逸的样子。鄠（hù）杜：鄠县（今陕西西安）杜陵。杜陵即乐游原，汉宣帝在此筑陵，乃改名，后亦为游娱之所。张公子：汉成帝时富平侯张放，为杜陵张汤之后代，常伴成帝微行出游，使成帝得以近幸赵飞燕。时有童谣云："燕燕尾涎涎，张公子，时相见。"
[3]"挟瑟"句：战国时，大商人吕不韦经商于赵国国都邯郸（今属河北），取邯郸善歌舞之姬人以进于子楚（即秦始皇之父）。倡，通"娼"。沈德潜《明诗别裁集》："张公子指钱宁一流，吕氏倡谓刘孃。"钱宁，明武宗嬖臣，常诱武宗荒游，纵声色为乐。刘孃，武宗在大同时所幸美人，参见黄佐《南征词之五》。
[4]细柳：汉文帝时周亚夫为将军，屯军细柳（在今陕西咸阳市西南）以备匈奴，世称细柳营。这里借喻武宗好逞武功，自称"威武大将军总兵官太师镇国公朱寿"，将武业当作儿戏。
[5]长杨：汉行宫名，因宫有长杨树而名，故址在今陕西西安市周至（盩厔）县东南，供

324

皇帝游娱,这里也借喻武宗常于夜间游幸,并以"细柳"密对"长杨"。
[6]遗弓:指皇帝死亡。传说黄帝乘龙升天后,其弓下堕,百姓乃抱弓而哭。
[7]折槛:汉成帝时,槐里令朱云请斩安昌侯张禹。帝怒,欲诛云,云攀殿槛,槛折。后以比喻敢于直谏的臣子。杜甫《折槛行》:"千载少似朱云人,至今折槛空嶙峋。"

◎ 评析

诗咏武宗好游幸,爱声色事。两联对仗皆极工整高华,结末感慨于无朱云那样倔强的折槛直臣。其实当时的直臣还是不少,只是多因此得祸。如正德十四年正月,武宗自太原还至宣府,命嬖臣江彬提督十二团营。及还京,复欲南幸,廷臣伏阙谏者百余人。彬激帝怒,皆下狱,多有杖死者,而宁王朱宸濠亦即谋反于此时。

登　岱[1]

尚忆秦松帝跸留[2],至今风雨未全收。
天门倒写银河水[3],日观翻悬碧海流[4]。
欲转千盘迷积气,谁从九点辨齐州[5]。
人间处处襄城辙[6],矫首苍茫迥自愁[7]。

◎ 注释

[1]岱:泰山的别名。
[2]秦松:见李梦阳《郑生至自泰山》。跸:帝王巡幸之处。
[3]天门:泰山登顶处。写:通"泻"。
[4]日观:泰山观日出处峰名。徐中行《登岱》(其二)颔联云:"天门雪尽河流合,日观春晴海色分。"
[5]"谁从"句:李贺《梦天》:"遥望齐州九点烟,一泓海水杯中泻。"李诗的齐州本指中州,泰山则在齐地,故王诗有双关意。
[6]"人间"句:《庄子·徐无鬼》:黄帝将见大隗于具茨山(今名泰隗山),由方明驾车,至于襄城之野,七圣皆迷,无所问途。适遇牧马童子,便上前问路,小童告诉了他。黄帝

感到很奇怪，小童连大隗所在地方也知道，又问治理天下之道，小童说："夫为天下者，亦若此而已矣，又奚事焉？"小童又说，他患目眩症时，有长者教导他说："若乘日之车而游于襄城之野。"庄子的意思，在阐释道家无为、不生事的主旨。襄城，今属河南，这里作典故用。辙，车马的痕迹。

[7] 迥：远。

◎ 评析

泰山多云气，路又曲折，易使人迷路，而天下偏多扰事之徒，因此到处有迷人的难以识别的歧途，诗人为此而感叹。

哭敬美弟[1]

尚书阡陌紫云屯[2]，新奉君王表墓门[3]。
莫较生前供养日，九泉先得侍晨昏。

◎ 注释

[1] 敬美：王世贞之弟世懋字，先世贞三年而卒。
[2] 尚书：指世贞父王忬，于万历时赠兵部尚书。阡陌：指墓道。紫云：祥瑞的云气，贯次句。
[3] "新奉"句：参见《寒食志感示儿辈》。

◎ 评析

共二十四首，这是第十三首。

世贞兄弟，共经家难，第十一首所谓"尚忆当年废《蓼莪》，凄然吊影两湘累"。今弟先兄而卒，自更为悲痛，但对泉下的亡父，却得先一步侍奉。

世懋亦能诗，其《逢友》云："归来双鬓两萧然，见画犹能记昔年。风雨一船曾泊处，借人灯火草堂前。"

题弈棋图

松下两仙人，棋声日敲击。
不愁清景移，愁他杀机发。

◉ 评析

作者是凡人，却在为仙人担心。可见要消除杀机，连仙人也难做到。

送妻弟魏生还里

阿姊扶床泣，诸甥绕膝啼。
平安只两字，莫惜过江题[1]。

◉ 注释

[1]题：通"提"。

◉ 评析

当是遭家难后，作者妻弟前来探望，又将渡江回里时作。

本来已无平安可言，但死者已死，存者尚存，家亦未抄，于无可奈何中姑作自慰之词，还叮嘱妻弟告诉魏家的人。这种心情，原非个别。

岑参《逢入京使》："马上相逢无纸笔，凭君传语报平安。"语亦真切自然，王诗则别有沉痛委屈处。

西城宫词[1]

新传牌子赐昭容[2]，第一仙班雨露浓[3]。

袋里相公书疏在[4]，莫教香汗湿泥封[5]。

◎ 注释

[1] 西城：即西苑，也即北京的三海（北海、中海、南海，明清时期，北海与中海、南海因在皇宫之西，合称为西苑）。因在紫禁城以西，故名。明代为御苑。
[2] 昭容：古代九嫔之一，这里指宫嫔。
[3] 雨露：指皇帝的恩宠。
[4] 相公：指严嵩。
[5] 泥封：古人封书函，用泥封于绳端打结处，上盖印章，这里借喻密封的文件。

◎ 评析

明世宗求长生，信方士，斋醮时每有宫嫔执仗侍从。因为皇帝自己忙于打醮，便将大臣的书疏交给宫嫔放在袋里。

陈田《明诗纪事》己签云："田按，弇州《袁江流》云：'相公有密启，为复未开封。九重不斯须，婕妤贴当胸。'《西城宫词》云：'袋里相公书疏在，莫教香汗湿泥封。'永陵（指世宗）移居西苑，以嫔御掌朝奏，即此二诗可见。"

当时臣子也有上疏谏奏的，但常受严谴。嘉靖四十五年（1566）二月，户部主事海瑞上疏，是最后一次。疏上，海瑞即被捕下诏狱，追究主使的人（因海瑞只是一个主事，非大臣），后移解刑部论死，赖首辅徐阶力救。是年冬，世宗崩。穆宗即位的次日，便将海瑞释出。

题复甫墨牡丹[1]

百种沉香亭畔枝[2]，锦嫣红翠午风迟。
那期虢国夫人到[3]，淡扫春山八字眉[4]。

328

◎ 注释

[1] 复甫：即陈道复，名淳，长洲人。受业于文徵明，善书画。
[2] "百种"句：李白在长安供奉翰林时，沉香亭前木芍药（即牡丹）盛开，唐玄宗和杨贵妃前往赏览，李白乃作《清平调》（其三），词甚华美，中有"解释春风无限恨，沉香亭北倚阑干"句。
[3] 虢国夫人：见《虢国夫人早朝图》。
[4] 春山：喻眉。八字眉，唐代妇女流行的眉式。韦应物《送宫人入道诗》："宝镜休匀八字眉。"

◎ 评析

作者《陈道复牡丹》题记云："陈复甫作墨本牡丹，甚得徐熙野逸之趣。记宋有去非（陈与义）先生著作墨梅绝句，至今艺林以为与梅传神，复甫岂其苗裔耶？何无声之诗与无色之画两相契也。"按，陈与义因作《和张矩臣水墨梅》诗而受徽宗激赏，中有句云："意足不求颜色似，前身相马方九皋。"王世贞又有《题石田写生册》云："以浅色淡墨作之。吾家三岁儿一一指呼不误，所谓妙而真者也。'意足不求颜色似'，语虽俊，似不足为公解嘲。"意谓意足自能颜色具。

画牡丹大都用浓艳的色彩，今只用墨，如同虢国夫人之淡扫蛾眉。诗人异想，艳从幻生。

戚继光
（1528—1588）

字元敬，号南塘，晚号孟诸，蓬莱（今属山东）人。青年时袭父职任登州卫都指挥佥事。嘉靖中，调浙江任参将，大破倭寇于台州，后又歼之于福建。在浙东时曾制鸳鸯阵，即配置左右对称的步兵班，成为分工合作的有机集体。他训练的新军兵源，非得之于军户和卫所，而是在浙江内地招募的志愿兵，人称戚家军。后调蓟镇，筑敌台（可以望敌的台堡）。

"浙兵三千至，陈郊外。天大雨，自朝至日昃，植立不动。边军大骇，自是始知军令。"(《明史》)可见他与南兵之间特殊的袍泽之情，蓟门军容遂为诸边冠。总之，谈明代中叶抗击南倭北虏之功，必然会和戚继光的名字联在一起。

张居正执政时，对戚继光很倚重，曾状其功，加秩少保。有人欲与继光为难者，便被调走。居正逝世半年后，即将继光调至广东，他因而很抑郁，逾年谢病归里。御史傅光宅疏荐，反被夺俸，不久继光亦卒于家。部将陈第《送戚都护归田》诗云："辕门遗爱满幽燕，不见胡尘十六年。谁把旌麾移岭表，黄童白叟哭天边。"万历末，赐谥武毅。有《止止堂集》《纪效新书》等。

他常于军中篝灯读书，军事稍闲，登山临海，缓带赋诗。他的《出塞二首》前有小引："夏四月，单骑阅险，行二十里外，水萦山抱，鱼泳鸟鸣，何啻江南。"寥寥数语，颇饶深致。其《南庄即事》云："小亭无一事，白日苦催诗。"《江楼》云："谁伴主人一潇洒，滩边钓石石边鸥。"则他固以诗人自期，而又为儒将的典范。薛雪《一瓢诗话》教人练诗，必须如戚继光选军于编伍，指淘汰尽情，着眼挑剔。可谓巧譬涉趣。

过文登营[1]

冉冉双幡渡海涯[2],晓烟低护野人家。
谁将春色来残堞[3],独有天风送短笳[4]。
水落尚存秦代石[5],潮来不见汉时槎[6]。
遥知百国微茫外[7],未敢忘危负岁华。

◎ 注释

[1]文登:属山东省,古名不夜城,取县东文登山为名,明属登州府。
[2]冉冉:渐渐。
[3]堞:城上如齿状的矮墙。
[4]笳:古代管乐器。汉代流行于塞北和西域一带,初卷芦叶吹之,后用竹。杜甫《秋兴八首》其二:"山楼粉堞隐悲笳。"
[5]"水落"句:传说秦始皇作石桥,欲渡海看日出处。时有神人,驱石下海,石去不速,神辄鞭之,皆流血,至今悉赤。见《太平寰宇记》二十登州文登县引《三齐略记》。
[6]"潮来"句:宗懔《荆楚岁时记》:汉武帝令张骞使大夏,寻河源,乘槎经月而至一处。槎,竹筏,也指船。又,登州故治为山东蓬莱,汉武帝曾于此望海中蓬莱山。
[7]百国:指倭寇所在地。《汉书·地理志》:"夫乐浪海中,有倭人,分为百余国,以岁时来献见云。"

◎ 评析

　　嘉靖三十二年(1553)初春在山东作,时任登州卫都指挥佥事,年二十六。都指挥总督沿海兵马,下辖青州、莱州、登州三营二十五卫所。佥事的职务为巡察,备倭寇于山东。蓬莱为作者故乡,故诗中亦含思乡之情。

盘山绝顶[1]

霜角一声草木哀[2],云头对起石门开。

朔风虏酒不成醉[3]，落叶归鸦无数来。
但使玄戈销杀气[4]，未妨白发老边才。
勒名峰上吾谁与[5]？故李将军舞剑台[6]。

◎ 注释

[1]盘山：本名四正山，位于天津市蓟县西北。相传古有田盘先生在此隐居，故名。山势雄秀，分上、中、下三盘。

[2]角：乐器，多用作军号。

[3]虏酒：这里指塞外之酒。

[4]玄戈：本指星名：杓端有两星，一内为矛，一外为盾。后也指绘有玄戈星的军旗。

[5]吾谁与：我应赞许谁。

[6]"故李"句：盘山天成寺东有石台，拳石矗立，圆滑难登，相传为李靖的舞剑台。李靖，唐开国功臣，曾大破突厥及吐谷浑。

◎ 评析

　　隆庆二年（1568），戚继光以都督同知总理蓟州、昌平、保定三镇练兵事，以抗御北方鞑靼部队的侵犯，在镇长达十六年。《明史》本传云："自嘉靖以来，边墙虽修，墩台未建。继光巡行塞上，议建敌台。"故末句故李将军云云，当非泛拟之词。

　　沈德潜《明诗别裁集》评此诗云："无意为诗，自足生趣，若郭定襄（郭登，本书选有他的诗）直于诗坛中位置之。"意思是说，应当像郭登那样给予他以诗人一席地。

王稚登
（1535—1612）

字伯毂，长洲（今江苏苏州）人。嘉靖末，游京师，客大学士袁炜家，炜试诸吉士瓶中紫牡丹诗，稚登有"色借相君袍上紫，香分太极殿中烟"句，颇为袁炜称赏，引入为记室，校书秘阁。将荐之于朝，不果而罢。隆庆初,复游京师。时徐阶执政,阶与炜有宿怨,有人劝稚登不要自认袁氏门客,不从。万历中,诏修国史,有诏征用稚登等,未上,而史局已罢。有《燕市》等集。

他是相门山人。当时布衣、山人以诗名者多人,声华以稚登最盛,但他的紫牡丹诗及《答袁相公问病》的"书生薄命元同妾,丞相怜才不论官"语,朱彝尊《静志居诗话》卷四,讥为"媚灶之词,近于皁田乞儿语矣",实非苛论,也是山人习气。沈德符《野获编》卷二十三:"向见王伯穀家桃符云:'岂有文章惊海内,漫劳车马驻江干。'哂其太夸。"也说得是。王世贞《艺苑卮言》卷七:"王伯穀苟能去巧去多,便足名世。"他《哭袁相公》的"山上杜鹃花是鸟,墓前翁仲石为人",用在哀挽故交上即嫌巧,巧往往流于俗。宋长白《柳亭诗话》卷十引金古良语:"学何李而不佳者,其失肤;学百穀而不佳者,其失俗。肤可医,俗不可疗也。"甚是。

他与秦淮名妓马湘兰深交。湘兰逝世,他曾作传,并赋诗吊之。谈王伯穀生平者,每涉及马湘兰。

湘兰名守真,能诗能画,曾有诗云:"自君之出矣,不共举琼卮。酒是消愁物,能消几个时?"

平望夜泊[1]

雨多杨梅烂[2],青筐满山市。
儿女当夕飧[3],嫣然口唇紫。

◎ 注释

[1] 平望：镇名，在江苏苏州南。
[2] "雨多"句：杨梅熟时，正江南梅雨季节。
[3] 飧（sūn）：夕食，与题目"夜泊"相应。

◎ 评析

　　身边琐事，写得自然亲切。江南风土，今犹如此。

杂　言[1]

冻云寒树晓模糊[2]，水上楼台似画图。
红袖谁家乘小艇，卷帘看雪过鸳湖[3]。

◎ 注释

[1] 杂言：犹杂谈、琐话，故意不明说。
[2] 晓模糊：前一夜下雪之故。
[3] 鸳湖：鸳鸯湖，即南湖，在浙江嘉兴西南。

◎ 评析

　　冻云寒树，景物原很模糊，但红袖小艇，卷帘看雪，却还历历在目。添了"红袖"二字，便觉余情不尽。

重经孟河[1]

旧游会见筑城时[2]，城下家家种柳枝。
试看柳枯心半蠹，争教人老鬓无丝[3]？

◉ 注释

[1]孟河：孟津，在今河南孟州市南。

[2]会：恰巧。

[3]争教：怎不教。争，通"怎"。

◉ 评析

与桓温经金城时，见柳条而兴"木犹如此，人何以堪"之叹同一情怀。

陈 第（1541—1617）

字季立，号一斋，连江（今属福建）人。万历时诸生，授徒于清漳（在今河北）。俞大猷召致幕下，教以兵法，曰："子当为名将，非一书生也。"并向谭纶推荐，第又与戚继光抵掌论兵。历蓟镇游击将军。后来大猷逝世，继光南迁，边事败坏，第亦见忤于督府，仍以老书生归里。他又是藏书家，叶昌炽《藏书纪事诗》卷三，有"老去书城许策勋，蓝田谁识故将军"语。有《一斋诗集》。

他曾有密启致戚继光，中云："有周楷者，持书称军门表弟，托弟在营中为卖青布五千余匹，布值增加。若徇其请，是剥军士以奉贵势也。却之。"军门即蓟门总督吴兑，也即前述之督府。陈第之被排斥，就因吴兑衔恨之故。（见《明诗纪事》己签）其恤军怜民之情，亦颇见于他诗中。

他的《山中早秋》云："秋容先到草，客意未离山。"《客中立秋》云："秋声先蟋蟀，露气到梧桐。"《维扬谒文信公祠》云："山河终破国，天地已成仁。"皆可诵，"山河"二句尤警拔。

335

官路傍[1]

槐柳官路旁，华屋如栉比[2]。鸟革及翚飞[3]，丹青光照地。悬额俱生祠，各有丰碑记。就碑读其词，叹息羡且异[4]。德政不一书，岂数汉循吏[5]？父老笑而言，官府自营置。

◉ 注释

[1]傍：通"旁"。
[2]栉（zhì）比：密接如梳齿。
[3]"鸟革"句：形容屋宇的华丽。《诗经·小雅·斯干》："如鸟斯革，如翚斯飞。"革，翼；翚，五彩雉。言飞檐凌空，如鸟之张翼；丹青奇丽，如雉之振采。
[4]叹息：指赞美。异：惊奇。
[5]循吏：奉职守法的官吏。《史记》有《循吏列传》，但传主皆汉以前人；汉之循吏，见于《汉书》。

◉ 评析

历史上最早的生祠，当为汉代的于公（于定国之父）祠。由于他决狱公平，地方上为他立生祠。这首诗里写的却是官府自己营置，地点就在官路旁，而且不止一二处，可见在当时原是很普遍的现象。作者是万历时人，到了天启时，魏忠贤的生祠便遍满天下，他的杭州生祠，竟居关、岳二庙中央。

全诗共十二句，从开头十句看，还以为是对生祠主人的正面谀颂，读了末二句，才始恍然，亦为哑然。

屠 隆
（1543—1605）

字长卿，又字纬真，号赤水、晚号鸿苞居士，鄞县（今浙江宁波）人。万历五年（1577）进士。官颍上知县，后调青浦，迁礼部郎中。因纵情诗酒，仇家俞显卿借此诬陷，乃罢职。

他曾受知于王世贞，为"末五子"之一。好交游，爱声色，晚年谈空说玄，卖文为生，憔悴而卒。其诗颇有才气，七古奔放酣恣，但失于冗长粗率。其《辞世词》云："谈何容易，'一丝不挂'。古人临死，说句大话。"钱谦益《列朝诗集小传》则说他"晚年一无所遇，为大言以自慰而已"。有《栖真馆集》等。并曾作传奇。

其同乡袁时选挽词云："风流曾遣俗人猜，几掷千金散草莱。辛舍无鱼人欲去，翟门有雀客空来。雨昏黄犊穿荒冢，月冷青蛾罢舞台。《玉树》《柘枝》今谱尽，到头《薤露》为谁哀。"亦见其生前放浪而身后凄凉。

出　塞

强兵一夜度飞狐[1]，大雪连营照鹿卢[2]。
明月五原容射猎[3]，长城万里不防胡[4]。
单于塞外输龙马[5]，天子宫中出虎符[6]。
独有流黄机上泪[7]，西风吹不到征夫。

◉ 注释

[1]飞狐：县名。因县北有飞狐口（即飞狐关）而得名。明正德二年（1507）筑堡岭上。今河北涞源县。

[2]鹿卢：剑名。因剑柄端作鹿卢（辘轳）形，故名。古乐府《日出东南隅行》："腰间鹿卢剑，可直千万余。"

[3] 五原：汉五原郡之榆柳塞，在今内蒙古五原县。五原、飞狐都是借喻塞外地区。
[4] "长城"句：秦筑长城原为防胡。
[5] 单（chán）于：汉代匈奴君长的称号，这里借喻塞外番人的首领。输：献纳。龙马：传说中的瑞马，这里指骏马。
[6] 虎符：古代调兵遣将的信物。铜铸，虎形。两句意谓，单于既已献马输诚，天子也出虎符任为将领（或天子自此即不再使用虎符调兵）。
[7] 流黄：黄色的绢。沈佺期《独不见》："谁为含愁独不见，更教明月照流黄。"

◎ 评析

诗写强兵冒雪出塞后，番人输诚归顺，边疆安定，要塞可以射猎。但塞上仍须士兵戍守，这些士兵的妻子却在思念丈夫，又无人知道她们的心事。

作者另有《蓟辽大捷铙歌》云："大捷归来列校收，葡萄银瓮坐箜篌。酒酣夜出巡边垒，壮士闲眠枕髑髅。"亦陈陶《凉州曲》"醉卧沙场君莫笑，古来征战几人回"之意。

江南谣

日落晚天碧，潮来江水浑。
渔灯枫叶下，不觉到柴门。

◎ 评析

江村日暮，枫叶之下，微觉模糊，赖一星渔灯而引到柴门。

沈一贯
（？—1616）

字肩吾，鄞县（今浙江宁波）人。隆庆二年（1568）进士，授检讨，充日讲官。官至中极殿学士（《明史》作建极殿，误）。万历时矿税使四出扰民，他曾上疏奏谏，疏中有"百孔千疮，良医莫措其手；土崩瓦解，良吏莫施其力"语。万历三十四年（1606）致仕，家居十年卒。赠太傅，谥文恭。有《敬事草》。

他是沈明臣（嘉则）侄子，"其于诗学有所指授，风华词藻，与嘉则略相似"（钱谦益《列朝诗集小传》）。

观选淑女[1]

长安女儿巧伺人[2]，手持纨扇窥芳尘[3]。
姊妹相私择佳丽[4]，无过愿得金吾婿[5]。
如何天阙觅好逑[6]，翻成凌乱奔榛丘。
吏符登门如索仇[7]，斧柱破壁怒不休。
父母长跪兄嫂哭，愿奉千金从吏赎。
纷纷宝马与香车，道旁洒泪成长渠。
人间天上隔星汉[8]，天上岂是神仙居。
吁嗟天上岂是神仙居。

◉ 注释

[1] 淑女：犹言秀女。
[2] 长安女儿：泛指名都大邑的女子。当时要选淑女的地区大多在南方。伺：观察。
[3] 芳尘：街上尘土的美称。
[4] 相私：私底下谈心事。佳丽：佳偶。丽，配偶。
[5] 金吾婿：执金吾是掌管京师治安的长官，这里指身份高贵的丈夫。
[6] 天阙：帝王所居之处。好逑：好的配偶，即指选淑女。《诗经·周南·关雎》："窈窕淑女，君子好逑。"
[7] 吏符：吏役手执官府的文书。
[8] 天上：指皇宫。星汉：天河。

◎ 评析

　　选秀女是明代一大莠政，弘治年间，浙江绍兴等府，讹言越中诏选淑女，一时奔娶殆尽。但为祸最烈的为隆庆二年（1568），据查继佐《罪惟录·五行志》：当时"千里鼎沸，男女失配，长幼良贱不以其偶"。又据崇祯《吴县志》："时传朝命选吴中女子入宫，民间争相婚配，多至失伦。"甚至连寡妇也为此而草草成婚，故褚人获《坚瓠集》卷一，记有"堪笑一班贞节妇，也随飞诏去风流"语。

　　陆心源《归安县志》卷五〇引徐复《三家村老委谈》："隆庆二年正月初八九日，民间讹言朝廷点秀女，自湖州而来，人家女子七八岁以上，二十岁以下，无不婚嫁，不及择配，东送西迎，街市接踵，势如抄夺，官府禁之不能止，真人间之大变也。"此虽"讹言"，也见事出有因。

　　本诗作者为隆庆二年进士，授翰林院检讨，诗中所记正与时事相合。作者又有《观宫人殡》云："绣被何时卷合欢，朱弦无语问青鸾。三秋落叶宫中恨，一日残花道左看。素旐秋风金垺晓，珠襦夜雨玉钩寒。多情女伴休垂涕，未死深闺欲出难。"这个宫人的前身就是秀女。末句是说，如果不死于深闺不幸而被选入宫中，那就休想出来了。身死之后，便同落叶之委弃道旁一样。

若耶溪独往[1]

编竹为船任所之，高低白石上滩迟。
水波不待春生后，山色偏多雪霁时。
到处溪边怜谢客[2]，谁家村里问西施[3]？
小桥野店人争席[4]，缥缈松烟入午炊。

◎ 注释

[1] 若耶溪：又名五云溪。在浙江绍兴东南若耶山下。耶，一作"邪"。
[2] "到处"句：谢客，刘宋诗人谢灵运小字客儿，时人称为谢客。谢灵运出京后，曾回到会稽始宁（故城在浙江上虞西南）老宅，后又沿富春江溯流而上。
[3] "谁家"句：相传西施曾浣纱于此，故又名浣纱溪。李白《子夜四时歌》之二："五月西施采，人看隘若耶。"又《采莲曲》："若耶溪旁采莲女，笑隔荷花共人语。"
[4] 人争席：逗下句"入午炊"。

◎ 评析

时当残冬，山正霁雪。诗人独往寻胜，放乎中流，才士美人，齐上心头。第七句"小桥野店人争席"，亦见雪后游人之多。

历代诗人咏若耶溪的很多，梁王籍的"蝉噪林逾静，鸟鸣山更幽"，即为人传诵的名句。若耶溪相传又为春秋时欧冶子铸剑之所，唐李绅曾合西施、欧冶事并咏云："岚光花影绕山阴，山转花稀到碧浔。倾国美人妖艳远，凿山良冶铸炉深。凌波莫惜临妆面，莹锷当期出匣心。应是蛟龙长不去，若耶秋水尚沈沈。"

赵南星
（1550—1628）

字梦白、拱极，号侪鹤、鹤亭，别号清都散客，河北高邑人。万历二年（1574）进士。任文选司员外郎时，上书陈说天下四大害，大犯时忌，以病乞归。后起为吏部考功郎中，佐尚书孙扶正抑邪，尽黜权贵之私人，为执政沈一贯所恨，斥为民。里居时，名益高。其散曲《芳茹园乐府》，大部分写于家居三十年中，借村谣里谚，以发泄不平之气。

天启时，代吏部尚书。阉党大学士魏广微，为南星友人魏允贞之子，素以通家子待之。后广微入内阁，曾三至南星门，拒勿见，并对人曰："叶台山（叶向高)有孙,魏见泉(魏允贞)无子。"广微恨之刺骨,与忠贤合谋逐南星。最后被削籍戍代州(今山西代县)。当时他年已七十六,依法当赎,魏忠贤矫旨不许。

思宗即位,有诏赦还。巡抚牟志夔为阉党,故意迟遣之,竟卒于戍所。崇祯初,赠太子太保,谥忠毅。有《赵忠毅集》。

他是东林党中坚,立朝端直公正,性刚愎,不以人情恩怨为趋避,不以谪居畏祸,居官时以澄清流品为己任。王士禛《古夫于亭杂录》卷一云:"南星去而诸人相继斥逐,天下大柄尽归忠贤矣。"

子夜歌[1]

美人着新裙,细步不闻声。
风来感芭蕉[2],綷縩使郎惊[3]。

◎ 注释

[1]子夜歌:见张时彻《子夜四时歌》。
[2]感:通"撼",动摇。《诗经·召南·野有死麕》:"无感我帨兮。"
[3]綷縩(cuì cài):衣服摩擦声。也作"綷粲"。

◎ 评析

郎闻风撼芭蕉之声,回首望去,不觉一惊,红裙之声随即进入耳中。

《子夜四时歌》古辞有"罗裳易飘飏,小开骂春风"语,光景各异,但皆寄情于罗裙的飘动。

长蛇歌饮邹南皋作[1]

洞庭长蛇一夜枯[2],千人万鬼惊欢呼。
岭表流人归满涂[3],今君奉诏来上都。
忆昔投荒向万里,闻君母老复无子。
君不识我我爱君,常恐一旦含冤死。
天摧地折白日堕,命寄群虎欲谁恃?
鱼龙送君置我前,落日开筵面秋水。
平生结交尽贤豪,昨见吴赵今见尔[4]。
君亦先曾知我名,狱中得自艾先生[5]。
公等衮衮皆大用[6],海内何愁更不平。
长跪进君黄金杯,悲风飒飒从天来。
欲饮不饮何为哉?不见尔乡刘侍御[7],
白骨今为蝼蚁胾[8]。

◎ 注释

[1]长蛇:古人常以封豕长蛇比喻首恶人物。邹南皋:邹元标,字尔瞻,别号南皋,吉水(今属江西)人。
[2]洞庭:湖名,在今湖南省之北,这里借喻张居正故乡湖北江陵,古皆楚地。
[3]岭表:岭外,即岭南。涂:通"途"。
[4]吴赵:吴中行,字子道,号复庵,武进(今属江苏)人。赵用贤,字汝师,常熟(今属江苏)人。
[5]艾先生:艾穆,字和父,平江(今江苏苏州市)人。作者的老师。这句意谓,邹元标知赵南星之名,是元标在狱中时艾穆告诉他的。
[6]衮衮:相继不绝貌。杜甫《醉时歌》:"诸公衮衮登台省。"
[7]刘侍御:邹元标同乡刘台,因劾张居正,戍广西,至途中暴卒。次句中的"万鬼"即包括当时一些死者。参见本书汤显祖《甲申见递北驿寺诗……》。
[8]胾(zi):大块的肉。

◎ 评析

万历五年（1577）九月，首辅张居正父丧之讣至京，按例，居正应去职奔丧。其友好李善孜等却倡夺情（不去职而素服办公）之说，居正便吉服视事。于是编修吴中行、检讨赵用贤、刑部员外艾穆、主事沈思孝合疏抨击居正忘亲贪位。居正大怒，中行等四人同时受廷杖，中行、用贤即日逐出国门，他人不敢候视。艾穆、思孝还被加上镣锁下狱，三日后，乃起解充军，以门板抬之出城。穆成凉州（今甘肃武威），创重不省人事，复苏后始达戍所。赵南星《与艾先生》书中，故有"君锡至汝南，称有使自陇来，知老师创已平"及"探虎穴、犯龙颔而不死，岂徒有幸哉"语。

当吴中行等受廷杖时，邹元标从政于刑部，乃抗疏切谏。元标俟杖毕，取疏授中官，假意说："此乞假疏也。"及疏入，亦遭居正之怒，杖八十，谪戍贵州都匀卫。

张居正卒后，人亡势失，被削职抄家，吴、赵、艾、邹等皆复官。

夺情案发生时，赵南星任刑部主事，但未参加此一事件，故诗中有"君不识我我爱君"语。但张居正卧病时，朝士群祷，南星与顾宪成、姜士昌戒勿往，并作"二竖能忧国（实是对张居正的诅咒），千官为祝年"诗。至天启时，则与邹元标、顾宪成为东林党重要人物，世以汉末"三君"比之，称为东林三君。

南星《邹尔瞻先生文集序》有云："忆昔癸未，晤先生于天津，作长歌赠之，今四十年矣。"则此诗为万历十一年癸未（1583）作，即居正逝世第二年，故首句云"洞庭长蛇一夜枯"。时邹元标方任吏科给事中。

张居正在历史上的功过，史家已有公允的评议。夺情一事，就今天来看，原是无关大计，但就当日居正处心而言，未始不是出于贪位恋权

344

的私欲。谈迁《国榷》卷七十云："故事，首辅去位三日，次辅迁坐左，僚属绯而谒。（次辅）吕调阳虽不迁坐，竟受谒。居正谓：我尚在，不少顾忌，如一出春明门（指出京城），宁我人乎？"其心事可见。其次，此中还暴露了晚明文官之间的朋党倾轧，日益深化。谈迁又批评上疏阻止夺情诸臣也失之偏激，使张居正太难堪。其论不为无见。

汤显祖
（1550—1616）

字义仍，号若士，别署清远道人，晚号茧翁。临川（今属江西）人。是继晏殊、晏幾道父子、王安石之后又一临川才人，所以他哭儿子汤虂诗有"恨杀临川隔江左，半山（兼指王安石）无路得乘驴"之句，因为安石儿子王雱也先父而卒。二十一岁中举人。万历五年（1557），首辅张居正欲使其子及第，罗致汤显祖等一并入选，以张声势，他谢绝，并自叹曰："假令予以依附起，不以依附败乎？"万历十年，居正去世，显祖于次年乃成进士。由南京太常博士迁礼部主事。借此闲职，读书深夜。

十九年，他上疏力劾辅臣申时行、给事中张文举，神宗一怒而将他贬谪徐闻（今属广东）典史，因于端州（即肇庆）认识了意大利神父利玛窦。后迁遂昌（今属浙江）知县，借此而过"长桥夜月歌携酒，僻坞春风唱采茶"（《即事寄孙世行吕玉绳》）的生活。

这时候的政局，正如他在《平昌钟楼晚眺》中所咏"独树老僧归夕照，一山栖鸟报斜曛"那样幽暗。神宗早已懒于设朝，他在《至日闻圣主深居有感》中叹道："南都至日逢南至，传道天心欲闭关。"

亦见其人之崛强梗直。

二十六年,终于弃官返里,作《牡丹亭还魂记》。因堂前植白山茶花,故名玉茗堂。堂中文史狼藉,宾朋杂坐。鸡埘豕圈,接迹庭户,他指着床上堆的书对人说:"有此不贫矣。"

他的诗,属于性灵派,故与袁宏道等很投合。他的《牡丹亭》,实为诗的戏剧化,不懂戏曲而爱诗的人,同样可以欣赏。诸体中七绝最好,王夫之《薑斋诗话》卷二以为晚明七绝,汤显祖、徐渭、袁宏道能居胜地。宋长白《柳亭诗话》卷二,以为"明季多宗此派,实一时气运所关"。换一种说法,明代后期的文学发展的趋向,促使他们的诗歌比较能够真实地直抒自我。另一方面,正如朱庭珍《筱园诗话》卷二所说,汤显祖等人作品,"佳作止于秀逸,气格不大,力量不厚耳"。虽然"厚"在全部明诗中,是很难求得的。有《玉茗堂集》。新中国成立后有徐朔方整理的《汤显祖诗文集编年笺注》《汤显祖全集》。

阳谷店[1]

独来阳谷店,绕屋是青山。
似有江南色,萧萧檐树间。

◎ 注释

[1] 阳谷:故城在山东省,明属兖州府。

◎ 评析

作于万历十五年（1587），从北京回归南京途中。

《水浒传》中写武松打虎的景阳冈即在阳谷，读此诗后，犹可想见当年阳谷风情。

沈际飞（崇祯时人）评云："画。"

天台县书所见[1]

池暖风丝着柳芽[2]，懒妆宜面出山家[3]。
春光一夜无人见，十字街头卖杏花[4]。

◎ 注释

[1]天台县：今属浙江。
[2]"池暖"句：以淡墨铺春景，引出下句。
[3]"懒妆"句：刘禹锡《春词》："新妆宜面下朱楼。"汤诗翻其意，谓虽懒妆而犹含风姿。"出山家"与"下朱楼"亦相对照。
[4]十字街头：人多的地方，逆应上句"无人见"。

◎ 评析

杏花时节，漫步山城，本地风光，无意中得之。题目的"书所见"，暗示对此景印象深刻。

高座寺为方侍讲筑茔台四绝[1]有引

方家女种落教坊[2]，年年踏青雨花台上[3]，望而悲之曰："我祖翰林君也，双梅树为记，因地入梅都尉家而醉绝[4]。"予为植其墓，春秋祠之。教坊人先已为李道父郎中放其籍[5]，嫁商人矣。

碧血谁栽双树栽，为茔相近雨花台。
心知不是琵琶女，寒食年年挂纸来。[6]

◎ 注释

[1] 高座寺：在南京聚宝门雨花台附近，晋为永嘉寺，今已废。方侍讲：方孝孺，明惠帝时曾任翰林侍讲。燕王朱棣兵破南京时，因拒绝草诏被杀。其遗体究葬于聚宝门外何处，今已不可考。茔台：坟台。
[2] 方家女种：方孝孺死时，二子二女皆上吊、投河，故孝孺已绝后，此处女种指其堂兄弟的后代。（一说魏泽曾收匿孝孺幼子，详见本书魏泽诗）教坊：掌管乐舞承应，其中也有犯人妻女没入官府，充当官妓，从事吹弹歌唱。名隶乐籍，户称乐户。
[3] 雨花台：见高启《登金陵雨花台望大江》。
[4] 梅都尉：驸马都尉梅殷，太祖女宁国公主丈夫。永乐三年，被锦衣卫推桥下而死。此诗第三首云："不知都尉当年死，也似梅花近雨花。"并有注云："都尉亦死靖难。"魏晋以后，帝王之婿例加驸马都尉称号，非实官。酹（lèi）：以酒相祭。
[5] 李道父（甫）：李三才，曾任南京礼部郎中，也是汤显祖好友。放其籍：从乐籍中解放。
[6] "心知"二句：语颇沉痛，意谓与《琵琶行》中琵琶女之嫁商人不同，亦与"我祖翰林君也"语相照应。寒食，见王世贞《寒食志感示儿辈》。

◎ 评析

方孝孺死难时，宗亲坐死者多至八百四十七人，有收藏他文章的以死罪论处。但至成祖之子仁宗即位后，已谕礼部，方氏家属籍没入官者皆赦为平民，还其田地。万历十三年，又释放坐孝孺案谪戍者后裔，在浙江、江西诸地共一千三百余人，实为明初一场大狱。

此诗作于万历十一年，则仁宗即位后所诏谕者，并未立即实行。

天竺中秋[1]

江楼无烛露凄清,风动琅玕笑语明[2]。
一夜桂花何处落[3],月中空有轴帘声[4]。

◎ 注释

[1]天竺:山峰名,又寺名。在浙江省杭州市灵隐山飞来峰之南。亦借指杭州。
[2]琅玕(gān):指竹。
[3]"一夜"句:传说月中有桂树。宋之问《灵隐寺》诗:"桂子月中落,天香云外飘。"
[4]轴帘:犹言卷帘。轴,旋转貌。

◎ 评析

全诗微妙处在末句,写嫦娥在中秋夜卷帘。何故卷帘,诗未明言,却有渺渺予怀之趣。

甲申见递北驿寺诗多为故刘侍御台发愤者附题其后[1]

江陵罢事刘郎出[2],冠盖悲伤并一时[3]。
为问辽阳严谴日,几人曾作送行诗。

◎ 注释

[1]甲申:万历十二年(1584),时作者南下就南京太常博士任道中。递:围绕。驿:古代行人休息之所。侍御:侍御史的省称。明代无侍御史,这里指御史。按,陈田《明诗纪事》庚签卷二,题作《题东光驿壁刘侍御台绝命处》,诗云:"哀刘泣玉太淋漓,棋后何须更说棋。闻道辽阳严谴日,无人敢作送行诗。"东光在今河北省东南,南运河东岸,则北驿寺当在河北。又据沈德符《野获编》卷十九,"刘坐戍广西之浔州,病死,或云为其成长所酖,莫能明也。"则"绝命处"又非在东光。
[2]江陵:指张居正,江陵人,万历时任首辅。

[3]冠盖：指显达的官员。

◉ 评析

刘台，字子畏，万历初以张居正推荐任御史，巡按辽东。因误奏捷，奉旨斥责，台乃上疏劾张居正，言辞激烈。居正甚怒，遂捕台至京师，下诏狱。居正阳具疏救，乃除台名为民，而恨犹不止。最后将台戍广西，饮于戍主所，归而暴卒。这天居正亦卒。时为万历十年。

《明诗纪事》又引钱谦益《列朝诗集》云："先是，过客题诗哀刘侍御者，遍满驿壁，义仍书此诗，后人遂绝笔。瞿元立为余诵之，与今集本异。"

又据《野获编》："时方奏捷（指与女真部落交战）。故事，按臣主查核，不主报功。刘不谙（御史）台规，以捷上闻，江陵票旨（拟旨）诘责太峻，刘遂疑惧，露章数千言，劾江陵诸不法，颇中肯綮。"刘台得谥较晚，则因议补诸名臣谥时，礼部右侍郎郭正域"独靳刘不予，谓其抗疏，乃遭诘畏祸，先发制人，非本心云"。

汤显祖于甲申年又作《即事》云："汉家七叶珥金貂，不见松阴叹绿苗。却叹江陵浪花蕊，一时开放等闲消。"张居正与刘台同卒于万历十年，至十二年，籍没张居正家，榜居正罪于天下，家属戍边。显祖题壁诗所谓"江陵罢事"即指此。

❀ 陈继儒
（1558—1639）

字仲醇，号眉公，又号麋公，华亭（今上海松江）人。为诸生时，与董其昌齐名。二十九岁时，取儒衣冠焚弃之，绝意进取。亲亡后，筑室东佘山，杜门著述。有《眉公全集》。

他没有经史实学的基础，常刺取琐言僻事，荟萃成书，流传远近。又与显贵交接，酒楼茶馆，皆悬其画像，于是眉公之名大振，朝廷亦屡次征用，皆以疾辞。有人因而讥他招摇，朱彝尊《静志居诗话》卷二十，即说他"以处士虚声，倾动朝野"。又云："时无英雄，互相矜饰。"钱谦益《列朝诗集小传》也说"古称通隐，庶几近之"，但称其"小诗便娟轻俊，聊可装点山林，附庸风雅"。亦平允之论。（顾公燮《消夏闲记摘钞》谓《牡丹亭》中的陈最良，即影射继儒。）

继儒有《读少陵集》云："少年莫漫轻吟咏，五十方能读杜诗。"又于《书杜诗》中有云："高岑王孟之诗，无一字不脍炙人口，然皆能利而不能钝，利可及，钝不可及也。"（《白石樵真稿》卷二十一）他的所谓钝，是指笃实。此语不为无见，惜继儒自己未能做到。

月下登金山[1]

江平秋万里，山静月三更。
仿佛寒烟外，瓜州有雁声[2]。

◎ 注释

[1] 金山：在江苏镇江西北。
[2] 瓜州：也作"瓜洲"，因其形如瓜而得名。在江苏邗江县南部，大运河入长江处，与镇江隔江相对。

◎ 评析

张祜《题金陵渡》的"潮落夜江斜月里，两三星火是瓜州？"写所见,含疑似之意。陈诗则写所闻,也用"仿佛",皆在月色迷离、稍纵即逝的江南之夜。

按,张诗的金陵渡非南京,而是镇江附近,故可眺望瓜州。(今之镇江唐代也称金陵)

山　中

空山无伴木无枝,鸟雀啾啾虎豹饥。
独荷长镵衣短后[1],五更风雪葬要离[2]。

◉ 注释

[1] 长镵:本为农具,用于翻土。短后,后幅较短之衣,便于动作。
[2] 要离:春秋时刺客。他与吴国公子光合谋,曾于江中刺中公子光政敌庆忌的要害,庆忌释之。要离渡至江陵,亦伏剑自尽。

◉ 评析

要离的侠义之风,颇为后人钦重,尊为烈士。本诗中的"要离",当是与作者相交的一个江湖游侠。末两句用笔疏淡而气氛深沉,也衬托出诗人自己的风义。从诗意看,似是秘密埋葬。

❀ **袁宗道**
（1560—1600）

字伯修,号石浦,公安(今属湖北)人。万历十四年(1586)进士,授翰林编修。后充东宫讲官,至右庶子。因鸡鸣而入,力疾入讲,遂以惫极卒于官。有《白苏斋集》。

在三袁中,他是长兄,仕途以他最为亨达,但他并不喜欢做官,原打算三年后归田。他的性格与宏道不同，是一个较谨慎而又平达的人，少狂狷之气，也不露锋芒，一半也因受宫官身份的牵制。袁中道编次的《柞林纪谭》有这样一段记载："中郎论人不宜太畏事。伯修曰：'不畏事，必偾事。'"此亦可见两人的性格。

在诗文创作上，他都抵不上宏道、中道，本书中入选的两首诗，虽经反复选择，还是不很满意，而两弟之诗，却还可选一二首。这里固然有数量上的原因（他的诗写得不多），但就诗论诗，成就上的差别也很显著。他对文学的见解，也是反对模拟，求真求新，主要体现在《论文》上下篇中，但力度深度皆差。所以，公安派如无宏道、中道而只有宗道，就成不了什么气候了。

过旧叶城有感是时两弟已行五六日矣三弟留题荒亭[1]

昔年飞鸟处[2]，此日倍酸辛。白骨三家市[3]，青磷一水滨[4]。异乡均苦乐，兄弟各风尘。凄断惠连句[5]，荒亭墨瀋新。

◎ 注释

[1] 旧叶城：即今叶县，属河南省。两弟：指宏道、中道。
[2] "昔年"句：古叶县东境有叶君祠，本以祀春秋时楚国沈诸梁（叶公子高）。后人附会，谓后汉明帝时王乔为叶令，乔有神术，自县诣朝时，每月双凫从东南飞来，太史举网张之，得一凫，视之则所赐尚书官属履。后立庙，号叶君祠。或云，此即古仙人王子乔。
[3] 三家市：指人烟稀少偏僻的小村落，故下云"荒亭"。苏轼《用旧韵送鲁元翰知洺州》："永谢十年旧，老死三家村。"陆游《题江陵村店壁》："青旆三家市，黄茆十里冈。"

[4] 磷：俗称鬼火。

[5] 惠连：指刘宋谢惠连，其诗文颇为族兄灵运称赏。相传灵运"池塘生春草"名句，即因梦见惠连而得。后世因称为"大小谢"。

◉ 评析

袁中道《游居柿录》卷四，万历三十八年（1610）记云："从叶县发，路多硗确。过澧河，饮于旧叶，即叶令飞凫处也。息于保安驿，光武昆阳大战处也。"昆阳故城即叶县治所，故宗道诗有白骨、青磷云云。

中道《昆阳》诗，有"倒戈奔象兕，大战忆昆阳"句，又有《河南道中题壁寄伯修兄》诗。故宗道诗结末有此二语。

食鱼笋

竹笋真如土，江鱼不论钱。百年容我饱，万事让人先。交态归方识[1]，冰心老自坚[2]。雨窗倚绿树，宜醉更宜眠[3]。

◉ 注释

[1]"交态"句：意谓在名利场中看不到交情的深浅，唯有归隐时才始显出。

[2]"冰心"句：《宋书·陆徽传》："冰心与贪流争激，霜情与晚节弥茂。"

[3]"宜醉"句：《宋书·陶潜传》："潜若先醉，便语客：'我醉欲眠，卿可去。'"

◉ 评析

亦南齐王融所谓"不知许事，且食蛤蜊"之意。

徐熥（1561—1599）

字惟和，别字调和，号幔亭，闽县（今福建福州）人。万历十六年（1588）举人。有《幔亭集》。

他曾三次赴京考进士，皆下第，其《出都门答别邓汝高员外》有云："十年三上长安道，阙下献书俱不报。"其《题诸友送行卷后》云："七年三上春官日，各赋诗篇送我行。今日蠹鱼生满纸，主人依旧一儒生。"所以他的经历很简单，诗却在晚明诗坛中有特色。《四库提要》称其"圭臬唐人，而不为决裂饾饤之习"，意即无突露堆砌之弊。其中写风尘，写别离，写存殁，皆有佳作，间亦写绮情。朱彝尊《静志居诗话》卷十六，谓熥之七绝，原本王昌龄，"情至之语，诵之荡气回肠"。沈德潜《明诗别裁集》则谓在李益、郑谷间。七绝如无才情，就很难写得清隽婉转。其《吴宫怨》云："高台日日翠华临，何事颦眉更捧心。本是苎萝山下女，吴中恩浅越中深。"平平写来，如遇乱世佳人而道心事。《陇西行》云："仗剑封侯事已非，闺中少妇葬征衣。玉门关内多边马，纵有游魂不敢归。"起亦平平，结则吊万里游魂，欲归不得，凄凉不堪卒读。

弟徐𤊹，字惟起，一字兴公，以布衣终，其《闲居》"未春预借看花骑，欲雨先征种树书"，为人称诵。七绝《送友人之安南》云："落花飞絮委东流，春去行人不可留。却恨春风已归去，岂能吹梦到交州。"亦佳。

甲午汶上除夕[1]

旅馆逢除夕，空怀故国情[2]。荒村三户寂[3]，土屋一灯明。

腊逐鸡声去,春随马足生[4]。客中非守岁,自是梦难成[5]。

◎ 注释

[1]甲午:万历二十二年(1594),作者三十三岁。作者另有五律《甲午赴京留别社中诸子》,则此诗当是赴京途中作。汶上:山东汶水流域。
[2]故国:指故乡。
[3]"荒村"句:与作者《暮出荏平(也在山东境)宿二十里村店》的"几家成一乡"同一句意。
[4]"腊逐"二句:上句指作者彻夜不眠,下句见作者岁晚多在客途之中。
[5]"客中"二句:补足次句"空怀故国情"。守岁:除夕终夜不寐、坐迎新年的风俗。

◎ 评析

作者七绝《汶上感旧》云:"汶水匆匆唱《渭城》,春风一别数年情。知君本是飘零客,未必重逢在此生。"因作者曾三次上京应试,故经过汶上不止一次。客途中也有邂逅相逢之人,但只此一面,再难重逢,故诗人对汶上别有深情。

邮亭残花[1]

征途微雨动春寒,片片飞花马上残。
试问亭前来往客,几人花在故园看。

◎ 注释

[1]邮亭:驿使,递送文书投止之所。

◎ 评析

作者看到的已是残花,即此也足使他黯然销魂,曲折中仍饶乡心。

沈德潜《明诗别裁集》云:"绝句七章,词不必丽,意不必深,而婉转关生,觉一种至情余于意言之外。"

清明有感

人间春色太无情,不管音容隔死生。
满地梨花坟上雨,一番零落又清明。

◎ 评析

　　清明是上坟时节,以"满地梨花坟上雨"一句景致,便显得遍野缟素,满纸涕泪。熟题若无新意,即不必作。

秋夜即事[1]

秋宵残雨上窗纱,一点流萤照暮花。
觅得轻罗穿竹径[2],已随风叶过邻家。

◎ 注释

[1]即事:就眼前所见事物咏诗。
[2]轻罗:轻巧的丝质团扇。

◎ 评析

　　当是从杜牧《秋夕》的"轻罗小扇扑流萤"句化出,写一刹那间的印象,含而不露,此中有人。

程嘉燧

（1565—1643）　字孟阳,号松圆。晚年皈依佛教,释名海能。休宁（今属安徽）人,侨居嘉定（今属上海）。以布衣而刻意为诗,又擅绘画。卒于休宁,次年即崇祯甲申,明亡,铭旌书曰明处士。

他与钱谦益有深交,谦益以侍郎罢归,筑耦耕堂,邀他读书其中,故曾见河东君柳如是于虞山舟次,赠诗有"翩然水上见惊鸿,把烛听诗讶许同"语。谦益不满七子而推嘉燧为一代宗主,《列朝诗集》中选嘉燧诗多至二百十五首(注),自以为"非阿私所好",其实是有偏私的,因而引起别人反感,朱彝尊《静志居诗话》卷十八说程诗"格调卑卑,才庸气弱"。又云:"姑就其集中稍成章者,录得八首。"但其《明诗综》中却未见程诗,只在《诗话》中引录二首,未免惩羹吹齑,不够公道。沈德潜《明诗别裁集》曾记邵长蘅(子湘)有心矫枉、摘其累句事,如"争倚画桡冲妓席,独横朱袖占歌筵""亦知终去婚和嫁,且恋闲来弟劝兄"及"近逐歌喉须闯席,闲开笑靥待歌船"等句,"谓其秽亵俚俗,几于身无完肤矣"。德潜自己则谓"孟阳诗亦娟秀少尘"。

嘉燧诗有庸俗颓靡处是事实,但就作品的整体来看,在晚明诗坛中,尚不失为清润浏亮的上品,七律常有隽句。王士禛《渔洋诗话》云:"程七言律最多名句,七言绝句尤佳。"并摘其七律警句,如"瓜步江空微有树,秣陵天远不宜秋""梅残烛烬西窗雨,雪冷香浓小阁云""古寺正如昏壁画,层湖都作水田衣""多年华鬓丝相似,三月春愁水不如""城上雪声游子屐,县南风色酒人家""岳寺夜眠春涧雨,浦楼寒醉雪山风"。

七绝如《忆金陵》之一："秋阴客思腾腾，木末荒台尽日登。谁信到家翻远忆，雨斋含墨画金陵。"《寒月独归题松寥壁》："寺外风江断去津，峰头木脱月相亲。僧斋归处窗如烛，始觉寒风是主人。"《书去年临别画疏林暮鸦与季康》："荒林几点隔江山，犹是离心落照间。从此邗沟自明月，寒鸦无数夜飞还。"意境皆清远脱俗，即上述沈德潜所谓"娟秀少尘"。

（注）据黄云眉《明史考证》第七册："钱谦益《列朝诗选》，多出嘉燧之手，见《耳提录》。"

富阳桐庐道中早春即目柬吴中朋旧[1]

暮倚城楼江日曛，晓过山县市烟分。[2]
回峰冻雨皆成雪，出雾危峦半是云。
沙际年光催鸟哢[3]，冰间寒溜动鸥群[4]。
吴江越峤千余里[5]，春赏何由早寄闻[6]？

◎ 注释
[1]富阳、桐庐：浙江县名，皆面临富春江。即目：眼前所见的。
[2]"暮倚"二句：谓隔宿后已自富阳城而至新地。曛，昏黄貌。
[3]年光：早春的风光。哢：鸟鸣。庾信《春赋》："新年鸟声千种哢。"
[4]溜：小股的水流。
[5]吴江越峤：泛指吴中朋旧与自己的不同处所。峤，山岭。
[6]"春赏"句：与题目"即目"相应，意思是，眼前所见的景物，有什么办法能及早传达给远方的朋友？钟嵘《诗品》："'思君如流水'，既是即目；'高台多悲风'，亦唯所见。"

◎ 评析

　　这是作者的代表作，颔颈两联，写出江南水乡的早春景物，雾散为云，冰亦溶溜，于是而鸟啭鸥飞，春情跃动，末以对友朋相思之情作结。

　　方干《桐庐高阁》云"此地四时抛不得，非唯盛暑事开襟"，正可移用于此诗。

　　吴均《与宋元思书》云："自富阳至桐庐，一百许里，奇山异水，天下独绝。"又云："夹岸高山，皆生寒树。负势竞上，互相轩邈。争高直指，千百成峰。"即程诗中的回峰与危峦。

山居秋怀

凉风四起秋云急，门巷萧森鸟雀飞[1]。
黄叶年年惊岁晚，沧江日日待人归[2]。
经时茅屋淹行李，一系扁舟换客衣。[3]
回首昔曾悲故国[4]，于今临眺意多违。

◎ 注释

[1]"门巷"句：杜甫《遣兴》之四："客子念故宅，三年门巷空。"
[2]"沧江"句：杜甫《夜宿西阁晓呈二十一曹长》："寒江流甚细，有意待人归。"
[3]"经时"二句：意谓客寓山中茅屋已久，自从扁舟系于此地，客衣已随季节而更换，极言欲归不得。一，加强语气之词。
[4]故国：指故乡。

◎ 评析

　　因悲秋而思故园，见黄叶而叹岁晚。作者《因舍弟归柬山中亲知》

亦云："故人相望眇天涯，久客伤心忆岁华。"由于欲归不得，临眺之余，使昔年乡土之恋，至今更觉事与愿违。

过长蘅画柳叹别[1]

当时相送向京华，同见秋杨起叹嗟。
君自客回侬又客[2]，漫天春恨似杨花[3]。

◎ 注释

[1]长蘅：李流芳，本书选有他的诗。
[2]侬：我。
[3]"漫天"句：石愁《绝句》云："我比杨花更飘荡，杨花只是一春忙。"语意有相通处。

◎ 评析

作者《送李长蘅北上》有"吾所欲赠子，不语各自领"语，亦颇警拔，可与"当时相送向京华"句参读。

李流芳七古《送程孟阳游楚中》中云："去年送我扬子湄，焦山落日江逶迤。岂意今年复送君，楚云湘水劳相思。"末云："江月山花远趁君，诗囊画本留与我。"程嘉燧这次出游，或是往楚中。

瓜洲渡头风雪欲回南岸不得[1]

平分南北是江流，南岸相期北岸留。
惟有寒风吹向北，为君留客醉瓜洲。

◎ 注释

[1] 瓜洲：见陈继儒《月下登金山》。

◎ 评析

瓜洲渡头，忽逢风雪。诗人本欲南渡，这时只得留在北岸。光看题目，便大有诗意。此情此景，任何诗人都不会错过。由于寒风北吹，诗人于是以酒取暖，反见得这场风雪之多情了。

袁宏道
（1568—1610）

字中郎，号石公，又号六休，公安（今属湖北）人。万历二十年（1592）进士，选为吴县知县，不久辞职，后又任礼部主事及吏部郎官。三次为官，前后不过五六年。英年早逝，亦文苑之不幸。宏道先世业农，公安不曾出过著名文人，至晚明而始有三袁，三袁以宏道为中坚。

他以名士而为县令，但做官非他素愿，比之为"油入面中，当无出理"（尺牍《王以明》），辞职书曾上七次。后罢官，乃咏诗云："病里望归如望赦，客中闻去如闻升。"对那些有官癖的人，则比之为"若夺其官，便如夺婴儿手中鸡子，啼哭随之矣"。（尺牍《张幼于》）他之讨厌做官，或与他玩世性格有关。

他追求真率，崇尚性灵，反对伪道学，痛恨假事假文章，痛恨"一个八寸三分帽子，人人戴得"的滥调陈套，这和他反对七子的模拟原是相贯通的。他与李贽、汤显祖等人结交，就因他们各有异端气息。对李贽尤为钦重，称之为龙湖师，李贽也说他

"识力胆力皆迥绝于世,真英灵男子,可以担荷此一大事"。他从董其昌处借得《金瓶梅》,称为"云霞满纸,胜于枚生《七发》多矣"。又爱听《水浒》故事,咏之于诗,也因这些作品都是文学上的异端产物,而这正是当时的正统派所深恶的。尽管袁宏道本人也不能摆脱正统思想,但终究少一些虚伪,多一些真实。

他的诗,远逊于他的文;如果单凭他的诗,袁中郎在晚明文坛上的声望不可能这样响亮。他自己也说:"至于诗,则不肖聊戏笔耳。信心而出,信口而谈。"诗贵自然,同时又需要在烹炼上下功夫,不能苟作。宏道的诗,往往不耐咀嚼。相形之下,竟陵钟惺的诗,虽也有缺点,特色却也鲜明,能够自张一帜。

其次,他在诗文观点上,有好多极端、偏激之处,如由于求新求异,甚至欣赏八股文的"手眼各出,机轴亦异"。他又称赞徐渭为明代第一诗人,沈德符《敝帚轩剩语》卷上,记载一个很有趣的故事:"(袁宏道)所最推尊,为吾浙徐文长,似誉之太过。抽架上徐集,指一律诗云:'三五沉鱼陪冶侠,清明石马卧侯王',谓予曰:'如此奇快语,弇州一生所无。'予甚不然之,曰:'此等语有何佳处,且想头亦欠超异,似非文长得意语。'众苦争以为妙绝,则予不得其解。"这也难怪沈德符不得其解,又说是王世贞一生所无,更不能服人。对七子如王世贞等人的诗,尤不应夹着偏见来评估。

新中国成立后有钱伯城整理的《袁宏道集笺校》。

横塘渡[1]

横塘渡，临水步[2]。郎西来，妾东去[3]。

妾非倡家人[4]，红楼大姓妇。吹花误唾郎，感郎千金顾[5]。

妾家住虹桥[6]，朱门十字路[7]。认取辛夷花[8]，莫过杨梅树[9]。

◎ 注释

[1] 横塘：在江苏吴县（今江苏苏州）西南，因分流东出，故名。此诗为万历二十五年（1597）在吴县（今江苏苏州）作。

[2] 水步：同水埠。

[3] 妾：古代女子自称。

[4] 倡：通"娼"。

[5] "感郎"句：《乐府诗集》卷四十五《碧玉歌》之二："感郎千金意，惭无倾城色。"顾，回视。

[6] 虹桥：拱桥。旧题唐陆广微《吴地记》："吴、长二县，古坊六十，虹桥三百有余。"

[7] 朱门：与红楼句相应。

[8] 辛夷：香木名，一名木笔，白者名玉兰。

[9] 杨梅树：梅，一作"柳"。

◎ 评析

诗写两人相识于横塘的水步，真正是萍水相逢了。末四句，不仅告诉了他的住址，还叮嘱他要牢记有辛夷花的地方，不要走到有杨梅树的那一边。江南的水乡风物，红楼女儿的似水柔情，皆于此中若隐若现。

嘉靖时人唐诗《吴下竹枝词》云："郎若来时休用问，门前杨柳一行齐。"明无名氏《湖州竹枝词》云："临湖门外是侬家，郎若闲时来吃茶。黄土筑墙茅盖屋，门前一树紫荆花。"清彭孙遹《岭南竹枝》云："妾家溪口小回塘，茅屋藤扉蛎粉墙。记取榕阴最深处，闲时来过吃槟榔。"

妾薄命[1]

落花去故条，尚有根可依。妇人失夫心，含情欲告谁。
灯光不到明，宠极心还变。只此双蛾眉，供得几回盼。
看多自成故，未必真衰老。辟彼数开花[2]，不若初生草。
织发为君衣，君看不如纸。割腹为君餐，君咽不如水。
旧人百宛顺，不若新人骂。死若可回君，待君以长夜[3]。

◉ 注释

[1]妾薄命：乐府属《杂曲歌》。妾，古代女子自称。
[2]辟：通"譬"。
[3]长夜：指死亡。人死永埋地下，即处于长夜之中。曹植《三良》："揽涕登君墓，临穴仰天叹。长夜何冥冥，一往不复还。"

◉ 评析

弃妇诗大多在日久色衰上发挥，此篇以"看多自成故，未必真衰老"为机杼，最为警策，亦符合"薄命"之本意。唐曹邺《弃妇》云："见多自成丑，不待颜色衰。"袁诗或袭其意。

吴景旭《历代诗话》卷七十九云："藕居士诗话曰：袁中郎力纠明诗，艺林咸允，十集出，几于纸贵。务去陈言，力驱剽窃，殊为有功诗道。其谓不袭前人一字一意，恐未尽然。"

听朱生说水浒传[1]

少年工谐谑[2]，颇溺《滑稽传》[3]。后来读《水浒》，文字亦奇变。
六经非至文[4]，马迁失组练[5]。一雨快西风，听君酣舌战。

◎ 注释

[1] 朱生：无锡说书艺人。此诗为作者在无锡时作，年三十岁。其《游惠山记》云："邻有朱叟者，善说书，与俗说绝异，听之令人脾健。每看书之暇，则令朱叟登堂，娓娓万言不绝。"
[2] 谐谑：诙谐逗趣，犹今言开玩笑。
[3] 溺：沉迷。《滑稽传》：指司马迁《史记》中的《滑稽列传》。
[4] 六经：指《诗》、《书》、《礼》、《易》、《乐》（已佚）、《春秋》。司马迁在《滑稽列传》中对六经的特点皆有指引。
[5] 组练：组甲、被练，原指将士的衣甲服装，这里是精锐的意思。

◎ 评析

作者对李贽很敬佩，李贽《焚书·忠义水浒传序》中称《水浒》为"发愤之作"，宏道诗则称为"奇变""至文"。钱希言（字功父）《戏瑕》卷一："文待诏（徵明）诸公暇日听艺人说宋江，先讲摊头半日，功父犹及闻。"可见吴地说《水浒》由来已久。明末张岱《柳敬亭说书》，也记他在南京时听柳麻子说武松打虎故事。

初至西湖

山上清波水上尘，钱时花月宋时春[1]。
看官不识杭州语[2]，只道相逢有北人。

◎ 注释

[1] "钱时"句：五代时，钱镠（原籍杭州）拥兵两浙，曾建吴越国于杭州。宋南渡后，初于杭州置行官，后为都城。
[2] 看官：本旧小说中以说书人口吻，对听众的称呼，这里借指路人。作者对小说戏曲、民间文艺向来喜爱，所以诗歌中也常有这类词语。

◉ 评析

作于万历二十五年（1597），时年三十岁。

杭州方言中语尾带卷舌音的"儿"字，即是南渡之初汴京地区的士民迁移带来的，本诗末两句即指此。作者《踏堤曲》之三亦云："陌上口声多汴语。"到了明代，便成为历史的回声了。

过黄粱祠(其二)[1]

不脱阴区苦耐何，仙官尘侣不争多[2]。
人间惟有李长吉，解与神仙作挽歌[3]。

◉ 注释

[1] 黄粱祠：在今河北邯郸市。唐沈既济《枕中记》：卢生于邯郸客店中遇道者吕翁，翁授以枕，使入梦，梦中历尽荣华富贵。及醒，主人炊黄粱尚未熟。后世因称黄粱梦或邯郸梦。
[2] "仙官"句：意谓神仙和凡人差不多。
[3] 解：懂得。

◉ 评析

作者在赴河南途中所作。

李贺《官街鼓》末云："几回天上葬神仙，漏声相将无断绝。"注云："岂知神仙不死之说，本是虚诞之辞，虽或可以却病延年，终有死期，岂能如漏声之日夜相将而无断绝乎。将，犹随也。"意即仙寿虽长，终有期限，不如宇宙之无穷。故李贺此诗，无异在为神仙作挽歌。

经下邳[1]

诸儒坑尽一身余,始觉秦家网目疏。
枉把六经灰火底[2],桥边犹有未烧书。

◎ 注释

[1]下邳:张良于秦末游下邳圯上(桥上),遇一老父,授《太公兵法》一册曰:"读此则为王者师矣。"后来张良乃佐刘邦灭秦创业。世称此老父为黄石公。下邳,秦县,故地在今江苏宿迁市境。

[2]"枉把"句:秦始皇的焚书与坑儒是两件事,坑儒在焚书次年,即始皇逝世前二年。

◎ 评析

  作于赴京途中,也是作者名篇。有关焚书坑儒的翻案诗,历代作的很多,如章碣《焚书坑》云:"坑灰未冷山东乱,刘项元来不读书。"章碣在唐诗人中名望不高,此诗却颇著名。唐彦谦《新丰》云:"半夜素灵先哭楚,一星遗火下烧秦。"韦居安《梅诗话》卷中引杨亿《始皇》诗"儒坑未冷骊山火",引萧泛之《读秦纪》:"凄凉六籍寒灰里,宿得咸阳火一星",引萧立之咏秦诗"燔经初意欲民愚,民果俱愚国未墟。无奈有人愚不得,夜思黄石读兵书"。清陈恭尹《读秦纪》云:"谤声易弭怨难除,秦法虽严亦甚疏。夜半桥边呼孺子,人间犹有未烧书。"末句即本宏道诗。陆次云《咏史》云:"尚有儒生坑不尽,留他马上说诗书。"此指陆贾问高祖"马上得之,安可马上治之"事。丁尧臣《阿房》云:"诗书焚后今犹在,到底阿房不耐烧。"金慰祖《泇沟过留侯受书处》云:"燔尽六经诛偶语,野桥又授一编书。"陈曾寿《题圯下授书图》云:"一君万纪秦皇帝,气尽先生堕履时。"则气概尤沉郁。

袁中道
（1570—1626）

字小修，别字冲修，号柴紫居士，晚号凫隐居士。公安（今属湖北）人。万历四十四年（1616）进士，时年已四十六。他在《游居柿录》中说："得了头巾债足矣。"在《寄王以明居士》书中也说："卑卑一第，聊了书债。"后授徽州府教授，官至南京吏部郎中。有《珂雪斋集》。

他与长兄宗道、二兄宏道及一姊，都是一母所生。母亲早年逝世，故而他们少年时处境很凄凉。后来宗道成家，即依靠兄嫂，又与宏道同读于杜家庄书塾中。长大后，文学见解、诗文风格都相类似，感情上遂不同于一般兄弟。中道《长歌送中郎之吴门》即说："可怜同气复同声，不似人间俗弟兄。"《中郎生日同大兄》又云："肩随三兄弟，少年同诵读。无夜不联床，寒雨滴疏竹。"《途中怀先兄中郎》又云："堕地何曾远别离，难忘官路并行时。"他的诗文中，凡是写到家人骨肉的，无不情真意切。以骨肉而成文字知己的，宋代有二苏，但二苏性格各异，二袁则性行上也很接近。他在《蔡不瑕诗序》中说："今人好中郎之诗者忘其疵，而疵中郎之诗者掩其美，皆过矣。"可谓知兄莫若弟。

他与宏道一样，诗不如文，并且也重视情趣，但在《游居柿录》卷三中，记他曾见周昉《杨妃出浴图》："独足稍大，不知缚足已始于汉宫矣，《杂事秘辛》可考也。"情趣识见，皆令人闷损。

他作品的数量多于宏道。宏道的诗文中还有少量的对晚明政局揭露讽喻之作，他的诗中，却很少见到，诗的现实内容更显得淡薄了。

邺城道中[1]

只作词场看，何人不可传[2]。霸图无永岁，文字有长年。甄女蒲陈怨[3]，何郎粉唱玄[4]。至今台上瓦[5]，和墨尚生妍。

◎ 注释

[1]邺城：故址在今河北临漳县北。汉末袁绍为冀州牧，镇邺。绍败亡，又以封曹操。建安十八年（213），曹操为魏王，建都于此。曹丕代汉为帝，都于洛阳，邺为五都之一。

[2]"只作"二句：意谓如只从文学史角度看，那么，曹氏父子，哪一个不可以传称于后世呢？陈恭尹《邺中》云"乱世奸雄空复尔，一家词赋最怜君"，亦此意。

[3]"甄女"句：曹操破袁绍，绍次子袁熙妻甄氏，有美色，被曹丕纳为妇，生明帝曹叡。丕为帝，宠郭后，甄有怨言，被赐死。《玉台新咏》二及《艺文类聚》四十一，载甄皇后《塘上行》："蒲生我池中，其叶何离离。傍能行仁义，莫若妾自知。众口铄黄金，使君生别离。"下多怨嗟之词。（《乐府诗集》列为魏武帝诗，非。）

[4]何郎：何晏，字平叔。曹操为司空时，纳其母尹氏，并收养晏于府中。他喜修饰，粉白不去手，人称傅粉何郎。又好清谈，是当时著名玄学家。因何晏为曹操假子，所以诗中也将他看作曹家人物。

[5]"至今"句：曹操曾于邺都建铜雀、金虎、冰井三台。铜雀台瓦可琢砚，世称铜雀砚。按，中道《南归日记》记古砖云："其纪年，非天保则兴和，盖东魏、北齐也。近时东魏、北齐物亦不可得，况铜雀乎？苏易简作《砚谱》，以青州红丝石为第一，而列铜雀古瓦砚于下品。即真者亦非佳物，况于赝者？"

◎ 评析

共十首，此为第三首。五、六两句讽刺曹氏父子，前句指曹丕，后句指曹操。袁宏道也有十首《邺城道》，其三云："残粉迎新帝，妖魂逐小郎。"颇为人称诵，则指丕、植兄弟。"妖魂"句当指曹植作《洛神赋》以抒思甄恋情事，但这只能作为传说，实则不可信。

中道《邺城》之六又云："阿甄虽婉丽，不及玉妃妍。"过邺城者常不忘情于甄氏，此处忽又夹带玉环，或因两人皆尤物，而又不得其死之故。

入都迎伯修榇得诗十首效白[1]

痛死慰生泪暗垂，一身多病不堪支。
断肠客路三千里，极目羁魂十二时[2]。
江上雪来云片黑，河洲风重雁行迟[3]。
榱崩栋折萧条甚[4]，路上行人也自悲。

◎ 注释

[1]伯修：袁宗道字。榇：棺。十首：此为第一首。白：指白居易。
[2]"断肠"二句：当是用黄庭坚《思亲汝州作》"五更归梦三百里，一日思亲十二时"句意。按，"百"字为仄声，黄诗"三百里"似应作"三千里"，吴曾《能改斋漫录》卷六引黄诗，正作"三千里"。
[3]雁行：比喻兄弟。
[4]榱崩栋折：比喻重大的变故。《国语·鲁语》下："夫栋折而榱崩，吾惧压焉。"榱，椽子。

◎ 评析

万历二十八年（1600），袁宗道卒于北京，年仅四十一。中道《石浦先生传》云："卒于官，棺木皆门生敛金成之。检囊中，仅得数金，及妻孥归，不能具装，乃尽卖平生书画几砚之类，始得归。"身后无子，以中道之子祈年为嗣。

中道又有《游西直门柳堤上时伯修已逝》七绝云："依然垂柳覆长堤，落日沉沉万树西。惟有水声浑不似，当初如笑近如啼。"

读子瞻集书呈中郎[1]

登朝便与祸相粘,尘世功名到底甜[2]?
直到海南天尽处,桄榔树下忆陶潜[3]。

◎ 注释

[1]子瞻:苏轼字。
[2]到底甜:疑问词:到底甜不甜?实际是说苦。粘、甜,皆不避俗字,亦公安派本色。袁宏道《叙小修诗》:"佳处自不必言,即疵处亦多本色独造语。"
[3]桄榔:亦称砂糖椰子,产于两广等地。苏轼《寄虎儿》:"独倚桄榔树。"

◎ 评析

苏轼自熙宁二年(1069)还朝任职后,即与执政的变法派主张违异,后又陷乌台诗案之狱,至晚年则放逐于海南,一直与祸相粘。当时随身只带陶渊明与柳宗元诗,呼为"南迁二友",而尤爱陶诗。

袁中道在京中无事时,曾作《次苏子瞻先后事》,着重记《宋史》本传所载的立朝大节之外的一些行踪。其中记"和陶"一节云:轼"自言'渊明性刚才拙,与物相忤,自量为己,必贻俗患,黾勉辞世。此语盖实录也。吾真有此病,而不早自知。半世出仕,以犯大患。此所以深愧渊明,欲于晚节师范其万一'。故于渊明之诗,无首不和"。

晚 溪

鸡阑村市喧[1],棹动晓星灭。
怪得夜衾寒,推篷霜似雪。

◎ 注释

[1]鸡阑：鸡声消歇。

◎ 评析

"村市喧""晓星灭"，仅从声光入手。但看了末句"推篷霜似雪"，遂觉晚溪不胜寒。

李贽
（1527—1602）

号卓吾，闽音卓、笃不分，故又号笃吾，别号温陵居士，晋江（今属福建泉州）人。出身航海世家，幼年丧母。二十六岁中举人，自叹曰："此直戏耳。"后曾任南京刑部员外郎、云南姚安知府等职，在姚安的官署中撰楹联云："从故乡而来，两地疮痍同满目；当兵事之后，万家疾苦总关心。"万历九年（1581），辞官携眷，在湖北黄安、麻城著书讲学。后被劾下狱死。有《焚书》及《续焚书》等。

《明儒学案》卷三十五，记焦竑称李贽"未必是圣人，可肩一狂字，坐圣门第二席"。钱谦益《列朝诗集小传》云："卓老风骨棱棱，中燠外冷，参求理乘，刿肤见骨，迥绝理路，出语皆刀剑上事"，与万世尊、彭仙翁列为"三异人"。

他是名教的异端，皇权下的思想犯，实际也是理学家中的别派，灿然而为晚明思想界的不祥之星。平生最痛恨伪道学，追求真率，故有童心说，对妇女界线也不如正统派那样阴森严酷，对小说、戏曲有他自己独特的欣赏能力。他在狱中以身殉志，也可谓求仁得仁。汤显祖《偶作》的"天道到来那可说，无名人杀有名人"，或是为李贽之死而作。

哭怀林[1]

年在桑榆身大同[2]，吾今哭子非龙钟[3]。
交情生死天来大，丝竹安能写此中[4]？

◎ 注释

[1] 怀林：见评析。

[2] 桑榆：指暮年。当时作者约七十岁。大同：今属山西。

[3] "吾今"句：意谓我今哭你不是由于自己年老衰惫缘故，逗下下句。

[4] "丝竹"句：《世说新语·言语》："谢太傅（安）语王右军（羲之）曰：'中年伤于哀乐，与亲友别，辄作数日恶。'王曰：'年在桑榆，自然至此，正赖丝竹陶写。'"丝竹本亦陶冶性情，但这时的心境却非借丝竹能够表达，而是需要更真实激越的感情。

◎ 评析

万历二十五年（1597），作者应大同巡抚梅国桢之邀往大同。怀林是龙潭芝佛院的小僧，聪明好学，曾随侍身边，并作《梁山泊一百单八人优劣》。李贽闻他死讯后即作诗四首哭之，这是末一首。

李贽很重友情，这时又听到有人要杀他，而怀林年轻，却先他而卒。生死交情，故别有凄伤之情。

老病始苏

名山大壑登临遍，独此垣中未入门[1]。
病间始知身在系[2]，几回白日几黄昏。

374

◎ 注释

[1]垣：指狱墙。

[2]系：囚禁。

◎ 评析

万历三十年（1602），作者已七十六岁，因礼部给事中张问达的劾奏，乃被捕。这时他因年迈极为衰惫，于是由侍者掖而入，卧于阶上。袁中道《李温陵传》云："金吾（锦衣卫官员）曰：'若何以妄著书？'公曰：'罪人著书甚多，具在，于圣教有益无损。'大金吾笑其崛强。狱竟，无所置词，大略止回籍耳。"

李贽于狱中仍作诗读书，此诗即狱中作，又在《杨花飞絮》中云："杨花飞入囚人眼，始觉冥司亦有春。"至三月中，他用剃刀自割其喉，气不绝。侍者问他何故自割？他书曰（这时已无法说话）："七十老翁何所求？"遂绝。

谢肇淛
（1567—1624）

字在杭，号武林，长乐（今属福建）人。万历二十年（1592）进士。官工部郎中，广西右布政使。早年曾任湖州推官（司理），徐𤊱有《送在杭司理湖州》三首，中有云："早岁共称贤宅相，少年初拜汉郎官。"肇淛《题吴兴海天阁》的"木落禽声尽，云崩塔势孤"，即在湖州时作，下句颇为人称道，郑琰（翰卿）寄诗，有"谢郎近日纵横甚，尚有云崩塔势孤"语。钱谦益《列朝诗集小传》，谓肇淛"坐论需次真州"，而徐𤊱《真州逢谢在杭司理》下半首云"飘零湖海愁归客，憔悴江潭问逐臣。此日世途君自见，莫将青鬓叹沉沦"，则他任推官后又曾降谪。肇淛《发真州别诸子》的"早岁负好修,中道遭反侧。行止信盈虚,风波安终极",《安平署中述怀五十六韵》的"全身看弈局(观棋不语意),守口固缄滕。宿鸟知惊弹,伤鱼已远罾",都是这种情绪的发泄。有《小草斋集》《小草斋文集》《小草斋诗话》。

他是闽派诗人中的佼佼者,与徐𤊳兄弟相伯仲。钱谦益在《列朝诗集小传》中说"在杭故服膺王、李,已而醉心于王伯毂,风调谐合,不染叫嚣之习,盖得之伯毂者为多"。不确。王稚登诗,间流于滑俗,肇淛诗格,要高于稚登。又,谦益等人,动辄以"叫嚣"贬詈王、李,此"叫嚣"二字,究竟具体含义是什么?

送练中丞遗裔归家[1]有引

自金川门之变[2],练公子宁以御史大夫抗阙下[3],阖门荼毒,独有侍媵抱匜岁子匿民间得免[4]。展转入闽,为人佣保。六世孙绮者,为新宁陈孝廉掌书记[5]。万历戊戌[6],孝廉计偕入浙[7],有江右生同舟[8]。先一夕,生梦练公持刺谒己[9],心异之。比入孝廉船[10],见书记侍侧,雅晳不群[11]。指问姓名,答曰:"姓练。"生心动,叩之曰[12]:"得非吾里练中丞后乎[13]?"绮不应,而涕泪满面。生益疑骇,穷诘之[14],具得其状[15],亟以百金为赠[16]。孝廉不受,遣绮,绮不肯行,曰:"以死殉国,人臣之恒,且九族赤矣[17],归将何为?"生益贤之。归家,具白当事者,以币来聘,授以衣巾[18],俾奉公祠官,为置田庐百亩。一时闻者莫不叹息泣下,以为天道有知云[19]。

燕山日黑黄尘起[20]，金川门外鼓声死。
长乐宫为瓦砾场[21]，殿廷流血成海水。
御史大夫练子宁，手持三尺干雷霆[22]。
覆巢自分无完卵[23]，一门百口归冥冥。
事去人亡三百载，芦荻萧萧余故垒[24]。
长陵松楸已十围[25]，孤臣遗骨今安在？
钓龙台下水可楫[26]，新宁城东山巉崒[27]。
灌园谁能识法章[28]，佣肆犹堪藏李燮[29]。
一日天回地转时，千金购出练家儿。
若敖之鬼终不馁[30]，行路闻之皆歔欷[31]。
我登钟陵山[32]，遥闻石头城[33]。
宁为孝孺[34]死，不作陈瑛[35]生。
为君慷慨终一曲，悲风飒飒江波绿。

◉ 注释

[1] 中丞：指练子宁所任之御史大夫。按，洪武中曾改御史台为都察院，御史大夫之官遂废。建文元年，又改都御史为御史大夫。裔：后代。

[2] 金川门：明代南京城门名。燕王朱棣（即成祖）自金川门进入，宫中火起，建文帝自焚于火中。一说由地道出亡，化装僧道，逃亡至云南。李玉传奇《千钟禄》（即《千忠戮》）即演其事。

[3] 阙：指宫殿。

[4] 侍媵（yìng）：妾。匝（zā）岁：一周岁。匝，环绕一周叫匝。

[5] 新宁：在今湖南境。孝廉：举人。掌书记：管理抄写事务。

[6] 万历戊戌：万历二十六年（1598）。

[7] 计偕：举人赴京会试。

[8] 江右：江西。

[9] 刺：名片。

[10]比：及，等到。

[11]雅晳：雅洁。

[12]叩：询问。

[13]吾里：练子宁为江西新淦人，故云。

[14]穷诘：详问，追究。

[15]具：全，通"俱"。

[16]亟：立即。

[17]九族：这里指整个家族。赤：诛灭无余。

[18]衣巾：犹言衣冠，指让练绮成为士人。

[19]云：语末助词，无义。

[20]"燕山"句：指在北平的燕王起兵南下。

[21]长乐宫：本汉宫名，这里借喻明宫。

[22]三尺：指剑。这是诗歌夸张语。干：冒犯。雷霆：指帝王盛怒。

[23]"覆巢"句：比喻灭门之祸，无一幸免。本孔融被收捕时，他儿子说的话。见《世说新语·言语》。自分，自料。

[24]"芦荻"句：刘禹锡《西塞山怀古》："从今四海为家日，故垒萧萧芦荻秋。"

[25]长陵：成祖葬地，在今北京昌平区北，天寿山南。十三陵第一陵。松楸：因松树与楸树，多移植于墓地，故亦作墓地的代称。

[26]钓龙台：在闽县，与引中"辗转入闽"相应。

[27]巀嶭（jié è）：高峻貌。

[28]"灌园"句：战国时齐闵（湣）王被杀，其子法章变姓名，为莒太史家佣夫灌园。后法章自言于莒，乃立为襄王。

[29]"佣肆"句：后汉太尉李固，被梁冀诬陷下狱，遂见害，二子并死狱中。幼子李燮，年十三，其姊文姬托父门生王成带入徐州，变姓名为酒家佣工。梁冀被诛后，始还乡里，后征拜议郎。

[30]"若敖"句：春秋时楚国大臣子文将死，聚其族人说：如果越椒（子文之侄）执政，你们赶快出走，并泣曰："鬼犹求食，若敖氏之鬼，不其馁而？"后来越椒叛反，楚王遂灭若敖氏。后因以若敖鬼馁比喻绝嗣。若敖，子文一族之氏。馁，饥饿。

[31]歔欷：抽泣。

[32]钟陵山：指钟山，即紫金山，在江苏南京市东，明太祖孝陵即在钟山脚下。

[33]石头城：故址在今南京市石头山后，后亦泛指南京。

[34]孝孺：方孝孺，本书选有他的诗。

[35]陈瑛：燕王即位，任都察院左副都御史。性残忍，专以告密搏击为能。甫莅任，即请成祖追戮效忠建文诸臣。《明史》云："胡闰之狱，所籍（搜捕和抄家）数百家，号冤声彻天。两列御史皆掩泣，瑛亦色惨，谓人曰：'不以叛逆处此辈，则吾等为无名。'于是诸忠臣无遗种矣。"《明史》入"奸臣传"。

◎ 评析

《明史》云："燕王即位，缚子宁至。语不逊（此或诗中'手持三尺干雷霆'之所本），磔死，族其家，姻戚俱戍边。"从本诗看，则练子宁尚有幼子漏网于人间，为练氏存一脉。至万历时，距建文君臣之死难已二百余年，成祖自己的墓木亦已十围。恩恩怨怨，皆随岁月而淡化，故陈孝廉、江右生不再有顾忌，当事者也为他安置祠官。但陈瑛的为人，却仍为诗人所鄙薄，故此诗可作诗史读。

练子宁为榜眼（一甲第二名），其文集于永乐时遭禁，至弘治时王佐乃刻其遗文《金川玉屑集》，李梦阳又立金川书院祀之。朱彝尊《静志居诗话》卷五，曾摘录其七言数联，如"丹梯下压龙蛇窟，铁锁高悬虎豹关""旋沽南石桥边酒，走送东风江上船""一水东来通汉沔，诸峰西上接岷峨""残碑堕泪空秋草，折戟沉沙自夕阳""饮马窟深泉脉暖，射雕风急雪花寒"。

秋　怨

明月怜团扇，西风怯绮罗[1]。
低垂云母帐[2]，不忍见银河[3]。

◎ 注释

[1]"西风"句：西风的凄清使穿绮罗者感到怯惧。
[2]云母帐：这里比喻床帐的透明。云母，矿石，其片薄而透光。

[3]银河:指牛郎、织女的聚会处。

◎ 评析

此为宫怨诗。团扇也称宫扇。班婕妤《怨歌行》有"裁为合欢扇,团团似明月"及"弃捐箧笥中,恩情中道绝"语,后人因称为《团扇歌》,本诗即由团扇兴起。李白《团扇怨》也有"谁怜团扇妾,独坐怨秋风"语。

崔颢《七夕》:"班姬此夕愁无限,河汉三更看斗牛。"杜牧《秋夕》:"天街夜色凉如水,卧看牵牛织女星。"是从正面写怨意,谢诗则从反面写。

鼓山采茶曲[1]

雨前初出半岩香[2],十万人家未敢尝。
一自尚方停进贡[3],年年先纳县官堂。

◎ 注释

[1]鼓山:在福建福州市东。
[2]雨前:谷雨前,亦指所采之茶。
[3]尚方:掌管供应帝王所用器物的官署,明废,职务属光禄寺。

◎ 评析

皇家的进贡停止了,地方官却不放过,茶农永远处在上下交征利的夹缝中过着日子。

钟 惺
(1574—1625)

字伯敬,号退谷,竟陵(今湖北天门)人。万历三十八年(1610)进士。曾任南京礼部仪制司主事,在秦淮水阁读史,常至深夜。又曾入蜀,其《忠州雾泊》有"渔艇官舟晓泊同,蜀江愁雾不愁风"句。后以佥事提学福建,因丁忧归,卒于家。谭元春曾作《丧友诗三十首》,其一云:"两人生死获交终,不问谁亨与孰穷。同守一檠茶果缺,乱书堆里眼匆匆。"其七末云:"官罢祸轻身便死,可知天意党凡愚。"有《隐秀轩集》。

他为人严冷,不喜与俗客交接,故事迹也简单,但在晚明文坛上,却颇有影响,自成一派。后人对他的评价,毁誉不一,但毁多于誉,甚至一笔抹杀。他认为七子拟古之弊在于极肤极狭极熟,于是力求孤情僻怀,幽境冷味,使文字到极无烟火处。但矫一弊又生一弊,在实践上专寻好意,不理声格,意在矫枉,太逞偏锋,流于艰险晦僻;苦心觅句,每露刻镂之迹,曹学佺(能始)批评钟、谭诗"清新而未免有痕",他自己也承认是"极深中微至之言"(《与谭友夏》)。其《昼泊》的"树无黄一叶,云有白孤村"句,即是一例,冷峭与隐晦,兼而有之。

但钟诗在洗刷庸俗、繁缛、滥熟这方面,还是有其特色;在对师友的抒情上,尤多性情语,如《寄友夏书》的"欲闻别来事,难尽即时书",《怀谭友夏时在金陵昨夜梦寄伊书谈使事及诗兼微其近作》的"寄书与对面,已自不相同",《谭友夏自越归晤别于锡山》的"凡子吟能及,皆予梦所寻",皆情透纸墨。

《郭景纯墓》的"以此江中月,为君地下灯",亦佳。《后恨曲》的"窃玉移花事,卧薪尝胆情",两语本皆熟语,两事原大不同,移用于一联,遂成异想。

陈衍《石遗室诗话》卷六引施愚山(闰章)与陈伯玑(允衡)书:"大抵伯敬集如橘皮橄榄汤,在醉饱后,洗涤肠胃最善,饥时却用不得。然当伯敬之时,天下文士,酒池肉林矣,那得不推为俊物。"伯玑复书云:"冷之一言,其诗其文皆主之,即从古人清警出。其平日究心经史庄骚,以官为隐,以读书为官,其人实不可及。"此则将诗品和人品相结合。陈氏自己云:"是竟陵之诗,窘于边幅则有之,而冷隽可观,非摹拟剽窃者可比,固不能以一二人之言,掩天下人之目也。"这些都是公道话,也是钟惺的真赏者。我们从钟氏大部分作品来看,每句都是经过苦思严求,即使不作过高的评价,也不能全部否定。沈德潜的《明诗别裁集》却一首都不选,好像晚明诗坛中不曾有过钟惺似的。

秋海棠[1]

墙壁固吾分,烟霜亦是恩[2]。光轻偏到蒂,命薄幸余根。笑泣谁能喻,荣衰不敢论。年年秋色下,幽独自相存[3]。

◎ 注释

[1]秋海棠:别名八月春。草本,花色粉红,甚娇艳,叶绿如翠羽。
[2]"烟霜"句:意谓承恩不望阳春。

[3]"幽独"句：补足首句。屈原《九章》："哀吾生之无乐兮，幽独处乎山中。"

◉ 评析

末句与杜甫《佳人》的"天寒翠袖薄，日暮倚修竹"有相通处。全诗主题在"幽独"，也是竟陵派诗境的特色。

《晚晴簃诗汇》录吴县寒山庵女尼僧鉴《秋海棠》云："红甲垂垂白露姿，薜萝墙下最相宜。不教鹦鹉呼肥婢，肯与莲花作侍儿。几处闭门秋雨后，何人立月晚香时。愁肠欲断非关汝，续命无烦叶底丝。"则秋海棠似以薄命著名。

三月三日雨中登雨花台[1]

去年当上巳，记集寇家亭[2]。今昔分隐霁，悲欢异醉醒[3]。可怜三月草，未了六朝青[4]。花作残春雨[5]，春归不肯停。

◉ 注释

[1]三月三日：即上巳。雨花台，见高启《登金陵雨花台望大江》。
[2]寇家亭：不详。
[3]"悲欢"句：欢从醉生，醒即成悲，亦人情常态。
[4]六朝：东晋、吴、宋、齐、梁、陈，皆建都于南京，称六朝。
[5]"花作"句：借传说中的"雨花"，化为残春时的落花如雨。

◉ 评析

陈衍《石遗室诗话》卷六："竟陵诗派，冷僻则有之，斥之不留余地者，钱牧斋之言也。竹垞和之，至以为亡国之音。"下即举本诗及《乌龙潭吴太学林亭》《巴东道中示弟忬》等诗，并云："亦不过中晚唐之诗而已，何至大惊小怪，如诸君所云云者。"实为持平之论。

九日携侄昭夏登雨花台[1]

节物登高雨未成[2],闭门聊复爱其名[3]。
客边难见重阳好,郭外刚传此日晴。
子侄渐亲知老至,江山无故觉情生[4]。
悲秋欲问秋何处,丝肉丛中一雁声[5]。

◎ 注释

[1]雨花台:见高启《登金陵雨花台望大江》。
[2]节物:节日的景物。宋潘大临有"满城风雨近重阳"句,为人传诵。这里是为自己未遇雨而庆幸。
[3]闭门:指出外。
[4]无故:犹言无恙。
[5]丝肉:弦乐与歌声。

◎ 评析

  这是作者诗中平稳的一类,对仗亦工整而自然。"客边"二句,皆承首句"雨未成"。"子侄渐亲知老至"句,写人情尤觉亲切。

  平步青《霞外捃屑》卷八上,引"子侄"一联后,又引许相卿"老如旧历浑无用,病恋残灯亦暂明"一联,并云:"人情愈工,愈成其为宋调。"

秣陵桃叶歌[1]

女儿十五未知羞[2],市上门前作伴游。
今日相邀伴不出,郎家昨送玉搔头[3]。

◉ 注释

[1] 秣陵：今江苏南京市。桃叶歌：乐府曲名，本晋王献之为其妾桃叶而作。
[2] 十五：古代指女子待嫁之年。《穀梁传》文公十二年："女子十五而许嫁，二十而嫁。"《陌上桑》："罗敷年几何，二十尚不足，十五颇有余。"
[3] 玉搔头：玉簪。

◉ 评析

万历三十七年（1609），作者初至南京时，对当地的风土人情，就见闻所及，杂录成歌。因其地有桃叶渡，借以命名，并仿《竹枝》之类体裁写成，"聊资鼓掌云尔"。共六首，这是第一首。

首句的"未知羞"云云，写姑娘还很天真活跃，不受约束。末句的玉搔头，等于是聘礼，因而不再和伙伴随便出游，却又未便明言，真正的羞意即从这时揭晓。一个闺中少女由心理至行为的转变，通过首尾两句，随即生动地表现出来了。

李流芳
（1575—1629）

字长蘅，号泡庵、檀园。嘉定（今属上海）人，与唐时升、娄坚、程嘉燧并称"嘉定四先生"。万历三十四年（1606）举人。天启二年（1622），抵京师近郊闻警，赋诗而返，遂绝意进取。其读书处在南翔里的檀园。有《檀园集》。

他与公安、竟陵的袁中道、钟惺、谭元春等相交，其山水游记及题跋等，宛然具晚明小品的风味，有些人因而批评他染上习气，我们若留心看他的某些诗篇，确有竟陵味道。

王士禛《居易录》卷二十四：昔人（指钱谦益）喜李流芳"谷城山晓（好）青如黛，滕县花开白似银"。

士禛亦爱之，惜全篇不相称。"别有《东阿道中》一首云：'腾腾兀兀逐尘行，忽似春山为解酲。高下欲随人境绕，逶迤偏觉马蹄轻。谁教柳色毵毵映，不分梨花处处生。爱煞谷城山下路，风光况复是清明。'又《滕县道中》云：'山欲开云柳乍风，杜梨花白小桃红。三年三月官桥路，策蹇经过似梦中。'二首风调颇佳。"

清渊逢乡人南还[1]

君整南归棹，予随北上船。他乡一相见，故里色依然。
只觉还家好，都忘失意怜。平安仗传语，早晚下江天。

◎ 注释

[1]清渊：故城在今山东临清县西南。

◎ 评析

他乡而邂逅乡人，自更引起乡情。但一南归，一北上。末二句，亦岑参"马上相逢无纸笔，凭君传语报平安"之意。

西湖有长年小许每以小舠载予往来湖中临行乞画戏题[1]

常在西湖烟水边，爱呼小艇破湖天。
今朝画出西泠路[2]，乞与长年作酒钱[3]。

◉ 注释

[1] 长年：船工。舠：小船。

[2] 西泠：西泠桥，在西湖孤山下。

[3] 乞：题目中的"乞"字为求讨，读入声；此处"乞"字为给予，读去声。杜甫《戏简郑广文兼呈苏司业》："赖有苏司业，时时乞酒钱。"

◉ 评析

作者亦擅书画，与董其昌、杨文骢、程嘉燧等被称为画中九友。吴伟业《画中九友歌》："檀园著述夸前修，丹青余事追营丘。平生书画置两舟，湖山胜处供淹留。"即指李流芳。

船工小许，因常为流芳驾艇而相熟，便向他求画。《儒林外史》第二十九回，杜慎卿说南京"菜佣酒保都有六朝烟水气"，西湖更是胜地，故船工亦有此雅趣。

钱谦益《列朝诗集小传》："性好佳山水，中岁于西湖尤数，诗酒笔墨，淋漓挥洒，山僧榜人，相与款曲软语。间持绢素请乞，忻然应之。"

无 题

风入溪流月在桥，低回难负此良宵。
楼头梦醒江声发，唤起开门看夜潮[1]。

◉ 注释

[1] 唤起：被江声唤起。

◉ 评析

此为风怀诗，故云"无题"，诗中的楼头梦醒者为一青年女子。

王象春
(1578—1632)

字季木,号惜湖居士,新城(今山东)人。万历三十八年(1610)进士。钱谦益与他相交,《列朝诗集小传》云:"岁庚申,以哭临集西阙门下,相与抵掌论文。"庚申(1620)为万历末年,哭临指哭神宗之卒。天启时,阉党石三畏劾李三才(时已故)等,象春牵连受劾而谪外,稍迁南吏部考功郎。后归田。为人刚肠疾恶,抗论士大夫邪正,为诗自辟门庭,亦颇自负。有《问山亭集》。

王士禛《池北偶谈》卷十六云:"从叔祖季木考功跌宕使气,常引镜自照曰:此人不为名士,必当作贼。尝奉使长安,饮于曲江,赋诗云:'韦曲杜陵文物尽,眼中多少可儿坟。'其傲兀如此。"

书项王庙壁[1]

三章既沛秦川雨[2],入关又纵阿房炬[3],汉王真龙项王虎。
玉玦三提王不语[4],鼎上杯羹弃翁姥[5],项王真龙汉王鼠。
垓下美人泣楚歌[6],定陶美人泣楚舞[7],真龙亦鼠虎亦鼠。

◎ 注释

[1]项王庙:在今安徽和县乌江镇东南凤凰山上。
[2]"三章"句:汉王刘邦攻入秦都咸阳,与父老约法三章:"杀人者死,伤及盗抵罪。"当时百姓苦于秦政的苛暴,故闻之如久旱逢甘雨。沛,充盛貌。
[3]"入关"句:项羽攻入潼关,杀秦降王子婴,烧秦宫室,大火三月不灭,收其货宝妇女而归。阿房,秦宫名。
[4]"玉玦"句:项羽在鸿门宴请刘邦,谋臣范增数目项王,举所佩玉玦三次向项羽暗示,要他杀死刘邦,项羽默然不应。玦,开缺口的玉环,古时赠人表示决断、决绝。

[5]"鼎上"句：项羽虏刘邦父（太公）为人质，并置于几上，欲烹之，刘邦却说：吾与项羽约为兄弟，吾翁即若翁，必欲烹而翁，则幸分我一杯羹。姥，通"姆"。按，《史记》未载刘邦母亦被虏，此因作诗连类及之。

[6]"垓下"句：指乌江被围时，项羽与美人虞姬悲歌泣别事。

[7]"定陶"句：刘邦宠戚姬戚夫人欲立其子赵王如意为太子，但因吕后使计而未成，戚夫人为此哀泣，刘邦说："为我楚舞，吾为若楚歌。"戚夫人为山东定陶人，故称定陶美人。

◎ 评析

此诗对刘项二人的行事分别作了评价。约法三章，宽慰父老；入关纵火，杀戮降王，一得民心，一失民心。鸿门宴上，不从阴谋，这是项王的磊落处；汉王的父亲被虏，此固无可奈何，但何至忍心地说出分我杯羹的话。虞姬垓下之歌，戚姬宫中之舞，皆为美人而气短，故诗人两非之。

李贺曾作《公莫舞歌》，咏鸿门宴故事。谢翱曾作《鸿门宴》，高出于李作。王象春此诗，朱彝尊《静志居诗话》卷十七，以为"比于谢参军《鸿门》作，更觉遒炼。亡友颍川刘考功公㦤赏之，几于唾壶击缺"。沈德潜《明诗别裁集》亦谓"奇僻可俪谢皋羽篇"。兹录谢诗于此："天云属流汗流宇，杯影龙蛇分汉楚。楚人起舞本为楚，中有楚人为汉舞。鹧鸪泽光雌不语，楚国孤臣泣俘虏。他年疽背怒发此，芒砀云归作风雨。君看楚舞如楚何，楚舞未终闻楚歌。"

❋ 顾大章
(1576—1625)

字伯钦，常熟（今属江苏）人。万历三十五年（1607）进士，授泉州推官。天启改元，进刑部员外郎。不久，客魏乱政，刑部尚书王纪曾疏刺客氏，阉党疑出大章手，恨之。天启五年（1625），下锦衣卫狱，自尽。福王时，追谥裕愍。

被逮道经故人里门

槛车尘逐使车辕[1]，一路知交尽掩门。

犹喜多情今夜月，斜窥树隙照离尊[2]。

◎ 注释

[1]槛（jiàn）车：囚车。使车：指锦衣卫之车。辕：车前的直木，这里泛指车轮。

[2]尊：通"樽"，酒器。

◎ 评析

顾大章被捕后，先下锦衣卫镇抚司拷掠，后移刑部狱，最后仍移镇抚司。大章慨然曰："吾安可再入此狱。"乃呼酒与弟大韶诀别，酒中和了毒药，不死，便自缢而卒。

诗的次句，固写世态，故诗题特写"故人里门"，但也反映了当时客魏淫威下的高压气氛。大章不以诗名，此诗却不失为绝命词中悲壮之作。

朱彝尊《静志居诗话》卷十七："杨忠烈（杨涟）攻魏忠贤，人疑具草者缪文贞（缪昌期），王庄毅（王纪）攻客氏，人疑具草者顾裕愍，此两公所以不免也。"

谭元春 （1586—1637?）

字友夏，竟陵（今湖北天门）人。天启六年（1627），乡试第一。有《谭友夏合集》。

他与钟惺，共选《诗归》，世称钟谭。年龄少于钟惺十二岁，不但成为忘年交，且是文字骨肉。钟惺在世时，元春还未中举人，故惺有"如子自无烦富贵，旁人未免重科名"句。惺卒二年后，他才中解元。惺逝世后，他作七绝三十首哭之。

他的诗，亦追求幽深孤峭，其《山月》之二的"衰林无一留，叶与月俱落"，也象征了诗风上的特色。而音调喑哑，又是两人共同的显著缺点，亦诗家之大忌。在钟、谭作品中，读来音节铿锵、朗朗上口的就很少。

钟有"子侄渐亲知老至"句，谭则有"伯父一呼予怅怅，人生易老是兹名"；钟有"凡子吟能及，皆予梦所寻"句，谭则有"凡子路相阻，皆予心所经"句，于造句中亦见其情谊上的契合。他们对诗的识见，则在公安派之上。

李慈铭评谭诗云："诗则格囿卑寒，意邻浅直，故为不了之语，每涉鬼趣之言，而情性所专，时有名理，山水所发，亦见清思。惟才小气粗，体轻腹陋，俚俗之弊，流为俳谐，故或片语可称，全篇鲜取，披沙汰石，得不偿劳，见斥艺林，盖非无故。"（商务版《越缦堂读书记》第四册）也就是说，他们的抒情写景，不无可诵之作，但局部和整体不相称，学问才气的浅薄狭小，又影响了功力上的深厚。

由于钱谦益对钟谭的痛诋，全祖望《鲒埼亭诗集》卷一，曾记清初竟陵谭侍讲主试江宁时，"致敬于茶村（杜濬），如燕太子所以事荆卿者。茶村叩之，则长跪流涕曰：'欲先生为吾家报世仇也。'茶村默然。"谦益论明诗，每多门户之见，至此而竟成为世仇。

登清凉台[1]

台与夕阳平,同来为晚晴。隔江山欲动,半壑树无声。[2]艇子遥归浦,庵僧近掩荆[3]。烟岚处处合,残兴尚能清。

◎ 注释

[1]清凉台:在江苏南京市清凉山上,该山为当地名胜。
[2]"隔江"二句:上句写远望夕阳下的波光闪动,下句写风只半壑,故吹树无声。
[3]掩荆:掩柴门,这里泛指闭门。

◎ 评析

　　幽深淡远,谭诗中的代表作。陈衍《石遗室诗话》卷六:"'台与夕阳平'本吴梦窗词意,余以'掩荆扉'为'掩荆',为歇后语。"按,恐非歇后语,当是凑韵。

姊妹词

姊欲养鹦哥,问妹妹不许。
笑姊一何痴[1],鹦哥能言语。

◎ 注释

[1]一:加强语气之词。

◎ 评析

　　朱庆余《宫中词》:"寂寂花开闭院门,美人相并立琼轩。含情欲说宫中事,鹦鹉前头不敢言。"鹦鹉以能言为人爱重,却又以能言见忌于女子。本作中亦美人相并,而妹妹比姊姊灵慧。

作者小诗中写少女情致的，常多巧思，如《踏青词》云："随人风俗出，不解阁中藏。见客遥分路，自知是女郎。"不耐深居，随俗踏青，路逢生客，只得分道而行。

舟　闻

杨柳不遮明月愁，尽将江色与轻舟。
远钟渡水如将湿，来到耳边天已秋。

◎ 评析

全诗警辟处在第三句：在舟中听到远处钟声渡水而来，似觉钟声也含湿意，不很响亮，故题曰"舟闻"。按，杜甫《船下夔州郭宿雨湿不得上岸别王二十判官》："风起春灯乱，江鸣夜雨悬。晨钟云外湿，胜地石堂烟。"谭诗"远钟"句，实用杜诗意。而钟惺评杜诗云："钟言湿又言云外，作何解？"陈衍《石遗室诗话》卷二十三云："蜀江岸峻，雨下如縻，篷底听之，知江之鸣由雨之悬也。明晨雨止，寺钟鸣，以关心天气人闻之，觉钟声不如寻常响亮，似从云外来，被湿云裹住。"

秋尽逢刘同人[1]

不知君亦至江城，江甚凉时寒未成[2]。
城里逢君郊外语，共将闲思待霜生。

◎ 注释

[1] 刘同人：刘侗，字同人，麻城（今属湖北）人，早年曾因"文奇"被人参奏，与谭元春等同受处分。也是竟陵派作家。

393

[2]寒未成：韩偓《已凉》："已凉天气未寒时。"

◎ 评析

四句皆环绕诗题。一、三两句是相逢后，从城里漫步至城外。二、四两句写秋尽而霜尚未生。

李应升
（1593—1626）

字仲达，江阴（今属江苏）人。万历四十四年（1616）进士。天启二年（1623），征授御史，屡上疏陈时政之弊，为魏忠贤所恨。疏中有劝熹宗"出入起居，必谨于逸游之戒"语，内监大嚷，说："如何教皇爷灯也不要看！"

忠贤领东厂，好用立枷，为明代最残酷刑具，即犯人直立于木笼中，笼顶枷于犯人颈上，有重三百斤者，不数日即死。应升亟言宜罢免，忠贤更大恨。杨涟弹劾忠贤，忠贤掷地号哭，绕床夜走，应升抗疏继之，中有"忠贤不去，则皇上不安"语。

天启五年，被除名为民。次年，被逮问。吴伟业《福建道御史忠毅李公神道碑铭》云："公入辞父母，出见收者，饮食言笑如平时。里人巷哭，攀车者万人，故吏奔问，徒跣以千里。"至京师下狱后，又惨遭拷打。当时同事者已毙杖下，唯黄尊素（宗羲之父）尚存。遇害前三日，尊素在别室，以拳捶壁叫应升曰："仲达，我已先去。"应升应之曰："君行，我亦至矣。"《神道碑》又云："毕命牢户，暴尸道旁，眼鼻虫出，手足穿烂。丙寅闰六月之三日，狱中裂裳啮血诀父，手书自言三十余岁,便作一世人矣。"

崇祯初,赠太仆卿。弘光改元,追谥忠毅。因应升在常州有祖宅,故其《落落斋遗集》亦刻入《常州先哲遗书》中,《乾坤正气集》亦收六卷。

《郑振铎文集》卷一有历史小说《风涛》,即写李应升、黄尊素等与阉党斗争故事,题目用顾大章在狱中作的"故作风涛翻世态,常留日月照人心"联语。小说作于一九三九年六月,即"孤岛"时期。

书驿亭壁方寿州诗后[1]

君怜幼子呱呱泣,我为高堂步步思。
最是临风凄切处,壁间俱是断肠诗。

◎ 注释

[1]驿亭:驿传之亭,供行旅休息之所。方寿州:御史方震孺,寿州(今安徽寿县)人。

◎ 评析

作于天启六年(1626)被逮赴京途中,当时父母皆在,参见《邹县道中口占》。

谈迁《枣林杂俎》智集:"天启初,寿州御史方震孺被逮,题滕阳驿壁:'品儿一月才三日,怀里呱呱别乃翁。若使长成能问父,阿兄向北指悲风。'丙寅(天启六年),江阴御史李应升亦被逮,过之,题曰(略)。崇祯戊辰(元年),武进邹嘉生复官备兵海上,南还,饭滕阳,见壁间方氏新题宛然,而仲达诗翠去久矣,因系以诗:'荒庭树秃惨霜碑,有客巡檐泪独垂。碧血已堕忠孝志,纱笼独见死生歧。六歌儿女情偏至,十死君臣义不移。岂为姓名甘鼎镬,千秋巡远自心知。'"

方震孺于天启时亦因被阉党忌恨,由罢官而下狱。思宗即位,得释还。京师沦陷,福王立于南京,拜疏勤王,又为马士英、阮大铖所忌,郁郁而卒。邹嘉生诗,主要为李应升而作,"纱笼"句则指李、方一死一生。

滕阳驿在山东滕县,明代与邹县皆属兖州府。

邹县道中口占[1]

身名到此悲张俭,时世于今笑孔融。[2]
却怪登车揽辔者,为予洒泪问苍穹。[3]

◎ 注释

[1] 邹县:今属山东,明属兖州府。
[2] "身名"二句:张俭,后汉桓帝时士人,字元节,高平(故城在今邹县西南)人。因劾奏中常侍(宦官)侯览不法,览怒,下州郡捕俭。俭与孔融(亦鲁人)兄孔褒有旧谊,乃逃亡至褒处,未遇。时融年十六,俭以其年少而不告,融见俭有窘色,谓曰:"兄虽在外,吾独不能为君主耶?"因留舍之。事见《后汉书·孔融传》。
[3] "却怪"二句:后汉士人范滂,字孟博,征羌(故城在今河南郾城东南)人,与张俭同入《后汉书·党锢传》。为清诏使按察地方时,登车揽辔,慨然有澄清天下之志。后因得罪宦官,大诛党人,诏下急捕范滂等,滂即自诣狱,其母就狱与之诀。《党锢传》序云:"若范滂、张俭之徒,清心忌恶,终陷党议,不其然乎?"但张俭因逃亡而未被害。辔,马缰。按,后汉反抗宦官的党人,与晚明反抗魏忠贤集团的士人,行事和节概颇多类似处。李诗这两句意谓,当年登车揽辔的范滂,何必为我洒泪问天呢?实是以范滂自况。范滂死时年三十三,应升死时年三十四岁。

◎ 评析

天启五年(1625),阉党工部主事曹钦程劾李应升护法东林党人,遂被削籍回里,但魏忠贤仍怀恨不已。次年,又借故逮应升下狱,至闰六月初二日杀之。死之前一日，寄诗别亲友，遗书诫其子（子名逊之）。诗有云："白云渺渺迷归梦，春草凄凄泣路歧。寄与儿曹焚笔砚，好将犁犊听黄鹂。"意谓从政不如务农，语亦沉痛。

薄少君
（？—1625）

字西真，万历时太仓（今属江苏太仓）人，秀才沈承妻。承字君烈，少负隽才，于天启四年（1624）孟冬病逝。时少君有孕七月，作诗百首吊之。钱谦益《列朝诗集》选了十首。《明史·艺文志》著录少君《嫠泣集》一卷。

哭夫诗（选一首）

水次鳞居接苇萧[1]，鱼喧米哄晚来潮[2]。
河梁日暮行人少，犹望君归过板桥。

◎ 注释

[1]萧：艾蒿。
[2]哄：也是喧闹的意思。

◎ 评析

晚潮鱼米，日暮人少，都是眼前寻常之景，又是他们过去所熟悉的。她也知道他已永离水乡，长别河梁，可是她还在期待。"河梁"二句，实是招魂。字面上并无哀伤之词，却是人间低回百折的难遣的悲怀，大恋之所存，亦悼亡诗中可传之作。

王彦泓
（1593—1642）

字次回，金坛（今属江苏常州）人。以岁贡为华亭训导，落魄以终。他卒于崇祯十五年，袁枚等误作清朝人。有《疑雨集》《疑云集》。

他以写艳情诗著名，袁枚《随园诗话》补遗卷十二："香奁体至本朝王次回，可称绝调。"钱谦益《列朝诗集小传》云："诗多艳体，格调似韩致光（韩偓），他作无闻焉。"后人一提到王次回，就会想到艳情诗，疑雨疑云便成为男女恋情以至冶游艳行的代名。后人对他的作品，褒贬不一。在国外却很有影响，日本名作家永井荷风很推崇他："在中国诗集中，吾不知尚有如《疑雨集》之富于肉体美者"，并将他与法国诗人蒲特雷（波特莱尔）的《恶之华》相比。（详见郑清茂《中国文学在日本·王次回研究》。台北纯文学出版社出版。）

薛雪《一瓢诗话》云："王次回云：'诗家窠臼宜翻洗，人日慵拈薛道衡。'次回，团香缕雪手也，乃有此金针度人之语。不落窠臼，始能一超直入。若拖泥带水，终是土气息、泥滋味。"但王氏在那些艳体诗中，落窠臼的就常见。写了那么多"团香缕雪"的作品，也不可能不拖泥带水。

空　屋

秋屋凝尘暗簟纹，冷风萧瑟动灵裙。
床头剩药求医卖，箧底遗香任婢分[1]。

痛定更思贫妇叹，才荒犹缺奠妻文。
凄凉欲就魂筵醉，把酒相呼泪雨棼。

◎ 注释

[1]"箧底"句：犹元稹《遣悲怀》"尚想旧情怜婢仆，也曾因梦送钱财"之意。

◎ 评析

　　作者的夫人为贺氏，出嫁于万历四十三年（1615），于崇祯元年（1628）逝世，两人共处只十三年。他在《永诀时四首》中有注说："内外尊人咸咎其靡费及好施，而自窘乏。妇心冤之。于永诀时自白一二语，实不能达意也。"可见贺氏在夫家的关系不很融洽。他又作了《悲遣十三章》，其中之一云："先行几步谅无多，究竟同归此逝波。我已自知生趣短，暂时相待却何如。"从作者所写的那些悼亡诗看，感情还是真实的。

　　袁枚《随园诗话》卷五，录有王彦泓《过妇家感旧》："归宁去日泪痕浓，锁却妆楼第二重。空剩一行遗墨在，丙寅三月十三封。"这一首尤为袁枚所欣赏，也确是好的。丙寅为天启六年（1626），即贺氏逝世前二年。从诗句看，贺氏似是殁于她的娘家。

　　《诗话》又云："朱草衣《哭槎儿》云：'罗浮南海历秋冬，烟水云山隔万重。前日寄书书面上，红签犹写汝开封。'洪銮《赠徐小鹤》云：'早离讲席赋离居，知己难逢别易疏。正是开门逢去使，接君三月十三书。'严冬友《忆女》云：'料得此时依母坐，看封书札寄长安。'三诗人传诵以为天籁，不知蓝本皆出于王次回。"三诗固佳，但蓝本云云未必皆事实。

无名氏

吴下人诗

仆夫不识路，踟蹰道傍久[1]。
寒风吹衣襟，落日看马首。

◎ 注释

[1] 踟蹰：徘徊不进貌。傍：通"旁"。

◎ 评析

录自《明诗综》卷九十六，题作者名为"吴下人"，也便是无名氏了。

诗写主仆失散，仆不识路，徘徊道旁，望着马首。末句非故意用"马首是瞻"的典故，这里却成了巧妙的关联。

陈子龙
（1608—1647）

字卧子，号轶符，晚年号大樽，松江（今上海松江）人。崇祯初，曾参加复社，后又与夏允彝等创立幾社，故有"幾社六子"之誉，与复社相应和。崇祯十年（1637）进士，选绍兴推官。南明弘光时任兵科给事中，因汉代曾设黄门官，给事于黄门内，故亦称他陈黄门。曾上防守要策，并痛陈小朝廷荒淫苟安的腐败政局，皆不听，乃辞职返乡。清军破南京后，夏允彝投水死。子龙念祖母年九十，不忍生离，乃遁为僧，居于水月庵，名信衷。

顺治三年（1646），祖母卒，移家武塘。次年，结太湖兵抗清。事泄，在苏州被捕，拘于舟中，将解南京，乘隙投水死。时为五月十三日，其同乡吴懋谦挽诗云："五月炎天忽雨霜，太丘生死合行藏。间关风雨摧家室，踯躅江湖忆庙堂。四海衣冠俱涕泪，一时宾客半佯狂。横流不尽孤臣泪，落日招魂暗大荒。"吴诗亦不失为佳作。

乾隆时予谥忠裕。新中国成立后有施蛰存、马祖熙整理的《陈子龙诗集》。

他是明末诗坛上才大思健的最有代表性作家，也结有明诗歌之局。早年对七子颇为歆重，读了李梦阳、李攀龙的集子，便觉"飘飘然何其似古人也"。（《仿佛楼诗稿序》）他自撰的年谱里，记崇祯元年，艾南英对二李诗文攻击颇力，他便愤而与南英争吵。他的《遇桐城方密之于湖上归复相访赠之以诗》之二云："颇厌人间枯槁句，裁云剪月画三秋。"年谱中又说"予时为文，颇尚玮丽横决"。都说明他对诗文的色泽词藻颇为重视，并认为这是需要人的主观努力的。

国变以后，悲歌慷慨，但犹嫌沉郁不足。在各体中，以七律最为擅长，也是大家所公认的。王士禛《香祖笔记》卷二："《梅村诗话》云：尝与陈卧子共宿，问其七言律诗何句最为得意，卧子自举'禁苑起山名万岁，复宫新戏号千秋'一联。（案，题为《长安杂诗》）然予观其七言，殊不止此。……沉雄瑰丽，近代作者未见其比，殆冠古之才。一时瑜亮，独有梅村耳。"就七律之高华而言，陈、吴固足当之，但后人对子龙诗所以刮目相看，诗本身的成就固为重要因素，同时也因其求仁沧波，志行激越之故，明清易代之际的若干剧变，即可在他诗中探索得之。

小车行

小车班班黄尘晚[1]，夫为推，妇为挽[2]。
出门茫然何所之[3]？青青者榆疗吾饥[4]。
愿得乐土共哺糜[5]。风吹黄蒿[6]，望见垣堵[7]，
中有主人当饲汝[8]。叩门无人室无釜，踟蹰空巷泪如雨[9]。

◎ 注释

[1] 班班：车行之声。
[2] "夫为推"二句：《左传》襄公十四年："或挽之，或推之。"
[3] 之：往。
[4] "青青"句：荒年时，以榆荚或榆皮煮粥充饥。
[5] 乐土：《诗经·魏风·硕鼠》："逝将去汝，适彼乐土。"共哺糜：一起喝粥。汉乐府《东门行》："他家但愿富贵，贱妾与君共哺糜。"
[6] 黄蒿：蒿为青白色的野草。蒿而黄，因大旱之故。
[7] 堵：墙。
[8] 汝：流民夫妇相称之词。
[9] 踟蹰（zhí zhú）：徘徊貌，形容失望，因屋中主人亦已逃荒而去，仍归结到"出门茫然何所之"。

◎ 评析

崇祯十年（1637）六月，北京附近与山西大旱。七月，山东又遭蝗

灾。这时作者铨选出都,目睹饥民流离失所和卖儿求生的惨况,写成此诗及另篇《卖儿行》。

诗用杂言体,中设对答之词,颇具汉乐府沉痛之音。

崇祯十四年,作者摄诸暨县令。当时绍兴连年大旱,诸暨则遭水灾,流民亡命剽掠,作者曾作五律《流民》,下半首云:"市门连井闭,米舶渡江迟。乐土今何在?春风易别离。"明末各地民变之纷起,即因天灾加人祸之故。

明妃篇[1]

绝代良家十五余[2],掖庭待诏上椒除[3]。
三春花落收金钥[4],五夜灯微望玉舆[5]。
竟宁年中宾北国[6],诏选才人归绝域。
胡儿已失燕支山[7],汉家何惜倾城色。
明妃慷慨自请行,一代红颜一掷轻。
薄命不曾陪凤辇,娇姿还欲擅龙城[8]。
诏赐临行建章宴[9],顾影徘徊光汉殿[10]。
单于亲御六萌车[11],侍女犹遮九华扇[12]。
一曲琵琶马上悲[13],紫台青海日凄其[14]。
当年应悔轻相弃,深愧君王杀画师[15]。

◎ 注释

[1]明妃:见李攀龙《和聂仪部明妃曲》。
[2]良家:《后汉书·南匈奴传》:昭君以良家子选入掖庭。十五余:乐府《陌上桑》:"罗敷年几何?二十尚不足,十五颇有余。"后常以十五余比喻妙龄少女。

[3] 掖庭：宫中旁舍，妃嫔居住地方。待诏：应劭云："郡国献女，未御见，须（待）命于掖庭，故曰待诏。"（见《汉书·元帝纪》）椒除：宫殿间的道路。椒，取芳香之名。

[4] 金钥：宫门的锁钥。汉代内宫宫门于黄昏时即锁禁。

[5] 五夜：指初更至五更，犹言长夜。玉舆：此指皇帝的车驾。

[6] 竟宁：汉元帝年号。宾：从。

[7] "胡儿"句：燕支山在匈奴境内（当在今甘肃境），以产燕支草，故名。匈奴曾失此山，作歌道："失我燕支山，使我妇女无颜色。"

[8] 龙城：汉时匈奴地名，在蒙古境。

[9] 建章：汉武帝所建宫名，在未央宫西，后泛指宫阙。

[10] "顾影"句：《南匈奴传》："昭君丰容靓饰，光明汉宫。顾影裴回，竦动左右。"

[11] 单（chán）于：匈奴君主之尊号。六萌车：一种女子乘坐的小车。乐府清商曲《青骢白马》辞："问君可怜六萌车，迎取窈窕西曲娘。"

[12] 九华扇：汉宫扇有九华扇。

[13] "一曲"句：汉武帝时，乌孙公主（实为江都王刘建女）嫁昆弥，念其行道思慕，乃以琵琶为马上之乐。昭君远嫁之马上琵琶，则为由彼及此的联想之词，《乐府诗集》引《古今乐录》所谓"送明君亦然也"。

[14] 紫台：犹紫禁，帝王所居。江淹《恨赋》："若夫明妃去时，仰天太息。紫台稍远，关山无极。"青海：当时在匈奴境内。其：助词，无义。

[15] 杀画师：昭君因不赂画工毛延寿，不能见幸于元帝。后元帝悔而杀毛延寿，见《西京杂记》。恐是传说。

◎ 评析

历来咏昭君诗，大多在同情哀怜，此诗又于结末另出新意（无此二句，则亦寻常之作）。《陈子龙诗集》附王昶案语云："是诗似为当时之不得志者而作，故借明妃言之。言女不可以不见御而易其心，犹士不可以不见知而变其节也。"

吴伟业《梅村诗话》云：子龙"晚岁与夏考功相期死国事，考功先赴水死，卧子为书报考功于地下，誓必相从，文绝可观。而李舒章仕而北归，读卧子《王明君》篇曰：'明妃慷慨自请行，一代红颜一掷轻。'则感慨流涕。舒章久次诸生不遇，流离世故，黾勉一官，反葬请急，遇卧子于九峰山中，期满北发，未渡江而卧子及祸。舒章郁郁，道死云间。有为诗唁之者：'苏李交情在五言。'未尝不寄慨于此两人也"。舒章指李雯，与陈子龙同为幾社社友，本极友好。明末降清，为多尔衮代草《致史可法书》。清初荐授弘文院中书。顺治三年，以父丧归葬，曾访子龙，泣别而去。"苏李交情在五言"，原系夏完淳《读陈轶符李舒章宋辕文合稿》（指《云间三子合稿》）中诗句，用苏武、李陵河梁泣别典故，意谓陈持节而李变节。唯完淳原作非唁诗。后来吴伟业自作《贺新郎》词中之"故人慷慨多奇节"，则指允彝、子龙死节事。

李雯有《东门行寄陈氏》中云："南风何，颸君在高山头。北风何烈烈，余沉海水底。"并附书云："三年契阔，千秋变常。失身以来，不敢复通故人书札者，知大义之已绝于君子也。然而侧身思念，心绪百端，语及良朋，泪如波涌。侧闻故人颇有眷旧之言，欲诉鄙怀，难于尺幅。遂伸意斯篇，用代自序。三春心泪，亦尽于斯，风雨读之，或兴哀恻。时弟已决奉柩之计，买舟将南，执手不远，先此驰慰。"语极怆痛，后来吴骐曾题其《蓼斋集》云："庾信文章真健笔，可怜江北望江南。"

除夕有怀亡女

渺渺非人境，何年见汝归？常时当令节，犹自整新衣。小像幽兰侧[1]，孤坟暮鸟飞。艳阳芳草发，何处托春晖？[2]

◎ 注释

[1] 幽兰：屈原《离骚》："时暧暧其将罢兮，结幽兰而延伫。"
[2] "艳阳"二句：除夕后即是新春。孟郊《游子吟》："谁言寸草心，报得三春晖。"陈诗化用其意。

◎ 评析

陈女名顼，母张氏。生于崇祯三年（1630），殁于八年秋。

作者另有七绝《悼女顾诗》七首,中有云:"肠断一声人不见,五更荒草月茫茫""生平一步尝回首,何事孤行到夜台",皆颇沉痛。又云:"最是难忘偏忆汝,病中犹问建安诗。"注云:"女顾能读曹、刘、三谢诸诗。"则陈顾如长大,亦必为一江南才女,白居易《初丧崔儿报微之晦叔》所谓"世间此恨偏敦我,天下何人不哭儿"。

秋夕沈雨偕燕又让木集杨姬馆中是夜姬自言愁病殊甚而余三人者皆有微病不能饮也[1](二首选一)

一夜凄风到绮疏[2],孤灯滟滟帐还虚[3]。
冷蛩啼雨停声后[4],寒蕊浮香见影初。
有药未能仙弄玉[5],无情何得病相如[6]。
人间愁绪知多少,偏入秋来遣示余。

◎ 注释

[1] 沈:通"沉"。燕又:彭宾字燕又,崇祯举人,为陈子龙同乡。让木:宋徵璧字让木,一字尚木,亦子龙同乡。杨姬:即柳如是,明末名妓,初名杨影怜。李雯《坐中戏言分赠诸妓》:"悉茗丁香各自春,杨家小女压芳尘。"

[2] 绮疏:有花纹的窗户。

[3] 滟滟:灯光摇动貌。

[4] 蛩(qióng):蟋蟀。

[5] 弄玉:传说为秦穆公之女,嫁与萧史。后萧史吹箫引凤,与弄玉共升天仙去。

[6] 病相如:《史记·司马相如传》:"相如口吃而善著书,常有消渴疾。"又因司马相如曾与卓文君相爱,后人亦以"消渴"比喻文士爱悦美人情意之急切。

◎ 评析

作于崇祯六年(1633)在故乡松江时。当时作者二十多岁,柳如是十六岁。不久，作者即北行应试。

作者又有七古《秋潭曲》，诗前有"偕燕又、让木、杨姬集西潭舟中作"语。秋潭即白龙潭，在松江谷阳门外。诗中有云："摘取霞文裁凤纸，春蚕小字投秋水。"《陈子龙诗集》此诗前有王昶案语："(宋徵璧)《抱真堂集》：'宋子与大樽泛于秋塘，坐有校书，出所寿陈徵君诗，有"李卫学书称弟子，东方大隐号先生"之句，后称柳夫人，有盛名。'"则柳如是又擅书法。陈徵君指陈继儒（眉公），为子龙乡前辈，子龙与如是最初相识，即在继儒寓所中。子龙集中好多绮怀之作，即为如是而赋。

据陈寅恪《柳如是别传》第三章考证，崇祯七年时，子龙与如是或一度同居。如是《送别》诗云："念子久无际，兼时离思侵。不自识愁量，何期得澹心。要语临歧发，行波托体沉。从今互为意，结想自然深。"陈氏疑此诗"乃崇祯六年癸酉秋间送别卧子北行会试之作"。陈氏结语云："至于陈卧子，则以文雄烈士，结束明季东南吴越党社之局，尤为旷世之奇才。后世论者，往往以此推河东君知人择婿之卓识，而不知实由于河东君之风流文采，乃不世出之奇女子，有以致之也。语云，'物以类聚'，岂不诚然乎哉？"实则在晚明的文苑中，尤其在江南，类似的交接原是很普通的。

钱塘东望有感[1]

清溪东下大江回，立马层崖极望哀。
晓日四明霞气重[2]，春潮三浙浪云开[3]。
禹陵风雨思王会[4]，越国山川出霸才[5]。
依旧谢公携伎处[6]，红泉碧树待人来。

◎ 注释

[1] 钱塘：指钱塘江，浙江的下游。
[2] 四明：山名，在浙江宁波市西南。自天台山发脉而绵亘于奉化、余姚诸县境。这里泛指浙东。
[3] 三浙：指浙江流域的桐江、富春江、钱塘江。
[4] 禹陵：在绍兴会稽山，相传禹南巡至会稽而亡。王会：本为《逸周书》篇名，记周公大会诸侯于王城洛邑事，这里指"禹合诸侯于涂山，执玉帛者万国"事（见《左传》哀公七年）。涂山之说有三，一说在绍兴西北。
[5] 霸才：称雄超众之才。
[6] "依旧"句：东晋名臣谢安早年隐居于会稽之东山（今浙江绍兴市西南），游赏山水时必以妓女陪从。伎，通"妓"。

◎ 评析

据作者自撰年谱：崇祯十三年（1640），自京师南还，"抵家治装，以八月奉太安人（祖母）携家渡钱塘"，即赴绍兴推官（司李）之任。此诗当作于次年春季。另作《晓渡钱塘》，亦有"万户晴江开晓郭，千帆春草送芳洲"语。

当时明室正处于风雨飘摇之际，诗人立马东望，不禁想起禹会诸侯、越灭强吴的故事，而红泉碧树正在迎人，因而又有山川依旧的欣悦之感。

此诗颈联，向为人传诵，王士禛《渔洋诗话》："明末七言律诗有两派，一为陈大樽，一为程松圆（程嘉燧）。大樽远宗李东川（李颀）、王右丞（王维），近学大复（何景明）……"下并举警句如"左徒旧宅犹兰圃，中散荒园尚竹林""九龙移帐春无草，万马窥边夜有霜""九月星河人出塞，一城砧杵客登楼""四塞山河归寒阙，二陵风雨送秦师"及此诗"禹陵"一联。

钱锺书《谈艺录》："陈卧子结有明三百年唐诗之局，其名联如（见上引诸联）……皆比类人地，为撑拄开阔。"

秋日杂感

行吟坐啸独悲秋,海雾江云引暮愁[1]。
不信有天常似醉[2],最怜无地可埋忧[3]。
荒荒葵井多新鬼[4],寂寂瓜田识故侯[5]。
见说五湖供饮马[6],沧浪何处着渔舟[7]。

◎ 注释

[1]"海雾"句:一说指陈子龙当时与福建的唐王朱聿键、浙江的鲁王朱以海有联络事。
[2]"不信"句:《文选》张衡《西京赋》及注:秦穆公梦朝天帝,帝醉,以鹑首之地(今湖北襄阳、安陆诸地)赐秦。当时有谣云:"天帝醉,秦暴金误陨石坠。"李商隐《咸阳》:"自是当时天帝醉,不关秦地有山河。"后人亦以"天醉"喻政局的混乱黑暗。
[3]"最怜"句:仲长统《述志》诗:"寄愁天上,埋忧地下。"宋祁《感秋》:"人间无地可埋忧。"陆游《江楼醉中作》:"人间宁有地埋忧。"
[4]"荒荒"句:悼念死难的一些亡友。葵井,当是用何逊《行经范仆射故宅诗》语:"旅(野生)葵应蔓井,荒藤已上扉。"
[5]"寂寂"句:秦亡后,东陵侯召平隐居长安城东种瓜为生,后遂比喻前朝遗老的隐居田野。一说明初中山王徐达裔孙徐弘基袭封魏国公,明亡后隐迹于吴江,瓜田故侯或指徐弘基。然明亡后故侯之流落匿迹者不止弘基一人,故此句当是泛指亡明若干亲贵。
[6]见说:听说。五湖:太湖。供饮马:指为清兵占有。
[7]沧浪:清水,犹言江湖,此句即无地能容忧患之身的意思。

◎ 评析

清顺治二年(1645)六月,清兵入苏州,吴江进士吴易与同邑举人孙兆奎、诸生沈自炳等聚众抵抗,屯兵长白荡,出没太湖、三泖间。作者则在松江设太祖遗像起兵,先吴易而败,又与吴易在太湖誓师。后事败,自炳投水死,兆奎被捕。次年,吴易就义于杭州。

诗作于顺治三年,避居嘉兴武塘时。全组共十首,皆七律,此为第二首。当时作者已知大事不可为,而往昔交游,或捐躯故国,或入仕新朝，平日接近者甚为零落，故末首有云："岂惜馀生终蹈海，独怜无力可移山。八厨旧侣谁奔走，三户遗民自往还。"亦可见其作诗时的心情。

会葬夏瑗公[1]（二首选一）

二十年来金石期[2]，谊兼师友独追随[3]。
冠裳北阙同游日[4]，风雨西窗起舞时[5]。
志在《春秋》真不爽[6]，行成忠孝更何疑[7]？
自伤旧约惭婴杵[8]，未敢题君堕泪碑[9]。

◎ 注释

[1] 夏瑗公：夏允彝，字彝仲，号瑗公，夏完淳之父，与陈子龙同乡，世称夏陈，并共创幾社。

[2] 二十年：作者与夏允彝订交于天启五年（1625），允彝死于顺治二年（1645）。金石期：互相许以金石交。期，许可。

[3] "谊兼"句：夏允彝长于陈子龙十二岁。李商隐《哭刘蕡》："平生风义兼师友，不敢同君哭寝门。"

[4] "冠裳"句：崇祯三年（1630），子龙偕计吏至京师，同行者有允彝。次年，试礼部，报罢。九年，二人会试得中，皆列三甲。此句当指这段时间。北阙，宫殿北面门楼，为大臣等候朝见或上书地方，后亦泛指朝廷。

[5] "风雨"句：《诗经·郑风·风雨》："风雨如晦，鸡鸣不已。既见君子，云胡不喜？"又，晋祖逖与刘琨颇友好，共被同寝。中夜闻荒鸡鸣，蹴琨觉曰："此非恶声也。"因起舞。

[6] "志在"句：传说孔子作《春秋》志在"尊王攘夷"，这里指复明反清。爽，违失。

[7] "行成"句：夏允彝中进士后，大臣力称其贤，将特擢，因遭母丧而未用。福王立，又欲擢任。他疏请终制，不赴。后有人劾他居丧任职为非制，其实未尝赴官。这是因他曾为东林党人，故意借此贬损，子龙亦有意以"孝"表之。

[8] "自伤"句：春秋时，赵氏门客公孙杵臼、程婴相约共同救护孤儿赵武，杵臼为此丧命，程婴亦忍辱负重。此处比喻允彝为抗清而投水死节，自己却未能为故国有所贡献。惭婴杵，对婴、杵皆有惭色。

[9] 堕泪碑：晋名将羊祜死后，其部属为他立碑于襄阳岘山，因该山曾为他所游憩，见碑者莫不流泪，杜预因称为堕泪碑。

◎ 评析

　　清兵进松江，夏允彝屏居横云山，不剃发。提督李成栋使人请之出，且将荐于朝，不者死。允彝于冠带后，作绝命词，怀石沉于嵩塘而死。

　　此诗作于顺治四年三月。同年五月，子龙为清之官员拘于舟中，乘守者之懈，猝起投水死。

途　中（二首选一）

屈指淮上书，故人应已觏[1]。
那知百种愁，都在缄书后。

◎ 注释

[1]觏（gòu）：见到。

◎ 评析

　　信纸的空间毕竟有限，情无法完全寄托于物。何况还有时间不断发展的因素。

夜　意

忘却博山炉[1]，残灯动幽梦。
起探绣罗裳，香气温青凤[2]。

◎ 注释

[1]博山炉：面上雕刻着重叠山形的香炉。博山非地名。乐府清商曲《杨叛儿》："欢作沉水香，侬作博山炉。"
[2]青凤：罗裳上绣的花纹。

◎ 评析

残灯的明灭之光，牵动了她的幽梦，醒来后探视床边的罗裳，罗裳上还绕着余香，这才记起临睡时忘却熄灭香炉之火。

炉火是残火，灯光是残光，梦是幽梦，香是余香，由此逼出蒙胧的未尽之情。

督 亢[1]

燕南赵北起秋风[2]，乱后斜阳没故宫。
此地舆图原不小，能藏匕首入关中[3]。

◎ 注释

[1] 督亢：在今河北涿州市东，战国时为燕国膏腴之地。燕太子丹遣荆轲携督亢图入秦廷谋刺秦王政，督亢图即此地的地图。
[2] 赵北：督亢在赵国北部。
[3] "能藏"句：荆轲奉督亢图求见时，曾藏匕首于地图中。秦王展图，图尽而匕首现。

◎ 评析

崇祯十年（1637），作者母丧服满，人都途中作。又有《渡易水》云："并刀昨夜匣中鸣，燕赵悲歌最不平。易水潺湲云草碧，可怜无处送荆卿。"

作者有七古《易水歌》，末云："督亢图中不杀人，咸阳殿上空流血。可怜六合归一家，美人钟鼓如云霞。庆卿（庆忌）成尘渐离死，异日还逢博浪沙。"这是在京师沦陷，清人入主以后所作。《督亢》《渡易水》尚是一般的吊古伤时之作，此《歌》的末两句，则径喻抗清复国的初衷，决不会因志士的丧亡而消失。

夏完淳
(1631—1647)

乳名端哥，字存古，号小隐，别号灵首，松江（今上海）人。父允彝，为江南名士，与陈子龙等共创几社，完淳并拜子龙为师。顺治二年（1645）夏秋间，与嘉善钱栴之女秦篆草草结婚。同年八月，允彝因松江沦陷投水死。次年春，完淳与陈子龙、钱重组义军，上书南明鲁王，鲁王遥授完淳为中书舍人。中书舍人唐初曾称内史舍人，故世称夏内史。

于是参加太湖吴昜的反清义师，为军事参谋。吴事败，只身亡命。有些书上说他曾流离湘鄂，非事实。顺治四年夏，在故乡被捕，解往南京，乃作《别云间》："三年羁旅客，今日又南冠。无限河山泪，谁言天地宽？已知泉路近，欲别故乡难。毅魄归来日，灵旗空际看。"又有《遗夫人书》，中有云："不幸至今吾又不得不死，吾死之后，夫人又不得不生。"语极沉痛。

九月间就义，年仅十七岁。岳父钱，亦同时死。至此，父子、翁婿、师生皆先后捐躯。乾隆中，通谥节愍，故其集亦名《夏节愍全集》。新中国成立后，有白坚整理的《夏完淳集笺校》。

他的主要活动，其实只有二三年，即十五从军，十七殉国。仅此二年，足抵千秋，泰山鸿毛，于此分明。他的名文《大哀赋》，仿庾信的《哀江南赋》，作时只有十六岁。单从他的文学成就说，确实说得上是一个神童，却胜于世俗意义上的"神童"。朱彝尊《静志居诗话》卷七十五云："昔终童未闻善赋，汪不见能文，方之古人，殆难其匹。"这话说得很中肯。

完淳短短一生，其事迹所以广为后人交相称赞，也因他的诗文等著作在。倘论作品的缺点，便是单调而少变化，熟典常语反复见之；次则有壮丽而少苍劲，这当然和他的涉世年龄有关。他总共活了那么一些日子，在历史的长程上已经留下震动山河的跫然足音，他被捕后写的诗歌，也就是用生命来谱写的最雄浑的囚徒之歌了。

细林野哭[1]

细林山上夜乌啼，细林山下秋草齐。
有客扁舟不系缆[2]，乘风直下松江西[3]。
却忆当年细林客，孟公四海文章伯[4]。
昔日曾来访白云，落叶满山寻不得。
始知孟公湖海人[5]，荒台古月水粼粼。
相逢对哭天下事，酒酣睥睨意气亲[6]。
去岁平陵鼓声死[7]，与公同渡吴江水[8]。
今年梦断九峰云[9]，旌旗犹映暮山紫[10]。
潇洒秦庭泪已挥[11]，仿佛聊城矢更飞[12]。
黄鹄欲举六翮折[13]，茫茫四海将安归[14]。
天地跼蹐日月促，气如长虹葬鱼腹[15]。
肠断当年国士恩[16]，剪纸招魂为公哭[17]。
烈皇乘云御六龙[18]，攀髯控驭先文忠[19]。
君臣地下会相见，泪洒阊阖生悲风[20]。
我欲归来振羽翼，谁知一举入罗弋[21]。

家世堪怜赵氏孤[22]，到今竟作田横客[23]。

呜呼！抚膺一声江云开[24]，身在罗网且莫哀。

公乎，公乎！为我筑室傍夜台[25]，霜寒月苦行当来[26]。

◎ 注释

[1] 细林：山名，旧名神山，在今上海市青浦区南，松江九峰之一。

[2] "有客"句：夏完淳在松江被逮后，舟行押解南京，故云"不系缆"。

[3] 松江：此指吴淞江，古称笠泽。

[4] 孟公：西汉名士陈遵，字孟公，此处以姓氏切陈子龙。又，陈子龙晚号於陵孟公。文章伯，文坛之雄。

[5] 湖海人：《三国志·陈登传》："陈元龙湖海之士，豪气未除。"

[6] 睥睨：斜视貌，目空一切之意。

[7] "去岁"句：指前一年吴易在苏州起兵失败事，陈子龙、夏完淳都曾参加。平陵，王莽立孺子婴为帝，自称假皇帝，后故丞相翟方进子东郡太守翟义起兵，事败被杀，翟义门客为作《平陵东》哀歌。见《乐府诗集》卷二八。作者《吴江野哭》亦云："《平陵》一曲声杳然。"

[8] 吴江：指吴淞江。

[9] 九峰：指凤凰山、陆宝山、佘山、细林山等，皆位于松江城之西北。

[10] 暮山紫：王勃《滕王阁序》："烟光凝而暮山紫。"

[11] "潇洒"句：用申包胥入秦乞师，于秦庭依墙哭七日夜典故，比喻联络舟山的明将黄斌卿商请出师配合松江举义事。潇洒，犹言悲壮。

[12] "仿佛"句：战国时燕攻齐，齐城几尽降。田单破燕复齐，唯聊城久下不下。鲁仲连附书箭上射入城中，晓喻燕将，燕将遂解去。此喻策划清松江提督吴胜兆反正归明事，后因胜兆谋不密，被执，其狱词连子龙，子龙乃亡命。这两句注文据白坚《夏完淳集笺校》。

[13] 黄鹄：传说中的大鸟，一说天鹅。六翮：健羽。《韩诗外传》六："夫鸿鹄一举千里，所恃者六翮尔。"

[14] "茫茫"句：陈子龙年谱续编：顺治三年，越、闽失守，子龙在武塘僧寺中泫然曰："茫茫天地，将安之乎？"

[15] "天地"二句：指陈子龙投水自杀。踢踏，形容窘迫，无所容身。《诗经·小雅·正月》："谓天盖高，不敢不局，谓地盖厚，不敢不踏。"

[16] "肠断"句：痛悼陈子龙厚遇的恩情。战国初，豫让曾说："智伯国士遇我，我故国士

报之。"

[17]"剪纸"句：杜甫《彭衙行》："剪纸招我魂。"

[18]"烈皇"句：谓崇祯帝辞世而乘龙升天。烈皇，南明福王时谥明思宗（崇祯帝朱由检）为烈皇帝。御六龙，《易经·乾卦》彖辞："时乘六龙以御天。"

[19]攀髯：黄帝乘龙升天，小臣不得上，皆攀持龙髯。控驭：操纵乘骑。先文忠：指夏允彝。南明唐王隆武朝赠允彝谥文忠。先，对已死的尊长之称。

[20]阊阖：天门，屈原《离骚》："吾令帝阍开关兮，倚阊阖而望予。"

[21]罗弋：捕鸟雀的网与弓箭。

[22]"家世"句：参见陈子龙《会葬夏瑗公》注[8]。唯陈诗以夏允彝比公孙杵臼，本诗则以陈子龙比程婴。

[23]"到今"句：秦末时田横，自立为齐王。汉高祖即位，田横率五百人逃亡入海。高祖招降，他在途中自杀，留居海岛诸门客，闻讯亦自杀。这里以田横比子龙，以客自比。

[24]抚膺：抚胸。

[25]室、夜台：皆指墓穴。《诗经·唐风·葛生》："百岁之后，归于其室。"李白《哭善酿纪叟》："夜台无晓日。"

[26]行当：将，会。

◎ 评析

南都沦陷后，陈子龙避居松江，幅巾布袍，往来细林、佘山间，夏完淳曾追随游憩。子龙投水，完淳被逮，押解途中经过细林，回忆前事，悲从中来。诗中不仅痛悼老师，亦怀念亡父，并于师亲之死中，贯串着有志未伸的遗恨，"长使英雄泪满襟"。

诗作于顺治四年（1647）七月，在南明为桂王永历元年，至同年九月，完淳即就义于南京。

柳亚子《磨剑室诗词集·题陈黄门集次巢南韵》之三云："伤心野哭吞声日，后死荒江几辈存。愁绝细林山下路，当年宋玉替招魂。"下注："公弟子夏内史，有《细林野哭》诗。"

宝带桥[1]

宝带桥边泊，狂歌问酒家。吴江天入水[2]，震泽晚生霞[3]。细缆迎风急[4]，轻帆带雨斜[5]。苍茫不可接，何处拂灵槎？

◎ 注释

[1] 宝带桥：在江苏苏州市南，长百丈，跨运河和澹台湖口。下有五十三个拱洞，小船可通行。为著名古代石桥。相传唐刺史王仲舒鬻所束宝带以助工资，故名。宋明清时先后修建。
[2] 吴江：指吴淞江，太湖之支流。
[3] 震泽：太湖之古称。薛氏竹枝词："生憎宝带桥头水，半入吴江半太湖。"
[4] 细：一作"绮"。
[5] 轻：一作"春"。

◎ 评析

从末二句看，恐也是义师失败后的哀念之作。沈起《东山国语补》："完淳常私入太湖，受盟而还，经过宝带桥，赋诗见志。时多窥伺，避祸，以舟为家。"

春兴八首同钱大作[1]（选一首）

上苑东风试早莺[2]，故宫依旧百花明[3]。
江帆入镜移瓜步[4]，胡马如云走石城[5]。
金鼓平陵怜翟义，旌旗沧海葬田横[6]。
伤心中夜看牛斗[7]，醉把吴钩万里行[8]。

◎ 注释

[1] 钱大：作者内兄钱熙，字濑广，嘉善人。

[2] 上苑：帝王玩赏的园林。
[3] 故宫：指南京的明宫。这两句都是想象之词。
[4] 瓜步：镇名，在江苏南京六合区东南，南临大江。步，水际。
[5] "胡马"句：指清兵已占领南京。石城，石头城的省称，指今江苏南京市。
[6] "金鼓"二句：句中翟义、田横之注皆见《细林夜哭》。作者诗集中对这两个典故，屡屡用之。作者另有《寒食杂作同钱二不识赋》七律，汪辟疆评第四首云："《哀郢》、亡秦累用，亦视作者身世遭际何如，否则，习见语亦可厌。"甚是。
[7] 牛斗：牛宿和斗宿二星。庾信《思旧铭》："剑没丰城，气存牛斗。"
[8] 吴钩：相传吴王阖闾曾命人作钩，似剑而曲，后遂作利剑的代称。

◎ 评析

作于顺治四年（1647），南明唐王隆武二年。白坚《夏完淳集笺校》评云："杜甫《秋兴》八首为伤时爱国名篇，后世效之者甚多。完淳《春兴》之作乃学杜而有所变化者。全诗情文兼至，沈郁苍凉中显昂扬振奋，堪推完淳抒情励志之佳构。"其第六首有云："蜀道尽悲诸葛死，汉家犹望少卿悲。五湖义士莲花剑，七郡良家柳叶衣。"第一句指史可法已死，第二句指仕清之李雯辈，下二句则寄期望于闽粤抗清部队，实际上这时大势已去。

寄荆隐女兄[1]

书剑天涯转自亲，孤帆漂泊迥伤神。
自怜愁立寒塘路，独恨行吟泽畔身[2]。
黄土十年悲故友[3]，青山八月痛孤臣[4]。
当年结客同心者，满眼悠悠行路人[5]。

◎ 注释

[1] 荆隐：作者之姊淑吉，字美南，号荆隐，嫁嘉定侯玄洵。女兄：姊姊。

［２］"独恨"句：屈原《渔父》："屈原既放，游于江潭，行吟泽畔。"这里作者以屈原自拟。

［３］"黄土"句：此诗作于顺治三年（1646），即南明唐王隆武二年，侯玄洵卒于崇祯十一年（1638），首尾为十年。

［４］"青山"句：作者父允彝于顺治二年九月自沉，此诗当为次年夏季作。

［５］"满眼"句：谓昔日的同心者至今都交情漠然，视同陌路。张谓《题长安主人壁》："纵令然诺暂相许，终是悠悠行路心。"

◎ 评析

夏淑吉与夏完淳为异母姊弟，但感情很融洽，而嘉定侯氏，在明末又是很有名的。淑吉的公公侯岐曾，因匿藏陈子龙，为清兵所逼，自缢死，淑吉曾去收尸。

淑吉早年守寡，后削发为尼，卒于康熙元年（1662）。她亦能诗，其《先考功忌日三首》云：

轻生一诀答君恩，伯道无儿总莫论。不忍回肠思昨岁，《楞严》朗诵一招魂。（按，夏完淳死后，允彝即绝嗣。）

翻疑爱重谪人天，子女缘微各可怜。拜慰九京无一语，花香解脱已经年。

望系安危一代尊，天涯多士昔盈门。丘山零落无人过，夜月乌啼自断魂。

绝　句

扁舟明月两峰间，千顷芦花人未还[1]。
缥缈苍茫不可接，白云空翠洞庭山[2]。

◎ 注释

[1]"千顷"句：《吴越春秋》卷三：伍子胥奔吴，至江，潜身苇中，渔父持麦饭等来，呼之曰："芦中人，芦中人。"如此再三，子胥乃出。后亦以芦中人比喻亡命报仇者。作者《咏史杂成口号》之一亦云："亡楚奇功一旦收，芦中人去水悠悠。昭关烟草荒茫外，千古何人解报仇。"

[2]洞庭山：在江苏省太湖中，有东西二山。

◎ 评析

共四首，此为第二首。第三首有"相国风流尽可师，讲坛景色似当时"语，第四首有"大涤山头起暮烟，武夷人去草萋萋"语，并注云："黄讲学大涤山。"则此诗为怀念黄道周而作。大涤山在浙江杭州西南。

黄道周，字幼平，号石斋，福建漳浦人。南都亡，与郑芝龙等在福建拥立唐王，拜武英殿大学士（首辅）。后被清兵所俘，解至南京，不屈死。时为顺治三年（1646）。

夏完淳父亲允彝及陈子龙中进士时，黄道周为房考官，允彝、子龙对这位恩师极为感佩。

附录

金性尧先生的文史研究

杨 焄（复旦大学中文系）

鲁迅在 1934 年岁末的短短三周时间内，给一位素昧平生而慕名前来求教的年轻人金性尧连续回复了四封信，虽然谢绝了直接面谈的请求，可还是不厌其烦地为他润饰文稿，不仅提出具体的修改意见，连文中出现的错别字也逐一加以改正。尽管由于金性尧一时年少气盛而出言稍有不逊，以致两人的这番书札往还最终有些不欢而散，但正如鲁迅在信中所说的那样，"我自以为总算尽了我可能的微力"（《致金性尧》），足以体现他对年轻人的包容和帮助。受到鲁迅作品的启发和影响，也让金性尧深深体会到"鲁迅是在抓无声的中国之魂"（《早年的书签》），并以此为楷模走上了文学创作之路。从他最初所选用的笔名"文载道"中，就不难揣知其志向所在。他先是和诸多友人推出了杂文合集《边鼓集》《横眉集》，随后又出版了个人散文集《星屋小文》《风土小记》，成为引人瞩目的年轻作家。周作人在 1944 年应约为他即将付梓的另一部散文集《文抄》作序，提到书中的内容"多记地方习俗风物，又时就史事陈述感想"，恰好和自己的兴趣不谋而合，让他对这位同样来自浙东的忘年小友顿生"他乡遇故知之感"。在不遗余力地揄扬表彰之余，他不由感慨道，"读文情俱胜的随笔本是愉快，在这类文字中常有的一种惆怅我也仿佛能够感到，又别是一样淡淡的喜悦，可以说是寂寞的不寂寞之感，此亦是很有意思的一种缘分也"（《文载道〈文抄〉序》），大有倾盖如故的意味。可惜随着世事的风云变幻，已经在文坛崭露头角的金性尧，此后却不得不沉寂数十年，直至逐渐迈入暮年以后，才重新提起笔来，编纂、撰写了大量文史著作。

金性尧（1916—2007），笔名文载道、星屋、鑫鸟、辛沃、闻蛩、苏式、唐风、鲁乙庸等，浙江定海人。幼年在私塾接受启蒙，随后凭自学起家。年轻时除了创作杂文、随笔之外，还编辑过《鲁迅风》周刊，并主编了《萧萧》《文史》等刊物。共和国成立后主要从事古籍整理编校工作，先后担任春明出版社、上海文化出版社、中华书局上海编辑所、上海古籍出版社的编辑。晚年陆续编注了《唐诗三百首新注》《宋诗三百首》《明诗三百首》等古典诗歌选本，另著有《炉边诗话》《清代笔祸录》《闲坐说诗经》《夜阑话韩柳》《清代宫廷政变录》《伸脚录》《不殇录》《饮河录》《一盏录》《土中录》《三国谈心录》《闭关录》等大量文史随笔集。毕生著述在其身后经过整理校订，汇编为《金性尧全集》九卷、《金性尧集外文编》四卷和《金性尧集外文补编》两卷。他的著作以评议诗文和考论史事为主，其涉猎之广博贯通，学殖之丰赡深厚，议论之通达平允，文笔之晓畅摇曳，都让读者叹为观止。

一、深知甘苦的赏奇析疑

在晚年回顾个人的读书经历时，金性尧曾坦言："我没有理论分析的能力，只知道作家的创作实践。"（《夜半钟声到客船》）所言当然不无自谦。不过年轻时丰富的创作经验确实令他对个中甘苦体会极深，在赏奇析疑时尤其擅长从细微处入手，仔细涵咏玩索旁人未尝留意的地方。

他编注的三部断代诗选经常从遣词造句或篇章诗法着眼，正是这方面的极佳典范。最初着手加工《唐诗三百首新注》时，他就力求少说那些"无所往而不适，结果却是四大皆空"的"混话"（《两本三百首》），所作诠解评议都力避陈言而颇费苦心。如评赏杜甫的《望岳》时说："诗题叫'望岳'，第七句也说'会当临绝顶'，可见只是瞭望，并未登顶，故也从'望'上着意，而山的形势和作者抱负，也就毕现于诗中。"提醒读者留意诗题和正文间的关联，并就此想象山势的险峻陡峭，进而体会诗人胸襟的豁达开阔。分析孟浩然的《宿建德江》时说："诗里没有用'秋'字，但野旷加上江清，秋色就萦绕在读者眼前了。'月近人'的'近'，也可解作'亲近'的'近'。因为是在枯寂的旅途中，一月临江，也倍有亲近之感，犹杜甫的'江月去人只数尺'。"仔细体味揣摩其中的微妙意蕴，并征引类似的诗作以供参证比较。评论刘方平的《月夜》时说："诗词里写的多是秋虫的凄厉之声，这里却让这些小动物叫出了大自然的变化可爱，生趣横溢。写'感觉'就需要诗人的灵感，而灵感也正是诗人平时对事物的细致感受，蕴蓄于心，刹那间爆发的现象。"称道诗人在构思时的独辟蹊径，同时又指明其灵感源自日常的悉心观察和逐渐累积。这些评语要言不烦而切中肯綮，为初学者阅读欣赏提供了极好的指引和借鉴。

随后编选《宋诗三百首》，金性尧最初却多有顾虑。此前钱锺书的《宋诗选注》早已享誉学林，珠玉在前，如何自出机杼，无疑给他带来很大的压力。不过仔细比较这两部选本中的相同篇目，仍能发现金性尧在推敲诗语、分析诗法等方面别具特色。比如钱锺书在选录刘攽的《雨后池上》时，指出最后两句"指雨后树上的水点给风吹落在池里荷叶上"，只是稍作串讲而已。金性尧则详加分析："一、二两句写雨后的静境。第三句先用'忽'字一逗,末句遂景色一变,荷池中已是万点连声。不写下雨时雨点落在池中而作声,却偏从雨停后的柳枝落墨,此即胜于庸手处。"既关注诗篇承接转捩的关键所在,又点明诗人运思下笔的不落窠臼。又如历来传诵的叶绍翁《游园不值》,钱锺书在注释中格外欣赏其"新警""醒豁",征引了唐宋时期五个相似的用例来做比较。其中有一首南宋张良臣的《偶题》,钱氏认为其中"第三句有闲字填衬,也不及叶绍翁的来的具体"。金性尧在评析时则说:"比叶绍翁早的亦是江湖派诗人张良臣,在他的《偶题》结末云:'一段好春藏不尽,粉墙斜露杏花梢。'就显得太用力了,如'好春''粉墙'之类总感到有些涂抹,'藏不尽'比'关不住'尤其见绌。"显然参考过《宋诗选注》中的意见,而转从措辞用语自然与否的角度着重阐发,与钱说相辅相成而所得益彰。这些敏锐细腻的分析解读,同样建立在对诗人创作过程的深切体会之上,因而能给予读者丰富的联想和启发。

在编注唐、宋两代诗歌时,可资参酌的文献相当充裕,等到继续编选《明诗三百首》时,能够直接依傍的资料就不免捉襟见肘。尽管如此,金性尧依然注重考较细节,设身处地去体察诗人的用心所在,沿波讨源地抉剔出诗作的丰富意蕴。如评说张以宁的《丝瓜》时,他首先指出此诗原为题画之作,随后再引申道:"老年人的心情本来较为恬淡,但身处异乡,却连风雨中萦绕着的丝瓜的翠蔓长藤也怕看见,唯恐给他牵来万缕秋思。这是画家所不能表现的意境,却给诗人巧妙地说了出来。"通过剖析诗中意象所蕴含的深意,既呈现了诗人谋篇布局时的匠心独具,又揭示了诗与画同工异曲的微妙关系。在评议高启《田舍夜春》时说:"原是极为平淡的日常生活,一经诗人写来,便觉有酽酽的人情味和乡土气,成为诗化了的生活。首句的'迟'与末句的'早'是很有意思的对照,'新妇'与'行人'的关系也颇可玩味(行人极可能即是她的丈夫)。这里也反映了当时农家的贫困:如果家有余粮,何必连夜赶舂。"用清通隽永的文字阐明全篇的情味意趣,并指点读者留意其针脚细密、意在言外的特点。这些评赏文字本身就是情文相生、蕴藉冲淡的小品,读来饶有余韵,耐人寻味。金性尧原本计划"编一套'三百首丛书',即汉魏六朝、唐、宋、辽金元、明、清"(《两本三百首》),甚至"想到还可加一本民国诗三百首"(《民国诗选》),尽管因精力所限,最终仅完成唐、宋、明三代诗的选注,但它们在诸多同类选本中毫无疑问都属上乘之作。

受到体例和篇幅的影响,在注本中毕竟无法细致研讨具体问题,而在随笔里就可以无拘无束地畅所欲言了。金性尧极力表彰过历代的杜诗研究者,"凡是评论到杜诗中精彩作品,这些评语也往往神采飞扬,表现出他们高超的欣赏能力,一看到杜诗中'死不休'的名句,他们的审美敏感就一触即发,和诗人一样表现出他们的能动性。即使是寥寥数十字,也不失为杜甫的钟子期"(《杜甫写马》),倒是很有些夫子自道的意味。即便是耳熟能详的篇章,听着他从容不迫地娓娓道来,也同样引人入胜。比如《唐诗三百首新注》在评论贺知章的《回乡偶书》时,说它"所以能为人传诵,就因亲切的人情味,常常来自平凡的生活,朴实的感情",点到即止而无暇详作论析。而在《贺知章还乡》一文中,他总结全篇宗旨道:"诗里没有流露出过多的感伤或激动情绪,而是不多不少、恰如其分地表现了一个老人的今昔之感。在长安时,只能从怀念中、梦境中萦绕的故乡的一堆土山、一条游鱼,现在都重新回到了眼前。尽管时间已从他脚下脉脉地流过了几十年,他却还能拾起时间的残片,让过去和现在连缀着;尽管时间已经改变了故乡的许多事物,这些事物却永远不会在老人记忆中消失。就在回乡这一年,老人终于和镜湖的水色诀别了。"曲终人散而余音袅袅,这种看似平淡冷静实则低回怅惘的思乡之情,仿佛模糊黯淡却又清晰明亮的记忆碎片,恐怕也是他渐入迟暮以后的真切体验。正因为掩卷冥思时感同身受,所以铺纸落墨之际,就能引导读者仔细品咂其中复杂微妙的人生况味。

他对刘长卿《逢雪宿芙蓉山主人》一诗的反复研讨,尤能体现异乎常人的敏感和执着。这首诗明白如话,最后一句"风雪夜归人"尤其脍炙人口,似乎无待辞费再予深究。不过,这个"人"究竟是指谁呢?绝大部分读者或许想当然地认定是那位投宿者,也就是诗人自己。当年流传极广的《唐诗一百首》,在串讲时就说"风雪夜晚的行人像是回到家里一样呵"!。金性尧参与过该书初版的编选注释,虽然没有继续承担此后的增删修订,但对此类意见想必早有耳闻。然而他在《风雪夜归人的"人"是谁》中却另有设想,认为"夜归人恐非指诗人自己"。最初发表此文时,他就质疑道:"为什么不说'风雪夜行人'而说'风雪夜归人'?正是一个针对性的眼子,因为旅途投宿似很难说'归'。"从诗人的遣词造句来推敲琢磨,通行的意见确实有些扞格难通。而他并未就此罢休,又兴致勃勃地搜集钩沉相关文献,在增订润饰初稿时指出,宋人陈师道的五律《雪》中有"寒巷闻惊犬,邻家有夜归"之句,应当是自刘诗脱化而来,"似也理解为犬是白屋以外之犬,'归'是邻人之'归'"。与此同时,他还介绍了同事兼友人陈邦炎的看法,"把'夜归人'解为芙蓉山主人自己"。可他并不认同此说,"我的意思不如解为不相干的村人夜归"。稍后不久,他又读到清人黄叔灿在《唐诗笺注》中的相关论说,尽管语意稍嫌含混,"似乎也把'夜归人'理解为别人(芙蓉山主人?)而非诗人自己"。他据此进一步推论,如果这个"人"

的确"是指芙蓉山主人,那么,更有可以共语之人了",修正了自己先前的主张。他对这篇随笔很满意,多年后还另行编入自选集《一盏录》中,并新增补记一则,除了征引明人唐汝询《唐诗解》中的评说以便读者参考之外,再次强调:"究竟指谁,现在当然还不能肯定,能够肯定的只有这一点:刘诗'风雪夜归人'的'人'不一定指诗人自己。重复说一句,这个'归'字非泛语而为定语,实为归家之归。"前前后后虽然只是围绕一个字研讨,他本人也有些举棋不定而左右游移,以致最终并未做出确定无疑的判断,却曲径通幽般带领着读者体验到诗人造境的荒寒幽渺以及落笔的深细不苟。

由于金性尧熟谙诗人创作历程的演进和诗史承传递嬗的轨迹,所以往往能够独具慧眼地从一些不为人关注的篇章中寻绎出重要的意味。他的《夜阑话韩柳》以诗文创作贯穿终始,讲述韩愈和柳宗元的生平经历,在形式上别具一格。其中有一章《落齿的哀乐》讲到韩愈的形貌特征,就饶有趣味地解说过一首五古《落齿》。他在书中直言,这首诗并非韩诗中的名篇佳制,也不为历代评论者重视,然而却有值得留意回味的地方,"一是韩愈素以道统相标榜,在诗文中,却常以诙谐风趣的笔调,娓娓地抒写身边琐事,连牙齿的脱落也用专题来写,还要以此逗弄太太和孩子",由此不难窥见他性格中谐谑幽默的另一面;"二是这是一首散文化的诗,也是韩诗中'以文为诗'的典范,语言通俗明白,典故只用了一个《庄子》中的故事",所以很能够展现韩愈在创作上推陈出新的特色和戛戛独造的追求。在诠释诗篇的过程中,融入了对作家心理的体察和创作手法的解析,令人读罢顿有见微知著、切理餍心之感。

二、探赜索隐的谔谔之声

因为能够综合考察各方面的因素去探究作者的创作主旨，所以金性尧在评议考论之际常常能廓清以往的种种误读歧解。比如提到陶渊明，人们往往会先入为主地认为他在归隐园田之后便悠游自在，仿佛不食人间烟火一般，就像鲁迅曾经调侃揶揄过的那样，"被选家录取了《归去来兮辞》和《桃花源记》，被论客赞赏着'采菊东篱下，悠然见南山'的陶潜先生，在后人心目中，实在飘逸得太久了"（《"题未定"草（六）》）。然而追根究底一番，似乎并不能完全归咎于读者，陶渊明本人恐怕也"难辞其咎"。正是他在不少作品中反复渲染宁静祥和的田园生活，才导致后世逐渐形成了这种不无偏颇的印象。金性尧在《陶渊明田园诗》中对当时的社会背景多有介绍，可他并不满足于揭示"陶渊明时代的农村当然极其残破黑暗，天灾人祸绝不会放过它"，并就此责备诗人有"美化现实"之嫌，而是紧接着追问为什么在其创作和现实之间会存在如此巨大的反差。在他看来，"作为诗人的陶渊明是在写诗，诗总是倾向美的"，"因而在写他的周围世界时，总是要把注意力主动地集中在能使他得到稳定、和谐的快感的对象上，并把它们驯服于自己的欣赏趣味上来完成"，"因而一些与此相反的杂质也就被剔除，如同他写'野老'时总是写他淳朴可爱的一面"。他并没有受到"文学必须反映现实"之类教条观念的束缚，而是深入探析诗人曲折隐秘的创作心态，对这种看似不符常情的现象就能做出令人信服的解释。

在另一篇《杜甫与李白》中，金性尧提到杜甫《春日忆李白》中有"清新庾开府，俊逸鲍参军"的诗句，用六朝诗人庾信和鲍照来比况好友，前人对此聚讼纷纭，有的甚至联系到诗中另两句"何时一尊酒，重与细论文",认为这是老杜的微词婉讽,"暗示李白不要局限于庾信、鲍照,而应该百尺竿头更进一步"。他对此说颇不以为然,除了指出用"清新""俊逸"来形容三人的创作风格大体适用,并没有比拟不伦的弊病之外,尤其强调"杜甫是唐代中叶的人,唐诗是从六朝诗发展过来。他要举前代名家的榜样,也只能举些庾鲍、阴何、二谢之类","我们看看阴何之类,实在不过尔尔,但在杜甫那个时代,他举阴何、庾鲍等,便是最高的典范了",所以诗中所言"完全从推崇他的善意出发,没有丝毫'微词'用意"。杜甫在品评时能用来比勘参照的主要是六朝诗人,在那样一个自成统序的创作谱系中,庾信和鲍照无疑都是超迈同侪的杰出代表。后人当然可以将他们置放在诗史源流之中,通过和唐宋以来诸多名家的比较,重新衡量评定他们在文学史上的地位,但绝不能以这种"后见之明"来对前人求全责备,甚至以今度古而妄加评议。

又如关于白居易《长恨歌》的创作主旨,在同时创作的陈鸿《长恨歌传》中就明确指出,白诗"不但感其事,亦欲惩尤物,窒乱阶,垂于将来也",具有极为明确的讽喻意图。白居易本人也的确主张"文章合为时而著,歌诗合为事而作"(《与元九书》),可以与此互相印证。不过前人在探讨本篇主旨时虽多持讽喻之说,也存在不同的意见。诗中不少描写固然明显流露出讽谏批评的意味,但与此同时又着力渲染了杨妃的悲惨结局和玄宗晚年的凄凉处境,对两人的不幸遭遇似乎又满怀同情怜悯。金性尧在《杨贵妃与李夫人》中分析了诗人在创作中的复杂心理,"他们在构思时,理性和非理性,意识和潜意识,常常是交流起伏,随着灵感不断涌现美感,结果就会突破他们原来的创作动机",正因为这样,一旦处于高度亢奋的状态下就难以自控,"诗人自己一些潜意识的东西,迫切地要求进入他的作品中,成为他心理反应的一种错综而特殊的形式，作品因而也含有非自觉的反正统的成分"。即使诗人事先有过明确的创作意图，可是随着创作进程的陆续铺展，难免受到各方面因素的影响和制约，最终完成的作品未必都能如其初衷。从创作心理来解释《长恨歌》中存在的矛盾现象，就使读者对诗作的主旨和诗人的隐衷有更全面、更深刻的理解。

历代文献典籍中有大量论诗衡文的精彩内容，金性尧在评议考论时也时常参酌引录。值得注意的是，他对各种不循常规的异见——有些甚至可以称作偏见乃至谬见——并不轻率地鄙薄或排斥，而是体现出充分的尊重和体谅。在《陶渊明田园诗》中，他提到晚清学者钱振锽对陶渊明的指摘，批评陶诗"美不掩恶，瑕胜于瑜，其中佳诗不过二十首耳。然其所为佳者，亦非独得之秘，后人颇能学而似之"，措辞相当刻薄尖酸。他对此非但不以为忤，还相当欣赏，强调"他说得是否完全正确，是另一问题，但这种多少带些'异众'精神的立论，却是应该用青眼来看的。在学术上的诺诺连声的时候，何妨有寥落的谔谔之声呢"。他在《"不素餐"解》中介绍过孟子对《诗经·伐檀》篇"彼君子兮，不素餐兮"两句的解释，也曾经借题发挥道："对孟子的说法，有的人根本不赞同，那倒不失为旗帜鲜明的态度；有的人是赞同的，却不敢公开表达，与其谔谔，不如诺诺，倒真是学术上的素餐者了。"足见他对随波逐流、人云亦云之辈充满了厌弃反感，对不拘成说、另树新义者倒是刮目相看。当然，这种异量之美绝不是毫无原则的放任纵容，终究还得看立论者究竟是在坚持独立思考抑或只是为了标新立异。比如宋人沈括的《梦溪笔谈》对杜甫《古柏行》中"霜皮溜雨四十围，黛色参天二千尺"两句有过非议，认为真如诗中所言，那么这棵参天大树"无乃太细长乎？"。胡道静的《梦溪笔谈校证》辑录过宋代以来的不少评论，对此多有斥责辩驳,异口同声都认为不可信从。金性尧在《夔州古柏》中虽然也指出沈氏"以物理学角度来衡量艺术品",不免有些迂阔拘泥,"一个伟大的艺术家当然要注意细节,但个别细节上的真实毕竟不能成为伟大的艺术作品";不过他随后又郑重其事地补充说,"尽管我们对沈括评杜诗这一具体论点不敢苟同,但他的科学的求实求证精神倒也未可厚非","常识或理性也并非完全是诗词的蛇足,就看他们如何运用","如果说,他们的思想方法近乎钻牛角尖,也还是规规矩矩地从学术的牛角里钻去,毕竟不同于庸俗低级、哗众取宠那种论调"。如此体贴入微的阐发商榷,毫无疑问比简单粗暴的讥评嘲笑更能令对手心悦诚服,也更能促使读者平心静气地回味省思。

金性尧不仅对前人秉持独立思考原则的谔谔之言青睐有加,在评议诗文和考论史事的时候也身体力行,正如他后来所说的那样,"看到古书中的话有同意的,就想附和发挥,不同意的,就想纠正评议"(《夜半钟声到客船》),某些意见乍闻之下甚至还颇为刺耳。在《吴中四才子唐寅》中,他谈到《红楼梦》中有些诗词或许受到唐寅的影响,就突然插入这么一段:"在古典小说中,《水浒传》中的诗远胜于《红楼梦》中的诗。《红楼梦》中有好多首确使人感到庸俗,《水浒》诗却俗得质朴自然,如宋江在浔阳楼题的'他时若遂凌云志,敢笑黄巢不丈夫'的反诗,就颇有草泽英雄本色。"相同的意见在另一篇随笔《〈章太炎全集〉何时全》里也捎带提到过:"若就诗论诗,要推宋江的那首'敢笑黄巢不丈夫'最有气魄。《水浒传》中诗的数量不及《红楼》多,水平却高出于《红楼》。"足见这绝不是一时兴起的随口漫道,而是蓄积于胸不吐不快的由衷之言。红学家们听了这番话想必会皱眉蹙眼,其实大可不必。艺术鉴赏本就是见仁见智,言人人殊,最能够也最应该充分彰显批评家的独特个性。更何况小说家替笔下的各色人等操刀代笔，自然力求惟妙惟肖，以契合各自不同的身份，其实并不能直接反映他本人诗才的高下。批评《红楼梦》中的诗作不佳，并不意味着贬低曹雪芹和《红楼梦》。类似的议论在其文章中屡见不鲜，如指出潘岳的《悼亡诗》"落了鹣鹣鲽鲽的俗套，而且近于文字技术上的卖弄。至哀极痛，雕饰过甚，反失本性"（《潘岳悼亡》）；批评林逋的梅花诗"结句平弱，局部和整体不相称，境界狭窄，笔法纤巧"，"身为高士，却又诗多浮文俗句"（《孤山梅花》）；认为龚自珍《己亥杂诗》中的部分篇章"不仅艰涩难懂，为了求奇，却流于怪僻，缺少诗味"（《九州生气》)，都能够直言不讳而一针见血。在他本人而言，自然犹如骨鲠在喉，一吐为快，而读者从中也不难感受到脱略俗套的坦率真诚。

即使面对近现代文史研究界的大家，金性尧经过爬梳文献和反复斟酌，也会提出一些商榷补正。比如三国时祢衡撰有《鹦鹉赋》，是他在黄祖手下任职时，应黄祖之子黄射之请即席创作的，其中有"托轻鄙之微命，委陋贱之薄躯。期守死以报德，甘尽辞以效忠"等内容。钱锺书在《管锥编》中提到，这些感慨"似寓托庇受廛之意。故张云璈《选学胶言》卷八疑其与衡之傲世慢物不称，或是他人所作"，说明前人因文中所述情形与其倨傲放诞的性格多存龃龉，对该文是否确为祢氏之作已有怀疑。钱氏还引录曹植《鹦鹉赋》中的片段，认为"与衡所作，词旨相袭。岂此题之套语耶？抑同心之苦语也？"，对此赋能否如实反映祢衡的心声也提出疑问。金性尧在《祢衡与〈鹦鹉赋〉》中则有不同的推断，他指出"祢衡自己也知道别人不喜欢他，他依黄祖时，已是第三个主人了。江湖满地，或许也有自伤飘零之意，而黄射又以异才视之，因而作赋时满怀激情，流露出守死报德的情绪，但激情只是偶发性的，个性却是与生命共存，永难改变，最后还是丧生了"。从祢衡此前的经历和当时的处境来考察，赋中出现这些哀鸣乞怜、衔德报恩的片段其实并不算突兀，但这只是在特定场合下应激突发的特异表现，终究不能简单地等同于在常态下的性格特征。这就不仅仅是对作品内容的诠释，更深入剖析了作者的微妙处境和复杂心态，令读者顿时豁然开朗，心存的疑虑也涣然冰释。另如《三国志·蜀志》中记载刘备向诸葛亮托孤，有"如其不才，君可自取"之语，同书《吴志》裴松之注中提到孙策在临终时对张昭也有类似的嘱托。周一良的《魏晋南北朝史札记》评说道，"三国纷争之时，统治者心中之主要目标，在于巩固地盘，进而争夺天下。刘备以此勉励诸葛亮，孙策托孤于张昭亦然"，认为刘、孙两人所言均以天下大业为重，并未计较一家私利。金性尧在《刘备孙策托孤语》中则强调刘备深知刘禅昏庸无能，所言或有此意，但孙策"是相信孙权能继承父兄之业的"，况且孙权继位后立即转任顾雍为丞相，"张昭若真要'自取'，又谈何容易"，所以不能轻率地将两者相提并论。而归根到底，刘、孙两人的临终嘱托恐怕都不能轻信，"一是当时随口说的，并非出自本衷"，其次"就是把话的分量说得特别重，听上去特别哀切、坦率，从而使人效忠至死，绝无贰心"。经过这番鞭辟入里的分析，为读者理解史事的纷繁隐曲提供了不同的视角。再如关于马嵬驿兵变中杨贵妃之死，由于刘禹锡在《马嵬行》有"贵人饮金酒，倏忽葬英莫"的描写，陈寅恪的《元白诗笺证稿》就提到，"斯则传闻异词，或可资参考"，又引申道，"吾国昔时贵显者，致死之方法多种兼用，吞金不过其一。杨妃缢死前，或曾吞金，是以里中儿传得此说，亦未可知"，以为刘诗所述当有所本，杨妃赴死的经过似乎又变得扑朔迷离。金性尧在《马嵬金屑之疑》中则持不同意见，他认为"禹锡去天宝末年未远，他自然明白贵妃死难的真相，不会别出异说，他诗中的'饮金屑'只是赐死的讳饰婉转的说法"，不能过分拘泥而节外生枝。他格外强调必须注意各种文体的差异，"诗词和史传不同，史传必须力求真实，不可含糊假借，诗词则可借喻敷饰"，"刘禹锡如果撰写马嵬之变或杨贵妃的史传，他就不会写成'饮金屑'一类的话，而是直书缢死于佛堂"。陈寅恪注重诗史互证，常有新颖独到的发现，但不可讳言有时难免求之过深。金性尧则强调诗史有别，不能等量齐观，相较之下似更合情入理。

三、关注现实的忧患意识

金性尧在年轻时与鲁迅通过信，在鲁迅去世后还参与了《鲁迅全集》的校订工作。受到长期的濡染感召，直至晚年，他提及鲁迅的创作，依然强调"他杂文中揭露的、讽刺的一些现象，自官场现形到街坊争吵，都有一个可怕而可哀的灵魂在蠕动着，即使说的是外国的事，也不难在中国招魂"(《早年的书签》)。鲁迅在《〈呐喊〉自序》中所说的，要通过文艺来改变"愚弱的国民"的想法，对他的触动和启发尤其深远。他的文史著述绝大部分都是在年逾古稀之后陆续完成的，数十年来饱经劫难，阅尽沧桑，使他在评议诗文和考论史事之际也时时透露出洞察世事、以古鉴今的忧患意识和深沉意味，呈现出与鲁迅一脉相承的现实关怀。

他在《夜阑话韩柳》中讲到韩愈由于反对唐宪宗迎接佛骨而被贬为潮州刺史，在赴任途中写了一首《泷吏》，诗中提及小吏的讥责挖苦以及自己的窘迫自嘲。前人认为此诗只是一时游戏之作，他也觉得诗中情节多出虚构想象，韩愈此举"正是借他人酒杯，浇自己块垒"，"借此发泄牢骚"。不过他随即联系起韩愈那首因为多有谀词而频遭后人诟病的

《元和圣德诗》，意味深长地指出，"然而在皇权时代，却还允许谪官公然说出反话冷话，尚不失为'圣人于天下，于物无不容'的明君。这样看来，韩愈的《元和盛德诗》也还颂扬得对"（《圣德与笔祸》），从早有定评的作品中抉发出发人深省的别样意蕴。同书还提到唐宪宗时平定藩镇叛乱的淮西之役，对参与其事的宰相裴度与唐邓节度使李愬之间纷繁交错的人事纠葛有过简明扼要的梳理，并介绍了与此相关的韩愈《平淮西碑》、柳宗元《献平淮夷雅表》《平淮夷雅》、刘禹锡《平蔡州》、罗隐《说石烈士》、李商隐《韩碑》、江端友《韩碑》、释惠洪《题李愬画像》等一系列立意各异的诗文作品，最终则做出这样的评议："由韩碑之撰、裴李之功到淮西之役本身，后人都有分歧意见，有的已非学术性而属于政治性，但在专制的统治下，还是允许自由议论，各抒己见，这一点宽容的气象，却是值得钦羡的，中国文化传统所以能够不绝如缕，历劫长存，未始不与这种气象有关。"（《征途诗情》）超越了是非曲直的议论纷争，转而从互相尊重、包容异己的角度生发新意。

他对历史上的各类"清官"也很感兴趣，并有迥异常人的分析和评判。他提醒读者特别要注意，"我们在充分肯定清官的历史作用的同时，也不能不指出，清官其实是人治的产物，在一个真正的法治完备的社会里，清官是无用武之地的"，即便以最受后世称颂肯定的包拯为例，"与其说是在伸张国法，毋宁说是在发挥他个人的威力。诚然，他的出发点是为了执法，但最后能实现他的愿望，却并非由于国家的法律为他作了保证的缘故。国法为人治服务，动机与实践矛盾。所有舞台上演出的包拯戏剧，其实都可以作为时代的悲剧看"（《清官与人治》）。在分析昆曲《十五贯》时，他也异常敏锐地指出，最后整起事件的峰回路转，"说到底，还是建立在人治的基础上：一个已经定了案的案件，可以因一个地方官吏（而且仅仅是监斩官）的意志来改变。相对说来，过于执的办理此案，倒是经过形式上的三推六问的，结果却以人治的手段来平反，这正是一个十分尖锐的讽刺"（《过于执的悲剧》），用理性的眼光重予考察，从而揭示大团圆结局中所呈现的法治困境。对于在该剧中推翻冤案而在现实中也确有其人的况钟，他追索整合相关史料，指出其行事"固然为了打击地方上积习的恶势力，也见其人之善用权术"，"性格中都有酷的一面"（《历史上的况钟》），说明所谓的"清官"往往同时具备"酷吏"的身份。在提到另一位享有盛名的"清官"海瑞时，他同样联系诸多史实，指出其人"读书不多，学问不深，才情不足"；而且"主观偏激，不近人情"，"由于迂戆，说话往往缺少分寸"；甚至"连居室之间，也颇有戒心"，对妇女多存偏见和歧视，"与他性格的偏激迂执也有关系"，令读者对其人其事有更为完整的认识。这些看似刻意与前人立异的翻案文章，其实都保持着冷静客观的态度来重新审视历史，因而能打破种种先入为主而实际上多有偏颇的认识。

鲁迅对文字狱资料很感兴趣，曾有编撰历代文祸史的设想。受此启发，金性尧晚年集中大量精力，围绕清代文字狱的来龙去脉做了系统深入的研讨。在钩稽排比相关史料时，他感慨万千地说道，"皇权的森严，种族的对立，都是特定历史条件下逐渐形成的。三百年的时间过去了，文字狱也将成为历史的魅影，今天面临的是新的时代，维护良知，发扬宽容，免于恐怖，耻于诬陷，是一切明智者的共同祈望"（《清代笔祸录·前言》），足见其用心良苦。在叙述这些令人不寒而栗的案件时，他并不满足于简单地叙述事情的始末原委，还时常追根溯源，考察导致清代文字狱泛滥成灾的种种缘由。他鞭辟入里地强调，"当时在处理文字狱案时，是无论如何讲不得'天良'的，只有将案犯往死里打。判重了皇帝减轻是'皇恩浩荡',而判轻了则是'立场'问题,弄不好连办案官员自己都栽进去。明乎此,对于当时文字狱案多冤滥也就理解了一大半"(《土中录·从笔祸看官场》),就借此透视人人自危、宁枉勿纵的畸形官场生态。他又指出大部分文字狱其实相当琐碎无聊,"却反映了当时恐怖的政治气氛,人们把文字和书籍看作炸药,看作砒霜,都可使写的人藏的人一触即毙";不仅如此,"告讦之风的盛行","其起因却出于私怨,并非真是'大义灭亲'"(《土中录·畏法与畏祸》),矛头直指文字狱大兴之后所造成的互相猜忌、勾心斗角的不良社会风气,让读者在毛骨悚然之余也反躬自省而深长体味。他还顺带考察过波谲云诡的清代宫廷政变,同样郑重告诫读者,为了争夺权力而发动的各种斗争都是"与皇权相终始,而以人治为基础","历史的镜子虽然已蒙上灰尘,但当我们抹去灰尘,擦亮镜子后,仍然可以窥见活动着的影子","皇权虽已成为历史名词,但对于有历史癖的人,仍然大有琢磨的余地"(《清代宫廷政变录·前言》)。这些议论充满着以史为鉴、关注现实的胆识和锐气,处处显示出他对自由、平等、民主、法治等现代价值观念的充分肯定和执着追求,大有发聋振聩之势。

金性尧在年轻时曾意气风发而踌躇满志,可是甫过而立之年便不得不沉寂自晦,直至迟暮之年才有机会重理旧业,并以超乎常人的毅力完成了大量著述。尽管已经从杂文和散文的创作转入传统文史研究,但仔细覆按之下,不难发现前后之间还是有一脉相承的地方。尤其是叙述议论之际,晚年著述中那种既含蓄低徊又敏锐深刻的独特风格,在早年的作品中也依稀可辨。而早年在阅读鲁迅作品时,给他留下过深刻印象的"朝气与暮气之分"(《关于鲁迅的四封信》),也成为他晚年反复考虑的问题。他在《暮年与暮气》中大声疾呼,"人要进入暮年,不但为自然所规定，应当说，也是可以高兴的事，然而不可有暮气"，他之所以不惮辞费，甚至屡有谠论危言，正缘于他对年轻一代满怀期许，"老年人有没有暮气，毕竟问题不大，最重要的还在于中青年。但愿他们多点朝气，誓志奋进"。毋庸赘言，这正是他饱经劫难却依然执着不悔而砥砺前行的原因所在，也正是其诸多著述虽历久而弥新的价值所在。